L'épicerie
Sansoucy

Catalogage avant publication de Bibliothèque et Archives nationales du Québec et Bibliothèque et Archives Canada

Gougeon, Richard, 1947-
L'épicerie Sansoucy
Sommaire : t. 3. La maison des soupirs.
ISBN 978-2-89585-700-6 (vol. 3)
I. Gougeon, Richard, 1947-   . Maison des soupirs. II. Titre.
III. Titre : La maison des soupirs.
PS8613.O85E64 2014   C843'.6   C2014-941121-9
PS9613.O85E64 2014

Les Éditeurs réunis bénéficient du soutien financier de la SODEC
et du Programme de crédits d'impôt du gouvernement du Québec.

Nous remercions le Conseil des Arts du Canada
de l'aide accordée à notre programme de publication.

Financé par le gouvernement du Canada
Funded by the Government of Canada  | Canadä

Édition :
LES ÉDITEURS RÉUNIS
www.lesediteursreunis.com

Distribution au Canada :   Distribution en Europe :
PROLOGUE   DNM
www.prologue.ca   www.librairieduquebec.fr

 *Suivez Les Éditeurs réunis sur Facebook.*

Imprimé au Canada
Dépôt légal : 2015
Bibliothèque et Archives nationales du Québec
Bibliothèque nationale du Canada
Bibliothèque nationale de France

RICHARD GOUGEON

L'épicerie Sansoucy

★ ★ ★

La maison des soupirs

LES ÉDITEURS RÉUNIS

Du même auteur
aux Éditeurs réunis

Le roman de Laura Secord, tome 1 – La naissance d'une héroïne, 2010.

Le roman de Laura Secord, tome 2 – À la défense du pays, 2011.

Les femmes de Maisonneuve – Jeanne Mance, 2012.

Les femmes de Maisonneuve – Marguerite Bourgeoys, 2013.

L'épicerie Sansoucy, tome 1 – Le p'tit bonheur, 2014.

L'épicerie Sansoucy, tome 2 – Les châteaux de cartes, 2015.

Cœur qui soupire n'a pas ce qu'il désire…

Chapitre 1

Émilienne pressentait le pire. Au téléphone, un religieux avait bredouillé une phrase laconique : la communauté demande à voir les parents de Placide Sansoucy. Dès lors, les effluves du malheur avaient envahi l'épicière et s'étaient répandus sur toutes les rondeurs de sa personne. Devant l'effondrement de sa mère, Irène avait aussitôt saisi l'appareil et exigé des explications. Cela ne se racontait pas au bout du fil ; il fallait se rendre au collège de Saint-Césaire.

Accompagnée de Léandre et de son mari, frémissante d'inquiétude, Émilienne marchait sur le sol en terrazzo du couloir derrière le frère Gonzague, un quinquagénaire dont les épaules et la chevelure lisse étaient constellées de grains de poussière blanche. Le lustré aux coudes et l'ourlet effiloché de la soutane l'amusèrent. « Un autre saint François d'Assise », pensa-t-elle.

Le Sainte-Croix s'immobilisa devant l'escalier principal et, soupesant le poids de la grasse personne, interrogea la visiteuse du regard.

— Vous êtes bonne pour monter, la mère ? demanda Léandre. Prenez votre respir.

— Ils ont pas d'ascenseur, les frères ?

— Seulement pour les grosses charges, madame Sansoucy, répondit le religieux. C'est l'été, nous sommes encore en vacances, mais pendant l'année scolaire les pensionnaires sont bien avertis de ne pas l'utiliser. En tout cas, nous autres on va monter à pied, mais si vous y tenez…

Le frère Gonzague, qui devait peser tout au plus cent livres, s'enfonça dans un corridor et s'arrêta devant une porte grillagée qui fermait une cage sombre. De sa main osseuse, il fit glisser le treillis métallique dans un fracas épouvantable, comme une invitation à franchir les portes de l'enfer.

— Vous allez pas m'enfermer là-dedans, c'est trop petitement, je vas étouffer, puis il va faire chaud sans bon sens, affirma-t-elle.

— Si tu veux voir ton gars, Mili, c'est ça ou l'escalier! commenta Théodore, sans émotion.

L'usager n'avait qu'à tourner la clé et à la maintenir en position jusqu'à l'atteinte de l'étage désiré. Il n'y avait aucune crainte, l'appareil était tout à fait sécuritaire.

La grille refermée, dans le grincement des poulies et les craquements de la plate-forme qui se mettait en branle, Émilienne amorça son ascension. Au moment où la visiteuse disparaissait de sa vue, le religieux s'éloigna, repassa devant la bibliothèque et entreprit de gravir les degrés qui menaient au quatrième étage de l'établissement. Soudainement, au milieu de la montée, les faibles lumières qui éclairaient les marches s'éteignirent. Le menu frère se retourna vers les deux hommes en clignant des paupières.

— J'espère que madame est rendue, dit-il.

La petite compagnie s'empressa vers le monte-charge. Du noir filtrait par les losanges de la grille, des cris désespérés fusaient du puits.

— La mère est pognée entre deux planchers, affirma Léandre.

— Dommage, il ne devait pas lui en manquer beaucoup pour atteindre le quatrième, déclara le frère, avec un timbre de voix ennuyé. Madame Sansoucy n'est pas chanceuse.

— Ma femme est claustrophobe, puis elle a peur dans la noirceur, exprima l'épicier. Faites de quoi, frère Gonzague!

Sansoucy empoigna les croisés de fer et lança quelques cris qui se voulaient rassurants. Mais les appels à l'aide de la prisonnière enterraient sa voix secourable.

— Vous pouvez toujours aller à la chapelle pour invoquer saint Joseph ou le frère André, mais selon moi il va falloir attendre que le courant revienne, conclut le religieux, l'air éminemment désolé.

L'épicier descendit au troisième et remonta, la figure rouge comme une crête de coq. Après quelques descentes et remontées, et après s'être époumoné à crier des paroles de réconfort demeurées sans écho, il se résigna à suivre le Sainte-Croix.

Au bout du corridor, le frère Gonzague recommanda le silence et entra à l'infirmerie. La salle blanche au plafond embossé prenait le jour de deux hautes fenêtres devant lesquelles s'enorgueillissaient des fougères trônant sur des guéridons. Au fond, en guise de pharmacie, un comptoir percé d'un lavabo et surmonté d'une immense huche vitrée renfermait des médicaments. Le long d'un mur, quatre lits séparés par des paravents, dont l'intimité était assurée par un pendrillon qu'on pouvait glisser sur une tringle de métal. Un seul des compartiments était occupé. Un vieux religieux au sourire gentillet qui se tenait devant le cubicule désigna muettement l'endroit et s'éloigna vers l'officine. Dans une attitude recueillie, le commerçant et son fils progressèrent vers l'espace cloisonné.

Au creux de son lit, Placide reposait, les yeux clos, les lèvres bleutées, le teint d'une pâleur exsangue. Il avait les mains posées à plat le long de son corps inerte, et sa respiration irrégulière paraissait difficile. Son poignet gauche entouré de bandelettes souillées de taches sang de bœuf affola Sansoucy:

— Il a dû se blesser avec la tranche ou un instrument de son attirail pour relier des livres, supposa-t-il. C'est pas donné à tout le monde d'être habile avec des couteaux. J'en sais quelque chose, je suis boucher de métier.

— Faut pas chercher ben loin, le père, c'est pas une maladresse, commenta Léandre, la mine grave. D'après moi, c'est pas par hasard, cette blessure-là : c'est volontaire…

Le frère Gonzague abaissa les paupières en signe d'approbation.

— Je n'irai pas par quatre chemins, commença le religieux.

Il rapporta que, depuis la noyade de son camarade Éloi survenue au lac Nominingue, Placide avait perdu son entrain à la biblio-thèque et se murait dans l'isolement. D'un naturel plutôt réservé, après les repas et les offices, le taciturne disparaissait dans sa chambre. Les derniers jours, il avait un regard étrange de bête traquée. Le supérieur l'avait rencontré. L'échange s'était soldé par une promesse de Placide de faire des efforts pour se mêler à ses confrères et de prier pour demander de l'aide au bon Dieu. Mais par la suite, le garçon était vite retombé dans une triste solitude. Et maintenant, on soupçonnait qu'il avait attenté à sa vie…

Sansoucy se pencha vers son fils alité en jetant sur lui un regard attendri. Placide dessilla les yeux.

— C'est vous, papa, murmura-t-il. Maman est-elle là ?

— À l'heure qu'il est, elle doit être enfermée dans l'ascenseur, déclara Léandre.

— Ah ! T'es là, toi aussi…

Le révérend Gonzague prit l'épicier et son fils à part, leur expli-qua qu'un incident aussi regrettable n'était jamais survenu entre les murs de l'établissement : Placide Sansoucy semblait souffrir d'un curieux vague à l'âme, pire que la blessure qu'il s'était infligée. Pour cette raison, la communauté ne pouvait s'engager à abriter le malade plus longtemps.

Une ombre de contrariété plissa le front de Théodore.

— Ça veut-tu dire que vous n'en voulez plus ? s'enquit-il.

— Vous devrez quitter dès que madame votre épouse sortira du puits de l'ascenseur. Je suis désolé, monsieur Sansoucy.

— Je vas aller voir votre supérieur, s'indigna-t-il.

— Fatiguez-vous pas, le père, rétorqua Léandre. Ça donne rien de ruer dans les brancards, leur idée est faite : ils mettent votre garçon dehors !

Frère Gonzague rejoignit son confrère pour lui annoncer que les circonstances impliquant la mère du Sainte-Croix obligeaient à la tolérance. Mais dès que la panne de courant serait réglée, la famille Sansoucy quitterait l'institution.

Mais voilà que le jour fuyait. Les ténèbres avaient complètement envahi la cage de l'ascenseur et la captive ne répondait pas aux supplications de son mari. Sansoucy était consterné et marmonnait des imprécations contre la communauté. Frère Gonzague désespérait. Mais Léandre refusa de se laisser abattre.

— Quand le courant va revenir, il y a rien qui nous dit que la mère va reprendre connaissance. Frère, allez chercher une chandelle, je vas descendre dans le trou.

Frère Gonzague se pressa vers la chapelle et revint avec un cierge.

— Asteure, apportez-moi des sels.

Le religieux retourna à l'infirmerie et revint avec la substance. Léandre avait ouvert la porte grillagée du monte-charge. Le religieux alluma la chandelle et s'inclina vers la cage. Armé d'un incroyable sang-froid, le fils Sansoucy s'étira pour agripper un câble et amorça une descente qui le mena à l'étage de l'ascenseur. Dans l'épouvantable noirceur, au bout de ses cris et de ses forces, Émilienne s'était évanouie. Léandre promena les sels sous le nez de la gisante.

— Réveillez-vous, la mère !

Les narines d'Émilienne se gonflèrent, ses yeux papillonnèrent de stupéfaction. Elle ignorait comment elle s'était retrouvée là, assise dans le confinement d'un monte-charge, sous la lumière chétive d'une chandelle qui éclairait le visage ravi des hommes qui la regardaient. Elle manifesta le désir de voir Placide.

Le courant avait été rétabli. De toute manière, la condition d'Émilienne ne permettait pas son départ de l'établissement dans l'immédiat. Elle irait rejoindre Placide à l'infirmerie.

Émilienne promena un regard affligé sur son fils endormi. Elle remarqua le pansement au poignet.

— C'est quoi, ça? demanda-t-elle, la mâchoire tremblante.

— Énervez-vous pas pour rien, la mère, le père va vous expliquer en temps et lieu. Commencez par vous étendre…

D'un air résigné, le frère Gonzague invita l'épicière à s'allonger sur un lit. Sansoucy s'approcha de sa femme, et quand son visage retrouva un semblant d'apaisement, il lui relata le fâcheux accident de leur fils et le cours des événements qu'elle avait manqués. «Pauvre enfant, que c'est qu'il lui a pris? exprima-t-elle, la voix empreinte de compassion. Il est pas heureux chez les Frères, il faut le ramener à la maison!»

Émilienne avait traversé des moments éprouvants. Après les recommandations du frère soignant et une soupe épaisse servie dans son alcôve, elle était maintenant renvoyée à la rue avec son mari et ses deux fils. À cette heure incongrue, surgir au presbytère de la paroisse pour quémander le gîte et le couvert aurait été inconvenant. Et se présenter chez les Sœurs de la Présentation de Marie aurait effrayé les religieuses. Il était plus sage d'aller cogner à la porte de la maison d'Elzéar que de rentrer à Montréal…

Le Fargo cahota sur la route de terre du rang Séraphine et s'immobilisa dans la cour. Les grillons se turent. Une chouette cessa son hululement. Un cheval hennit dans la grange. Rex reconnut l'ancien camion de son maître et cessa d'aboyer. Un rideau s'écarta à la fenêtre éclairée. Elzéar ouvrit brusquement et sortit en camisole sur la galerie en retenant la porte.

— Ça parle au verrat! proféra-t-il. Florida, viens voir qui c'est qui nous arrive!

La fermière parut.

— Veux-tu ben me dire que c'est qu'ils font dans les parages? demanda-t-elle.

Sansoucy descendit le premier:

— On a l'air de vrais quêteux, mais on a pensé que vous nous hébergeriez pour la nuit, dit-il.

Le frère d'Émilienne s'étira le cou vers le véhicule de livraison.

— Coudonc, vous êtes combien là-dedans?

Les Grandbois étaient à la veille d'aller se coucher. Ils avaient besogné aux champs toute la journée et Elzéar, n'ayant pu se rendre au village, était demeuré dans l'expectative des résultats d'élections. Il en avait espéré des nouvelles, mais l'épicier n'en avait pas non plus. Son beau-frère venait du collège de Saint-Césaire où l'électricité avait manqué au cours de leur passage, et le camion de Léandre n'était pas équipé de radio. L'électrification rurale n'avait pas atteint la campagne gardangeoise qui viendrait peut-être avec Duplessis.

— Si vous étiez pas si arriérés à Ange-Gardien, vous auriez du courant aussi! railla Léandre.

— Dis pas ça, rétorqua sa mère. C'est pas de leur faute si…

Le regard de Florida fut attiré par la valise abandonnée près du piano mécanique et l'habillement inaccoutumé de Placide. Il avait revêtu une chemise blanche à manches longues et un pantalon noir.

— Comme ça, commenta-t-elle, tu t'en vas faire un tour chez tes parents. Dis donc, comment ça se fait que t'as pas ta soutane ?

Le taciturne était reconnu pour son silence. Maintes fois, les Grandbois l'avaient emmené à Montréal et les conversations avec lui s'étaient limitées à des phrases courtes, à des réponses évasives et succinctes, aussi brèves que le personnage lui-même, cet être ramassé qui s'exprimait peu et qui choisissait ses mots. Des mots parfois violents dans sa tête que ses lèvres ne parvenaient pas à prononcer, tellement ils étaient chargés de souffrance.

— Le père puis la mère sont gênés de vous l'apprendre, rétorqua Léandre, mais moi je vas vous le dire : Placide sort de chez les Frères, matante, il a besoin de voir le monde plutôt que de s'enfermer le reste de ses jours dans une bibliothèque de collège à classer puis à réparer des livres. C'est pas une vie, ça…

L'audace de Léandre avait permis de donner une explication à leur présence sans toutefois en livrer les véritables motifs. Émilienne se félicitait d'avoir engendré un garçon aussi vif d'esprit. Sansoucy saluait muettement son intelligence et la délicatesse qu'il savait montrer dans les grandes occasions. Mais tout n'était pas réglé pour autant. Le reste de la famille aurait des questions légitimes à lui adresser. Et les clientes de son épicerie-boucherie qui le tarauderaient d'interrogations et exigeraient des éclaircissements pour satisfaire leur curiosité.

L'épicier avait assez perdu de temps. Au petit matin, dès qu'il avait entendu le beuglement des vaches et du bruit en bas dans la cuisine, il avait tiré sa carcasse du lit et réveillé l'étage. Florida leur avait dit qu'ils n'avaient qu'à se servir pour déjeuner. Elzéar avait mentionné qu'ils s'alimentaient à même les produits frais de la ferme et que cela était de loin préférable à ce qu'on vendait à gros prix dans les épiceries de la ville.

Chapitre 2

Les femmes du logis avaient mariné toute la soirée dans une attente anxieuse. Elles avaient sorti leur chapelet et elles s'étaient mises à prier. Pendant la nuit, chacune avait gardé une oreille attentive au moindre bruit et un œil ouvert sur les ombres changeantes que la lune et les nuages s'amusaient à dessiner. Mais rien n'était venu les arracher à leurs inquiétudes croissantes. Et au petit matin, elles avaient fini par croire que le camion avait subi une embardée. On retrouverait bien les corps ensanglantés dans un fossé profond.

Par ailleurs, Marcel était revenu de la chambrette d'Amandine et il s'était endormi dans l'apaisement que lui procurait la confiance qu'il avait en Léandre. Le camion de livraison n'était pas rentré de son périple à la campagne. Des imprévus avaient pu survenir. Mais la débrouillardise de son frère avait de quoi rassurer les plus craintifs. Ses parents étaient en de bonnes mains. Tôt ou tard, ils regagneraient la ville.

Le livreur à bicyclette avait pris sur lui d'ouvrir le magasin. Afin de se donner une meilleure contenance, il avait enfilé un tablier propre et se tenait derrière le comptoir-caisse à savourer les moments délicieux que lui procurait sa fonction de patron substitut. Déjà angoissée par l'absence de Léandre, Paulette voyait venir la journée comme une montagne à gravir. Elle avait demandé à Simone de l'aider. Héloïse et Alphonsine gardaient le petit. Le téléphone résonna.

— Épicerie Marcel Sansoucy, bonjour !

Une voix suraiguë glapit dans le cornet.

— Vous êtes bien à la bonne place, madame Verville.

— Voyons, Marcel, que c'est qui te prend tout d'un coup ? rétorqua Simone. C'est pas ton magasin pantoute !

Le benjamin prit la commande. Quand il eut raccroché, d'un air satisfait, il glissa son crayon sur l'oreille et aperçut Simone et Paulette qui discutaient encore du travail à partager. Abraham Goldberg parut et se dirigea d'un regard trouble au comptoir.

— Monsieur Sansoucy est dans son *backstore* ?

— Monsieur Sansoucy est pas revenu de voyage.

— On dirait que j'ai affaire au nouveau patron. Ton père a changé d'idée ?

Marcel expliqua qu'il le remplaçait temporairement, mais l'acheteur intéressé devait savoir que la famille refusait de vendre, tout en affirmant que la décision appartenait à son père.

Le Juif ébaucha une moue dépitée et s'en fut patienter dans l'arrière-boutique.

Une heure plus tard, le camion de livraison se stationnait sur la devanture.

— Les v'là ! s'exclama Simone. Mais Placide est avec eux autres. Puis m'man qui débarque avec des paniers de légumes. Elle a l'air fatigué sans bon sens…

Émilienne et Placide gagnèrent le logement. Sansoucy et Léandre entrèrent au magasin.

— Taboire ! ragea l'épicier. Que c'est que tu fais, toi, arrangé de même avec mon linge sur le dos ? Va m'ôter ça…

— Ben vous étiez pas là, p'pa, fallait ben que quelqu'un s'occupe du commerce ! Soit dit en passant, monsieur Goldberg vous attend dans le *backstore*.

Léandre se contenta de ricaner. La mine massacrante, la démarche pesante, le commerçant s'achemina à l'arrière du magasin. Abraham Goldberg avait pris place sur la chaise derrière le bureau et, la physionomie tendue, farfouillait dans les livres de comptes.

— C'est sérieux, cette histoire de vente ou pas, monsieur Sansoucy? s'enquit-il, gravement.

— Je vous ferai pas niaiser longtemps, monsieur Goldberg, je vas garder mon magasin, déclara l'épicier d'un ton embarrassé.

C'est avec un ressentiment mêlé de déception que l'étranger retraversa l'épicerie-boucherie. Manifestement, aucune entente n'avait été conclue avec le visiteur. Paulette, Simone et ses deux frères s'échangèrent des sourires de connivence. Marcel, qui s'était dévêtu du tablier de son père, remplissait la commande de madame Verville.

— Marcel, tu iras porter la poche de tabliers sales à la blanchisserie, ordonna Théodore, avant de regagner sa boucherie.

— Le père a pas ben le choix de vendre ou pas vendre, commenta Léandre, Placide va travailler au magasin, asteure…

* * *

Alida et Héloïse étaient demeurées stupéfaites en voyant survenir le religieux, dépouillé de sa robe noire, avec ses hardes sur le dos. Les vieilles filles avaient aussitôt cessé d'amuser le petit Stanislas installé sur le linoléum, entouré de coussins. Leur neveu avait déambulé muettement dans la cuisine et le couloir, comme un animal qui flaire les lieux pour les reconnaître, comme une épave rejetée sur le rivage par une mer déchaînée. Puis il avait empoigné sa valise et s'était retiré dans sa chambre.

Émilienne était revenue bouleversée de son voyage. Certes, sa mésaventure dans l'ascenseur des Sainte-Croix et sa nuitée imprévue chez leur frère Elzéar à Ange-Gardien l'avaient traumatisée.

Mais Héloïse et Alida étaient restées perplexes : cela n'expliquait pas l'appel du collège et le retour de Placide à la maison paternelle. Émilienne leur cachait quelque chose. « Quand on vit dans la même maison, se dit Héloïse, on a le droit de savoir ! »

Sansoucy avait entretenu les mêmes réticences que sa femme à parler de Placide. Au fond, il comptait sur Léandre pour instruire Marcel, Paulette, Simone et David de ce qui s'était véritablement passé. Aussi, la présence de son fils vêtu comme les gens du monde ferait éventuellement sourciller la clientèle. Mais auparavant, il se préparait à clarifier à ses proches du logis ce qui lui paraissait inexplicable. Le souper se présentait comme l'occasion à ne pas rater.

Pendant qu'Émilienne se reposait sur son lit de fatigue et de tourments, Héloïse s'était chargée de transmettre à l'ouvrière et à la marchande de coupons le peu de ce qu'elle savait. Irène et Alphonsine ne devaient pas se surprendre de voir apparaître le résidant du collège à leur table, habillé de vêtements ordinaires. Au repas, on en apprendrait bien davantage sur le mystère qui la portait aux confins de sa curiosité.

Sitôt sa chambre désertée, Placide avait déposé un baiser furtif sur la joue d'Irène et s'était assis en appuyant ses mains jointes sur son front. Le bénédicité récité, on attaqua le bouilli qu'Héloïse avait confectionné avec les légumes rapportés de la campagne. La cuisinière interpella son beau-frère :

— Théo, asteure que tout le monde est là puis qu'on a appris que tu voulais plus vendre ton magasin au Juif, dis-nous donc que c'est qui te démange tant au juste. Puis essaye pas de jouer à la cachette avec nous autres, ta fille puis tes belles-sœurs sont pas si épaisses que ça…

Une terrible crainte l'oppressait. Le moment de fournir des éclaircissements s'était précipité. Sa gorge se dénoua. Placide déboutonna lentement le bras de sa chemise, comme si l'image de son poignet suffirait à elle seule à tout expliquer.

— J'ai attenté à mes jours, exprima-t-il avec émotion.

Puis il recula brusquement sa chaise et se redressa.

— Mais il n'y en a pas un de vous autres qui va savoir pourquoi ! brama-t-il, avant de disparaître dans sa chambre.

Le visage d'Émilienne se convulsa de tics nerveux.

— Achalez-le pas, mentionna-t-elle. Irène, enlève donc son assiette, mets-la sur le réchaud du poêle. Il va revenir un peu plus tard.

— Ça c'est du gros caprice, Mili, affirma Héloïse. C'est normal de manger en même temps que tout le monde ; on est pas dans un hôtel, ici dedans !

— Je t'aurais ben vue, toi, Loïse, avec une trâlée, rétorqua Sansoucy. On prend les enfants que le bon Dieu nous donne puis on fait pas toujours ce qu'on veut avec…

— Si je gardais le petit de Simone plus souvent, répliqua la maigrelette, vous verriez ce que ça fait quand on veut éduquer un enfant. J'attendrais pas qu'il soit trop tard, je le mettrais tout de suite à ma main.

L'assertion d'Héloïse parut tellement inappropriée qu'elle se passa de commentaires. Néanmoins, le geste osé par Placide était d'une telle gravité que le malheureux exigeait une compréhension et un soutien presque inconditionnels de ceux qui l'entouraient. Mais Marcel, plus que tous les autres autour de la table, devinait le désarroi de celui qui partageait maintenant sa chambre. Il en avait causé avec Léandre pour qui l'accablement de Placide n'était pas tout à fait étranger à la disparition du frère Éloi Desmarais.

Le repas s'était achevé dans la musique entraînante de La Bolduc. Irène avait jugé que l'atmosphère se détendrait et redonnerait un peu de gaieté à la maison qui en avait bien besoin.

Depuis la veille, Sansoucy se morfondait. Probablement par dépit, Philias Demers n'était pas paru au magasin de toute la journée. Les électeurs s'étaient prononcés en faveur de Duplessis qui devenait premier ministre de la province. Les ragots sur son fils n'ayant pas eu le temps d'atteindre le débit de boissons, plutôt que de lire *La Patrie* dans sa berçante avec une bonne pipe, l'épicier résolut de se rendre à la taverne.

Demers était accoudé à une table et avalait des lampées d'un air désappointé. Sansoucy s'en approcha.

— T'as perdu tes élections, hein, mon Philias ? Ton Godbout a pris le bord…

— C'est dur à accepter, tu sauras, Théo. Mais dis donc, as-tu vendu ton épicerie ?

— Ah ! Ça c'est une autre histoire. D'abord, hier on a reçu un téléphone important du collège. Placide allait pas très bien. Il a fallu que je retontisse à Saint-Césaire…

* * *

Voilà deux jours que le défroqué se terrait dans le sommeil comme la marmotte qui attend les beaux jours pour émerger de son terrier. Émilienne était heureuse de le savoir près d'elle, en sécurité à la maison. Elle avait pour son dire que Placide se remettait peu à peu et qu'il ne fallait pas le brusquer. Cependant, son mari n'entendait pas supporter plus longtemps la fainéantise de ce fils. Persuadé que la santé doit passer par le travail, il songeait à un moyen de l'attirer dans son commerce tout en redoutant une rebuffade qui l'éloignerait de lui. Après tout, s'il avait choisi de poursuivre en affaires, c'était en bonne partie parce qu'il aurait un emploi à lui offrir.

Léandre ne voyait pas les choses du même œil ; la guérison de son frère serait d'autant plus efficace qu'il se mêlerait à la petite société qui fréquentait le magasin. Il en avait discuté avec son employeur qui se cantonnait dans ses craintes et ses réticences. « Faut pas le prendre avec des pincettes, le père, lui avait-il dit, c'est pas de même que vous allez l'aider ! » Ainsi, le finaud élabora un stratagème : il résolut de créer un petit débordement.

La journée débutait. L'épicier était occupé avec un fournisseur dans son arrière-boutique. Derrière la caisse, Paulette achevait de déjeuner. Elle était descendue avec sa tasse de café et les deux rôties qu'elle n'avait pas eu le temps d'avaler après ses Corn Flakes. À la demande de sa mère, Marcel lavait les vitrines de la devanture. De l'intérieur, la patronne surveillait l'évolution du chantier en indiquant du bout de son balai les taches qui avaient résisté au nettoyage du laveur. Léandre s'en fut retrouver son frère à l'extérieur.

— T'es pas ben amanché, toi, à matin, lui dit-il.

— Moi, le lavage de vitres, c'est pas mon fort, mais m'man a dit que si ça continuait de même, on verrait plus au travers, ça fait que…, déclara Marcel, la lèvre tordue.

— Dis donc, frérot, si t'es comme moi, tu dois être pas mal tanné de savoir que Placide a rien à faire dans la maison. Tandis que nous autres…

Léandre donna les détails de son plan. Agacée par le petit entretien de ses fils, Émilienne parut sur le trottoir, la mine interrogative.

— À vous voir l'air, on dirait que vous complotez quelque chose, les garçons, dit-elle.

— Non, la mère, juré, craché ! rétorqua Léandre.

Sitôt les vitrines luisantes de propreté, Marcel prépara sa première commande de la journée et fila vers le domicile de madame Vermette. Après, suivant la ruse de Léandre, il cogna aux portes voisines de l'avenue d'Orléans, à la recherche d'une clientèle plus large. Un autre membre de la famille Sansoucy venait de s'ajouter au personnel de l'épicerie-boucherie. Les prix étaient avantageux, le boucher-propriétaire était reconnu pour la qualité de ses viandes, et on n'avait rien à perdre à essayer le service de livraison du commerce. De son côté, le charmeur avait réussi à séduire un certain nombre de ménagères qu'il avait convaincues de commander au magasin.

Au terme de quatre jours, les tablettes s'étaient passablement dégarnies, la réserve de viande avait diminué de manière significative, et les denrées périssables entreposées dans la cave et dans l'arrière-boutique s'étaient considérablement amoindries. Avant d'entreprendre une cinquième matinée de fonctionnement à plein régime, le commerçant dut se rendre à l'évidence. Affalé à son bureau, il attendait une cargaison de fruits et de légumes. Léandre surgit dans l'arrière-boutique.

— Plus le stock roule, plus il faut le remplacer, hein, le père? Vous trouvez pas que tout le monde ici dedans a l'air d'un chien qui court après sa queue? Vous, la mère, Paulette qui en a pas de reste, moi puis Marcel, on peut pas continuer de même: on va se mettre à terre. C'est-tu ça que vous voulez, coudonc? La mère est à la veille de vous claquer dans les mains. Simone pourrait faire garder Stanislas, mais elle aime mieux profiter des belles journées d'automne qui viennent. Ça vous prend du personnel, le père. Deux bras de plus, ça ferait pas de tort.

— Taboire! Je voudrais ben éviter d'engager. Un employé de plus, ça représente un salaire de plus à payer.

— Vous me choquez des fois, le père! Vos ventes ont augmenté, vous voyez des nouvelles faces dans votre magasin, puis faudrait que ça vous coûte pas une cenne de plus en salaire?

Léandre leva lentement ses yeux au plafond. Sansoucy imita son geste.

— Elle est là, la solution, le père, juste au-dessus de nous autres…

— OK d'abord, j'ai compris! Mais brasse-le pas trop parce qu'on sera pas plus avancés.

Le livreur escalada les marches et atteignit le logis. Il poussa brusquement la porte. Héloïse et Alida lâchèrent des cris affolés.

— Ma foi du bon Dieu, il est-tu arrivé une catastrophe en bas pour que tu retontisses de même chez tes parents? demanda Héloïse.

— Fais-nous jamais plus des peurs de même, exprima l'impotente d'une voix saccadée et en mettant la main sur sa poitrine. Puis Placide qui est dans sa chambre…

— Justement, j'ai affaire à lui…

Léandre se précipita vers le lit à étages de ses frères dont Placide occupait le haut. Le dormeur s'était assoupi dans une vague somnolence, son bras blessé replié sur le torse. Le livreur le secoua un peu par l'épaule.

— On est débordés, on a besoin de toi.

— Tu me réveilles en pleine nuit, sursauta Placide.

— Il est déjà huit heures et demie. Je peux pas croire que t'as pas assez dormi. Chez les Frères, tu devais te lever de bonne heure tous les matins.

— Ne me parle pas des Frères, j'en ai gardé de mauvais souvenirs.

— Écoute, Placide, je comprends que tu traverses une période difficile, mais c'est pas en restant couché toute la journée puis à jongler tout le temps que tu vas te ramener comme avant. Puis faut que tu réalises qu'on est dans le pétrin à l'épicerie. Le père puis la mère sont au bout, Paulette a toujours mal à la tête, puis Marcel et moi, on se démène comme des diables dans l'eau bénite.

Le dormeur se réfugia dans un silence songeur. Il brandit son poignet emmailloté d'une bandelette.

— Puis ça, qu'est-ce que tu en fais ? Je ne peux pas faire n'importe quoi, asteure…

— Je te promets qu'on va te ménager. Tu vas faire seulement ce que t'es capable…

Ces paroles prodiguées sur un ton paternaliste, affichant un air un peu apitoyé, semblaient avoir produit l'effet escompté. Léandre se retira de la pièce et regagna le magasin. Dans le tumulte de l'épicerie, son père n'avait pas quitté son air accablé. Il détailla son fils d'un œil sceptique.

— T'as perdu ton temps, je suppose ?

Léandre esquissa un sourire confiant et commença le charge-ment des commandes qui lui étaient destinées. Un camion de Courchesne Larose stationna dans la ruelle. L'épicier se leva pesamment et se posta dans l'encadrement. La facture entre les dents, le chauffeur progressa vers lui avec une grosse caisse de laitues pommées, qu'il déposa sur des caisses de marchandise. Il lui remit la facture.

— Vous avez pas l'air de filer, monsieur Sansoucy, affirma le rondelet petit homme. En tout cas, vous êtes pas à plaindre, ça fait trois fois en deux jours que je viens livrer à votre *grocery*.

Le marchand se composa un air satisfait.

— C'est ben ça qui me tue, rétorqua-t-il. Que c'est que vous voulez, quand on sait attirer les clients, ça peut pas faire autrement !

Le livreur s'étira le cou vers l'avant du commerce.

— C'est pour ça que vous avez engagé ?

Le marchand amorça le pas vers le plancher de l'épicerie. D'un air compatissant, Émilienne observait Placide qui sortait avec une commande.

— Prends juste les plus petites, suggéra-t-elle.

Léandre referma les portes de son camion de livraison et rentra au magasin.

— Asteure, viens, on va livrer ! intima-t-il à son frère.

Quelques jours d'entraînement suffirent à Placide pour retrouver un semblant de fierté. Les manches longues dans lesquelles il avait enfoui ses bras dissimulaient son poignet tailladé. Il n'avait donc pas à affronter les regards interrogateurs des étrangers. Les clientes qui connaissaient Léandre lui trouvaient un petit air de famille. Pendant des années, il avait été pensionnaire chez les Frères et on l'avait perdu de vue. Les ménagères ne le questionnaient pas trop sur son retour à la maison familiale. Si l'une d'elles s'y aventurait, il répondait invariablement qu'il n'avait pas la vocation religieuse. Cela suffisait à clore rapidement la conversation avec le garçon timide des Sansoucy. Cependant, il tomba sur une *senteuse* qui désirait investiguer sur le cas du défroqué.

Dans le cadre du projet d'agrandissement chimérique de l'épicier qui, selon elle, aurait augmenté injustement son loyer, la dame avait claqué la porte en disant qu'elle irait faire sa *grocery* ailleurs. Elle tergiversait sur la devanture, peinant à se décider à entrer. De temps à autre, elle jetait un œil à l'intérieur. Elle attendait qu'il y ait moins de monde : elle n'avait pas besoin d'une nuée de magasineuses pour confesser son « infidélité ». Émilienne l'avait aperçue. Elle en avait prévenu Paulette : « Regarde ben la *seineuse* qui va se montrer », lui avait-elle signalé. Germaine Gladu parut enfin.

— Tiens, une revenante ! s'exclama la patronne. Il me semblait que vous alliez à l'épicerie Chevalier, asteure.

— Je le regrette, Émilienne, avoua-t-elle. Après tant d'années à fréquenter votre commerce, je pouvais pas vous lâcher de même.

— Tiens donc !

— Vous me croirez pas, mais j'ai eu le même sentiment que si je trompais mon mari.

— Ça vous est déjà arrivé, coudonc?

— Là je sens que vous voulez m'asticoter, par exemple.

La voisine sembla offusquée. Elle poursuivit :

— Vous m'aviez envoyée au diable, Émilienne. Ça, vous serez d'accord avec moi, c'est quelque chose de pas mal effronté.

— Je m'excuse, Germaine, mais vous nous aviez poussés à bout, Théo puis moi. Bon, asteure, c'est *final bâton*, on en parle plus. Que c'est que je peux faire pour vous?

— Je vas faire le tour, j'ai quelques articles à acheter.

L'épicière subodorait la raison véritable du retour de la voisine. Germaine Gladu avait certainement vu que Léandre avait un assistant. Tout en prenant son temps, l'acheteuse alla choisir ses articles. Lorsqu'elle réalisa que l'épicerie se gonflait peu à peu de clientes régulières, elle se pressa au comptoir-caisse.

— Comme ça, Émilienne, votre garçon Placide est revenu à Montréal! affirma-t-elle. J'ai entendu dire ça à la pharmacie Désilets, puis Réal m'a dit que ça se parlait chez le barbier. Mais personne avait l'air de connaître la vérité. Ça fait que j'ai dit à mon mari qu'il y avait rien de mieux que d'aller se renseigner…

Des placoteuses s'approchèrent. Émilienne se doutait qu'un jour ou l'autre la présence de Placide jetterait du discrédit sur la famille. Elle était prête à braver la tempête; elle en profita pour effectuer une petite mise au point publique.

La mère avait d'abord rêvé d'en faire un prêtre, mais elle avait dû se raviser : il n'avait pas la force de caractère requise. Sa trop grande timidité en aurait fait un pasteur malheureux dans l'intimité du confessionnal et aux sermons du dimanche. Alors son garçon était rentré jeune au collège, il lui semblait qu'il avait le tempérament pour devenir religieux. Mais elle s'était trompée…

***

Deux grosses semaines s'étaient écoulées depuis que Léandre avait pris son frère sous son aile. Ensemble, ils livraient les commandes plus efficacement. Ils avaient pu répondre à l'accroissement de l'achalandage sans pour autant s'échiner à l'ouvrage. Mais le tutorat qu'il exerçait prendrait fin un jour. Pour l'heure, il fallait souligner la contribution de son assistant.

— L'avez-vous remercié, votre garçon, le père? demanda Léandre.

— Pour quoi faire?

— Pour l'aide apportée à la livraison puis au magasin, c't'affaire! C'est un employé comme les autres, asteure…

— Il est logé, nourri, c'est pas assez?

— Taboire! Quand est-ce que vous allez être capable de reconnaître ce qu'on fait pour vous puis pour votre *business*? Écoutez-moi ben, le père. C'est la fin de semaine de la fête du Travail. Placide m'a dit que demain, dimanche, il y aura une rencontre à l'oratoire Saint-Joseph qui va rassembler des milliers de travailleurs.

— Que c'est que j'ai à voir là-dedans?

— Vous savez que saint Joseph puis le frère André sont importants pour lui; vous devriez l'accompagner. En plus, le premier ministre Duplessis devrait être là.

— Puis toi, tu viendrais pas?

— Moi, vous savez, les événements religieux… Tandis que vous…

L'épicier se mit à triturer ses moustaches. La suggestion de son fils l'obligeait à s'absenter, mais elle était pleine de bon sens. Il y repenserait en soirée, en faisant ses comptes de la semaine.

Au dîner du lendemain, Placide mangeait avec appétit. Les rôties beurrées, les bines à la mélasse, les cretons maison trouvaient le chemin de son estomac de travailleur. Son père l'emmenait à un haut lieu de pèlerinage. Le frère André ne serait pas visible ; il se contenterait d'apprendre qu'on rendrait hommage à son vénéré saint patron par qui transitaient tous les miracles qu'on lui attribuait injustement. Qu'à cela ne tienne, l'occasion était à ne pas manquer !

Une foule immense se rassembla sur les terrasses, au pied de l'Oratoire. Déjà surmené par son déplacement dans les tramways bondés, Sansoucy avait fini par se mettre à l'abri des bousculades, bien accroché au dossier en osier des sièges. Sur le palier de la crypte, les organisateurs avaient installé un autel surmonté d'un saint Joseph géant. À proximité de la table consacrée, des personnalités provinciales, des édiles municipaux, les présidents et les officiers des différentes associations de la ville prenaient place sur des chaises.

— Je vois pas Maurice Duplessis, se plaignit l'épicier.

— Ça doit être parce que vous êtes trop petit, papa, dit Placide. Moi, je le vois bien.

Le révérend père Cousineau, supérieur de l'Oratoire, adressa quelques mots de bienvenue. Selon lui, on ne rendait pas justice à Dieu, le seul « véritable ouvrier digne de ce nom ». Il ajouta que la démonstration de foi était de nature à faire plaisir au Créateur, trop souvent incompris de ceux qu'Il chérissait tendrement.

Au moment du sermon, monseigneur Conrad Chaumont, directeur de l'Action catholique de Montréal, fit l'éloge du travail. Sansoucy tourna alors les yeux vers Placide. Mais il baissa les paupières quand Son Éminence rappela que Sodome et Gomorrhe avaient péri parce que leurs habitants s'étaient adonnés au péché… La cérémonie se terminait par un salut au Très Saint-Sacrement, qui allait être suivie par une procession dans les allées.

— On s'en va! décréta Sansoucy.

— Ce n'est pas fini, papa, il y a encore des prières à venir! plaida son fils.

— J'ai peur d'être mal pris. Il faut se sauver avant que tout le monde se *garroche* en même temps!

Mais la foule devenue impatiente avait commencé à déserter la place. Placide se faufilait à présent par les brèches de la masse grouillante et se pressait vers les trams les plus proches. Cependant, de nombreux ouvriers s'étaient engouffrés dans les wagons supplémentaires que le Service des transports avait mis à la disposition des usagers.

— Ça va prendre combien de temps avant le prochain? demanda l'épicier.

— Je ne pourrais pas vous dire, papa. Mais une chose est sûre: vous avez le temps de faire toutes vos dévotions.

* * *

Alors que Sansoucy revenait de la manifestation religieuse, dans l'immeuble de la rue Adam, Léandre se livrait à des activités beaucoup plus profanes…

Lise, la serveuse de l'*Ontario's Snack-bar*, était venue cogner chez les colocataires. Elle avait prétexté une rencontre avec Simone, histoire d'entretenir de bonnes relations avec une ancienne compagne de travail. Or Simone et David avaient poussé leur landau vers l'avenue Jeanne-d'Arc, chez les O'Hagan. Léandre avait proposé de descendre au magasin. On ne dérangerait pas Paulette qui s'était allongée pour sa sieste du dimanche après-midi.

Dans l'arrière-boutique, l'amoncellement de caisses et le bureau encombré n'étant pas très inspirants, Léandre avait résolu de refluer à la cave, endroit moins romantique, mais un peu plus sûr dans les circonstances. En effet, son père paperassait souvent une heure ou deux à son bureau le jour du Seigneur, et il pouvait revenir de l'Oratoire à tout moment.

Mais les astres s'étaient bien alignés : les amants n'avaient pas été dérangés et ils s'étaient accommodés de la rusticité des lieux.

***

Le fervent Sansoucy rentra tard de son pèlerinage au lieu saint, affamé, éreinté, ramolli, moulu. Émilienne avait désespéré dans une attente fiévreuse. Marcel était ressorti pour la soirée, et les femmes devisaient autour des deux couverts restés sur la table. La ménagère entendit des pas qui escaladaient les marches.

— Irène, va donc ouvrir, ton père va être fatigué sans bon sens.

Devancé par Placide, le maître de la maison parut, les épaules affaissées, les moustaches tombantes.

— C'est fini, ces histoires-là ! grogna-t-il. Ça a pris deux heures juste pour se rendre. Là-bas, c'était noir de monde puis j'ai rien vu de la cérémonie. Je me ferai pas prendre une autre fois : je vas m'en rappeler l'année prochaine. Placide a l'air pas mal tanné aussi.

— C'était fatigant, mais ça valait le déplacement, maman. Sauf que papa est déçu parce qu'il n'a pas vu son idole, Maurice Duplessis, d'assez proche.

— Théo, va falloir que tu reportes à plus tard la comptabilité que t'as pas faite après-midi. Une chance que c'est congé demain !

L'épicier alla se laver les mains et se laissa choir devant une assiette fumante qu'Irène lui servit.

— Changement de propos, Elzéar a l'habitude d'apparaître à la fête du Travail, énonça Émilienne. Il va nous arriver avec son bois de chauffage pour le magasin.

— Comptez sur moi, papa, je vais pouvoir vous aider cette année, exprima Placide d'une voix enjouée.

— T'es pas pour décharger tout seul, mon garçon, tempéra Sansoucy, on va demander à Marcel de te donner un coup de main.

Le lendemain, avant même que la treizième heure du jour sonne, Elzéar Grandbois reculait son camion dans la ruelle. Les portes de l'arrière-boutique et celle menant à la cave étaient ouvertes. Assis à son bureau, la pipe au bord des lèvres, l'épicier était absorbé dans ses papiers. Placide et Marcel étaient juchés sur des caisses de marchandises. La tante Florida laissa son mari avec les hommes et monta au logis.

— Envoyez, les p'tits gars, c'est à votre tour asteure! lança l'oncle Elzéar.

Les garçons se redressèrent et allèrent au camion. L'épicier se tourna vers son beau-frère.

— J'espère que tu m'as pas apporté rien que des petits rondins, bougonna-t-il.

— Que t'es chialeux, des fois, Théo! Je prends la peine de venir te livrer tes cordes de bois, puis t'as encore à redire. Je te gage que tu trouveras pas un seul morceau de bois coti: il y a juste de belles bûches de première qualité. À part de ça, je te charge pas ben cher comparé à d'autres en ville. Ça fait que mets ça dans ta pipe…

Les garçons procédaient au déchargement. Ils avaient repassé quelques fois sous le nez des beaux-frères avec de pleines brassées et ne remontaient plus du sous-sol. Sansoucy se leva et se planta dans l'embrasure de la porte de la cave.

— Coudonc, allez-vous le vider aujourd'hui, ce camion-là, que j'en finisse avec ma paperasse? proféra-t-il.

Sous l'emprise d'un inexprimable malaise, Placide parut au bas de l'escalier, exhibant des pièces de lingerie féminine.

Elzéar pouffa de rire.

— T'as rajouté un département, Théo! T'as même des clientes qui vont dans la cave pour faire leur *grocery*! Après tout, la cave, c'est une façon d'agrandir par en dedans…

— Marcel! s'écria le commerçant. Viens ici, que je te parle.

— Accusez-moi pas, p'pa, j'ai rien à voir dans cette affaire-là!

Un doute envahit le marchand. À voir la réaction de Marcel, il comprit qu'il n'était pas à blâmer. Par contre, il supposa que Léandre aurait pu se livrer à des frasques sexuelles; ce n'était pas la moitié de ses forces. Le réprimander devant les autres n'aurait qu'envenimé leurs relations. Et Léandre saurait se défendre en brandissant à sa mémoire ses propres déboires à *La Belle au bois dormant*. Il résolut d'oublier l'incident.

Chapitre 3

Placide, cependant, avait été troublé par la découverte des dessous féminins. Marcel en avait avisé Léandre, qui avait admis sa petite incartade en fournissant des détails scabreux, tout en reconnaissant que la trouvaille avait quelque chose de brutal pour leur frère. Placide avait du chemin à faire pour découvrir le monde et jouir de la vie. « On devient pas un homme à s'enfermer des soirées de temps avec un livre ! prétendait David. Faut emmener ton frère au Forum ! » En soi, l'événement paraissait insignifiant, mais le fait de voir évoluer deux lutteurs contribuerait à rendre Placide un peu plus viril. Le mercredi de la même semaine, le réputé Yvon Robert devait défendre son titre de champion du monde. L'ex-religieux avait accepté la proposition de sortie qui ne lui plaisait pas, de prime abord. Mais il reconnaissait les efforts louables que ses frères consentaient pour lui. Léandre, Placide, Marcel et David se rendirent donc au lieu de l'événement avec le camion de livraison.

Dans l'enceinte du Forum, d'autres matchs de lutte avaient été disputés afin de préparer l'assistance au clou de la soirée. Une meute survoltée de spectateurs hurlaient ; Yvon Robert et Hank Barber venaient de monter dans l'arène.

— On aurait dû emmener mononcle Romuald, exprima Léandre.

— Comment ça ? demanda Marcel.

— Parce que Barber est Juif puis que mononcle aurait été content de le voir pâtir, dit Léandre.

Léandre promena machinalement un regard circulaire et repéra un groupe de Chemises bleues dans l'assistance :

— Ah ben, ça parle au diable ! s'exclama-t-il. Les gars, regardez qui c'est qui est là !

À ce moment, Robert terrassait son adversaire et semblait le réduire en miettes.

— Fais-le *souffert* ! proférait un des membres du PNSC.

Marcel ne s'en préoccupa aucunement. Il adressa une remarque à son beau-frère :

— Au mois de juillet, l'Irlandais Dan O'Mahoney a subi toute une dégelée de la part d'Yvon Robert. Il y a pas juste la force musculaire qui compte dans la lutte. Faut pas oublier l'entraîne-ment, les tactiques, puis l'intelligence…

— À la fin du premier round, rétorqua David, O'Mahoney lui a administré son fameux fouet irlandais, puis ton Robert a *revolé* en l'air avant de s'abattre assez raide sur le matelas.

— N'empêche que…

— Chut ! coupa Léandre. Taisez-vous, les gars, suivez donc le combat.

Placide essayait de s'intéresser aux stratégies dont Marcel avait parlé, mais il ne comprenait rien à ce chamaillage absurde qui se déroulait devant ces dix milliers de partisans. Cette opposition entre un bon et un méchant, entre les forces du bien et du mal, le troublait. Coups de poing, coups de pied, clés de bras japonaises, savates et lancements dans les câbles accompagnés de prouesses athlétiques s'échangeaient le plus naturellement du monde. Après une quarantaine de minutes d'un affrontement âpre et sauvage, les antagonistes se retirèrent dans leur loge.

— Qui est-ce qui gagne ? demanda naïvement Placide.

— Ni l'un ni l'autre, répondit Léandre. C'est juste une pause. Tu vas voir, ils vont revenir en forme, puis ils vont cracher du feu…

Au retour de l'entracte, alors qu'Yvon Robert attendait son adversaire, David s'exclama :

— Eille ! Que c'est que Williams fait là ?

Un autre lutteur était rendu dans l'arène et lançait un défi à Robert qui ne parut pas s'en soucier. Mais le gérant, qui se tenait près de son protégé, invita l'intrus à se retirer. Williams s'emporta et asséna à l'entraîneur un formidable moulinet qui le projeta à l'extérieur des câbles, complètement abasourdi. On se précipita pour secourir l'homme évanoui. Des policiers et des placiers surgirent, neutralisèrent la terreur et l'escortèrent en dehors du ring.

— Ah bien ! commenta Placide. Si c'est de même, je vais vous attendre dans le Fargo.

— Écoute, Placide, j'ai pris congé de la taverne puis j'ai payé soixante-quinze cents de ma poche pour ton entrée, riposta Léandre. T'es quand même pas pour revirer de bord avant la fin du combat…

* * *

L'attachement de Placide pour la lecture ne s'était pas démenti. S'il s'était départi de sa robe de religieux, il avait conservé son intérêt pour les jaquettes de bouquins. C'est ainsi qu'après une journée de travail il s'isolait dans sa chambre avec un livre et prenait des notes dans un calepin. Les auteurs l'inspiraient, éveillaient en lui ce désir confus d'écrire. Cependant, Léandre estimait que les efforts qu'il avait consacrés à la réhabilitation de son frère ne devaient pas demeurer peine perdue. Placide n'aimait pas la lutte. Éventuellement, il aimerait autre chose. Entre-temps, un soir de septembre, alors que le bouquineur s'était absorbé dans *Les Misérables*, Irène vint frapper à sa porte.

— Édouard te demande au téléphone, dit-elle.

Un air de contrariété coula sur son visage. On le dérangeait rarement. Que lui voulait son frère, d'habitude si éloigné des siens, happé par le grand monde, dédié à Colombine et à sa carrière de notaire ? Jusque-là, Édouard s'était désintéressé de sa famille. Mais le retour de Placide à la maison l'interpellait. À sa manière, il se croyait responsable de celui avec qui il sentait une certaine parenté intellectuelle.

Placide se rendit à l'appareil et remercia sa sœur. Puis, comme s'il prévoyait que sa physionomie pouvait changer pendant la conversation, il se tourna vers le mur.

Réduites à une écoute attentive, les femmes de la maison tendaient l'oreille aux modulations de la voix. Mais elles n'avaient rien saisi du propos. Ni l'épicier qui s'était mis à lire en diagonale les lignes de *La Patrie*.

— Attends, raccroche pas, je veux lui parler ! s'écria Émilienne.

Le taciturne laissa sa mère s'entretenir avec Édouard à qui il rendrait une réponse après avoir consulté son père. Mais Héloïse désirait savoir.

— Que c'est qu'il te veut, donc ? s'enquit-elle.

— Édouard m'invite à l'Impérial samedi pour *La Bohème*.

— C'est de l'opéra, ça, hein ? demanda Alida. J'espère que tu vas dire oui.

— Ça va te faire du bien de sortir un peu, affirma Alphonsine. Puis c'est pas mal plus culturel que la lutte au Forum…

— Je vais en parler d'abord avec papa, dit Placide. La troupe San Carlo fait une représentation spéciale en après-midi. Je ne peux pas abandonner l'épicerie comme cela pendant que les autres vont travailler !

Émilienne replaça le cornet acoustique.

— Tu parles d'un temps pour un spectacle, le samedi après-midi, marmonna l'épicier. Ils pourraient pas faire ça le soir, à l'Impérial ? C'est pas un sous-sol d'église. De l'opéra, en plus.

— Juste une fois en passant, papa. La troupe italienne donne seulement une représentation de *La Bohème* de Puccini.

— Dis donc oui, Théo, Placide te demande jamais rien, implora Émilienne. Tandis qu'on y est, c'est Léandre qui a payé son entrée quand il l'a emmené au Forum, puis là, c'est Édouard qui va payer pour lui. Tu devrais commencer sérieusement à lui donner un salaire, à cet enfant-là.

L'épicier parut réfléchir.

— Disons que j'accepte pour le congé, mais pour le salaire, on en rediscutera…

Le coup de fil d'Édouard avait attisé le désir d'Émilienne de rassembler les siens. Le jour suivant l'opéra, elle recevait ses enfants à souper. Le repas risquait de s'éterniser. Plutôt que d'écourter le temps autour de la table pour disputer quelques parties de cartes, Romuald et Georgianna feraient partie des convives.

Une immense chaudronnée de bœuf mijotait sur le poêle et dégageait un fumet enivrant. Pour faire changement, Alphonsine avait fait ajouter par la cuisinière une tasse de vin rouge qui semblait déjà l'émoustiller. Elle s'était aussi procuré de bonnes bouteilles à déboucher en pensant que le liquide rehausserait la cote du repas apprêté par Héloïse. Sansoucy salivait déjà en reluquant l'étiquette française.

— Vous vous êtes lâché, le père, lança Léandre. C'est vrai qu'on en a assez du Saint-Georges…

— On mérite ben ça de temps en temps, acquiesça l'épicier.

Alphonsine, qui avait souhaité une petite reconnaissance pour sa contribution, se froissa :

— Dis-le donc, Théo, que c'est pas toi qui l'as payé, ce vin-là! s'indigna-t-elle. Je suis même allée à la Commission des liqueurs pour l'acheter.

— Faut rendre à César ce qui appartient à César, papa, rappela Édouard.

Héloïse avait commencé à servir le vin pendant qu'Irène remplissait les assiettes.

— Pour sa pénitence, matante, mettez-en juste un peu dans la coupe du père, persifla Léandre.

Émilienne était contente de voir ainsi réunis les membres de sa belle famille. Mais elle trouvait que la salle à manger devenait trop petite pour autant de personnes. Un regret effleura sa pensée intime: elle n'aurait pas dû inviter l'opulente Georgianna et son Romuald, qui, à eux seuls, rognaient leur espace déjà surpeuplé de sa progéniture, des rapportés et de ses trois sœurs pensionnaires. Et que dire de ses petits-enfants qui se multiplieraient? Stanislas n'était que le premier descendant d'une lignée qu'elle espéra nombreuse. Simone n'avait pas fermé la manufacture, Irène, Édouard et Placide ne semblaient pas partis pour avoir des petits. Quant à Léandre et Marcel, il y avait tout lieu de croire que de si jolis garçons finiraient par se reproduire.

— Puis, mononcle Romuald, comment vous avez trouvé ça, au Forum, l'autre soir, avec votre gang de Chemises bleues? demanda Léandre.

— Yvon Robert a fait une bouchée du Juif, répondit l'oncle. Quand il a appliqué son ciseau de bras japonais, Barber a dû abandonner.

— Je comprends, commenta David, il était en train de se faire disloquer l'épaule.

— Puis, finalement, quand il est revenu dans l'arène pour le dernier round, ç'a été une simple formalité, compléta Marcel.

Les nerfs de Colombine se tendaient, sa figure se crispait d'indignation. Elle repoussa vivement son assiette.

— Quand est-ce que vous allez cesser de vous acharner contre les Juifs dans cette maison-là ? Je vous rappelle que, par ma grand-mère maternelle, j'ai du sang juif dans les veines. Vous me décevez, vous savez.

— Vous devriez vous excuser, oncle Romuald, ajouta Édouard. Vous et votre bande de fanatiques ne semblez pas comprendre ce qui se trame actuellement en Allemagne. Hitler fulmine contre les Juifs qui deviennent de plus en plus la cible de l'animosité nazie.

La tension grandissait autour de la table. Émilienne mit la main sur son cœur comme pour l'empêcher de franchir sa poitrine.

— On a récité le bénédicité, pourtant, fit-elle remarquer.

Paulette, David et Léandre appréciaient beaucoup les plats du logis que Simone ne savait pas mitonner. Ils avaient englouti leur assiettée, tout comme Georgianna, qui avait ressenti une indisposition devant la hargne débordante de son mari contre les Juifs. Pour faire diversion, Irène se leva et commença à desservir. Elle se rendit à la cuisine et revint avec une tarte au sirop agrémentée de noix de Grenoble.

— Si vous en avez pas assez, ben vous goûterez à mon sucre à la crème, dit l'impotente. Des fois je le manque, mais cette fois-ci je pense que je l'ai pas mal ben réussi…

Placide s'était dissimulé au repas comme on se retranche parfois dans le confort de ses jardins secrets. On avait passé sous silence son travail de livreur à l'épicerie et sa sortie à l'opéra. D'ailleurs, il aurait été incapable de résumer le texte de l'œuvre lyrique. Sa pensée avait alors migré vers des idées plus fécondes. Sans trop savoir pourquoi, il avait été séduit par le personnage de Rodolphe, ce poète affamé auquel il s'identifiait un peu et qui vivait dans un modeste logement avec trois compagnons artistes. Mais le poète soupirait auprès de Mimi, alors que lui… Là s'arrêtait la ressemblance. Il l'avait trouvé encore plus misérable quand le propriétaire de la mansarde avait insisté pour toucher son loyer.

Le défroqué se sentit devenir la risée de la famille, un minable parasite au crochet de son père. Il se révolta. Après la soirée, quand la visite aurait quitté le logis, que toutes les cartes de jeux seraient ramassées, que ses tantes auraient regagné leur chambre, il s'entretiendrait avec son patron…

Les sens de Sansoucy ne l'appelaient pas au lit. Émilienne ferait ses prières et s'endormirait peu après avoir embrassé le crucifix de son chapelet. Le châtelain était resté seul dans la cuisine. L'animation de la soirée l'avait fatigué et il s'apaisait à compléter la lecture de *La Patrie* du dimanche. Le moment était propice. Placide alla dans sa chambre et en ramena l'exemplaire du *Petit Journal* qu'il avait conservé. Il s'approcha de son père.

— Papa, avez-vous lu cet article-là, au sujet des vœux que Maurice Duplessis a adressés aux ouvriers la veille de la fête du Travail ?

— Mmm…

— Notre premier ministre a de la considération pour la classe ouvrière et pour les jeunes en particulier, n'est-ce pas ?

— Que c'est qu'il dit, déjà ?

— Que son gouvernement portera une attention toute spéciale à ce qui intéresse la jeunesse ouvrière. Selon lui, c'est le «problème des problèmes»…

— Où c'est que tu veux en venir avec ça ?

— J'aimerais que vous me confiiez d'autres responsabilités à l'épicerie. Vous n'auriez pas besoin de quelqu'un d'autre au magasin? Parce que Léandre est capable de se débrouiller tout seul, vous savez. À deux ça va mieux, c'est sûr, mais il n'a pas vraiment besoin d'aide.

— À vrai dire, j'y avais déjà pensé, mon garçon. Tu serais plus utile à une autre tâche. Qu'est-ce que tu dirais si je te proposais de t'occuper des fournisseurs et de la comptabilité? Ça me dégagerait pas mal.

— Je veux bien, papa, les chiffres, ça m'a toujours intéressé. Je n'étais pas bon seulement en français à l'école. Mais…

— Que c'est qui te fait hésiter de même?

— Il me semble que je pourrais recevoir une petite compensation salariale. Édouard et Léandre ne seront pas toujours là pour payer mes sorties, puis je n'ai pas envie de vous quêter de l'argent chaque fois. J'ai mon orgueil, moi aussi…

Le commerçant se leva, fit quelques pas dans la cuisine en triturant ses moustaches, et se tourna vers son fils.

— D'accord, mais fais-toi pas d'illusion. Je te donnerai pas plus que je donne à Marcel. Un père a le devoir d'être équitable envers ses enfants…

Chapitre 4

Les employés étaient rentrés au magasin. Comme à l'accoutumée, chacun se dégourdissait de son dimanche en s'affairant lentement à ses occupations. Le boucher avait regagné ses quartiers, sa femme disposait des billets et de la monnaie dans le tiroir-caisse, Paulette se limait les ongles derrière le comptoir, et Marcel vérifiait la pression de ses pneus. Léandre s'était allumé une cigarette et cherchait du regard son assistant.

— Eille, la mère, comment ça se fait que Placide est pas là ?

Émilienne pointa muettement le menton vers le fond du commerce. Placide entendit des pas rageurs qui grandissaient vers lui.

— Que c'est que tu fais, toi, à matin ? proféra Léandre, sèchement.

— Bien je fais ce que papa m'a demandé, il m'a assigné de nouvelles tâches.

— T'aurais pu m'en parler, me semble !

— Là je commence par l'inventaire dans l'arrière-boutique ; après ça va être à la cave. J'espère que je ne tomberai pas sur du stock trop compromettant pour toi, ricana Placide. Que je sache, on n'est pas au magasin de coupons de nos tantes pour trouver des morceaux de linge !

Une gêne délicieuse colora les joues de Léandre. Il écrasa sa cigarette et quitta prestement la petite pièce. Le boucher avait eu connaissance de l'irritation de son livreur ; il s'était retranché dans sa glacière. Léandre tira la lourde porte.

— Le père, dit-il, que c'est qui vous a pris de m'enlever mon *helper* ? Asteure, je me retrouve tout seul pour la livraison en camion.

— Avant tu la faisais, la *job* ; je vois pas pourquoi tu pourrais pas continuer.

— C'est pas pareil, on a plus de clients, argumenta Léandre.

— J'ai décidé qu'à mon âge c'était à mon tour de me la couler douce. Je vas montrer à Placide comment fonctionnent les commandes et la comptabilité.

— J'espère au moins que vous serez pas trop *cheap* avec lui puis que vous allez le rémunérer.

— Asteure, repousse la porte un peu, ça fond pour rien ici dedans, puis faut justement que Placide fasse venir de la glace…

Offusqué, Léandre asséna un coup de pied au chambranle et s'en fut à son ouvrage.

Le livreur s'était payé un peu de luxe avec Placide, il l'admettait. Il souriait au souvenir de s'être arrêté quelquefois avec lui à l'*Ontario's Snack-bar* pour prendre des pauses. Mais il avait essuyé un revers auprès de son patron : il ne le digérait pas ! Quant à son protégé, son père lui enseignerait les rudiments de l'administration courante d'un commerce, mais lui l'initierait au grand livre de la vie.

Le quotidien lui avait grignoté des heures de travail et de loisir. Placide s'astreignait donc à son ouvrage avec l'ardeur des débutants qui s'éprennent de leur nouvel emploi. De temps à autre, surtout quand il s'agissait de tenir les comptes, il consultait son père qui se faisait un plaisir consommé de le renseigner. L'épicier déversait ainsi ses connaissances, fruit de l'expérience de nombreuses années dans le commerce. Avec les aptitudes qu'il possédait, son fils avait assurément des capacités dans la gestion de ses affaires. Par contre, il lui reprochait une faiblesse : Placide n'avait pas la communication facile avec les fournisseurs. Au demeurant, le défroqué avait été un rat de bibliothèque et chacun avait ses limites.

Comme Abraham Goldberg l'avait observé avant lui, Placide avait remarqué la clarté nébuleuse des entrées, de sorte qu'il avait perdu un temps fou dans l'embrouillement des colonnes mal identifiées, des annotations incompréhensibles dans les marges, des 4 qui ressemblaient à des 7, et des 7 qu'il confondait avec des 1 ; et vice-versa. Il n'était pas allé jusqu'à douter de lui-même, mais il s'était demandé comment son employeur avait pu tenir commerce aussi longtemps dans un désordre aussi évident. Pour l'heure, il compléterait son cahier. Mais pour l'année 1937, sa main appliquée redresserait la situation.

Le soir reléguait encore Placide dans sa lecture des *Misérables*, une œuvre de Victor Hugo en plusieurs volumes qui le captivait. Fasciné par le style de l'auteur, il avait pris l'habitude de relever certains passages bien écrits qu'il consignait dans un carnet, décortiquait les phrases, s'attardait à la beauté des mots, des images qu'il formait dans sa tête. Un jour, il se mettrait à l'écriture, à exprimer par le truchement de ses personnages les multiples facettes de sa personnalité complexe.

Mais Léandre s'était promis de poursuivre ce qu'il avait entrepris avec l'ex-religieux. Et depuis qu'il l'avait perdu comme assistant, il sentait en lui fermenter une petite rancune…

On allait verrouiller le magasin. Après quelques jours de relations froides ou inexistantes, Léandre décida de l'aborder. Avant que le commis de l'arrière-boutique disparaisse, il alla l'interpeller.

— Puis, mon cher frère, comment ça va, la nouvelle *job* ? Aimes-tu ça, au moins ?

— Ça dépend des jours, mais en général je n'ai pas à me plaindre.

— D'après ce que la mère a dit, t'es pas mal tranquille le soir. Moi, si j'étais toi…

— Pas encore de la lutte, j'espère.

— Non, non, j'ai ben vu que t'aimais pas ça, la lutte. Ça serait plutôt une sortie CUL-TU-RELLE! C'est pas de l'opéra, faut faire changement de temps en temps.

Les sourcils de Placide se froncèrent. Léandre se rendit compte que l'amorce avait produit son effet. Il ajouta :

— En tout cas, t'es mieux d'en profiter ; ça adonne ben, j'ai un soir de congé à la taverne. David puis moi, on va t'attendre dans le *truck*, en avant, à sept heures.

Le firmament avait allumé ses réverbères. Le Fargo ronronnait sur la devanture du commerce et ses phares éclairaient le pavé. Placide sortit dans la rue et s'engouffra dans le camion.

Le véhicule descendit dans Bourbonnière, puis emprunta Sainte-Catherine. Léandre et David semblaient s'amuser comme des gamins à s'échanger des blagues que Placide ne comprenait pas. À la hauteur de la défunte *Belle au bois dormant*, le camion ralentit. Le chauffeur lança alors quelques allusions coquines, et le véhicule fonça vers l'ouest.

À l'angle d'une rue, le Fargo bifurqua et remonta vers le nord. C'était déjà ça de pris : on ne se dirigeait pas vers le Forum. Puis Léandre tourna sur la gauche et atteignit le boulevard Saint-Laurent. Visiblement, on n'allait pas admirer les splendeurs nocturnes de l'oratoire Saint-Joseph ni passer une soirée au flambeau dans les allées au pied de la basilique. On roulait au cœur du *Red Light* de Montréal, où foisonnaient des boîtes de nuit et des cafés interlopes aux lumineuses marquises. Léandre sembla chercher un endroit pour se garer. La figure de Placide s'ombragea d'inquiétude.

— On est rendus dans un coin malfamé, devina-t-il.

— Puis? rétorqua Léandre. Il est temps que tu connaisses d'autre chose que des livres, des prières, puis des dessous de robes noires…

L'insinuation avait été malveillante. Le défroqué essuya la brimade de son frère, mais il repensa aussitôt à ses amitiés particulières avec Éloi et à la mauvaise réputation qui s'accrochait aux religieux. Léandre n'avait pas tout à fait tort!

Le Fargo gara à quelques immeubles du *Faisan argenté*. Du coup, Léandre se remémora sa sortie envoûtante avec Paulette, leur repas arrosé d'un bon vin français et le spectacle qui avait suivi. Il entraîna ses compagnons à l'étage par l'escalier feutré orné d'ampoules brasillant dans la noirceur. En haut des marches, les deux mêmes gaillards se tenaient les bras croisés sur leur torse musclé. Une hôtesse au décolleté plongeant progressa sur ses talons hauts vers les trois jeunes hommes. De sa main manucurée, elle leur assigna une place.

Au milieu de la salle, sous l'éclairage diffus, une danseuse lascive à la tenue légère tournoyait autour de clients dont les lèvres bavaient de plaisir. Après un court instant, Léandre et David avaient succombé aux charmes de la beauté fatale. Les yeux plissés de convoitise, ils sentirent une sève agréable se répandre dans tout leur corps. Leur sexe gonfla leur pantalon. Ils se livrèrent alors à des grossièretés insaisissables pour Placide qui, pris d'un malaise insupportable, coula son regard le long de l'épine dorsale et de la croupe en saillie de l'allumeuse, avant de le fixer sur le plancher.

— Elle va venir à notre table? demanda David.

— Fais-lui signe, répondit Léandre.

La frôleuse s'était déjà éloignée vers d'autres spectateurs embrasés. Une serveuse s'approcha.

— Tiens donc, de la belle visite!

— Arlette Pomerleau! s'exclama Léandre. Tu travailles encore ici…

— Ça a ben l'air, mon beau!

Elle se tourna vers Placide qui avait détaché ses yeux du plancher et les avait portés sur elle.

— Qui c'est, celui-là? demanda-t-elle.

— C'est Placide, celui de mes frères qui était chez les Sainte-Croix.

— Ah, il est pas vilain non plus, ton frère! commenta-t-elle. Puis qu'est-ce que je vous sers : une bière pour les habitués puis un verre de lait pour le défroqué?

— Ne vous moquez pas de moi, mademoiselle Pomerleau! rétorqua Placide. Je vais prendre une bière comme les autres.

Placide se remémora sa soirée au parc Jeanne-Mance avec quelques membres de sa famille et son confrère Éloi, qui s'était enivré de whisky jusqu'à en perdre la tête. Le lendemain, ils devaient quitter Montréal avec l'oncle Elzéar et la tante Florida pour le lac Nominingue. Et, dans les heures sombres qui avaient suivi, était survenu le drame qui avait bouleversé sa vie…

Placide avait tisonné les cendres de son passé douloureux qu'il dilua dans le quart d'une bouteille. Après, contrairement à Léandre et à David, il avait refusé d'être entraîné par la marchande de plaisir. Puis il était rentré au petit matin, abasourdi de fatigue, la tête remplie de ses souvenirs d'Éloi. Sa nuit avait été courte. Dans la chambre qu'il partageait avec Marcel, il s'était couché dans le lit du bas que son frère lui avait cédé. Pour une fois, Marcel était revenu avant lui. Il s'était promis de ne plus jamais recommencer son petit écart de conduite.

La vie de Placide se jalonnait à présent de petites expériences qui le tiraient de sa solitude. Sans abandonner ses croyances religieuses, il ne voulait pas se laisser emporter par les invitations de l'un et de l'autre. Entre une sortie à l'oratoire Saint-Joseph avec son père et une nuit au *Faisan argenté* avec son frère, il devait certainement exister un juste milieu. Le notaire de la famille lui avait toujours paru raisonnable. De son arrière-boutique où son père lui avait fait installer le téléphone pour plus de commodité, Placide composa un numéro.

Colombine répondit. Elle transmit l'appel à son mari.

Le taciturne exposa brièvement ses préoccupations, son adaptation à la maison et au commerce.

— Tu m'as l'air affligé, mon pauvre Placide ! Viens donc souper demain soir, tu n'as pas à être mal à l'aise, mes beaux-parents sont invités dans la parenté des Crochetière.

— J'irai faire un tour en soirée, dit-il.

— Non, non, je t'attends pour souper ! conclut Édouard.

La journée s'acheva dans une confiance mitigée, à se demander s'il avait bien fait de joindre son frère. Mais il se réjouissait à la pensée qu'il se retrouverait seulement avec lui et Colombine. Il ne ressentait pas le besoin d'étaler ses problèmes devant les parents de sa belle-sœur pour se faire conseiller. Au pire, Colombine se mêlerait aux confidences…

Le lendemain soir, sitôt son travail terminé, le commis comptable de l'épicerie Sansoucy se rendit à la résidence des Crochetière. Il avait franchi la porte du logis pendant que les femmes étaient occupées. Il avait seulement traversé un seuil plutôt qu'un autre. Elles ne s'apercevraient pas de sa disparition en le croyant replongé dans son livre épais.

La table dressée de vaisselle de porcelaine à filets dorés et d'argenterie l'impressionna. Dans la maison fastueuse, on n'attendait que lui. On s'était donné beaucoup de peine à préparer un repas qui ne ressemblerait pas à ceux d'Héloïse, même si sa tante s'adonnait à la cuisine avec la plus grande application. La bonne s'approcha de l'invité.

— Je vous sers du vin? demanda-t-elle.

— Une larme pour mon frère, mademoiselle, répondit Édouard.

Édouard n'avait pas si bien dit. Placide avait la larme à l'œil. Sans tomber dans l'effusion de sentiments, il avait besoin de s'épancher. Les deux frères venaient de se remémorer leur sortie à l'opéra. Mais Placide ne savait comment aborder sa soirée au *Faisan argenté*. Colombine, que les amours de Rodolphe et Mimi avaient plongée dans une écoute plus distante, intervint:

— *La Bohème* n'est pas la plus belle œuvre de Puccini, affirma-t-elle.

— Je préfère de loin l'art lyrique aux soirées de lutte au Forum ou…

— Ou quoi? s'enquit Édouard.

— Ou aux incursions dans un cabaret…

Indignés, Édouard et Colombine s'élevèrent contre les sorties organisées par Léandre et sa mauvaise influence sur Placide.

— Je ne suis pas si influençable que ça, vous savez, réagit-il.

— Ça fait deux fois que tu te laisses entraîner par lui, s'insurgea Édouard. Bon, c'est assez! Je n'en ai pas discuté avec Colombine, mais écoute bien ce que j'ai à te proposer.

La vie de couple ennuyait terriblement Édouard. Colombine ne s'était jamais révélé une amante passionnée. Leurs soirées à jouer au bridge avec ses parents ne l'enthousiasmaient pas non plus. Après une si courte existence commune, Édouard voyait là l'occasion de rompre avec la morosité quotidienne. Il suggérait à son frère de s'éloigner de Léandre pour un temps, en suivant des cours de comptabilité dans une institution reconnue. Différentes maisons d'éducation offraient des cours de jour et de soir. Le collège de Saint-Laurent donnait le cours commercial. L'année scolaire avait débuté, mais il s'agissait d'insister un peu pour se faire inscrire. Cependant, il était dirigé par des Sainte-Croix.

Colombine avait feint de comprendre l'idée de son mari.

— Comme ça, tu retournerais pensionnaire, exprima-t-elle.

— Il y a aussi l'externat, mentionna le défroqué.

— Mieux que ça, dit Édouard. Placide pourrait demeurer avec nous. Tes parents seraient compréhensifs. Comme je les connais, ils seraient prêts à héberger un étudiant.

Colombine poussa un soupir accablé.

— Il faudra convaincre papa, s'inquiéta le commis.

— Penses-y, Placide, c'est tout à son avantage. Il aura un employé qualifié plutôt qu'un commis comptable formé sur le tas…

Placide quitta la résidence, l'esprit tourmenté par une lourde décision à prendre. D'ailleurs, il n'était pas en mesure de payer ces études tant recommandées par Édouard. À son retour à la maison, il constata que son père n'était pas revenu de la taverne. Dès le lendemain, il saisirait la première occasion pour en discuter avec lui.

Au matin de ce jour-là, Sansoucy entra au magasin la mine fort joyeuse. Le commis avait pris l'habitude de surveiller les variations d'humeur de son patron. Auparavant, un rien portait l'épicier sur les nerfs. Mais depuis que Placide *paperassait* dans ses affaires, l'air lui était devenu plus respirable.

Le boucher était à nouer un tablier propre autour de sa taille. Avant que les entraves de la journée viennent gâcher les dispositions favorables de son père, Placide décida d'intervenir. Il se détacha de son bureau de travail et surgit dans la boucherie.

— Papa, j'ai à vous parler dans l'intimité, dit-il, gravement.

Les moustaches du boucher s'affaissèrent. Son fils affichait toujours cette physionomie troublée, mais elle lui sembla énigmatique. Une appréhension le gagna.

— Oui, mon garçon ?

— Qu'est-ce que vous diriez si j'allais apprendre la tenue de livres ?

— Je suis pas un bon professeur, coudonc ? Je t'ai enseigné tout ce que je savais…

Le commerçant fut en transe quand il apprit que son fils désirait faire son entrée au collège de Saint-Laurent et qu'il abandonnerait temporairement son travail de commis comptable. Aussi, le voyagement s'avérerait plus commode si, pendant ses études, il résidait chez Wenceslas Crochetière.

— C'est-tu lui qui va les payer, tes études, le notaire Crochetière ?

— Non, c'est vous, papa !

Placide venait de porter atteinte au bonheur de son père, d'écorcher sa journée.

— Mili, viens ici une minute ! s'écria-t-il.

Émilienne referma son tiroir-caisse et s'amena à la boucherie.

— J'aime pas ben ça quand tu me cries après de même, Théo ! Une chance qu'il y a personne dans le magasin.

— Figure-toi donc que…

L'épicière dévisagea son fils d'étonnement. Mais elle tenta de cacher son désappointement.

— Ben, c'est pour le mieux, Théo, concéda-t-elle. Puis, en attendant qu'il finisse son cours, on va s'arranger autrement.

L'inscription pressait. Placide alla éteindre la lampe de son bureau, s'empara des *Misérables* et sortit en trombe du magasin en passant sous le nez de ses frères. Léandre s'écria :

— Eille, le père ! Où c'est qu'il va donc, lui, à matin ?

Placide n'avait pas eu le cran de demander à son patron que Léandre le conduise à l'institution des Sainte-Croix. Du reste, les relations avec son frère n'étaient plus ce qu'elles avaient été. Elles semblaient même se détériorer. Comment le livreur réagirait-il quand il apprendrait que le commis comptable bénéficierait d'un traitement particulier ? Placide essaya d'oublier le feu qu'il venait d'allumer au magasin. Il devait se rendre le plus tôt possible à Ville Saint-Laurent par ses propres moyens.

Cela lui faisait tout drôle de penser qu'il se retrouverait avec des Sainte-Croix. Cependant, il tairait son passé ténébreux au collège de Saint-Césaire. Il se contenterait de dire qu'il avait étudié à l'école Baril, comme Léandre et Marcel l'avaient fait avant lui. Au début, on remarquerait certainement son arrivée tardive parmi les élèves, mais après il se fondrait dans la masse étudiante. Par ailleurs, il aurait du rattrapage à faire ; il misait sur son talent.

Il s'était engagé vers le nord et, *Les Misérables* entre les mains, il attendait au coin d'une rue le tramway de Cartierville qui le mènerait à la maison d'enseignement. Une dame pauvrement fagotée observait le jeune homme d'allure distingué qui se tenait près d'elle.

— Ça a l'air bon, ce que vous lisez, monsieur, dit-elle.

— En effet, madame, acquiesça Placide. Victor Hugo est un maître de l'écriture.

— Moi, je lis juste les *comics* du samedi, vous savez.

— Continuez, madame, c'est une bonne manière de se délasser.

Placide aida la dame à monter dans le tramway.

— Ah ben, tabarouette! s'exclama le wattman. C'est-tu pas mon neveu!

— Bonjour, mon oncle Romuald.

— Où c'est que tu t'en vas de même? Je pensais que tu travaillais à l'épicerie de ton père…

Derrière Placide, des usagers s'impatientaient. Il paya et alla s'absorber dans son roman. Il n'avait pu formuler sa réponse. Peu lui importait. L'oncle Romuald n'avait qu'à communiquer avec son frère.

Le portier conduisit Placide au parloir. L'endroit lui rappela les visites de ses parents qui l'attendaient dans la salle froide, sur des chaises droites, les mains sur leurs genoux, à errer leur regard sur des images de saints dont ils ne se remémoraient jamais le nom d'une fois à l'autre. Sa mère se levait aussitôt, émue jusqu'aux larmes de revoir son exilé habillé de noir, le visage aussi triste que les murs et les meubles qui composaient le mobilier. Là, il s'assoyait, le dos raidi par les convenances, et s'entretenait de propos ordinaires en évitant de parler de l'ennui qui le rongeait. Mais à cette époque, il ne se sentait bien nulle part. Là ou ailleurs, il éprouvait une mélancolie presque permanente, un mal de vivre qui s'était étonnamment dissipé à l'arrivée d'Éloi Desmarais.

Un bruissement de robe le tira de ses souvenirs. Un religieux à la figure sévère, retranché derrière d'épaisses lunettes noires, parut.

— Je suis le supérieur, postillonna-t-il, suivez-moi.

Placide marcha derrière le révérend et entra dans son bureau.

— Que puis-je pour vous, mon cher jeune homme?

Placide expliqua qu'il venait de *dégoter* un emploi de commis comptable, le soir, dans une entreprise. Cependant, le proprié-taire exigeait qu'il suive des cours de perfectionnement. En tant qu'étudiant, il se disait prêt à fournir tous les efforts requis pour réussir. Et même si l'année scolaire avait presque trois semaines d'écoulées, il parviendrait à rejoindre ses camarades.

La figure austère du supérieur se contracta. Il fixa sur Placide un regard pénétrant.

— Les études au collège de Saint-Laurent nécessitent beaucoup de travail, exposa-t-il, en expectorant des postillons. Suivre des leçons le jour et occuper un emploi le soir dans une entreprise n'est pas à conseiller. Vous êtes un cas, monsieur…

— Oui, mais en travaillant seulement deux heures le soir je pourrais y arriver.

Placide s'était surpris à bien enrober ses pieux mensonges. Il ne se reconnaissait pas dans le déguisement de la vérité. Pour une fois, il avait emprunté à Léandre le maquillage des faits. Mais les circonstances ne lui donnaient guère le choix.

Le supérieur parut embarrassé.

— Nous allons vous prendre à l'essai, décida-t-il. Vous comprendrez qu'il ne faut pas mettre en péril la réputation de l'institution. Vous commencerez demain matin.

Le religieux procéda à l'inscription du nouvel élève, régla certains détails administratifs, et Placide prit congé.

En sortant du bureau, une Robe noire glissa vers lui.

— Bonjour, frère Placide ! le salua l'homme.

— Ah ! bonjour !

Le frère Ulric arborait un sourire sirupeux. Le postulant s'approcha de lui comme s'il attendait que le visiteur justifie sa présence. Il le devança :

— J'ai appris que tu avais quitté Saint-Césaire quelque temps après la mort de notre ami… Mais je ne pensais pas te croiser un jour dans un collège de Sainte-Croix.

— Tu devrais me revoir puisque je suis inscrit à des cours.

Placide échangea brièvement avec le surveillant des élèves en évitant de se rappeler leur séjour au lac Nominingue. Le timbre argentin d'une cloche résonna dans le corridor.

— Tu vas m'excuser, dit le postulant, je dois encadrer les étudiants pendant la récréation.

Retourner chez lui dans les plus brefs délais sans affronter le regard questionneur de son oncle Romuald avait fait son affaire. Mais sa rencontre avec le frère Ulric avait rallumé les braises encore brûlantes de son amitié avec Éloi Desmarais, de sorte que, pendant son trajet en tramway, il n'avait pas lu une seule ligne des *Misérables*.

Et lorsqu'il parut à l'épicerie, sa mère l'interrogea :

— Puis ? Ils t'ont pris ou pas, les Frères ?

— Je commence demain, maman.

Le visage d'Émilienne se décomposa. Elle avait espéré jusqu'à la dernière minute qu'on refuse d'inscrire son fils, même si elle s'était montrée disposée à ce qu'il quitte temporairement le commerce. Par contre, son pauvre Théo était dans un état si lamentable qu'elle avait résolu de parer au problème…

Placide se désolait de voir sa mère atterrée et il devinait l'accablement de son père ; il se rendit à l'arrière-boutique.

— Simone ! Si je m'attendais…

Les verres sur le bout du nez, l'épicier était installé à son bureau et s'employait depuis le début de l'avant-midi à démystifier au profit de sa fille le contenu du grand livre.

— J'étais un peu *gnochonne* dans les chiffres à l'école, mais je vas faire mon gros possible pour *gober*.

— Papa va sûrement l'apprécier, commenta Placide.

Sansoucy remonta ses lunettes et se leva pesamment, avec la mine abattue d'un enseignant découragé qui a épuisé ses ressources.

— Aide-la donc, Placide, moi j'en peux plus…

Le commis comptable prit la relève de son père. Le commerçant pourrait se consacrer à ses clients le reste de la journée. Pour l'heure, les choses étaient réglées. Mais il redoutait à présent l'attitude de Léandre.

Les cloches avaient sonné l'angélus. Le coursier avait garé son camion sur la façade du magasin. Sansoucy nettoyait ses couteaux. Penché par-dessus l'épaule de son élève, Placide retenait des soupirs exaspérés.

— J'en ai assez pour aujourd'hui, dit Simone. Je vas prendre Stanislas en passant puis aller préparer le souper.

— Léandre ! s'écria l'épicier, viens ici !

Le commis se rendit à la boucherie.

— Après le souper, tu vas aller reconduire Placide chez Édouard.

— Wô, le père ! D'abord, vous allez me demander ça comme du monde, puis ensuite, je suis supposé travailler à la taverne à soir. À part de ça, après six heures, vous êtes plus mon *boss*.

— Placide va aller rester chez ton frère le temps de ses études.

— Ah ! C'est pour ça que vous étiez après Simone aujourd'hui. Comme ça, c'est elle qui va prendre la place de Placide. Je veux pas vous faire de peine, le père, mais je pense que vous perdez un peu votre temps avec Simone. Elle puis le calcul, c'est comme vous puis la religion : ça va pas ben ben ensemble…

Simone surgit, l'air éminemment offusqué.

— Que c'est que j'ai entendu dans mon dos, Léandre Sansoucy ? J'étais pas ben bonne à l'école, mais j'étais pas si nulle que ça, par exemple. Puis si j'avais de la misère, c'est parce que ça dépendait des maudites *capines*…

Simone s'éclipsa. L'épicier acheva sa conversation avec son fils :

— En tout cas, c'est oui ou c'est non ? s'enquit-il. Décide !

— On va dire que oui, mais si je perds ma *job* à la taverne, ça va être de votre faute.

Léandre savourait une petite vengeance. Son père lui avait arraché son assistant pour la livraison des commandes afin de l'entraîner au travail de bureau. Et à son tour, il serait privé de l'aide de Placide.

* * *

Simone avait convenu avec sa tante Héloïse qu'elle serait la gardienne attitrée de Stanislas. Un peu avant huit heures, elle larguait le petit au deuxième en descendant à l'ouvrage. Puis elle s'engouffrait dans l'arrière-boutique à se débattre avec ses papiers et les fournisseurs. Quand elle se sentait débordée, elle s'allumait une Sweet Caporal et, même si le magasin était bondé de clientes, elle allait placoter avec Paulette en se croisant les jambes sur le tabouret.

Un jour, elles étaient plusieurs au comptoir-caisse à s'informer.

— Qui c'est qui garde ton petit ? demanda Dora Robidoux.

— Matante Héloïse puis matante Alida ; elles sont ben fines avec Stanislas.

— Comment ça va, elle puis l'autre, la malade qui a de la misère à marcher puis qu'on voyait avant au magasin de coupons ?

— Inquiétez-vous pas pour mes sœurs, coupa Émilienne, elles sont tellement heureuses de s'occuper de mon petit-fils.

La remarque avait heurté la sensibilité de Paulette. Madame Thiboutot perçut la moue chagrine de la migraineuse.

— Puis vous, quand est-ce que ce sera votre tour d'avoir un bébé? dit-elle.

— Demandez donc à votre belle-sœur Simone, elle doit savoir comment placer une commande, elle, blagua madame Flibotte, en égrenant un rire. Elle fait rien que ça, asteure, placer des commandes.

Au milieu de l'amusement des dames, des larmes s'échappèrent des yeux de Paulette. La boutade, lancée sur le ton de la plaisanterie, l'avait remuée jusqu'aux entrailles. L'épicière voulut la consoler.

— Ça viendra, ma Paulette, chaque chose en son temps! exprima-t-elle.

* * *

Sansoucy connaissait des jours plus réjouissants. Aux dernières nouvelles, Placide avait réussi à rattraper ses camarades de classe. Selon Édouard, il disparaissait dans sa chambre pour étudier ou faire des travaux. Le chambreur ne dérangeait jamais. Quelquefois, il venait passer une heure ou deux avec *Les Misérables* au salon, pendant que les Crochetière s'adonnaient au crible. Et parfois, la bonne le voyait franchir le seuil. L'étudiant avait bien droit à ses petits mystères…

L'épicier s'était passablement remis de son abattement. Malgré tout, sa «petite perle» lui enlevait un poids. Elle recourait à lui de moins en moins souvent pour les détails routiniers, et se débrouillait fort bien avec les approvisionneurs. Fardée et bien habillée, elle attisait leur regard. «Une belle fille comme toi, c'est dommage que ce soit enfermé dans un coqueron de même!» disaient-ils.

Toujours est-il que l'épicier prenait maintenant la vie avec un brin de philosophie. Les erreurs de Simone ne lui apparaissaient plus comme des monstruosités incorrigibles ; elles n'étaient que des bévues pardonnables, des insignifiances. Il avait donc la tête un peu plus libre pour s'adonner à un petit loisir qui ne l'accaparerait pas trop. Il en avait causé avec son camarade qui lui avait promis qu'un de ces quatre matins il surgirait avec son jeu.

Demers arriva au commerce avec l'air d'avoir *dégoté* la trouvaille du siècle. Un damier lui pendait sous le bras, et les poches gonflées de son pantalon lui conféraient cet air de satisfaction gamine des collectionneurs de roches.

— Tu vas pas me commencer ça dans mon magasin, Philias ! le morigéna l'épicière.

— Ton mari a besoin de se distraire un peu pendant son ouvrage, Émilienne, riposta Philias.

Le veuf se rendit à la boucherie. Sansoucy était occupé avec mademoiselle Lamouche, et Simone s'entretenait avec un camionneur qui achevait de décharger sa marchandise en lui faisant de la façon.

— Tiens, mon Théo, chose promise, chose due ! dit Philias Demers, en allant déposer son jeu de société sur le baril de mélasse.

— Vous allez pas revirer votre magasin en maison de jeux, j'espère, commenta la cliente. Ça serait ben le restant !

— Exagérez pas, mademoiselle Lamouche, rétorqua le boucher. Monsieur Demers puis moi, on va jouer aux dames juste de temps en temps, mais dites-vous ben que je serai toujours disponible pour servir ma clientèle. Avez-vous besoin d'autre chose ?

Mademoiselle Lamouche alla à la caisse. Le camionneur une fois reparti, envahie par les barriques et les boîtes, Simone s'écria :

— P'pa, venez ôter ça de là tout de suite !

L'épicier parut dans l'arrière-boutique. Dans une agitation furieuse, sa commis mâchait sa gomme comme si elle broyait sa colère.

— Que c'est qu'il y a, ma perle ? demanda-t-il.

— Ben regardez tout le stock ici dedans, c'est plein d'affaires pesantes puis c'est encombré sans bon sens. Je sais plus où me mettre. Puis que c'est que ça fait, ce jeu-là, sur la mélasse ?

— Énerve-toi pas, Simone, Philias puis moi, on va t'aider à débarrasser un peu la place. Puis pour les grosses boîtes, on va demander à Marcel puis à Léandre.

Les deux compères dégagèrent le plus possible les lieux congestionnés. Puis ils remontèrent de la cave un tonneau vide et des chaises rescapées de l'inondation de juillet. Ensuite, le damier fut déposé sur le baril qui trônait à présent au bord de la porte, dans l'arrière-boutique, de manière à ce que le boucher puisse avoir un œil sur le comptoir des viandes. L'installation terminée, Demers débourra ses poches et s'empressa de disposer les pions.

— Asteure, on va jouer une petite partie, Théo.

Sansoucy s'étira le cou et jeta un regard furtif à la boucherie. Il entama le jeu.

Près du damier, Simone se débattait avec une caisse qu'elle ne parvenait pas à ouvrir. Le pas rageur, elle alla chercher un couteau que le boucher avait abandonné sur son étal et repassa derrière les joueurs absorbés. Puis, avec une ardeur déchaînée, elle s'attaqua à la boîte qui s'éventra. Sansoucy s'arrêta de jouer. Il se releva brusquement et contempla la traînée blanche sur le parquet.

— Fais attention, Simone ! s'écria-t-il. Il y a des sacs de farine là-dedans !

— Ouan ! Je pensais pas cuisiner ce soir, mais je viens de décider que ça va être des crêpes. Puis que c'est que vous voulez ? C'est pas facile à dépaqueter, ces maudites boîtes-là !

— On va perdre un sac, asteure, soupira l'épicier, puis j'aime pas ben ça que tu te serves de mes couteaux de boucherie. Prends les ciseaux.

— Où c'est qu'ils sont, donc ? Je les ai cherchés puis je les ai pas trouvés.

— Fouille un peu, ma perle, Placide a dû les serrer dans le bureau.

La commis fourragea dans tous les tiroirs. Soudain apaisée, elle en ressortit l'instrument et un document qui la laissa muette d'étonnement.

— Les as-tu, coudonc ?

— Elle a l'air d'avoir trouvé d'autre chose d'intéressant, Théo, dit Philias.

— Que c'est que vous faites avec ça, p'pa ?

— Ça, ma fille, c'est mon permis pour vendre de la bière…

Pendant la campagne électorale, Maurice Duplessis s'était montré favorable à ce que l'épicier du coin reprenne la vente des vins et des alcools comme en 1921. En plus d'augmenter le revenu du propriétaire, la mesure réduirait considérablement le trafic clandestin d'alcool. Dans la législation que le gouvernement préparait, les magasins de la Commission des liqueurs seraient fermés. Cette dernière ne ferait que le commerce de gros et traiterait directement avec les épiciers. Sachant que le nouveau permis serait accordé à tous les épiciers licenciés, dans la foulée du projet d'expansion auquel il avait renoncé, le marchand avait rejoint les sept cent cinquante autres qui détenaient un permis de vente de bière.

— Tu serais ben fou de pas t'en servir, de ton papier, commenta Demers. Il y a de l'argent à faire avec ça. Tu me déçois, Théo !

— C'est ça, puis après c'est moi qui vas être pognée pour transporter des caisses de bière, rétorqua Simone. À l'*Ontario's Snack-bar*, j'haïssais assez ça quand monsieur Plourde m'obligeait à manœuvrer des caisses de liqueur.

Sansoucy avait oublié sa stratégie de joueur de dames. Il se mit à jongler à son plan d'expansion enterré.

Léandre parut à l'épicerie. Demers reconnut sa voix et l'appela dans l'arrière-boutique.

— Que c'est que tu ferais avec un permis de bière, mon Léandre ? demanda-t-il. Imagine-toi que ton père en a un, puis qu'il l'avait remisé dans un tiroir ; un vrai péché !

— Voyons donc, le père, au lieu de jouer aux dames, vous devriez afficher votre permis puis commander de la bière au plus sacrant ! Comment ça se fait qu'on a pas pensé à ça plus vite ?

La commis prit un air outragé.

— Il y a-tu quelqu'un qui pense à moi là-dedans ? s'opposa-t-elle. On dirait qu'il y a rien que vous autres qui comptent dans ce magasin-là.

— Voyons, Simone, rétablit son frère, ça va t'apporter de l'ouvrage de plus. Puis je gage que le père va te donner une augmentation…

Simone grimaça à la répartie de Léandre. Les traits de Sansoucy s'assombrirent. Il s'empara du permis, alla l'afficher dans la vitrine de son magasin et revint sur ses pas en arborant un air d'autorité qu'il empruntait rarement avec sa fille.

— Prends le *directory*, lui intima-t-il, puis assis-toi, on va commander…

Chapitre 5

Décidément, l'épicier avait subi l'ascendant indéniable de son fils et succombé à l'influence de son camarade en ce qui concernait la boisson. Auparavant, Placide avait investi les tiroirs du bureau, mais la trop grande accessibilité de la boisson dans le commerce de son père l'avait indigné. Il s'était remémoré les frasques d'Éloi et avait réalisé jusqu'où ça pouvait conduire une personne en état d'ébriété ; il avait vite remisé le permis à sa place. Or des caisses de bière s'empilaient maintenant le long d'un mur et offraient leurs vertus bienfaisantes à la clientèle. Des puritaines avaient rapporté au curé Verner un changement de vocation de l'épicerie. Le messager de monseigneur entra si furtivement au magasin que même la clochette s'en trouva intimidée.

— L'abbé Dussault ! s'exclama Émilienne.

Comme s'il avait pénétré dans un lieu saint, le prêtre avait enlevé son béret. Il le remit aussitôt quand ses yeux rencontrèrent l'empilement des caisses.

Des clientes s'étaient donné rendez-vous à l'épicerie pour voir la tête que ferait son propriétaire. À voir toutes ces ménagères qui avaient rôdé sans rien acheter, Émilienne avait eu le pressentiment qu'il se tramait un complot dans son magasin. À présent, elles étaient là, rassemblées comme un troupeau de ruminants qui regardent passer le train de leurs grands yeux abêtis.

— C'est une idée de mon mari, exprima-t-elle.

— Où est-il ?

Rose-Anna Flibotte se détacha du groupe et pointa un doigt accusateur en direction de la boucherie.

— Il est là ! proféra-t-elle.

Sansoucy s'amena comme le coupable qu'on livrait à la potence. Mais dans son for intérieur, il savait que le doigt dénonciateur de la Judas Iscariote du groupe n'était que le représentant de toutes ces clientes scandalisées.

— Retirez-moi ça de là, nasilla le prêtre, ce n'est pas un débit de boissons !

— Vous êtes pas rentré à la taverne, monsieur l'abbé, vous êtes dans mon épicerie. Allez donc vérifier dans toutes celles du quartier si je suis le seul à offrir de la bière. Faites-vous à l'idée parce qu'avant longtemps le gouvernement va permettre que les épiciers offrent en plus du vin et des spiritueux. À part de ça, vous devriez vous réjouir que vos ouailles puissent se procurer de la boisson dans nos magasins plutôt que de s'enivrer d'alcool de contrebande et de se ramasser dans vos confessionnaux en état de péché mortel. Et puis dites donc à monseigneur Verner qu'il a qu'à venir lui-même me sermonner s'il est pas content…

Germaine Gladu n'avait pas voulu prendre les devants. Ses esclandres trop récents lui imposant une retenue, elle avait laissé Rose-Anna Flibotte monter aux barricades. Églantine Poliquin, une chevrette dans la soixantaine qui arborait une touffe de barbe au menton, était demeurée à l'écart avec sa livre de beurre ; elle alla se poster près de l'épicier.

— Faites pas les hypocrites, mesdames ! bêla-t-elle. Je nommerai pas personne, mais j'en connais dont le mari fréquente la taverne ou achète sa bière à l'épicerie Chevalier, puis qui viennent chez Sansoucy pour les viandes.

Le boucher se bomba le torse en roulant ses moustaches. Derrière le comptoir, Émilienne retenait un sourire mitigé. Elle pensa qu'elle n'était pas une simple potiche et que, si les clients revenaient, c'était aussi parce qu'elle savait les accueillir dans son magasin.

Après le vibrant plaidoyer d'Églantine Poliquin, l'abbé Dussault se coiffa de son béret et repassa le seuil, entraînant avec lui toutes les acheteuses aux mains vides. Sansoucy s'adressa à madame Poliquin :

— Je sais pas comment vous remercier, dit-il.

— Si vous saviez comme ça me met de travers quand je vois une bande de visages à deux faces de même ! poussa la dame, dans un bêlement hostile.

Elle alla au comptoir et déposa sa livre de beurre.

— Vous me mettrez une caisse de Molson avec ça, s'il vous plaît.

Il s'écoula quelques jours avant que les clientes régulières reviennent à l'épicerie. Sur le coup, Églantine Poliquin était allée un peu loin, mais les femmes reconnaissaient qu'au fond la sexagé-naire avait fait craquer leur masque ; elle avait été capable de leur dire leurs quatre vérités. Germaine Gladu et Dora Robidoux furent les premières à faire amende honorable et à franchir de nouveau la porte du commerce. Après, d'autres revenantes les suivirent, feignant d'ignorer la nouvelle marchandise. Mais un jour viendrait et l'une d'elles finirait par acheter de la bière.

Entre-temps, Simone accumulait les frustrations. D'abord, elle s'ennuyait de Stanislas et du peu de liberté dont elle profitait quand elle ne travaillait pas à l'épicerie. À ce moment-là, elle avait plus de latitude pour organiser ses journées. Aussi soupçonnait-elle que la vieille célibataire était un peu trop sévère avec son fils. Chaque fois qu'elle l'abandonnait le matin aux mains de sa tante, l'enfant pleurait de voir sa mère le quitter. Et lorsqu'elle revenait, il avait les yeux rougis, comme s'il n'avait pas cessé de verser des larmes pendant toute la durée de son absence. C'était à lui arracher le cœur.

Le travail lui apportait bien peu de satisfaction. Elle ne parve-nait pas à se dépêtrer complètement dans ses boîtes. Pour éviter les accumulations, elle commandait peu. Cela contribuait à lui éviter des *embourbements* inutiles avec la conséquence qu'elle devait s'approvisionner souvent. Certes, elle ne dédaignait pas qu'on lui fasse la causette et qu'on la complimente, comme dans le temps où elle servait des clients à l'*Ontario's Snack-bar*. Mais son amour pour son Irlandais et son fils ne s'était pas démenti. C'était cela qui la tenait.

Son grand livre de comptes souffrait encore de son manque de rigueur. «D'abord que je me comprends!» se disait-elle. Bientôt, à la fin de septembre, son patron regarderait ses chiffres de plus près. Il lui dirait qu'il est content de sa «petite perle» et qu'elle abattait une excellente besogne en remplacement de Placide. Pour l'heure, il semblait se draper dans une confiance en elle à toute épreuve, en préférant disputer quelques parties de dames plutôt que de procéder à des vérifications comptables périodiques. Et s'il se permettait du bon temps, pourquoi ne pourrait-il pas lui accorder un après-midi de congé? Elle avait songé à une sortie avec sa belle-sœur, et elle guettait le moment où Paulette raccrocherait et que sa mère serait prise avec une cliente.

— J'ai envie d'aller magasiner après-midi, dit-elle. J'ai plus rien à me mettre sur le dos.

— Puis après, vas-y, c'est pas mon affaire! rétorqua la migraineuse. C'est toi qui veux s'acheter du linge, pas moi.

— Je voudrais que tu m'accompagnes, Paulette.

— On est pas pour se sauver de même avec l'ouvrage qu'il y a.

— Ben voyons, niaiseuse, il y a pas tant d'ouvrage que ça aujourd'hui. C'est pas la plus grosse journée de la semaine. Ils vont se débrouiller sans nous autres, tu sais ben.

— Oui, mais deux employées de moins, ça paraît. Puis qui c'est qui va faire à manger à nos deux hommes si jamais on revient tard?

— C'est sûr qu'on va revenir tard. Ils auront juste à s'ouvrir une canne de bines. Il y en a justement à douze cennes en spécial cette semaine. En tout cas, penses-y. Je vais en parler à mon père tout à l'heure, conclut-elle avant de regagner son bureau.

Demers était assis au damier et il élaborait à voix haute une stratégie en attendant que son ami soit libéré de mademoiselle Lamouche. «J'avance ce pion-ci, Théo va déplacer celui-là, puis là je vas manger de même… C'est en plein ça que je dois faire!» s'exclama-t-il. Sansoucy surgit dans l'arrière-boutique. La commis déposa son crayon. Le boucher s'assit, heureux de s'être débarrassé de sa cliente la plus capricieuse.

— P'pa, j'ai une permission à vous demander, dit-elle d'une voix implorante.

— Oui, ma perle, tout ce que tu voudras, répondit-il, à la cantonade.

— J'aimerais aller magasiner sur la rue Sainte-Catherine. À ce temps-ci, la mode d'automne est sortie.

L'épicier s'était installé machinalement. Soudain, il réalisa la teneur de la demande.

— Voyons, Simone, une autre journée, mais pas aujourd'hui. Là, il y a pas beaucoup de monde, mais tu vas voir cet après-midi, ça dérougira pas. C'est pour ça que je prends un petit *break*, ma perle.

— Ben il y en aura pas d'après-midi, ni pour moi ni pour Paulette.

— Paulette aussi?

— Dites oui, p'pa, envoyez donc…

La commis alla aviser sa belle-sœur et revint aussitôt à son bureau. Émilienne s'excusa auprès de Rose-Anna Flibotte et s'adressa à Paulette.

— Coudonc, que c'est que vous avez, vous deux, à vous dire des secrets de même ?

L'épicier délaissa le damier et traversa le magasin. Puis il s'empara de deux bouteilles de Dow et repassa en trombe devant la caissière.

— Théo ! râla Émilienne, rapporte ça tout de suite !

Ses mentons en tremblaient.

— Voulez-vous ben me dire, madame Flibotte, que c'est qu'ils ont, eux autres, à matin ? s'exaspéra l'épicière.

— S'il y en a une qui doit le savoir, c'est ben vous, répliqua-t-elle. Mais ce que je viens de voir avec votre mari a rien de rassurant. Quand on est rendu à faire son épicerie dans une taverne…

D'un geste méprisant de la main, Rose-Anna Flibotte abandonna ses articles sur le comptoir et sortit du magasin. Ulcérée, Émilienne se rendit à l'arrière-boutique. Les deux joueurs avaient débouché leur Dow et faisaient mine de se concentrer sur le damier.

— Que c'est que tu penses qu'il va nous arriver, Théo, asteure ? se fâcha-t-elle. Toi, Philias, pas un mot !

Elle avait les deux mains sur les hanches de son tablier et espérait une explication.

— Eille, Théo, je te parle. Puis toi, Simone, c'est quoi ces cachotteries-là, à matin ?

À son bureau, Simone avait pris une attitude un brin piteuse.

— Ben je voulais magasiner après-midi avec Paulette, mais je pense que je suis mieux de remettre ça à plus tard…

L'épicière regagna muettement son comptoir. Dans son agitation, elle eut envie de se déporter dans l'arrière-boutique et d'enlever aux hommes leur bouteille. Pourquoi ne l'avait-elle donc pas fait ?

— Je vas mettre le holà à leur beuverie, marmonna-t-elle, avant d'amorcer le pas.

— Hé ! madame Sansoucy, l'interpella une voix criarde.

Une cliente entra avec son sac à main pendu sous le coude et une canne de jus de tomate.

Émilienne s'arrêta net et se retourna. Rita Morasse se pressa vers le comptoir et déposa sa boîte de conserve vide avec fracas.

— Votre produit est pas bon, j'exige un remboursement.

— Comment ça, un remboursement ?

— C'est écrit dans la publicité du journal…

La dame ouvrit son sac à main. Elle en extirpa un exemplaire de *La Patrie*, qu'elle déplia à la page de l'annonce de ketchup aux tomates, de soupe aux tomates et de jus de tomate.

— «Le double de votre argent remboursé», lut l'épicière. Théo ! Viens donc ici une minute.

Sansoucy parut.

— Madame Morasse est pas satisfaite de son jus de tomate. Moi j'en ai déjà plein mon casque de mon avant-midi, occupe-toi-z-en…

— Taboire ! s'emporta-t-il, on est pas pour commencer à rembourser de l'argent à tous les becs fins, on finira plus. Va falloir vous *licher*, madame Morasse.

Radouci, Sansoucy glissa ses lunettes sur le bout de son nez et parcourut à voix haute le texte de l'encadré :

Si vous ne trouvez pas que les produits de tomates Libby's à «pression douce»
sont les meilleurs que vous n'ayez jamais goûtés, Libby's vous remboursera le
double de votre argent. Écrivez simplement, en lettres moulées, vos noms et
adresse, le prix d'achat et le nom de l'épicier au dos d'une des trois étiquettes, et
envoyez cela à Libby, McNeil & Libby, Chatham, Ontario.

— C'est pas le meilleur jus de tomate que j'ai goûté, argumenta
la dame.

— Ça se peut, mais j'ai aucune manière de vérifier ça, madame
Morasse. Puis pour moi, vous lisez pas les petits caractères ; faut
pas se laisser accrocher juste par les gros. En tout cas, si vous tenez
à réclamer, c'est à vous d'écrire à la compagnie d'Ontario au dos
de votre étiquette que vous allez maller dans une enveloppe avec
un timbre dessus.

— Ben moi, je sais pas lire ni écrire ; même pas les grosses lettres.
C'est madame Pitre qui m'a dit que je pouvais réclamer à l'épicier.
Elle est supposée venir elle aussi à votre magasin parce qu'elle,
c'est la soupe aux tomates qu'elle a pas aimée.

— Écoutez, madame Morasse, je vas faire un spécial pour vous.
Je pourrais ben vous envoyer promener, mais je vas demander à
ma secrétaire de remplir le coupon à votre place. En plus, Simone
va le mettre dans une enveloppe que je vas payer puis elle va coller
dessus un timbre que je vas payer de ma poche aussi. Quant à
votre madame Pitre, comme elle sait lire, elle, ben elle se débrouil-
lera toute seule puis j'aurai pas à payer pour…

Rita Morasse reprit sa boîte de conserve et devança Sansoucy
dans l'arrière-boutique.

La matinée n'était pas très avancée et Émilienne se sentait
submergée de problèmes qui la dépassaient. Elle était soulagée
d'avoir expédié la mère d'un chenapan qui avait déjà causé du
trouble au magasin. D'ailleurs, son mari avait le temps de parer

à l'imprévu qui survenait. Il semblait sur le point de mâter la plaignarde aux intentions manifestement malhonnêtes. D'autres clientes régulières entraient ; elle se composa un sourire.

Simone refusa de collaborer en disant qu'elle était surchargée, que ce n'était pas dans ses attributions de rédiger une requête au nom d'une cliente capricieuse et illettrée. Elle mit également son père devant les faits : d'autres illettrées pouvaient *retontir* en nombre n'importe quand au magasin. Revancharde, madame Morasse jura de porter plainte à l'association des épiciers afin que le permis de bière de l'épicerie-boucherie Sansoucy soit retiré.

Émilienne avait entendu sa fille hausser le ton et elle avait vu la mécontente retraverser le plancher avec sa boîte. Mais Simone était demeurée avec sa frustration première. À travailler six jours par semaine au commerce de son père, les heures de magasinage lui échappaient. L'automne était commencé, et elle ne voyait pas comment elle pourrait remplacer ses robes de l'année précédente. Elle répétait à qui voulait l'entendre qu'elle « n'avait que des vieilleries à se mettre sur le dos ». En soirée, dès que Stanislas était dans sa *bassinette*, elle feuilletait avec convoitise les catalogues des grands magasins et marquait des pages en repliant le coin du bas. De temps à autre, Paulette levait les yeux au-dessus de ses romans-feuilletons à quinze cents et regardait le catalogue qui s'épaississait.

Un bon soir, Paulette, connaissant un répit de ses abominables maux de tête, suggéra à sa belle-sœur de demander à Alphonsine de lui apporter des patrons de son magasin. La tante pourrait lui proposer des échantillons de tissu. Par la suite, Alida confectionnerait à sa nièce les robes de son choix.

En bonne vendeuse, soucieuse de satisfaire sa cliente, Alphonsine transporta des brassées de patrons. Elle entendit des « Ça fait trop vieille fille, ça, matante ! » ou bien des « Je me vois pas vraiment dans cet accoutrement-là ! » qui ne la décourageaient pas. Puis elle rapportait ses paquets à son magasin. Et le lendemain, reprenant son bâton de pèlerin, elle revenait avec d'autres modèles que sa nièce repoussait avec indélicatesse du revers de la main. «La petite gueuse te fait marcher», disait Héloïse. Mais au dernier jour de septembre, alors que la commerçante donnait des signes d'exaspération en achevant de faire l'inventaire de sa panoplie de patrons, elle eut la main heureuse et en apporta un qui eut l'heur de plaire à Simone, qui exprima finalement: «Je vas choisir celui-là!» Les mesures prises, Alida s'était mise à sa machine à coudre.

La Singer fonctionnait à plein régime quand Romuald rendit visite à Théodore.

— Ça me rappelle le temps où vous étiez dans les Chemises bleues, Alida, commenta-t-il.

— C'est fini, ce temps-là! rétorqua-t-elle, avant de baisser la tête sur le tissu safran.

L'impotente suivait l'actualité avec plus d'intérêt qu'auparavant. Hitler, ce méchant garçon au *pinch* ridicule, commençait à la faire trembler avec son dénigrement haineux qui dérapait tranquillement vers une extermination des Juifs. Romuald restait actif dans le parti. Cependant, le wattman avait compris que ses discours à l'emporte-pièce n'atteignaient plus l'invalide et se gardait maintenant de prononcer le nom du führer canadien dans la maison de son frère. Il s'était trouvé une nouvelle marotte à débiter des balivernes qui semblaient le faire rire comme on s'amuse d'une badinerie:

— C'est rendu que je vois régulièrement Placide dans mon tramway, dit-il. Après ses cours au collège Saint-Laurent, je le vois toujours avec le même religieux, puis ils ont pas l'air de s'en aller à l'Oratoire…

— Tu parles à travers ton chapeau, Romuald, dit Georgianna. Tu sais pas ce qu'ils font ensemble, ces deux-là.

— En tout cas, Placide est pas parti pour avoir une grosse famille, renchérit-il.

— Tu peux ben parler, Romuald, le rabroua Émilienne. Toi-même, t'en as pas engendré un seul.

— Ça t'en bouche un coin, dit Sansoucy.

— Georgianna puis moi, on en a toute une trâlée, mais on l'a oubliée chez nous dans les tiroirs, folâtra-t-il, avant de s'esclaffer d'un rire jaune.

Chapitre 6

Simone n'avait pas obtenu son congé pour aller magasiner avec Paulette ; elle s'était résignée à rester à l'ouvrage. À défaut de s'être acheté des robes toutes faites, elle devait en revanche se soumettre, le soir, aux exigences fastidieuses des nombreux essayages. Aujourd'hui, elle avait résolu de se prêter à l'exercice avant le souper, car David retournerait au Forum avec Léandre et elle aurait à s'occuper du petit.

Stanislas avait poussé des cris de joie lorsqu'il avait aperçu sa mère. Simone l'avait cajolé quelques instants et s'était amusée un peu avec lui avant de le relâcher sur le plancher et d'aller revêtir la robe écourtichée dont Alida paraissait si fière. Sans le dire à sa nièce, la couturière avait rallongé la jupe d'un bon deux pouces et demi. Elle se croisait les doigts en attendant de voir sortir sa nièce de la salle de bain.

— La mode est pas si longue cet automne, matante.

— Si je la raccourcis, ça va friser l'indécence, ma Simone, rétorqua l'impotente.

— T'as pas l'air de te rappeler que t'es mariée, asteure, dit platement la cuisinière. Il y a des hommes qui cherchent juste ça, voir les cuisses des femmes.

Héloïse était aux chaudrons. Sans le dire, elle avait éprouvé des difficultés avec le petit, qu'elle n'avait pas réussi à endormir après le dîner. Souvent, pendant la sieste du bambin, elle sortait prendre l'air ou courait faire quelque commission et revenait juste avant qu'il se réveille. Puis, après l'inévitable changement de couche, elle s'appliquait à lui transmettre les fondements de la parole, un peu comme elle l'avait fait avec son perroquet Nestor. Elle avait été renversée de lire dans *La Patrie* que les jumelles Dionne ne prononçaient pas un traître mot. À vingt-huit mois, les quintuplées n'émettaient que des sons, ne poussaient que des cris et des pleurs. Plusieurs prédisaient que les *dionnelles* formeraient un groupe de cinq attardées. Les parents avaient eu recours à un éminent pédiatre qui ne comprenait pas le phénomène. Mais la gardienne Héloïse, armée de ses intimes convictions, prétendait que ce qui n'avait pas fonctionné avec son animal à plumes allait réussir avec l'enfant de sa nièce.

Mais elle n'y parvenait pas. Toute sa vie, elle avait travaillé à la Canadian Spool Cotton pour des patrons exigeants, à exécuter des tâches insipides pour un salaire minable, alors qu'elle avait rêvé de devenir institutrice ou dactylo. Elle répugnait à être la célibataire aimable, gracieuse et gentille qui attendait la faveur des gens du sexe opposé. Pour les attirer, faute de pouvoir embellir son visage, elle aurait pu cultiver l'art de la conversation. Elle aurait au moins attiré vers elle les hommes d'esprit. Malheureusement, elle n'avait jamais éprouvé ce sentiment d'accomplissement, celui qui forme les êtres épanouis qui ont touché au bonheur.

Pendant qu'elle touillait la soupe aux vermicelles, elle détaillait la silhouette de sa nièce qui avait opté pour le travail au lieu des études. Longtemps elle s'était projetée en elle, rêvant qu'elle devienne celle qu'elle n'avait jamais été. Pourtant, « la petite gueuse » avait plus de talent qu'Irène, qu'elle avait encouragée à entrer à son usine comme ouvrière. Irène, cette autre vieille fille rangée qui ne commettait pas de « folleries » et qui était en passe de s'abrutir comme toutes les ouvrières des manufactures et de s'assécher comme des arbres dont on extrait lentement toute la sève nourricière.

Émilienne venait de monter avec Marcel qui alla quérir nonchalamment une casserole dans le bas d'une armoire. Alida avait de nouveau faufilé le bord de la robe.

— Que c'est que t'en dis, m'man ? s'enquit la commis.

— Tu t'arranges pour faire *crochir* les yeux des hommes, ma fille. À part de ça, on est plus en été. Bon, assis-toi là, Marcel, que je te coupe les cheveux. J'ai dit…, insista Émilienne. Je veux pas que mes garçons aient l'air de vrais pouilleux ; assis-toi, qu'on en finisse, j'ai les jambes mortes.

— *Watch out*, m'man, si vous me faites ça de travers, ça va être la dernière fois que vous me les coupez, puis je vas aller au salon Bellemare. Amandine m'a dit que j'aurais l'air moins fou si j'allais chez un vrai barbier.

— Ben tu diras à ton Amandine que si elle est pas contente, elle a juste à le faire à ma place ou à se trouver un autre *chum*, rétorqua Émilienne. Changement de propos, pourquoi tu vas pas au Forum avec Léandre puis David, au lieu de vous bécoter toute la soirée ?

Héloïse avait perdu Stanislas de vue. Le garçon s'amusait à nager dans les touffes de cheveux qu'il répandait sur le linoléum.

— Loïse, surveille donc le petit comme du monde ! s'écria Émilienne.

— Je peux pas tout faire, Mili, je suis déjà en retard dans mon souper. Faut encore que je pile les patates puis que je fasse cuire le steak de jambon.

— Irène va arriver d'une minute à l'autre, puis elle va te donner un coup de main, rétorqua Émilienne.

D'injustes reproches avaient blessé la cuisinière. Elle eut le sentiment de devenir comme cette mère de famille dépassée qui ne pouvait tout faire en même temps. Des larmes perlèrent à ses yeux. Elle posa la cuillère de travers sur la chaudronnée de soupe, s'essuya les paupières avec le coin de son tablier. Puis, comme si elle implorait la compassion de Nestor, elle le regarda et alla chercher une pinte de lait dont elle déversa une grande quantité sur les patates rondes. Ensuite elle saupoudra le tout de sel, de poivre et de sarriette, s'empara de l'ustensile qu'elle avait sorti à l'avance et commença à pilonner les pommes de terre.

Émilienne achevait de faire le tour de la tête de Marcel ; elle jeta un œil à sa sœur et commenta :

— Ça m'a l'air pas mal liquide, ton affaire, Loïse, on dirait une gibelotte ; puis t'aurais dû faire cuire tes tranches de jambon avant. Asteure, tu vas être obligée de surveiller pour pas que ça colle au fond.

Avant que les touffes soient éparpillées dans toute la cuisine, Simone alla prendre Stanislas, remercia la couturière en nettoyant les vêtements de son fils des cheveux de Marcel et gagna son logis.

David et Léandre étaient revenus plus tôt de leur travail et s'empressaient de manger. Deux jours auparavant, ils avaient renoncé à se rendre au sous-sol de l'église Saint Aloysius, rue Nicolet près d'Adam, pour assister à un tournoi d'hommes forts, en pensant à cette soirée palpitante qui les attendait au Forum. À la suite de sa monumentale frasque avec le gérant d'Yvon Robert, qui lui avait mérité une arrestation et une comparution devant un magistrat, le fougueux aspirant Williams désirait conquérir le titre de champion. Ce faisant, cela permettrait à la « Terreur de Tallahassee » de faire lever la suspension dont il était frappé et qui l'empêchait de lutter dans trente-six États américains. Les experts du matelas prédisaient une rencontre farouche et sauvage qui serait consignée dans les annales du sport.

Des miettes de pain grillées parsemaient les pelures de bananes et la moitié de la table. Lorsqu'il entendit Simone revenir avec Stanislas, David déposa son Pepsi, rota et alla embrasser ses deux amours.

— J'aurais aimé ça, vous préparer un bon petit souper, dit Simone. Mais c'est rendu que je me sens tout le temps débordée.

— Ben pourquoi tu t'invites pas à souper chez la mère? dit Léandre, avant de se lever de table.

La question, qui avait toutes les allures d'une proposition, ne tomba pas dans l'oreille d'une sourde. Simone redescendit avec son fils au logis de ses parents.

Irène faisait cuire le steak de jambon et Héloïse essayait d'égoutter le surplus de lait qui avait inondé les patates pilées, pendant qu'Alphonsine contemplait la réalisation d'Alida à la machine à coudre et que Marcel passait le balai.

— Je peux-tu souper avec vous autres, m'man? s'enquit Simone d'une voix suppliante.

— Marcel, quand tu auras fini de ramasser les poils de ta crinière, tu iras aviser Paulette qu'elle mange avec nous autres, ordonna Émilienne. Les hommes vont au Forum; elle est toujours ben pas pour rester toute seule dans son logis.

L'épicier avait enlevé sa cravate et s'était écrasé dans sa berçante. Il n'avait eu que quelques minutes pour éplucher *Le Petit Journal* avant de s'attabler. Avant d'amorcer le bénédicité, il plaça sa serviette de table en toisant la soupière. La prière récitée, il dit:

— Irène, donne-moi donc les biscuits soda. C'est ben trop claire, cette soupe-là!

— Vous pourriez la manger comme ça, votre soupe aux vermicelles, popa, rétorqua l'aînée des filles. Autrement, ça va vous tomber comme une masse dans le ventre puis, je vous connais, vous allez vous bourrer de Bromo Seltzer pour vous soulager l'estomac.

Irène apporta les craquelins croustillants que les doigts de l'épicier s'empressèrent d'émietter dans son bol. Hélas, il avait échappé entre ses dents une remarque désobligeante dont il aurait mieux fait de s'abstenir. Les lèvres minces d'Héloïse s'étaient resserrées pour retenir des paroles vengeresses qu'elles auraient normalement prononcées. Mais Sansoucy, ayant mangé sa soupe épaisse, salivait à la vue des tranches de jambon qu'il avait coupées sur son étal. Émilienne déversa une platée de purée qui s'écoula comme une lave visqueuse dans son assiette.

— Taboire! s'exclama-t-il. C'est ben trop liquide! Quelqu'un, rincez ma cuillère puis redonnez-moi-la.

— Mettez-y donc des biscuits soda, le père, ça va l'épaissir, s'amusa Marcel.

Les mâchoires d'Héloïse se crispèrent comme si on venait de lui enfoncer une autre épine sur la tête. Elle pensa au Christ sur la croix qui avait enduré la couronne piquante de la méchanceté des hommes avant de lâcher son dernier râle d'agonisant. Mais elle résisterait jusqu'à la fin du repas: son beau-frère dégusterait ensuite le reste de gâteau à la courge qu'Alphonsine avait confectionné la veille.

Les aiguillons l'avaient pénétrée jusqu'au cœur. À l'évier, le dos tourné à la famille, Héloïse agitait à présent la lavette en remuant des pensées chagrines. La gueuse était repartie avec son petit pour éviter d'essuyer la vaisselle, et elle ne l'avait pas remerciée pour sa garderie. C'est comme cela qu'elle se sentait: comme une gardienne, une servante, une bonne à tout faire et à tout gâcher. Elle songea à fuir, à se louer un petit meublé, à *retontir* à la campagne chez son frère Elzéar. À aller n'importe où, dans un endroit où elle serait appréciée, à l'ombre de l'antipathie et de la malveillance. Elle reconnaissait qu'elle n'avait pas toujours été la plus gentille, la plus agréable, mais elle était seule pour se défendre dans les épreuves de la vie et de l'acrimonie des autres. Et personne ne connaissait les secrets tourments de son âme.

C'était l'heure du *Curé de village*. Après s'être empiffré de dessert, Sansoucy s'était allumé une pipe et avait repris dans sa berçante la lecture de son journal. Irène s'était précipitée et, la main sur le bouton, attendait pour allumer la radio. Émilienne et Alida s'étaient dépêchées de la rejoindre.

— Que c'est qu'elle fait donc, matante Héloïse ? demanda Irène.

La porte du logis se referma. Irène, qui avait remarqué la physionomie étrange de sa tante, se rendit à la cage de l'escalier. Héloïse était au bas des degrés et s'apprêtait à sortir dans la rue.

— Elle doit être allée prendre une marche, supposa Alida. C'est ce que je ferais si j'avais de bonnes jambes, ajouta-t-elle.

— Allume, Irène, sinon on va manquer le début ! dit Émilienne.

Héloïse Grandbois avait revêtu son manteau d'automne et déambulait dans la rue Adam, à la lueur des réverbères qui éclairaient les maisons endormies. Elle avait ce visage renfrogné des êtres ombrageux qui entreprennent une errance dans la ville, la nuit. Elle ne savait pas où elle aboutirait. Elle ignorait même si elle retournerait au logis de son beau-frère. Pour l'heure, la vieille fille desséchée ne cognerait pas à toutes les chaumières comme la Vierge portant le Messie sauveur du monde. Elle n'avait rien d'autre à offrir que sa peine et son désenchantement.

Elle croisa une pauvresse qui devait regagner son logis miteux. Malgré ce dénuement matériel, peut-être la femme avait-elle trouvé le bonheur à se satisfaire de peu de biens et bénéficiait-elle de l'amour des siens ? À ce moment précis, elle faillit suivre les pas de l'indigente et lui demander l'asile pour la nuit. Mais elle n'agirait pas sur un coup de tête. Elle poursuivit sa quête.

Un peu plus loin, des hommes bifurquaient et allaient s'engouffrer dans une taverne qu'elle considérait comme un trou à ivrognes, le terrier des dépravés, des désabusés, des malheureux. À sa connaissance, il n'existait pas semblable refuge pour les femmes, réduites à se terrer dans le labyrinthe de leur misère morale, à ne plus être capables d'en sortir. Elle déambulait à en oublier les raisons qui l'avaient projetée sur le macadam. L'image de Théodore, cette espèce de malotru, de butor moustachu, lui revint comme le symbole de sa souffrance et la cause de son accablement.

Une culpabilité confuse l'envahit. Elle pensa à rebrousser chemin, à s'excuser d'avoir faussé compagnie à ses sœurs et à sa nièce Irène, à leur dire que l'air était bon et qu'elle en avait oublié le temps. Comment réagissaient-elles à réaliser que sa marche s'éternisait, qu'elle ne revenait pas ? Plus elle réfléchissait, plus elle s'éloignait, fonçant dans les ténèbres comme une chatte sans domicile, habituée à nicher dans les anfractuosités sombres, à dormir sous les perrons ou dans quelque secret hangar.

Plus ses pas se cumulaient, moins la marcheuse avait le goût de se retourner. En même temps, plus elle progressait dans la nuit, plus la noirceur l'effrayait. Étrangement, elle se mit à aimer cette crainte inapaisable qui lui était étrangère et qui en un sens la grisait. De plus en plus, sa course ressemblait à une fugue. Une image ressurgit alors à sa mémoire : la fuite de son perroquet Nestor qui était finalement revenu se jucher sur la clôture de bois, avant de tomber d'épuisement et d'être croqué par le matou de Germaine Gladu. Elle se voyait maintenant debout sur une palissade imaginaire, à vaciller éperdument, sans savoir de quel côté elle s'effondrerait. Soudain, elle eut affreusement peur d'être avalée par la nuit. Parvenant à la hauteur de l'église du Très-Saint-Rédempteur, elle s'avança pour frapper à la porte du presbytère.

Elle ne voulut pas actionner la sonnette. La main relevée, elle retenait son geste de détresse. Elle aurait à se raconter, à dire ce qui l'amenait ainsi à cette heure incongrue où même les plus défavorisés de la paroisse se replient avec leur misère. Elle songea à cogner et à déguerpir sous la galerie, comme les malfaisants qui se sauvent après leur méfait. Mais elle n'avait pas parcouru tout ce trajet pour n'aboutir à rien et retourner bredouille, sans même une seconde d'écoute, sans même un mot de consolation. Sa jointure heurta de trois coups la maison des prêtres.

Une femme de forte corpulence à la figure parcheminée vint répondre. Elle faisait office de zouave pontifical, gardien du Saint-Siège qui n'avait pas besoin de hallebarde pour s'imposer.

— Les heures de bureau sont terminées, dit-elle, aimablement.

— Je sais, madame, mais j'ai besoin de parler à monsieur l'abbé Dussault.

— Il est à sa chambre, je vous prierais de revenir demain.

— Dites-lui qu'une des demoiselles Grandbois insiste pour le rencontrer.

Madame curé s'aperçut de la détresse de la vieille fille, elle qui ouvrait la porte à de nombreuses requêtes à des heures déraisonnables. Héloïse se contenterait du vicaire, à défaut de monseigneur Verner qu'on ne dérangeait pas, avec qui on prenait des rendez-vous et qui devait être retiré dans ses appartements. D'ailleurs, à la suite de la rebuffade de Rose-Anna Flibotte et de cette histoire de consommation de bière dans l'arrière-boutique de l'épicerie de Théodore, le curé Verner n'avait pas rappliqué. Persuadé de se heurter à un commerçant rebelle, il n'avait pas de temps à perdre avec ce vieux bouc de Sansoucy dont l'entêtement était notoire.

La servante entraîna Héloïse dans le bureau. Après la mort tragique de son mari tombé accidentellement d'un arbre, Bérangère Sauvageau s'était jetée dans les dévotions. Monseigneur Verner avait remarqué la veuve pénitente qui assistait à la messe quotidienne et l'avait engagée dans son presbytère. Elle gouvernait la maison et les prêtres avec la souplesse et la fermeté nécessaires. Mis à part monseigneur, elle considérait les vicaires comme ses enfants et accomplissait toutes les tâches dévolues à une ménagère.

L'abbé Dussault entra.

— Je vous laisse, dit madame Sauvageau en refermant.

— Que puis-je pour vous, mademoiselle ? nasilla le prêtre.

— C'est difficile à dire…, commença-t-elle.

Les mots ne venaient pas. Elle avait toujours éprouvé cette gêne de la confession qui mettait son âme à nue, comme si elle se désha-billait dans l'isoloir devant son confesseur. Et à la lumière tamisée du bureau, elle ne parvenait pas à se dépouiller, à expliquer ce qui la tourmentait.

Une heure à relater sa vie n'avait pas suffi à la vieille célibataire à montrer au patient vicaire ce qui la chicotait.

— Je ne vois pas, mademoiselle Grandbois, mais je compatis avec vous, dit le prêtre.

— Comment pouvez-vous m'aider si vous ne voyez pas, monsieur l'abbé?

— Voulez-vous que j'aille réveiller monseigneur? Vous pourrez sans doute vous confier plus facilement; il en a déjà vu d'autres, lui.

— Ce ne sera pas nécessaire!

Le prêtre se retira discrètement. La servante parut.

Héloïse avait baissé la tête et pleurait. Manifestement, monsieur l'abbé ne l'avait pas comprise et l'avait abandonnée à sa peine.

— Je peux faire quelque chose pour vous? dit doucement la servante.

Bérangère Sauvageau avait posé sa main secourable sur l'épaule de la vieille fille qui déversait à présent son flot de douleur dans son mouchoir. Elle tira la seconde chaise réservée aux visiteurs et se mit à écouter la demoiselle éplorée. Héloïse comprit qu'elle n'avait rien à perdre, elle se livra à la veuve.

Au foyer des Sansoucy, on s'inquiétait. Toute la maisonnée était rassemblée dans la cuisine. Léandre et David étaient revenus du Forum. Le maître de la maison se demandait ce qui avait bien pu froisser sa belle-sœur. Émilienne se rappelait avoir brusqué la fugitive à cause de Stanislas qu'elle ne surveillait pas bien, et Irène se reprochait de ne pas l'avoir accompagnée pour sa marche.

— Elle s'est fait enlever par un violeur, ricana Sansoucy.

— Tu devrais te sentir coupable, Théo, le morigéna sa femme, c'est un peu toi qui l'as poussée en dehors du logis avec ta soupe trop claire et tes patates pilées trop en purée à ton goût.

— Popa, moman, arrêtez de vous chicaner, il faut absolument la retrouver, et au plus vite.

— Le problème, c'est que personne sait quel bord elle a pris, dit Alphonsine.

— David, Marcel, embarquez avec moi, ordonna Léandre, on va fouiller le quartier…

L'impotente avait entendu tous les commentaires, mais elle prétendait connaître sa sœur mieux que les autres.

— Si j'étais à votre place, les garçons, exprima-t-elle, je perdrais pas mon temps à tourner en rond aux alentours, dit-elle. Héloïse a dû échouer au presbytère.

Sansoucy reconnaissait être allé trop loin avec sa raillerie. Il se leva et alla décrocher le cornet.

— Je vas appeler au presbytère, décida-t-il.

— Bonne idée, Théo, madame curé devrait répondre, l'appuya Émilienne.

Bérangère Sauvageau avait empoigné l'appareil dès les premières vibrations du timbre. Mademoiselle Grandbois s'était bel et bien réfugiée au presbytère et elle y passerait la nuit. Le lendemain, elle rentrerait à la maison.

Chapitre 7

Une lumière jaunâtre écorniflait les draps et lutinait d'un air espiègle le visage de la vieille fille Grandbois. Elle avait à peine dessillé les yeux qu'elle les avait refermés en repensant à sa conversation avec madame curé. Elle s'était longuement entretenue de ses entraves au bonheur, de ce qui pesait comme une masse trop lourde sur sa fragile existence. Jamais elle ne s'était livrée à de tels épanchements ; elle avait trouvé une âme sœur, une amie.

Dire qu'elle avait déjà songé à devenir la servante d'un curé de campagne ! Avec le peu d'expérience de la cuisine qu'elle avait, elle aurait été heureuse de servir un ascète qui se nourrissait de pain sec et s'abreuvait d'eau. Mais elle se serait dévouée auprès du saint homme en tenant la maison proprette et sans reproche. Dommage que la paroisse du Très-Saint-Rédempteur n'ait pas besoin d'une seconde bonne ; il lui semblait qu'elle aurait refait son nid dans ce presbytère.

Madame curé avait proposé des distractions : «Vous devriez joindre la chorale de la paroisse, on manque de sopranos», lui avait-elle dit. Héloïse admettait qu'elle avait un penchant pour la musique, un petit talent qu'elle n'avait pas développé, contrairement à Elzéar, Émilienne, Alphonsine et Alida qui avaient tous hérité de l'oreille de leurs parents. Du reste, Elzéar ne touchait plus beaucoup à l'instrument. Elle se prit à rêver de le rapatrier en ville.

On frappa à la porte ; c'était l'heure du déjeuner. Bérangère l'avait avisée qu'elle viendrait la prévenir lorsque la salle à manger serait libre de sa famille de prêtres. Héloïse se leva, remit ses dentiers qui baignaient dans un bocal sur la table de chevet. Puis elle alla se mirer au tain de la commode. La servante lui avait prêté une jaquette dans laquelle elle se perdait. La cocasserie lui arracha un sourire. Les traits de son visage retombèrent, aussi moches, aussi laids, comme le temps les avait modelés, comme les vêtements qu'elle avait soigneusement pliés sur la chaise. Ses yeux soulignés d'une bouffissure réapparurent. Elle replaça sa coiffure que le sommeil avait déformée. Madame curé lui avait demandé de ne pas refaire le lit, elle laverait les draps. Mais Héloïse ne pouvait supporter de voir un lit défait…

Elle avait revêtu son linge de la veille et elle était descendue au rez-de-chaussée où l'attendait madame Sauvageau. Debout, derrière la chaise de monseigneur, la dame avait dressé un couvert. Sur une nappe brodée, de la vaisselle à fleurs bleues s'enorgueillissait entre des ustensiles d'argenterie.

— Vous êtes donc ben fine, Bérangère.

— Je vous ai préparé du pain doré, dit la servante.

Héloïse mangea de bon appétit, remercia son hôtesse avec beaucoup d'effusion et quitta le presbytère.

La vieille fille Grandbois rentra chez elle avec cet air de bienheureuse plénitude que procurent les rencontres inoubliables. Elle marchait d'un pas lent, humant les beautés de l'automne, regardant les feuilles imprimées sur le trottoir, écoutant le chant des oiseaux, se surprenant à saluer des passants inconnus. Alida devait l'attendre, les autres seraient tous partis à l'ouvrage, et elle reprendrait tout bonnement son ordinaire au logis. Comme s'il ne s'était rien passé.

— J'ai bien pensé que tu t'étais réfugiée au presbytère, dit l'impotente. Les prêtres sont là pour aider leurs paroissiens quand ils traversent des moments difficiles.

— Si tu savais, ma pauvre Lida. C'est madame curé qui a pris soin de moi. Bérangère Sauvageau m'a accueillie, écoutée, conseillée : il y en a pas une de vous autres ici dedans qui aurait été capable de faire la même chose.

— S'il y a quelqu'un qui est placé pour te comprendre, Loïse, c'est bien moi. Tout le monde sait que Théo est pas facile à vivre, même Mili le trouve pas commode, des fois. Me semble qu'on est assez dans la maison pour t'aider quand t'as des problèmes. T'avais juste à t'adresser à moi, je t'aurais arrangé ça !

— Toi, Lida, t'es pas mieux que les autres, rétorqua Héloïse d'une voix altérée par l'émotion. T'as vu dans quel état lamentable j'étais au souper hier soir. Mili, Phonsine puis toi, vous auriez pu intervenir quand Théo a lancé ses platitudes. Mais non ! Si c'est ça que t'appelles de l'aide, tu peux ben laisser faire. À part de ça, comptez-vous chanceux de m'avoir, toute la famille, comme l'a dit Bérangère Sauvageau.

La lèvre tremblante, Héloïse empoigna la vadrouille. Le retour ne s'était pas déroulé comme elle l'avait pensé. Un serrement lui nouait maintenant la gorge, et elle se demandait dans quel état elle serait à l'arrivée des dîneurs.

Émilienne avait prévenu son mari qu'il devait user de toute sa diplomatie pour traiter avec sa belle-sœur. Héloïse venait de traverser un dur moment qui ne dépendait pas seulement de ses remarques déplaisantes à table. Sansoucy était un homme averti ; il en avait pris bonne note, de sorte que le repas du midi fut sans anicroche. Mais l'après-midi de l'épicier avait été si énervant qu'il en vibrait encore à l'heure du souper. Il ne pouvait faire autrement que de se remémorer ce qui s'était déroulé dans son arrière-boutique…

Ayant voulu ménager sa tante, Simone avait emmené son petit au magasin. Tout allait bien. Stanislas avait fait un somme, il se dégourdissait sur le parquet et s'amusait avec des riens sans s'éloigner de sa mère. Puis, à un moment, alors qu'elle épongeait avec son buvard sa dernière entrée au grand livre, elle s'était aperçue que Stanislas avait disparu de son champ de vision. Ses yeux s'étaient braqués aussitôt sur la descente de cave. En se levant précipitamment, elle avait renversé son encrier sur son registre et inondé des données, de sorte que Sansoucy avait dû restituer du mieux qu'il pouvait, et de mémoire, une série de montants disparus. L'épicier était donc lui-même à prendre avec des pincettes.

La cuisinière avait décidé d'épaissir la soupe aux vermicelles clairette de la veille pour faire plaisir à son beau-frère. Pendant que le chaudron chauffait sur le poêle, elle avait jeté des carottes coupées en rondelles, ce qui donnerait une consistance plus acceptable et qui rendait le bouillon plus nourrissant.

— J'aime pas ça, des légumes pas assez cuits dans une soupe, bougonna Sansoucy.

— Théo! ferme donc ta boîte, puis mange, dit Émilienne.

— Vous êtes jamais content, on dirait, popa, commenta Irène. Apprenez donc à reconnaître ce que vous avez…

Avant que tout un chacun s'en mêle, Héloïse décida de s'imposer.

— J'admets que je suis pas ben bon cordon-bleu, Théo, mais qui c'est qui va les préparer, les repas à ma place si c'est pas moi? Mili, peut-être? T'en as ben trop besoin à ton magasin. Faut qu'elle s'occupe de faire rouler ta *business* pendant que tu joues aux dames en buvant une bière avec Philias Demers. Puis pour revenir à moi, c'est pas faire à manger, le ménage, puis garder le petit que j'aime pas: c'est de toujours endurer les chialages. Faut croire que j'ai pas été partie assez longtemps. Je me demande si c'est quand on est plus là que les autres nous apprécient. Si je suis de trop, t'as juste à le dire, Théo, je vas aller rester ailleurs.

— Ben non, Loïse, va-t'en pas, supplia Émilienne. On serait ben mal pris si on t'avait pas. Il y a sûrement moyen de s'arranger pour que t'aies une vie plus agréable avec nous autres.

Héloïse n'en espérait pas tant; elle saisit la perche qu'on lui tendait.

— Justement, répondit-elle, la servante du curé m'a fait penser qu'on pourrait agrémenter la vie dans la maison en faisant autre chose que de jouer aux cartes, en écoutant *Le curé de village* à la radio ou des *records* de La Bolduc.

Le visage de Sansoucy se décomposa. Ses yeux dévièrent lentement vers l'oiseau embaumé.

— Pas un autre perroquet, toujours? demanda-t-il.

— Un ours, peut-être? badina Marcel.

— Non, on a assez de Théo qui grogne, rétorqua Héloïse.

À son grand étonnement, elle s'était amusée de sa propre plaisanterie; elle redevint sérieuse.

— Vous vous rappelez le piano mécanique qui égayait nos soirées dans notre jeune temps? On aurait juste à convaincre Elzéar de s'en départir…

— As-tu pensé une minute à l'endroit où on le mettrait? s'enquit Émilienne.

— Quand vous serez décidée, matante, Léandre, David puis moi, on pourrait le déménager, dit Marcel.

— Wô, minute! proféra Sansoucy, c'est pas toi qui vas être obligé de se boucher les oreilles. On sait ben que tu passes tes soirées avec ta sauceuse.

— Puis toi, Théo, tu peux ben parler, tu disparais pas mal souvent aussi, le soir, rappela Émilienne. Puis viens pas dire que les Grandbois avaient pas des belles voix. Chez les Sansoucy, tout le monde beuglait parce que ça savait pas chanter juste. Tandis que nous autres… Phonsine ou moi, on se mettrait au piano puis on aurait du plaisir toute la famille ensemble. Comme dans le bon temps…

Le dimanche qui venait, Héloïse faisait une incursion dans sa campagne natale aux côtés des trois déménageurs qui l'accompagnaient. En tant que chef de l'expédition, elle avait organisé le voyage. En partant après la messe, on arriverait pour le dîner. Après, pendant qu'elle jaserait avec Florida en faisant la vaisselle, les hommes chargeraient l'instrument, et on retournerait à Montréal tranquillement pas vite, quitte à rentrer en ville à la noirceur.

Le camion de livraison avait roulé à vive allure. «Ça va le décrasser!» avait dit Léandre qui conduisait fièrement son bolide. Les garçons riaient, comme ces bandes de camarades qui ont décidé de faire la noce, en oubliant celle qui partageait la banquette et dont la peur étouffait les mots. Sur le chemin droit, Héloïse évitait de regarder le capot qui avalait la route. Le dos tordu, les mains agrippées à la portière, elle avait vu défiler la campagne rasée de ses récoltes et les vaches qui mâchouillaient paisiblement leur pitance. Dans les courbes, lorsque l'émotion devenait trop forte, elle fermait les paupières, en récitant quelque prière ou en invoquant le patron des causes désespérées. Mais son cœur palpitait pour le piano mécanique.

Le ronronnement du moteur fut bientôt couvert par les aboiements de Rex. Florida parut à la fenêtre. Elzéar sortit sur la galerie.

— Que c'est qu'ils viennent faire ici, eux autres? se demanda-t-il à haute voix.

Le Fargo sillonna entre les machines aratoires rouillées qui parsemaient les lieux et stationna. Léandre alla ouvrir la portière des passagers.

— Asteure qu'on est rendus, vous pouvez débarquer, matante, badina-t-il, en lui tendant gentiment la main.

— C'est ben le temps d'être galant, mon neveu, dit la vieille fille.

Le visage crispé par la peur, Héloïse progressa lentement vers la galerie en détaillant la maison délabrée. N'osant se risquer sur l'état lamentable des planches, elle s'immobilisa aux pieds de l'escalier.

— Que c'est qui t'emmène, Loïse ? Avec Léandre, Marcel, puis le mari de Simone, en plus. Te prends-tu pour une jeunesse, coudonc ?

— Rentrons, puis je vas tout t'expliquer ça, mon Zéar.

De son air inhospitalier, Florida observait la visite envahir sa cuisine et le regard de sa belle-sœur qui s'était posé sur le piano.

— Coudonc, Loïse, on dirait que t'es pas venue pour nous voir ! exprima la fermière.

— T'as jamais su si bien dire, répartit Héloïse. Ce piano-là, ça doit pas servir à grand-chose…

— Je te vois venir avec tes gros sabots, Loïse, commenta Elzéar. T'es venue pour le déménager avec tes trois paires de bras.

— Ça va faire quatre avec la vôtre, mononcle, lança Léandre.

— Ben il va rester où il est, le *piéno* ! brama le fermier, la lèvre tordue.

— Tant qu'à moi, il peut ben décoller, c'est juste un ramasse-poussière, dit Florida.

— On va ben voir, conclut Elzéar.

— Avant de le charger dans le *truck*, on peut-tu dîner avec vous autres ? demanda Léandre. Ça prend des forces pour le bardasser…

Marcel et David acquiescèrent à la requête du chauffeur. Florida se mit à ses chaudrons et Elzéar gagna sa berçante en marmonnant, tandis qu'Héloïse alla fureter dans les chambres, à la recherche de souvenirs ; les garçons, eux, sortirent respirer l'air sur la galerie.

Au repas, le cultivateur bougonna son mécontentement en participant à la conversation. Florida dévia sciemment du sujet du jour pour raconter des insignifiances, parler des fêtes qui viendraient et du sapin de Noël qu'ils avaient coutume d'apporter en ville. Puis, voyant le temps qui s'écoulait, Héloïse décida :

— Léandre, va reculer le camion, c'est le moment de charger.

Les garçons se levèrent de table comme un seul homme. Le fermier s'interposa :

— Vous toucherez pas à mon *piéno* ! protesta-t-il avec véhémence.

— Empêchez-nous donc, voir ! clama David.

Le mari de Simone s'était avancé d'un pas et il brandissait ses poings fermés. Derrière ses yeux vengeurs, il se remémorait le triste épisode de sa femme séquestrée dans la maison du fermier.

— Calme-toi, David, dit Léandre.

Puis, se tournant vers les autres :

— C'est-tu de valeur de voir ça ! poursuivit-il, en raillant. Vous le saviez peut-être pas, mais au fond mononcle Elzéar est un cœur tendre, puis il tient ben gros à son *piéno*. Un peu plus puis il va brailler.

Elzéar eut un silence embarrassé. L'instrument avait pour lui une valeur sentimentale qui faisait vibrer la chanterelle de sa sensibilité d'homme aux apparences rudes de fermier mal dégrossi.

Une ombre de tristesse se répandit sur son visage. Florida intervint :

— T'es un violoneux, pas un *pianisse*, Zéar, tu pourrais ben le laisser aller, ton *piéno*, dit-elle. Je sais que t'aimes ça de temps en temps mettre des rouleaux, mais le *piéno* va être ben plus utile à Montréal qu'ici dedans. Faut savoir se résigner dans la vie…

Les paroles de sa femme l'avaient apaisé. Ses épaules s'affaissèrent, ses traits durcis se décrispèrent. Florida alla au piano, souffla de tous ses poumons pour enlever la poussière avant d'en dégarnir le dessus et d'approcher le banc au bord de la porte.

Elzéar se tenait dans la cour et regardait s'éloigner son Fargo. L'instrument qui avait séjourné des années durant dans sa maison s'acheminait au domicile de ses sœurs dans le camion qui lui avait appartenu. Des notes discordantes se mêlèrent au ronronnement du véhicule.

* * *

— Je veux pas que t'ailles t'échiner après ça, Théo, l'avertit Émilienne.

De la fenêtre de son salon, la ménagère avait suivi l'opération. Le camion de livraison était reculé devant la porte qui menait aux étages de l'immcuble. Héloïse semblait distribuer des ordres aux garçons. À la campagne, des madriers jetés entre le véhicule et la galerie avaient facilité la manœuvre. Mais le déchargement paraissait plus complexe en ville.

— Que c'est qu'ils vont faire, d'abord? réfléchit Sansoucy. On est toujours ben pas pour demander à Réal Gladu de nous donner un coup de main. Il est pas capable de rendre service gratuitement.

— Ben voyons, on a juste à attendre Romuald après le souper, Théo. Il est ben d'adon, ton frère, quand il veut…

Émilienne se rendit sur le balcon et se pencha sur le garde-fou.

— Montez donc, puis allez chercher les autres au troisième, on va souper de bonne heure tout le monde ensemble, puis vous pourrez transporter le piano après, déclara-t-elle.

Des nuages gonflés de peine avaient retenu leurs larmes. Le retour dans la métropole s'était effectué sans désagrément à une allure qui n'avait pas effrayé le chef de l'expédition. Mais le ciel ne pouvait contenir son chagrin plus longtemps.

— Matante, mettez-vous à l'abri, s'écria Léandre. La clé du magasin !

Marcel escalada vitement les marches qui montaient au logis de ses parents et redescendit avec un couvre-lit en chenille rose que Léandre et David jetèrent sur l'instrument. La porte du commerce déverrouillée, le piano fut poussé à l'intérieur. Héloïse, qui s'était retirée au bas de l'escalier, parut au magasin, le visage horrifié.

— Que c'est que t'as pensé, Marcel ?

— C'est juste de la pluie, matante, ça va sécher, répliqua le neveu. Puis c'est pas moi qui a pris votre couvre-lit…

— Ah ! le…, marmotta la vieille fille.

Sansoucy avait regagné sa chaise et se berçait en fumant innocemment sa pipe. Héloïse surgit dans la cuisine, les bras appesantis par son dessus-de-lit mouillé.

— T'aurais pu agripper n'importe quoi, Théo, mais pas mon couvre-lit, brama-t-elle, indignée. Ça commence ben.

— J'ai attrapé ce que j'ai pu, Loïse, qu'est-ce que tu veux que je te dise ? se défendit l'épicier.

— Grouille pas, Loïse, ordonna Émilienne, on va prendre une cuve puis le transporter dans le bain, pour qu'il s'égoutte un peu.

Irène et Alphonsine essuyèrent les pistes derrière la maîtresse de maison. Puis Émilienne retourna à ses chaudrons.

On allait prendre le dessert quand la visite du dimanche soir fit irruption dans l'appartement.

— Tiens, v'là la paire de bras qui manquait! proféra Léandre.

Des tartes aux pommes d'un beau doré parfumées à la cannelle furent apportées sur la table. Romuald et Georgianna se joignirent à la compagnie pour en déguster. Sitôt le thé avalé, on monterait le piano au salon où Émilienne avait aménagé une place. Léandre relata le voyage à Ange-Gardien, la force qu'ils avaient dû déployer lors du chargement et la pluie qui était venue tout gâcher entre-temps.

— Ouais, ben va falloir trouver quelqu'un d'autre, déclara le chauffeur de tramway; j'ai un méchant tour de reins.

— Taboire! T'aurais pas pu le dire avant? railla l'épicier.

Les événements s'étaient retournés contre lui. Le commerçant entrevit soudain le début de sa semaine avec l'instrument qui encombrerait son magasin.

— Le père, dit Léandre, vous avez juste à demander à Édouard et Placide de venir nous aider. À deux, ils devraient être capables de remplacer mononcle, ricana-t-il méchamment.

Le marchand se leva prestement et s'élança vers le téléphone. Ses deux autres fils seraient à la maison dans l'heure.

Édouard s'était fait un peu prier: il pleuvait à verse, et la rue Sherbrooke était devenue presque impraticable en raison des trous entre l'avenue Union et la rue Saint-Denis. Souvent, des voitures étaient remorquées à cause de ressorts et d'essieux qui se brisaient sur l'artère importante, et Colombine n'aurait d'autre choix que d'emprunter un autre chemin.

Refusant les conseils de son mari et se fiant à son sens inné de l'orientation, la fille du notaire Crochetière s'était égarée dans les rues des faubourgs. Elle s'était tellement empêtrée dans un enchevêtrement de circonvolutions que l'Oldsmobile se gara derrière le camion de livraison vers les dix heures du soir.

Édouard et Placide descendirent de l'auto. La conductrice s'y refusa, alléguant qu'elle ne serait d'aucune utilité. Elle rongerait son frein dans la voiture.

Entre-temps, Paulette et Simone avaient réintégré leur logis avec Stanislas. Romuald s'était éclipsé avec son lumbago, tandis que son frère l'épicier s'exaspérait de la nuit écourtée qui venait. Les sœurs Grandbois disputaient des parties de cartes. À tout moment, Héloïse courait à la fenêtre pour voir si la pluie avait cessé. Quant aux garçons, ils placotaient au salon en prenant une bière qu'Édouard et Placide avalaient du bout des lèvres.

— Et puis, mon cher Édouard, dit Léandre, vous avez pas trop de misère avec le défroqué ?

— Je n'aime pas beaucoup que tu m'appelles ainsi, coupa Placide ; c'est fini, ces histoires-là.

— Pourtant, mononcle Romuald nous a dit qu'il te voyait de temps en temps dans son tramway avec un Sainte-Croix, précisa Léandre.

— La vie privée de notre frère ne concerne que lui, tu devrais te mêler de tes affaires, rétorqua vivement Édouard. En autant qu'il réussisse ses études, le reste ne nous appartient pas.

Pendant qu'Héloïse s'était rendue à la fenêtre, Émilienne alla au salon.

— Comme c'est beau de vous voir ensemble, mes quatre garçons, s'exclama-t-elle, émue. Irène, s'écria-t-elle, viens donc passer le plateau de bonbons.

La pluie s'éternisait et Sansoucy pensait à la perte d'espace occasionnée par la présence du piano dans son magasin. En proie à une irritation croissante, il se refusait à amorcer la semaine dans un tel barda. Il venait de jeter un œil dehors ; il surgit au salon, l'air fatigué.

— Bon ben, les gars, relevez vos bras de chemise, puis envoyez, proféra-t-il. Il faut régler ça à soir, coûte que coûte. On attendra pas que ça rempire ou que la pluie arrête au cours de la nuit.

— Vous, le père, allez donc vous coucher, vous nous bâillez dans la face, dit Léandre. Comme je vous connais, si vous restez, vous allez être une vraie nuisance. On a pas besoin de vous, de toute façon.

L'épicier avait le sentiment qu'il avait perdu de précieuses minutes de sommeil. Il alla faire ses ablutions quotidiennes, embrassa Émilienne et se glissa sous les couvertures.

Héloïse avait repris son rôle de maître d'œuvre. Elle avait retiré la nappe cirée de la table de la cuisine afin d'en recouvrir le piano. Puis ses neveux avaient réussi à ressortir l'instrument du magasin sans trop de peine. Mais l'étape la plus exigeante restait à venir. Le piano était maintenant au bas des marches et attendait qu'on soulève délicatement son énorme masse pour le monter à l'étage.

— Forcez pas juste du front, les gars! dit Léandre.

Le sang à la figure, Placide et Édouard déployaient toute leur puissance pour appuyer l'extrémité sur le premier degré de l'escalier. Mais l'instrument retombait aussitôt au sol, faisant résonner la table d'harmonie. Après deux ou trois essais infructueux, les équipes changèrent de tâche.

— Avec deux plorines de même, on arrivera jamais! commenta David.

Insulté par la remarque désobligeante de son beau-frère, Édouard riposta:

— D'abord, Placide, va donc saluer les autres en haut, moi je vais patienter dans la voiture.

Édouard amorça un mouvement vers l'Oldsmobile. Colombine s'était endormie. Il rentra dans l'immeuble en attendant Placide.

Le parapluie sur la tête, Germaine Gladu était sur son balcon de locataire et elle avait surveillé les opérations. Les déménageurs semblaient avoir abandonné la partie. Désappointée, Héloïse proposa de quémander de l'aide supplémentaire. Résigné, Léandre sortit sur le trottoir.

— Demandez donc à votre mari de venir, madame Gladu, lança-t-il. On est dans un beau pétrin.

— Il est en pyjama, mais le temps de se rhabiller, il va être en bas.

Réal Gladu se reculotta en vitesse et alla prêter main-forte aux deux plus faibles.

Le piano rendu au salon, les hommes commentaient avec satisfaction leur travail pendant que les femmes poussaient de grands soupirs de soulagement, comme si elles avaient dépensé l'énergie nécessaire pour effectuer le déménagement. Dans tout le branle-bas, Sansoucy s'était relevé et acheminé dans la pièce.

— Asteure que t'es debout, Théo, on va faire un peu de musique, dit Héloïse. Phonsine, assis-toi au piano.

— Les gars, on va trinquer à nos efforts, déclara Léandre. Le père, sortez votre boisson.

C'était la fête. Les sœurs Grandbois se mirent à chanter des airs d'autrefois. Les doigts d'Alphonsine se dégourdissaient, les voix se dérouillaient. La pianiste avait dû mettre la pédale douce pour ne pas réveiller Paulette, Simone et Stanislas qui devaient dormir. La joie était au cœur de la famille.

Sansoucy s'était vite recouché et s'était enfoui la tête sous les couvertures. Placide s'ennuyait terriblement. Édouard, qui ne semblait éprouver aucun plaisir à participer aux réjouissances, décida de quitter les lieux. Les deux frères saluèrent la maisonnée et prirent congé.

La pluie ne ruisselait plus vers les caniveaux. Au magasin, la lumière était restée allumée et la porte, ouverte à tout venant.

— Il y a quelque chose d'étrange, dit Édouard, attends-moi une minute.

— On dirait que l'épicerie a été cambriolée, dit Placide.

Le notaire entra à pas incertains en promenant un regard désabusé. Il ressortit du commerce et remonta précipitamment au logis. La musique cessa.

— Des voleurs se sont introduits dans la boutique, haleta Édouard. On avait omis d'éteindre la lumière et de verrouiller la porte.

Chapitre 8

Léandre dévala aussitôt l'escalier et s'engouffra dans le magasin. Placide était debout, statufié, et contemplait les dégâts. Tout n'était que saccage et désolation : des tablettes avaient été vidées, des étalages, amputés de leurs boîtes, des cartons de bière, emportés, et un baril déversait lentement sa mélasse sur le parquet.

— Espèce d'innocent ! s'exclama Léandre, va au moins fermer la champlure.

La physionomie de Placide se rembrunit. Léandre réalisa qu'il était allé trop loin, qu'il pouvait être aussi blessant que son père à l'égard de Marcel. Il se précipita au téléphone, en contournant la mare du liquide noirâtre, et appela la police. Puis il remonta au logis en éructant des imprécations contre les malfaiteurs. Irène était allée rejoindre son père qui s'était effondré sur la première chaisc, la main à la poitrine, le visage livide, hébété. Au salon, Émilienne, Alphonsine et Alida étaient rassemblées autour de leur sœur médusée, tandis que le voisin Gladu, Édouard, Marcel et David commentaient l'événement.

Se rappelant que sa femme était dans la voiture, Édouard se détacha du groupe et alla la retrouver. Il ouvrit la portière sans ménagement.

— As-tu vu les voleurs s'enfuir ? demanda-t-il, tout énervé.

Colombine s'était endormie, la tête appuyée sur le volant. Elle ne comprenait pas que son mari l'ait tirée si abruptement de sa nuit. Bien sûr, elle n'avait rien vu, rien entendu, la pluie qui tambourinait sur l'Oldsmobile l'avait ensommeillée et les pillards ne l'avaient pas avertie... Édouard avait dû s'excuser de sa brusquerie, la réconforter, avec des «ma pauvre chérie», des «mon amour», comme si elle avait été plongée au milieu de la catastrophe ou qu'on avait attenté à sa pudeur.

Sur ces entrefaites, deux agents de police avaient pénétré au magasin et s'entretenaient avec Léandre et les autres déménageurs, qui étaient redescendus. Le constable Poisson constatait l'état déplorable des lieux.

— Ça va être difficile de retracer ce qui a été emporté et de mettre le grappin sur les voleurs, déclara-t-il, on a aucune piste. Heureusement que madame Sansoucy avait vidé le tiroir-caisse, c'est déjà ça de gagné.

— Je vous conseille de communiquer avec la compagnie d'assurances dès demain matin, ajouta le constable Lefebvre, avant de prendre congé avec son confrère.

Des noms de suspects étaient avancés par Léandre, Marcel et Réal Gladu. Le père du petit Morasse et celui du grand Pitre étaient parmi ceux qui revenaient le plus souvent. À voir tout ce qui avait été raflé en si peu de temps, il n'aurait pas été étonnant que des familles complètes de va-nu-pieds se soient livrées au pillage. Quoi qu'il en soit, Léandre se refusait à patienter jusqu'au matin pour prévenir l'agent de la Sun Life. Le rapport du représentant de la compagnie devait absolument se faire le plus tôt si on désirait être en mesure d'ouvrir le commerce le lendemain matin. Il résolut de l'appeler à son domicile.

L'ampleur de la déferlante avait persuadé Placide de contribuer à remettre le magasin dans un état présentable. Édouard et Colombine venaient de quitter la rue Adam sans l'ex-religieux lorsque Hubert Surprenant se présenta au commerce en même temps qu'Alex D'Avignon, un reporter de *La Patrie*. Le journaliste, un châtain au teint cendreux qui devait approcher de la vingtaine, s'adressa à Léandre.

— Racontez-moi avec tous les détails, dit D'Avignon.

Pendant que Surprenant mesurait avec Marcel l'étendue des actes de piraterie, le taciturne couvait le journaliste d'un regard admiratif. D'une voix posée, avec un calme olympien, D'Avignon griffonnait des notes, prenait des photos, allait dans tous les recoins du magasin et revenait sous la lumière jaunâtre des ampoules. Entre-temps, en compagnie de David et du voisin Gladu, Marcel avait entraîné l'agent de la Sun Life dans la cave et l'arrière-boutique. Visiblement, les malfaiteurs n'avaient pas eu le temps de subtiliser d'autres marchandises. Cependant, on avait éparpillé des piles de factures sur le bureau de Simone et jeté négligemment le livre des comptes sur le plancher.

Placide voyait les aiguilles de la grosse horloge trotter allègrement vers la fin du jour. Il s'approcha de Léandre.

— Peux-tu me ramener chez Édouard ? demanda-t-il, timidement.

Léandre exhala un soupir exaspéré.

— Où habitez-vous ? coupa D'Avignon. Je peux vous reconduire.

— Faut que je parle à l'agent d'assurances, précisa Léandre, ça ferait mon affaire si vous pouviez ramener mon frère. En plus, faut qu'on remette un peu d'ordre au magasin.

Placide sentit confusément qu'il trahirait Ulric. Pourtant, il avait été profondément blessé de s'être fait arracher Éloi au camp de vacances des Sainte-Croix. Puis les eaux froides du lac avaient expédié son amant au royaume des morts. Après le drame, il attribuait au religieux la noyade de son bien-aimé dans des circonstances nébuleuses. Sa peine avait été si grande qu'il avait tenté de mettre fin à ses jours. Mais au fond, plus il repensait au jour fatidique, plus il ne pouvait en tenir Ulric responsable ; c'est la disparition d'Éloi qu'il avait pleurée. Dans la voiture qui les ramenait du lac Nominingue, il l'avait entendu sangloter, les mains au visage. Et ils avaient versé des larmes ensemble. À partir de ce moment-là, ils avaient partagé la même douleur, avaient regardé la même réalité, la même fatalité. Désormais, ils ne seraient plus des antagonistes : Éloi n'était plus, ni pour l'un ni pour l'autre.

Puis le défroqué avait presque fini par oublier Ulric. Mais la vie est ainsi faite qu'elle fait parfois brutalement ressurgir à notre mémoire des êtres qu'on avait cru effacés à jamais. Et qui aurait dit qu'il entreprendrait des études au collège de Saint-Laurent et qu'il le reverrait ? Le destin les avait à nouveau réunis. Entre les cours, dans les corridors de l'institution, ils avaient d'abord échangé quelque civilité. Peu à peu, ils avaient cessé de se rappeler leur ami disparu et ils étaient devenus eux-mêmes au centre de leurs conversations. Ensuite, Ulric avait manifesté le désir de voir Placide en dehors du collège. Il avait inventé une histoire à propos d'une tante malade, une sœur de sa mère éloignée de la famille et qui vivait seule à Montréal. Il s'était apparemment mis à la visiter une fois par semaine. Grâce à son neveu, la vieille femme prenait du mieux et il se devait de poursuivre son dévouement…

Justement, la mère d'Ulric éprouvait une joie immense d'avoir un fils religieux si dévoué. Elle avait mis en lui toutes ses complaisances. Il ne devait absolument pas la décevoir, sa vie en dépendait. Il n'avait d'autre choix que celui de rester en communauté. Par contre, Placide commençait à se lasser de ces stratagèmes enfantins tout en reconnaissant qu'il s'était permis quelques escapades romantiques. Pour sa part, à cause de cet oncle Romuald, conducteur de tramway, il devenait la risée de la famille. Maintenant, une occasion s'offrait de connaître quelqu'un d'autre. Le jeune reporter n'était peut-être pas engagé comme le religieux et obligé de se draper dans les mensonges.

D'Avignon parlait de son métier, de ces événements qu'il couvrait le soir et des articles qu'il s'empressait de livrer aux lecteurs de *La Patrie* le lendemain matin. Pendant sa brève carrière, il avait été mandé sur les lieux d'accidents, d'incendies, de vol, de vandalisme. Un jour il délaisserait les chroniques de chiens écrasés et signerait des articles d'importance. D'ailleurs, il était content de travailler pour un journal qui lui promettait de l'avancement, plus sérieux que *Le Petit Journal* qu'il qualifiait de gazette mondaine et de publication à potins destinée à un lectorat qui préfère la photo au texte, le reportage à sensations aux articles de fond, mais néanmoins publié à soixante-dix mille exemplaires.

Le reporter était très loquace. Le taciturne Placide l'écoutait à en oublier ce qu'il disait, le regard attaché sur sa silhouette, dans la noirceur de son habitacle. L'image de frère Ulric vint le hanter. La voiture venait de pénétrer dans le quartier Westmount que le journaliste connaissait un peu moins. Du reste, les histoires du grand monde alimentaient peu les journaux. Le mariage de la fille du docteur Untel ou le voyage en Europe de monsieur et madame faisaient rêver. La laideur et les saletés n'existaient pas chez les bien nantis. Comme si la misère humaine ne semblait s'attaquer qu'aux pauvres et que les riches avaient été immunisés contre les mauvaises fortunes.

La voiture du reporter s'immobilisa devant la résidence des Crochetière.

— On devrait se revoir, exprima D'Avignon.

Il avait posé la main sur le genou de son passager. Un frémissement de plaisir avait parcouru le corps de Placide. Ils s'échangèrent leur numéro de téléphone, et le défroqué descendit.

— À bientôt, j'espère, balbutia-t-il d'une voix troublée.

***

À quatre pattes, torchon en main, Émilienne achevait de décoller la mélasse sur le parquet mal nettoyé. Dans la glacière, Léandre et Marcel essayaient de dissiper l'humeur massacrante de leur père qui, dans un état de navrement comme on l'avait rarement vu, était à se demander si on ne lui avait pas flibusté ses plus belles pièces de viande. Depuis l'ouverture, Paulette était au téléphone et expliquait pour la huitième fois que le commerce n'était pas fermé. Elle répétait avec détachement que les dommages étaient mineurs, que la police avait entrepris une enquête.

Selon ce que David et Léandre lui avaient rapporté, Simone s'attendait au pire. En proie à une vive agitation, elle avait largué Stanislas en crise dans les bras d'Héloïse avant de quitter le logis de ses parents. Quand la commis fit irruption à l'épicerie, Paulette éloigna le cornet de son oreille et interpella sa belle-sœur :

— T'as l'air démontée, Simone, l'assurance va payer, fais-toi-z-en pas.

— On voit ben que c'est pas toi qui vas ramasser.

Simone traversa en trombe le magasin et se rendit à l'arrière-boutique. Personne n'avait osé mettre le nez dans la paperasse de la préposée à la comptabilité. Ses yeux étaient trop petits pour mesurer l'étendue des ravages. Les hommes avaient refermé la porte de la glacière et s'étaient dirigés vers le comptoir des viandes. Elle alla les rejoindre.

— Aidez-moi, quelqu'un, au lieu de rester planter là comme des piquets, proféra-t-elle.

— Rends-toi donc utile, innocent, va avec ta sœur ! ordonna l'épicier d'un ton rogue.

— Voyons, le père, rétablit Léandre, arrêtez donc de vous en prendre à Marcel ; vous *vargez* dessus comme si c'était le responsable…

— C'est c'te maudit *piéno* de ta tante Héloïse, aussi. C'est elle qui est au commencement de tous ces problèmes…

La clochette tinta. Un individu mal rasé et tout dépenaillé s'avança vers Paulette et déposa sa caisse de bière sur le comptoir.

— Remplissez-moi ça, exigea-t-il.

Émilienne tordit son torchon et releva la tête vers le client.

— C'est pour marquer, dit-il.

— Théo! s'écria l'épicière, le père du petit Morasse veut une autre caisse de Molson.

Sansoucy s'amena d'un pas rageur et agrippa le carton de bouteilles vides.

— Il y aura pas de remplissage, Morasse, dit-il.

— Comment ça? Voulez-vous en vendre de la bière ou pas? s'indigna le client.

— Premièrement, toute la Molson a disparu par enchantement hier soir pendant qu'on montait le *piéno* de ma belle-sœur au deuxième, rapporta le commerçant. Puis ensuite de ça, je vous ferai pas crédit pour une cenne de plus ce mois-ci parce que votre femme est venue faire sa *grocery* pas plus tard que samedi, monsieur Morasse. Ça fait que…

Les yeux de Maurice Morasse se révulsèrent, sa figure s'empourpra.

— Toi, mon vieux crétin, si tu penses que je vas…, marmotta-t-il.

Émilienne craignit que l'échange dégénère. Léandre était allé secourir Simone et Marcel pour remettre de l'ordre dans l'arrière-boutique.

— Léandre, viens vite…

La voix implorante de l'épicière résonnait encore quand Léandre surgit au comptoir.

— Si c'est pas le mari de la bonne femme Morasse puis le père d'un petit chenapan qui est déjà venu faire du trouble au magasin! On a justement pensé à vous puis au bonhomme Pitre après la razzia d'hier.

Simone parut avec Marcel en brandissant une pile de factures.

— Voulez-vous en voir, des comptes pas payés, monsieur Morasse ? Ben en v'là ! ragea-t-elle.

Léandre se rua sur Maurice Morasse et lui administra la clé japonaise d'Yvon Robert.

— Avoue donc, Morasse, que t'as volé !

Le client avait la bouche aussi tordue que le bras et semblait avoir atteint le paroxysme de la douleur.

— Lâche-moi, parce que je vas le dire à la police, murmura-t-il d'une voix étouffée.

— On va l'appeler tout de suite, la police, si tu veux, tonna Léandre.

D'un signe du menton de son mari, Paulette composa le numéro du poste. Encouragé par Marcel, Léandre allait briser le bras du suspect qui se lamentait terriblement et qui allait perdre connaissance.

— Je vas tout vous expliquer, exprima le présumé voleur, le souffle coupé.

Léandre relâcha sa prise. Paulette raccrocha le téléphone.

Les familles de Maurice Morasse et de Lucien Pitre avaient envahi les lieux et subtilisé de nombreuses caisses de bière, un gros jambon, et fourragé dans la paperasse pour brouiller les comptes en souffrance. Au lendemain du vol, Morasse était revenu pour voir la tête que ferait l'épicier. Il s'accusait de son méfait tout en disant qu'il rapporterait le reste du butin et paierait tout ce qu'il devait «jusqu'à la dernière cenne noire».

Sansoucy avait été touché par les aveux du voleur et il était prêt à pardonner. Léandre avait remarqué la physionomie compatissante de son père qui semblait s'attendrir.

— Eille, le père! s'insurgea-t-il, vous êtes pas pour lui donner l'absolution. Des crapules de même, ça doit payer pour le mal que ça a fait.

Puis mettant la main au collet de Morasse:

— Toi, mon *crapet*, tu t'en sauveras pas aussi facilement, proféra-t-il. Paulette, appelle au poste…

Des clientes entrèrent et s'étonnèrent de voir le beau Léandre retenir Maurice Morasse. Effrayées, elles allèrent se réfugier auprès d'Émilienne.

Simone était retournée à son bureau. Ils étaient assez nombreux pour empêcher la canaille de se sauver en attendant l'arrivée de la police. À présent qu'elle se comprenait un peu mieux dans ses papiers, elle s'attela au téléphone pour effectuer quelques commandes chez les fournisseurs, dont un baril de mélasse pour remplacer celui qui était vidé aux trois quarts.

* * *

À la fin du même après-midi, le défroqué s'apprêtait à quitter le collège. Emporté par le flot d'externes, son sac de livres et de cahiers pendant au bout de son bras, il fut rattrapé par le frère Ulric.

— Pourquoi tu ne m'attends pas? C'était pourtant convenu qu'on se rendait ensemble chez ton frère Édouard.

— Je sais, mais ce n'est pas possible…

Des traits de stupéfaction moulèrent le visage d'Ulric. Placide avait pris cet air désolé des promesses non tenues. Il avait espéré s'enfuir avant que le religieux le rejoigne. Devant eux, les portes battaient, des étudiants soulagés allaient rentrer chez eux par le tramway ou en prenant la rue. Frère Ulric entraîna son camarade dans les allées de la propriété.

Le soleil faiblissait entre les chênes qui se dénudaient de leurs habits aux couleurs d'automne. Les camarades amorcèrent une marche, déambulant dans le parc, étrangers aux beautés de la lumière qui jaunissait le feuillage. Chacun attendait dans la lourdeur d'un silence embarrassé. Ulric redoutait la mauvaise nouvelle, l'abandon des études, une rupture. Placide avait pris cet air coupable de celui qui doit livrer des explications : ils devaient mettre un terme à leur relation sentimentale équivoque.

Le religieux posa brusquement la main sur l'épaule de Placide qui s'arrêta.

— Tu veux briser notre amitié, soupira Ulric.

— Une amitié impossible, rétorqua Placide. Il y a assez de moi qui a renoncé à la vie religieuse ; dans des circonstances que tu sais, d'ailleurs. Je reconnais que tu avais réussi à m'attirer à toi après la mort d'Éloi, mais je ne veux pas être tenu pour responsable d'un détournement de vocation.

— Je suis prêt à quitter les Sainte-Croix, à te suivre dans le monde, à mener ma vie comme je l'entends.

— Ce n'est pas ma faute si tu es malheureux en communauté, Ulric. Mais ta mère ne te le pardonnerait jamais si tu quittais les Sainte-Croix : tu risquerais de la faire mourir de peine. N'est-ce pas ce que tu m'as déjà dit ? Et si jamais elle apprenait les sentiments qu'on éprouve l'un pour l'autre, elle serait couverte de honte jusqu'à la fin de ses jours.

Placide délaissa le religieux qui le regardait s'éloigner, les paupières gorgées de larmes. Il avait résolu de ne pas se retourner. Dommage que la religion ait habillé Ulric de noir. Désormais, il franchissait une autre étape de sa vie amoureuse.

La rencontre avec Ulric n'avait pas été sans déchirement. Placide était monté à bord du tramway en se faufilant derrière des usagers pour éviter de croiser le regard méprisant de l'oncle

Romuald. Debout dans le véhicule bondé, encore tout remué par la douleur de la séparation, il s'éveillait à l'idée d'un attachement à l'autre, ce reporter qui l'avait reconduit et qui semblait s'intéresser beaucoup à lui. Maintenant, il avait hâte de regagner la résidence du notaire Crochetière et de lire l'article de journal concernant le vol à l'épicerie-boucherie de son père.

— Un jeune homme a laissé un message pour vous, dit la servante.

— Puis-je avoir *La Patrie* du jour ? demanda Placide.

Martha alla chercher la publication, qu'elle posa sur le guéridon. Il se pencha, appuya son sac d'étudiant contre le mur et s'empara de l'exemplaire qu'il feuilleta vitement.

La parution de l'article avait allumé son désir de revoir le journaliste, mais l'intérêt qu'il suscitait enflamma le besoin de se rapprocher de son auteur. Après le souper, il communiquerait avec Alex D'Avignon.

Martha avait préparé un plat d'andouillettes. Depuis que le pensionnaire logeait chez les Crochetière, à la demande du notaire, elle avait pris l'habitude de le servir en premier. L'air absorbé, il tenait ses ustensiles au-dessus du morceau de gros intestin rempli de tripes d'animal.

— N'aie pas peur, Placide, Martha est meilleure cuisinière que notre tante Héloïse, dit Édouard.

— Le repas de ce soir a un petit côté champêtre, histoire de vous rappeler vos origines modestes, déclara Colombine.

— Au lieu d'être bourrées avec du porc, les andouillettes sont farcies de boyaux de veau coupés en lanières cuites, précisa la servante.

— Je m'excuse, j'étais dans la lune, exprima Placide. Je pensais à l'article de *La Patrie* concernant le vol à l'épicerie de papa.

— Ah! j'oubliais, dit Édouard, maman a téléphoné au bureau cet après-midi. Un certain Morasse serait retourné au commerce pour acheter de la bière et Léandre aurait réussi à lui faire confesser son crime. Imagine-toi donc que…

— Je t'en prie, chéri, coupa Colombine, épargne-nous les détails. Tu m'as déjà reproché de m'être assoupie pendant que j'attendais dans mon automobile sur la devanture du magasin.

— Dans tout cela, ma fille, tu n'as pas été la plus éprouvée, commenta Margaret Crochetière. Il faut être sensible au malheur des autres.

— Quand on tient commerce, on s'expose aux convoitises des malfaiteurs, renchérit l'hôte. Pauvre monsieur Sansoucy, cela doit lui rappeler le vol à main armée dont il a été victime en décembre dernier.

Le défroqué refusa la boisson chaude de Martha pour aller téléphoner pendant que les autres restaient attablés.

Alex D'Avignon l'espérait dans son petit appartement de la rue Chambord.

Chapitre 9

Il pleuvait à rincer les trottoirs. Le vent d'octobre cravachait les vitres et battait le pavé, emportant avec lui les feuilles folâtres et les chapeaux mal enfoncés, soulevant effrontément le bas des manteaux et retournant les parapluies. Le mauvais temps laissait présager des affaires tranquilles.

Au commerce de la rue Adam, le boucher se remettait de ses émotions de la veille en disputant sa troisième partie de dames avec Philias Demers. Il avait récupéré presque tout ce qui avait été volé, y compris le gros jambon coupé en deux pour les familles Pitre et Morasse. Depuis le début de la matinée, Simone exhalait des soupirs exaspérés. Elle avait peine à supporter l'envahissement des marchandises dans sa réserve. Ils s'étaient mis à trois pour décharger d'un camion deux tonneaux de mélasse. L'un d'eux avait été roulé sur le plancher du magasin et jouxtait à présent le bout du comptoir-caisse, à proximité des pots de bonbons, tandis que l'autre augmentait singulièrement l'entassement de l'arrière-boutique. Le camionneur venait de repartir. Léandre était appuyé dans l'embrasure et grillait une Sweet Caporal alors que Marcel remontait de la cave.

La commis contemplait le baril de mélasse avec une irritation croissante. Elle détonna :

— Quelqu'un, venez m'ôter ça dans les jambes ! s'écria-t-elle. Sinon je donne ma démission…

— Ça s'enlève pas de même, rétorqua Marcel. Tout à l'heure, on était trois pour le manœuvrer. Là, on est juste deux, puis ça fait exprès, celui-là a attrapé la pluie. Ça fait que…

— On est ben mieux de le laisser sécher, acquiesça Léandre.

Simone eut recours à son père.

— P'pa, excusez-moi si je vous dérange dans votre partie avec monsieur Demers, dit-elle, mais demandez donc à vos garçons de faire de la place avec ce maudit baril encombrant.

— Les gars ! murmura l'épicier avec indifférence.

Léandre se redressa, lança son mégot dans la cour et amorça un mouvement vers la cave.

— Où c'est que tu vas ? s'enquit Simone.

— Tu vas voir ce que tu vas voir, ma petite sœur, je vas t'arranger ça…

Le cri de Simone n'avait pas dérangé les joueurs de dames, mais il avait alerté Émilienne et Paulette.

— Dites-moi pas que l'eau est en train de monter comme en juillet ! exprima l'épicière. Théo, pourquoi tu restes là à rien faire ? Fais quelque chose, *bonyenne* !

— Énervez-vous pas, m'man, dit Marcel, il y a assez de Simone qui panique à propos de son baril de mélasse. Tout à l'heure, je suis allé voir en bas, puis il y a aucun dégât d'eau en vue…

Léandre remonta à côté des madriers disposés au milieu des marches, de façon à pouvoir manœuvrer de part et d'autre. Émilienne s'étira le nez dans l'escalier de la cave et posa ses mains potelées sur ses bourrelets.

— C'est quoi, cette installation-là ? demanda-t-elle. On dirait des *tracs* de chemins de fer.

— Vous brûlez, la mère, dit Léandre. Tenez-vous ben : Marcel puis moi, on va faire rouler le tonneau là-dessus ! C'est la meilleure manière de débarrasser le plancher.

— C'est tout mouillé, cette affaire-là ! commenta Paulette.

L'animation avait tiré les damistes de leur jeu. Léandre bomba le torse, Marcel se cracha dans les mains. Par un mouvement de tangage, ils renversèrent le tonneau qu'ils roulèrent précautionneusement vis-à-vis des madriers. Puis ils se postèrent deux marches plus bas, de chaque côté du tonneau, de manière à en contrôler la descente.

— Asteure, c'est à votre tour, les femmes, dit le chef de l'opération.

— Théo, Philias, venez donc, vous autres aussi, ordonna Émilienne, c'est pesant, cette barrique-là.

Sitôt les mains de Marcel et de Léandre appliquées aux ferrures glissantes, le baril amorça une roulade vertigineuse et alla se fracasser dans le fond de la cave.

— Taboire de taboire! proféra l'épicier.

D'un air consterné, on observait la coulée de lave noirâtre se répandre un peu partout, frôlant les caisses, léchant les poches de patates et sucrant tout ce qu'elle pouvait toucher sur son passage.

L'épicier sacrait, l'épicière étendit ses bras ramollis afin qu'on la conduise à la chaise de Simone. Paulette, la migraineuse, était prise d'un irrépressible fou rire, tandis que les autres assistaient, hébétés, aux derniers glougloutements du tonneau.

— Marcel! brama Sansoucy, que c'est que t'avais d'affaire à te cracher dans les mains, baptême? C'est pour ça que le baril a glissé. Envoyez, nettoyez-moi ça au plus sacrant pendant que Simone en commande un autre.

L'heure n'était pas aux réprimandes. Le fou rire contagieux de Paulette avait gagné les garçons. Mais Sansoucy n'entendait pas s'amuser. Il désirait faire vite, la denrée gluante allait figer. On chercha les mopes, les gamelles, les récipients, bref tout ce qui pouvait servir la cause désespérée. L'attirail de nettoyage rassemblé près de l'escalier, une idée traversa l'esprit déridé de Léandre.

— Mettez-y donc du sirop de blé d'Inde puis du soda à pâte, le père, ça va durcir puis ça va faire de la bonne tire Sainte-Catherine, proposa-t-il.

L'épicier gardait son air exaspéré des catastrophes. Marcel et Léandre se bottèrent et entreprirent la descente aux enfers.

La mare gluante stagnait en une surface lisse qui miroitait sous les ampoules. Au milieu de l'onde épaisse, les garçons s'engagèrent, soulevant à chaque pas leurs bottes de caoutchouc dégoulinantes. Après trois bonnes heures à récupérer la substance, ils s'attaquèrent aux reliquats accrochés aux aspérités rugueuses avec une brosse et de l'eau chaude, avant de torchonner le plancher avec des guenilles absorbantes.

La fragile Paulette ne riait plus : exposée à l'arôme capiteux de la mélasse, elle combattait maintenant la nausée. Marcel charroyait sous son nez des chaudiérées qu'il allait déverser à la pluie, au bord de la rue. Hissée sur un tabouret derrière le comptoir-caisse, la tête appuyée sur la main, elle se remémora ses dernières heures à la St. Lawrence Sugar avant de se faire avorter par un charlatan. L'air ambiant devenait tellement insupportable ; elle remonta en vitesse au logis.

Puis ce fut le temps de manger. La tâche avait affamé les garçons, qu'Émilienne avait envoyés dîner avant elle et son mari. Ils étaient soulagés de quitter l'odeur qui avait assiégé leurs narines tout l'avant-midi et de se retrouver à la table de leurs parents.

Marcel devançait son frère en montant l'escalier. Il se tourna vers lui et renifla bruyamment.

— Veux-tu ben me dire ce que ça sent ? demanda-t-il.

— Je te gage que matante Héloïse a fait des biscuits à la mélasse, répondit Léandre. Dans ce cas-là, viens-t'en, je te paye la traite, on va dîner à l'*Ontario's Snack-bar*.

Beaucoup de liquide foncé avait ruisselé en avant du commerce. La tempête de pluie avait cessé et il se dégageait du caniveau une petite bruine noirâtre qui embaumait l'air de la rue. Germaine Gladu parut au magasin. L'épicière était à essuyer les pistes ; la limace avait laissé une traînée gluante en transportant la mélasse.

— Vous êtes dans le gros ménage, madame Sansoucy, dit la cliente.

— Bonjour, madame Gladu, j'en ai pour deux minutes, puis je suis à vous. On a eu une petite avarie ce matin : par une mauvaise manœuvre, un baril a éclaté sur le plancher de la cave, puis il a fallu charroyer la mélasse.

— Ah ! C'est pour ça que ça sent le sucré sur le trottoir.

Émilienne tordit une dernière fois sa serpillière dans l'eau brune de sa chaudière.

— Puis, votre mari est-tu revenu de son déménagement ? dit-elle.

— Pas tout à fait, il est encore un peu raqué puis ça va lui prendre une autre caisse de bière avant longtemps. Mais c'est pas pour ça que je suis venue cet après-midi. Je vas être franche avec vous ; j'arrive de l'épicerie Chevalier, puis j'ai vu les 100 watts à trois pour une piasse, les 25, les 40, puis les 60 watts à six pour une piasse. Ça fait que si vous baissez pas vos prix, je vas les prendre chez Chevalier. Surtout que j'en veux une de chaque…

— Je veux ben vous faire un prix parce que votre mari nous a dépannés pour le *piéno*, mais je vas en parler à Théo.

Après le dégât de la matinée, Sansoucy avait prévenu son compagnon de jeu qu'il ne pourrait se permettre de s'amuser en après-midi. Il épaulait Simone qui s'obstinait avec un fournisseur debout, le dos voûté dans la boîte de son camion. Sa femme surgit.

— J'en veux pas, de votre tonneau mouillé, protesta Simone. Faudrait le faire sécher dans l'arrière-boutique puis ça prend toute la place.

— Sinon ça risque encore de nous glisser des mains si on le descend dans le soubassement, précisa le patron.

— À part de ça, mes garçons sont partis pour des livraisons, renchérit l'épicière.

— En tout cas, rapportez-moi-z-en un autre parce que je fais plus affaire avec vous, conclut Simone.

Les lèvres serrées, le camionneur sauta au sol, referma sans ménagement les portes de son véhicule et démarra.

Émilienne transmit à son mari la demande de Germaine Gladu.

— Qu'elle aille les acheter où elle voudra, ses lumières! s'emporta Sansoucy. Le bonhomme Gladu m'a déjà coûté une caisse de Molson à cause du maudit *piéno* d'Héloïse.

— Ben elle en veut juste…

— C'est non, Mili! As-tu compris? Puis fais-moi pas choquer…

L'épicière rapporta à la voisine la réponse de son mari. Germaine Gladu avait pris cet air pincé des clientes persuadées qu'on doit leur accorder de petites faveurs. Elle déchanta.

— Ben ça va nous apprendre à être fins avec vous autres, clama-t-elle. On dirait que votre mari a oublié que Réal l'a remplacé après le hold-up dans votre magasin, puis que Junior a livré les «ordres» à la place de votre Marcel après son accident. Vous direz à votre mari qu'il a la mémoire pas mal courte, compléta-t-elle, avant de tourner les talons et de prendre congé.

Paulette avait réintégré l'épicerie. En entrant au logis, elle s'était dirigée tout droit aux toilettes et avait restitué son déjeuner dans de grands arrachements. Affaiblie, elle avait ensuite fait une sieste qui l'avait ramenée un peu. À présent, elle devait profiter de la faible affluence au magasin pour s'occuper des cinquante livres de patates touchées par la marée noire de la cave.

Lentement, avec ses forces diminuées, elle allait au sous-sol de l'immeuble et en rapportait de petites quantités qu'elle transportait dans son tablier en combattant des accès de nausées. Puis elle en plaçait méticuleusement sur la balance jusqu'à ce que le poids de dix livres soit atteint. Ensuite, elle les ensachait et empilait les sacs comme elle le pouvait.

Elle remontait de la cave pour la treizième fois quand sa belle-sœur l'interpella :

— Me semble que c'est pas ben ben efficace, ton affaire, commenta Simone.

— On voit ben que c'est pas toi qui as vomi à matin. Puis là, imagine-toi pas que ça sent la rose en bas, il y a encore cette maudite senteur de mélasse qui m'est restée sur le cœur. Une chance que j'achève de vider les poches parce que je suis ben à la veille de renvoyer encore. Je suis plus capable d'en voir puis d'en sentir.

— Ouan, moi qui voulais cuisiner de la galette à soir, je pense que je vas laisser faire. On mangera d'autre chose.

Le camion du fournisseur de mélasse reculait.

— Il est ben mieux d'être *sèche*, son baril, parce que je vas le retourner une fois pour toutes, décréta Simone.

— *Sèche* ou mouillé, je veux plus rien savoir de la mélasse pour aujourd'hui. Je vas aller préparer des œufs brouillés.

* * *

Toute la journée, l'étudiant avait suivi distraitement ses cours. Il avait repensé à sa rencontre avec Alex, au plaisir qu'il avait eu à discuter avec lui à son appartement de la rue Chambord. Il avait appris à connaître le jeune reporter, son passé avec sa famille, le besoin maladif de sa mère de le surprotéger et la nécessité qui en découlait de s'éloigner d'elle. Mais il n'avait pas dit à sa parente à quel endroit il emménageait, de peur qu'elle aboutisse chez lui et le ramène à la maison par le chignon du cou. Par la suite, elle avait essayé de le retracer en allant aux bureaux de *La Patrie*. Quelquefois, la tête tombée sur son sac à main, elle s'était assoupie sur une chaise dans le corridor de la salle de rédaction en attendant qu'il revienne d'un reportage.

Afin de se sentir plus près de son fils, madame D'Avignon lisait *La Patrie* quotidienne. Dès qu'elle s'emparait du journal, elle repérait avec fébrilité tous les articles qu'il avait signés. Puis elle les lisait en se pâmant de son style, du choix des mots, du riche vocabulaire employé. Ainsi, elle le suivait avec un petit décalage dans ses déplacements de journaliste. Ensuite, elle découpait avec soin les textes et les photos qui les accompagnaient, et les collait dans un grand cahier jaune qu'elle relisait avant de se coucher.

Alex D'Avignon n'avait pas connu le véritable bonheur d'être aimé; il avait subi l'amour d'une cervelle détraquée. Pendant toute sa jeunesse, il avait cherché l'âme sœur. Mais toujours il s'était heurté à des niaises ou à des jeunes filles trop accaparantes qui ressemblaient à sa mère. L'une après l'autre, les relations se dégradaient, les déceptions s'accumulaient. Lentement, insidieusement, il se sentait attiré par les êtres de son sexe. Après tout, il y en avait d'aussi beaux, d'aussi désirables et d'aussi gentils qui ne demandaient qu'à être aimés. Et peu à peu, il était animé par cette ivresse de la jeunesse, par le sang du désir qui lui brûlait les veines.

Ils s'étaient parlé durant deux bonnes heures, Alex de sa famille et de son métier de journaliste, Placide de sa vie chez les religieux et de ses amitiés particulières qui l'avaient mené jusqu'à la tentative de suicide. Puis sa famille l'avait rescapé. Curieusement, comme un retour aux sources, pour mieux aider au commerce, cette fois, il étudiait maintenant chez les Sainte-Croix, à acquérir des connaissances qui ne l'intéressaient pas, au fond.

Dans le tram qui ramenait Placide à Westmount, le wattman avait perdu son air méprisant. Mais Romuald ne savait pas que son neveu s'attachait à un autre qu'Ulric. Et qu'il songeait à ses travaux qui lui pesaient de plus en plus et qui lui prendraient toute la soirée, à Alex qu'il ne reverrait pas ce soir. Pour répartir ses obligations scolaires fastidieuses, il débuterait avant le souper ; et, en soirée, il entrecouperait son devoir de comptabilité et ses leçons par la lecture des *Misérables*.

Placide rentra chez le notaire. Il se dirigeait à sa chambre quand madame Crochetière parut.

— Bonjour, madame ! Vous allez bien ?

— Martha m'a dit qu'un certain Alex D'Avignon vous a laissé un message.

— Je dois le rappeler à son appartement ?

— Il vous attend à 5 h 30 aux bureaux de *La Patrie*, sur la rue Sainte-Catherine. Martha peut vous préparer une bouchée avant que vous partiez, si vous le désirez.

— Non merci, madame, ce ne sera pas nécessaire.

Un sourire indéfinissable se moula sur la physionomie de l'étudiant. Il amorça un pas vers sa chambre. La femme du notaire l'interpella.

— Je ne sais pas ce qu'en pensera votre frère Édouard, mais pour un garçon aux études, je trouve que vous consacrez passablement de temps aux sorties, Placide.

Il baissa les yeux, comme celui sur le point de commettre un acte répréhensible, un geste irréfléchi, et se rendit à sa chambre déposer ses effets.

Sur le trottoir, devant l'édifice de *La Patrie*, D'Avignon allait et venait d'un pas nerveux. Toutes les deux minutes, parmi les employés du journal qui le saluaient, il consultait sa montre et relevait la tête vers le tournant de la rue. Martha avait-elle transmis le message ? Placide était-il reparti du collège avec cet Ulric qui s'était raccroché à lui, ou simplement avait-il décliné l'invitation au rendez-vous ? Mais il avait retenu ce sourire enthousiaste de l'étudiant lorsqu'il avait évoqué la possibilité de lui *dégoter* une pige aux faits divers du quotidien.

Alex allait rentrer et prévenir la secrétaire de monsieur Veilleux que l'entrevue de 5 h 45 devait être annulée quand il vit quelqu'un courir vers lui en agitant la main.

— On est juste à l'heure, Placide, dépêchons-nous !

Les deux camarades montèrent à l'étage du bureau du directeur de l'information. La dactylo, une demoiselle à la tenue impeccable, se tenait droit, le dos raide comme si elle était attachée à son dossier. Elle se leva, ouvrit la porte du bureau de son patron.

— Monsieur Veilleux vous attend, dit-elle.

— Bien, mademoiselle Larouche, remercia Alex.

Dans la pièce enfumée, un petit homme chauve arborant une énorme moustache semblait écrasé sous un immense tableau.

— Assoyez-vous, messieurs, dit-il.

Veilleux était bien conscient que le visiteur qui entrait pour la première fois dans son bureau était attiré par le portrait du fondateur. Il se faisait un devoir de l'instruire.

Natif de Lanoraie, le fondateur Honoré Beaugrand avait connu un parcours très singulier. Après des études écourtées dans un collège et quelques mois de noviciat, il avait reçu un entraînement à l'école militaire de Montréal avant de s'engager dans l'armée de l'empereur Maximilien.

D'Avignon écoutait d'un air faussement intéressé le boniment de son patron qu'il entendait pour la seconde fois. Mais Placide se laissait captiver par la vie du libre-penseur qui avait fondé des sociétés patriotiques et culturelles, des journaux, en plus d'avoir été maire de la métropole et d'avoir publié des recueils et un roman.

Placide ne détachait pas son regard du portrait du journaliste et politicien vêtu de ses habits militaires et dont la poitrine était couverte de médailles et de décorations.

Veilleux se rendit compte qu'il ennuyait son employé. Il s'alluma une cigarette et s'adressa à Placide :

— Mais ce n'est pas pour que je vous raconte la vie d'Honoré Beaugrand que votre ami vous a recommandé à moi, dit-il. Monsieur D'Avignon a dû vous dire que nous sommes à la recherche d'un journaliste pour couvrir certains événements. Or je me suis laissé dire que vous aviez une admiration pour le frère André. Comme il revient d'un voyage à Québec, ce pourrait être votre premier sujet. Au début, vous auriez à rédiger un article par semaine, le temps d'évaluer la qualité de vos écrits. Ensuite, si vous avez le goût de poursuivre votre carrière, on verra si on peut vous confier des dossiers plus importants. N'est-ce pas, monsieur D'Avignon ?

— Justement, monsieur Veilleux, vous connaissez mon intérêt pour le monde politique et les articles de fond, tenta D'Avignon.

— Pour le moment, on a encore besoin de vous aux faits divers, Alex. Quant à vous, Sansoucy, je vous recommande de contacter monsieur Paul Gobeil, un marchand de la rue Crémazie ; il a accompagné le petit frère de l'Oratoire dans la capitale. J'attends votre texte demain après-midi, avant 4 heures.

D'Avignon parut se résigner. Son patron se leva pour mettre un terme à l'entretien, qu'il scella avec de cordiales poignées de main. Les deux camarades saluèrent mademoiselle Larouche et quittèrent les bureaux du journal.

Placide exultait ; il venait de décrocher un contrat. Il n'avait pas la moindre idée du texte qu'il allait écrire, et le temps pour le rédiger s'avérait somme toute assez court. Qu'à cela ne tienne ! Il connaissait son sujet et il avait bon espoir de joindre monsieur Gobeil. Pour l'heure, la faim le tenaillait. Il ne voulait pas rentrer trop tard chez les Crochetière et grignoter quelque sandwich dans la cuisine. Mais D'Avignon avait tout prévu : ils gagneraient ensemble son appartement et il l'aiderait à composer son article.

— Je suis d'abord un étudiant, protesta Placide. Quand est-ce que je vais étudier dans tout ça ?

— Crois-tu être capable d'écrire tout seul ? Je ne travaille pas ce soir, je pourrais t'aider. Tu devrais profiter de mon expérience, Placide. À moins que tu composes pendant tes cours demain matin et que tu partes en vitesse du collège dans l'après-midi pour remettre ton texte au journal. Sinon, je pourrais l'apporter en venant travailler.

D'Avignon avait regardé son camarade avec des yeux suppliants. La proposition alléchait Placide et le contrariait tout à la fois.

— D'accord, céda-t-il.

Le modeste appartement de la rue Chambord était propre et rangé. Le lit était impeccable, les chaises, bien disposées autour de la table, le poêle, reluisant, la glacière, surmontée d'un peu de paperasse bien empilée, mais le fauteuil recouvert d'un velours amarante semblait un peu défraîchi. Une bibliothèque abondamment garnie dans laquelle cohabitaient livres et documents de travail complétait l'ameublement. Enfin, les rideaux ainsi que quelques bibelots choisis avec goût agrémentaient le logement.

Placide fixa la table dressée de deux couverts. D'Avignon posa sa main leste sur l'épaule de son compagnon.

— On va commencer par prendre une bouchée, dit-il. Ensuite, on se mettra au travail.

— Tu étais sûr que je viendrais…

— Tu ne pouvais refuser pareille invitation, mon ami, rétorqua Alex.

Le locataire ôta sa main caressante et alla sortir un pain et des confitures de la dépense. Le repas s'annonçait frugal. L'estomac de Placide était rompu aux repas des Sainte-Croix et à la cuisine rudimentaire d'Héloïse, mais il s'était habitué aux petits plats de la servante Martha. Dans les circonstances, il se contenterait de ce que lui offrait son hôte.

Le repas terminé, D'Avignon souleva un coin de la nappe et apporta une feuille et un crayon.

— Pas trop vite, Alex, il faut que je communique avec ce monsieur Gobeil dont le patron a parlé.

— Justement, noter l'information sera la première chose à faire quand tu auras terminé ta conversation avec lui.

Placide trouva facilement le numéro de Paul Gobeil dans l'annuaire. Le marchand de meubles avait reçu plusieurs appels de curieux depuis son retour de voyage, mais il se disait prêt à répondre aux questions du journaliste de *La Patrie*.

L'entretien téléphonique n'avait duré qu'une vingtaine de minutes, mais Placide avait recueilli assez de renseignements pour alimenter un article.

Sitôt l'appareil raccroché, le visage irradié d'un sourire, il s'installa pour consigner les détails du voyage et de la rencontre avec le premier ministre du Québec.

Alex avait dégagé la table, secoué la nappe dans l'évier, et rangeait le peu de vaisselle lavée du souper. Le journaliste en herbe s'était absorbé dans l'élaboration d'un plan tout en délaissant négligemment son compagnon.

— On dirait que je n'existe plus, s'indigna D'Avignon.

— Laisse-moi d'abord structurer mes idées, c'est ce que j'ai appris chez les Sainte-Croix.

D'Avignon s'offusqua :

— Puisque c'est comme ça, je vais aller prendre une marche, exprima-t-il, désenchanté.

Il avait agrippé son gilet et traversé le seuil. L'étudiant avait oublié ses devoirs et ses leçons, et poursuivait son travail avec la ferveur des journalistes chevronnés.

L'amitié indéfectible entre le vénérable petit frère et le premier ministre était de notoriété publique. Le frère André avait souventes fois reçu Maurice Duplessis à l'Oratoire et il se devait de lui rendre la politesse depuis son élection aux commandes du Québec. Mais depuis que le thaumaturge était revenu à Montréal, il avait été assailli de nombreuses demandes de recommandation auprès du premier magistrat de la province. Ce à quoi il avait répondu qu'il prierait plutôt saint Joseph d'aider ceux qui s'étaient adressés à lui afin qu'ils obtiennent les faveurs de la Providence.

Placide achevait de rédiger son texte. D'Avignon revint.

— Ça ne sera pas long, Alex, je vais mettre le point final.

Placide déposa son crayon et se leva fièrement en brandissant son texte.

— Tiens, relis-moi ça, asteure ! dit-il.

Placide suivait les lèvres de son camarade qui parcourait les lignes de son œil exercé.

— C'est plutôt moyen ! dit D'Avignon. Les phrases sont bien construites, j'ai relevé seulement une faute d'orthographe. Mais les lecteurs vont s'ennuyer, ça manque un peu d'intérêt.

— Comment ça, un peu d'intérêt ?

— D'abord, il faudrait changer le titre : « Un voyage inoubliable », ça dit pas grand-chose. Ensuite, tu rates l'occasion de parler du parlement, et…

— Dans ce cas-là, rédige-le donc toi-même, l'article, se fâcha Placide.

— Ah ! bien ! L'apprenti journaliste qui sort son petit caractère, ricana Alex.

Insulté, l'œil furibond, Placide arracha le texte des mains de son nouvel ami. Puis il le plia, l'enfouit dans sa poche de chemise et s'enfuit rageusement de l'appartement.

Alex regarda l'étudiant s'éloigner et disparaître comme si les liens qu'ils avaient tissés se rompaient définitivement. Placide descendait Chambord en pensant qu'il ne pourrait livrer son article lui-même sans sécher des cours. À peine avait-il atteint la rue Bélanger qu'il regretta son geste emporté ; il rebroussa chemin.

D'Avignon avait deviné que son compagnon ne pouvait se passer de lui. Il le fit poireauter quelques instants à sa porte avant d'ouvrir sur le visage repentant.

— Je suis désolé, Alex, je vais suivre tes conseils.

Comme un élève docile, Placide se rassit à la table et procéda, non sans une certaine amertume, à quelques améliorations de son texte. Puis, lorsque le rédacteur eut terminé de le mettre au propre, il dit :

— À l'heure qu'il est, tu devrais rester à coucher, proposa Alex.

— Une autre fois, peut-être, mais pas ce soir ; je dois retourner à la maison.

Édouard avait demandé à Martha de l'aviser dès qu'elle entendrait son frère rentrer. Sitôt qu'une clé tourna dans la serrure, la servante se précipita pour le prévenir. Elle se rendit ensuite à la porte et conduisit Placide au cabinet, où le jeune notaire l'attendait.

Édouard était engoncé dans son fauteuil. Il se redressa promptement.

— Tu reviens tard pour quelqu'un qui est aux études, affirma-t-il.

— J'ai le droit de revenir à l'heure que je veux, répliqua gentiment Placide.

— Écoute-moi bien, mon cher frère, j'ai deux mots à te dire. N'oublie pas que tu es en pension dans cette maison parce que les parents de Colombine ont bien voulu t'héberger. Et c'est papa qui doit payer pour que tu demeures ici et pour que tu fréquentes le collège. Je ne vois pas comment tu peux te consacrer à tes études et passer des soirées avec un journaliste de *La Patrie*.

— Ça ne regarde que moi, Édouard. D'ailleurs, je suis moi-même devenu reporter. Alex m'a aidé à rédiger mon premier article qu'il va remettre au journal demain.

— Tu n'aurais jamais dû accepter. Je te conseille…

— Ce n'est qu'un article par semaine ! riposta Placide. Je reconnais que j'ai négligé un peu mes études ces derniers temps, mais je vais me reprendre, tu verras. Personne ne sera déçu de mon rendement.

Placide s'engouffra dans sa chambre. Il tira de son sac ses livres et ses cahiers, et entreprit son devoir de comptabilité.

Chapitre 10

Le curé de village venait de prendre fin. Sansoucy avait supporté l'émission radiophonique si chère aux femmes de la maison en fumant tranquillement sa pipe dans sa chaise berçante. Les vieilles filles Grandbois allaient se regrouper autour d'Émilienne au piano. Depuis le déménagement de l'instrument au logis, tous les soirs, il redoutait ce moment de supplice où les sons lui écorcheraient les tympans. D'un geste bref, comme si la voix agressante de ses belles-sœurs provoquait chez lui des poussées d'urticaire, il alla vider son calumet dans le poêle et s'empara de *La Patrie*. La pianiste donna la note, et les chanteuses amorcèrent leurs vocalises.

— Eille ! Le nom de Placide est dans le journal ! s'écria-t-il.

L'accompagnatrice s'arrêta de jouer et se tourna vers son mari.

— Dérange-nous pas, Théo, c'est notre heure de pratique, rétorqua-t-elle.

— Un article signé Placide Sansoucy ! proféra l'épicier.

Les femmes se rassemblèrent dans la cuisine pour entendre la lecture du texte.

Sansoucy jeta le journal sur la table. L'œil en furie, il se mit à marcher, à marmonner, débordant de cette colère inoffensive que ses proches ne prenaient pas au sérieux.

— Tu devrais être fier de notre fils, dit Émilienne.

Alphonsine, Alida et Héloïse semblaient approuver le commentaire de leur sœur, mais l'épicier ne partageait pas l'accord unanime des Grandbois. Il se rua sur le téléphone. Martha transmit l'appel au pensionnaire.

— J'ai pas de félicitations à te faire, mon garçon ! tonna Sansoucy. Quand on va à l'école, c'est pour étudier, pas pour écrire des articles dans les journaux. Ça me coûte vraiment cher, t'envoyer au collège puis payer une pension chez le notaire Crochetière. Si tu continues à négliger tes études, tu vas reprendre ta *job* à l'épicerie. Simone a jamais eu la bosse des chiffres, puis elle a de la misère à s'organiser ; il faut toujours l'avoir à l'œil. Je fais semblant de rien, mais c'est un peu pour ça que j'ai installé mon damier dans l'arrière-boutique. Ça paraît pas, ça me permet de lui éviter de faire des bêtises, des fois.

— Jusqu'à maintenant, on ne peut pas dire que mon travail de journaliste a nui à mes études. D'ailleurs, j'ai toujours eu une certaine facilité à l'école. Pas autant qu'Édouard, mais je m'en tirais assez bien. Prenez, par exemple, aujourd'hui même, j'ai reçu un résultat d'examen de tenue de bureau, puis j'étais dans les premiers de la classe. Vous devriez me faire confiance, papa. Je vous promets un beau bulletin aux fêtes.

Sansoucy avait repris une physionomie moins tendue. Sa femme demanda à parler à son fils. Elle le félicitait pour son article et l'encourageait toutefois à poursuivre ses études avec tout le sérieux nécessaire.

Elle l'embrassa et raccrocha. Puis elle se tourna vers son mari.

— Je te trouve pas mal dur pour Simone, Théo, dit Émilienne. Elle fait son gros possible pour nous aider du mieux qu'elle peut. Il faudrait pas qu'elle t'entende parce qu'elle sacrerait la *job* drette-là puis elle retournerait à l'*Ontario's Snack-bar*.

Les sœurs Grandbois reprirent leur pratique. Sansoucy se couvrit de son manteau léger et de sa casquette, et se rendit à la taverne.

L'esprit embrumé par ses impulsions inoffensives, le remuant épicier entra et s'isola dans un coin. Léandre délaissa un groupe de clients et s'amena à sa table.

— Vous avez ben l'air bougonneux, le père, dit-il. Que c'est que je vous sers ?

— Ça me prend un petit remontant…

Le serveur avait saisi la mine rébarbative de son client. Il se contenta de lui apporter sa bière et retourna à la table où prenaient place Philias Demers, Hubert Surprenant et David O'Hagan. Léandre les avait réunis pour discuter d'un sujet très enlevant. Ce qu'il gagnait à l'épicerie et à la taverne ne suffisait plus à satisfaire son appétit pour le gain. Bientôt, il serait dégagé de ses mensualités à la Sun Life pour la défunte *Belle au bois dormant*. Il n'avait pas mis de côté son projet d'acquérir éventuellement le commerce de son père. Cependant, depuis peu, l'idée d'acheter la taverne Archambault commençait de plus en plus à faire son chemin dans sa tête. Et le propriétaire lui en fournissait la plus belle occasion…

Depuis la fermeture des maisons de jeux concentrées dans le *Red Light*, le nombre de loteries chinoises avait augmenté de façon effarante dans la métropole. Dans tous les secteurs de la ville, on pouvait se procurer facilement des billets chez le barbier, au restaurant ou dans des débits de boissons. Pour dix sous, un dollar ou plus, on courait la chance de gagner de cent à mille dollars en choisissant une série de numéros. Devant la popularité croissante de l'activité illégale, et connaissant le sens moral émoussé de son employé, Edmond Archambault avait confié à Léandre la responsabilité d'organiser des tirages afin de fidéliser, voire d'augmenter sa clientèle.

Mais le risque était bien réel. À preuve, les nombreuses arrestations effectuées l'année précédente dans les maisons de jeux et les amendes prélevées qui avaient permis à Montréal de regarnir sa trésorerie.

— J'embarque pas dans ta combine, Léandre, dit le vieux Demers. Ça me paraît malhonnête, puis j'ai peur qu'on se fasse prendre par la police.

Léandre avait sondé l'intérêt de quelques-unes de ses connaissances. Avec déception, il regarda Philias Demers délaisser la compagnie pour aller informer son ami Théodore. À la table, la discussion se poursuivit.

— On a juste à se procurer des *slot machines*, c'est ben simple à cacher en vitesse quand on sent la soupe chaude, dit Surprenant.

— Au contraire, Hubert, répliqua Léandre, le patron veut pas s'embarrasser de ces machines gobe-sous dans son établissement, c'est trop facile à saisir. Faudrait quelque chose de plus discret.

— Dans ce cas-là, on pourrait jouer à la barbotte, proposa David, ça prend juste deux dés ; si la police survient, on fait disparaître l'argent en dessous de la table.

— Comment ça se fait que tu connais ça, la barbotte ? s'enquit Léandre.

— Ben ça se joue quand je vas voir des boxeurs s'entraîner. Tu brasses les dés puis tu calcules le total. Si ça vaut 7 ou 11 au premier coup, tu gagnes. Si ça vaut 2, 3 ou 12 au premier coup, tu perds. Sinon, si le total est différent de ces cinq nombres-là, on continue…

— Ça m'a l'air pas mal plate, ce jeu-là ! Tant qu'à ça, on est aussi ben de s'acheter des billets de sweepstakes irlandais, coupa Surprenant.

David se leva, l'œil mauvais.

— Tu m'as même pas laissé finir, s'indigna-t-il. Tu sauras, Surprenant, qu'il y a de grosses sommes qui sont gagnées par des groupes de Canadiens.

— Vous allez quand même pas vous tapocher, les gars, intervint Léandre. David, assis-toi. Écoutez ! reprit-il, le patron m'a parlé de tirages ; ça fait que je vas organiser des tirages…

Léandre avait regagné son logis en discutant avec David de l'organisation de son jeu de hasard. Il avait sa petite idée sur le fonctionnement des loteries, mais il irait s'informer des loteries chinoises à la blanchisserie Lee Sing. Entre-temps, l'Irlandais était prêt à s'impliquer. Selon lui, l'activité n'était pas si malhonnête. Quelques années auparavant, le maire Camillien Houde n'avait-il pas lancé une campagne en faveur de la légalisation des jeux de hasard et d'argent? La loterie municipale aurait alors effacé le déficit de Montréal en quatre ans. Et, bien entendu, les deux beaux-frères se partageraient les profits; on méritait une récompense pour le travail accompli.

Au lendemain, l'épicier entreprit sa journée avec les mucosités de la veille. Si le relâchement des études de Placide et les voix inharmonieuses des sœurs Grandbois l'avaient horripilé, la loterie que Léandre s'apprêtait à lancer avait tôt fait de lui «tomber sur les rognons». Selon lui, trop d'ouvriers du quartier se laisseraient emporter par la fièvre du jeu et négligeraient ensuite de payer leur compte d'épicerie.

Pour sa part, Léandre paraissait heureux comme un poisson dans l'eau. Déjà, il misait sur les faiblesses de la nature humaine et se délectait en songeant à ceux qui lui feraient confiance et qui se laisseraient prendre à son jeu de hasard. Un peu plus tard au cours de l'avant-midi, il irait chez monsieur Sing.

Avec son frère, il achevait de déballer une caisse de papier hygiénique White Swan et de faire un empilage de rouleaux, en rabais cette semaine. Émilienne et Paulette avaient le dos tourné derrière la caisse. Marcel jugea qu'il pouvait s'absenter du magasin.

— Où c'est que tu vas? l'apostropha Léandre. On a pas fini notre *display*.

Marcel revint sur ses pas.

— Je m'en vas chez le barbier, murmura-t-il. J'en profite pendant que c'est tranquille.

— Ouais, ça fait dur un peu, ta coupe de cheveux! La mère a plus ben ben la main pour ça, je pense.

Marcel allait repartir; Léandre l'interpella encore.

— Achète-moi un paquet de Turret, d'abord. Tant qu'à faire, apporte-moi donc un billet de loterie en même temps.

Le livreur enfourcha son triporteur et roula dans Adam avant d'emprunter Bourbonnière et de rejoindre Ontario.

À quelques reprises, il était entré au salon emboucané afin d'acheter du tabac à pipe pour son père ou des cigarettes pour Léandre, et en était ressorti au plus vite. Il avait toujours repoussé le jour où il serait contraint de s'asseoir sur une des chaises, à subir les exhalaisons des fumeurs, à baigner dans la rumeur des bavardages feutrés. Aussi redoutait-il ces moments d'intimité violée où il serait à la merci de l'homme qui le tiendrait en captivité sur sa chaise, à faire le ménage sur sa tête tout en cherchant à savoir ce qu'il y avait dedans. Pour lui, le salon de barbier était un simulacre de confessionnal où il semblait difficile de parler des autres sans parler de soi, avec le ferme propos de ne plus recommencer et la promesse de faire pénitence en moins.

Les quatre places étaient occupées et deux autres clients attendaient. Sur le coup, il pensa à ressortir et à se rendre au salon Gosselin, habituellement moins achalandé.

— On va pouvoir te passer bientôt, dit monsieur Bellemare, tu dois avoir des livraisons à faire.

Marcel ôta sa casquette et s'assit en silence. Aussitôt, les heures délicieuses de la veille affluèrent à son esprit. Les baisers langoureux, les tendres caresses, les attouchements exquis, tout lui revenait comme une bouffée renaissante dans son corps. Son sexe se gorgea de plaisir. Il étira la main et décrocha sa casquette pour abriter le renflement de son pantalon.

— Sansoucy!

Bellemare, un gros homme jovial au crâne tondu, donna un coup de balai pour ramasser les mèches qui parsemaient le plancher. Puis il suivit son client à la coupe rafraîchie au comptoir. Marcel raccrocha son couvre-chef et progressa lentement vers la chaise libre.

— Prendrez-vous un billet de loterie ? demanda le barbier.

Le client paya ce qu'il devait, scruta ses billets et les enfonça dans la poche de sa chemise avec un sourire reconnaissant.

— J'espère que je vas gagner cette fois-ci, dit-il.

— Je vous le souhaite, monsieur Mc Millan, vous avez plus de chances avec la loterie chinoise qu'avec les sweepstakes irlandais, railla le barbier, en repoussant le tiroir de sa caisse.

Marcel offrit sa tête au rasoir, et son sexe se dégonfla lentement sous l'immense toile qui le recouvrait.

Bellemare aurait pu écrire des romans sur la vie du quartier tant il connaissait l'histoire des familles qui l'habitaient ; il aurait pu raconter avec exactitude les événements qui ponctuaient le quotidien des clients qui se relayaient sur sa chaise. Ce qu'il apprenait de l'un était souvent enrichi de détails par l'autre, et ce que les uns rapportaient avec doute, il était à même de le valider auprès des personnes concernées. Avec le temps, il avait cultivé l'art de l'écoute, savait quelles questions poser, à quel moment. Il avait appris la force du silence qui s'installe entre deux êtres qui vivent – le temps d'une coupe de cheveux – dans une singulière proximité, ce silence que les clients s'empressaient souvent de combler par les révélations les plus intimes.

Les joies et les peines se succédaient sur sa chaise de confident. Mais avec les nouveaux clients qui prenaient place devant lui, Bellemare savait qu'il ne devait pas sonder tout de suite les reins et les cœurs. À la première rencontre, il se bornait à des généralités, à ce qui se déroulait dans le voisinage, aux mésaventures qui survenaient dans les commerces du faubourg. Le vol perpétré lors du déménagement du piano d'Héloïse Grandbois lui avait été relaté de mille et une façons. Si toutes les versions ne concordaient pas, toutes l'avaient bien fait rire. On avait subodoré des indigents malhonnêtes. Des noms avaient circulé dans son échoppe. Devant une telle habileté de pénétration des âmes, Marcel ne put faire autrement que de confirmer les noms.

Jean-Baptiste Bellemare épousseta de son blaireau la tête de son client. Il secoua le peignoir, le laissa choir sur le bras de sa chaise et se rendit derrière son comptoir.

— Un billet de loterie avec ça ?

Marcel hésita, mais il voulut se conformer à la demande de Léandre.

— Je vas prendre un billet puis un paquet de Turret pour mon frère, répondit-il.

— Tu diras à ton père et à ton frère que j'aimerais bien leur faire les cheveux, aussi.

— C'est ma mère qui coupe ceux de mon père, et mon frère Léandre a l'habitude d'aller chez Gosselin.

Le livreur enfourcha son triporteur et retourna vitement à l'ouvrage.

Émilienne raccrochait le cornet acoustique quand Marcel parut au magasin.

— Veux-tu ben me dire que c'est que t'avais d'affaire à aller chez le barbier ?

— Ben voyez-vous, m'man…

— Ça fait pas longtemps que je te les ai coupés, les cheveux ! Du vrai gaspille ! s'indigna l'épicière. Regarde-moi donc comme il faut, voir, comment il t'a arrangé ça…

Léandre remontait de la cave pour désencombrer l'arrière-boutique. Sa mère examinait la tête de Marcel en le faisant tourner sur lui-même.

— Voyons, la mère, revenez-en, il est juste allé chez le barbier, commenta-t-il. Changement de propos, comme vous diriez, as-tu mes Turret, Marcel ?

Émilienne se rendit derrière le comptoir. Le commissionnaire sortit le paquet de cigarettes de la poche de sa chemise. Un bout de papier tomba sur le plancher.

— C'est quoi, ça ? demanda Émilienne.

— Oh ! Un simple billet de loterie, dit Marcel, embarrassé.

— Tu vas pas te mettre à jouer à la loterie puis à *flauber* ton héritage, coudonc !

— Non, non, se défendit Marcel, c'est pour Léandre.

Marcel paraissait effaré comme un poisson pris dans un filet. Léandre s'empara de son billet, régla avec son frère et quitta brusquement les lieux.

— Voulez-vous ben me dire, vous autres, à matin ! commenta la mère. Votre père est ben mieux de pas savoir ce qui se passe ici dedans, il a déjà de la misère à être de bonne humeur…

Billet en poche, Léandre se pressa à la blanchisserie.

Les vitrines aux carreaux souillés de signes chinois jetaient une lueur blafarde sur le pavé. Au fond de son étroite boutique baignée de vapeur, dans l'odeur fade de linge mouillé crasseux, de savon et d'empois marinant dans l'eau bouillante, Lee Sing était à repasser des pantalons. Il leva ses yeux bridés vers le visiteur.

— Pouvez-vous m'expliquer comment ça marche ? C'est du vrai chinois !

Le buandier posa son fer chaud sur une plaque métallique et entreprit l'interprétation des hiéroglyphes qui couvraient le bout de papier. Le Fan-Tan, le Doo Far, le Pie Kew et le Mah-Jong étaient parmi les jeux les plus populaires. Mais il désirait être bien franc avec le fils de l'épicier : les chances de gagner le grand prix étaient presque nulles.

Le temps de le dire, Léandre était revenu au magasin, pleinement satisfait des renseignements du blanchisseur. En entrant, il promena un regard sur la place : Émilienne et Paulette étaient à servir des clientes, et Théodore était à regarnir son comptoir des viandes. Sans faire ni une ni deux, il traversa en trombe le plancher et surgit dans l'arrière-boutique. Simone était au téléphone avec un fournisseur. Le sourcil froncé, Léandre farfouilla vigoureusement sur le bureau. Sa sœur raccrocha brusquement.

— Eille ! Touche à rien ! ordonna-t-elle. Tu vas toute me mélanger…

— J'ai un petit service à te demander, Simone.

David lui avait fait part de leur projet de création d'une loterie. L'idée ne la séduisait guère, elle aurait à en tenir les comptes. Et l'incursion soudaine de son frère dans sa paperasse acheva de l'irriter.

— J'ai pas le temps de préparer tes petits papiers. Je suis assez débordée de même.

— Simone…

Il avait abaissé sur elle ses grands yeux ensorceleurs et susurré de sa voix implorante son désir qu'elle collabore. Elle connaissait son pouvoir séducteur ; elle céda.

— Je vas essayer, mais je te promets rien pour aujourd'hui, dit-elle, enfin.

Dora Robidoux et mademoiselle Lamouche quittèrent le comptoir des viandes. Le boucher surgit dans l'arrière-boutique, l'air bougon ; son fils amorça un mouvement vers le magasin. Il l'apostropha :

— Wô ! fit-il.

— Je suis pas un *joual*, le père. Je m'en allais faire mes premières livraisons. Que c'est que vous me voulez, au juste ? demanda-t-il, en prenant un air d'innocence.

— J'ai l'impression que t'es en train de manigancer quelque chose en rapport avec tes histoires de loterie. Philias m'a dit que monsieur Archambault t'avait confié la responsabilité d'en partir une. Arrange-toi pas pour que ça nuise à ton travail de livreur puis à mon commerce, débita l'épicier.

— Inquiétez-vous pas, le père, rétorqua Léandre.

— Puis toi, ma Simone, je suppose que t'as rien à voir là-dedans ?

— Moi, je fais d'abord ce que j'ai à faire. Ensuite, c'est pas défendu d'aider son prochain...

Perplexe, Sansoucy tourna les talons et regagna son comptoir.

Comme un employé modèle, Léandre reprit son ouvrage le plus consciencieusement possible. Mais il roulait dans sa tête des idées sur l'organisation de sa loterie. La conception et la fabrication des billets étant une chose, il lui restait à échafauder une stratégie pour rejoindre les êtres faibles et naïfs qu'il exploiterait avec une habileté professionnelle. Il commencerait par offrir ses billets à la taverne, mais n'en déplaise à Edmond Archambault, une fois le fonctionnement bien établi, il toucherait une clientèle plus vaste pour augmenter les profits. Il lui sembla que les portes du jeu lui étaient grandes ouvertes, qu'il prendrait sa part de marché dans le monde lucratif du «vice» commercialisé. Un sentiment de puissance plus fort que jamais l'envahit. Chaque fois qu'il remontait dans son camion, il avait le goût de dévier de sa route de livraisons. Il était tellement fier de lui. Animé d'un enthousiasme exalté, il alla communiquer le fruit de ses trouvailles à son beau-frère.

Afin de ne pas exacerber les tensions existantes avec son père à propos de son projet de loterie, Léandre avait évité les communications avec Simone. Cependant, la journée de travail s'achevait et il voulut connaître l'avancement des choses.

La commis ouvrit un tiroir de son bureau, en sortit une liasse de papier de la même grandeur et regarda son frère avec un sourire de connivence.

— Puis, es-tu content de moi ? s'enquit-elle.

— On en manquera pas, c'est sûr ! Asteure qu'ils sont découpés, il va rester à écrire dessus. À soir, je vas pas à la taverne ; j'ai demandé la permission à monsieur Archambault de travailler à la maison pour qu'on finisse de préparer les billets…

— Ouan, ben, je pensais que j'en avais assez fait !

— Tu vas voir, Simone, à notre gang, ça sera pas une traînerie…

Les deux « rapportés » de la famille avaient consenti à collaborer à la corvée des tickets. David avait renoncé à assister à un combat de boxe et Paulette combattait la fatigue de la journée, mais tout le monde semblait disposé à contribuer. En plus, Hubert Surprenant avait accepté de se joindre au groupe. Le souper terminé, la vaisselle vite récurée et Stanislas dans sa couchette, les colocataires s'étaient installés autour de la table avec une plume. Au centre, sur la nappe cirée, un plat de bonbons durs et le billet provenant du barbier Bellemare.

D'abord, il s'agissait de reproduire quelques-uns des symboles de l'alphabet chinois en les disposant dans chaque coin, de façon que tous les petits papiers présentent une ressemblance convaincante. Ensuite, Léandre s'appliquait à écrire des numéros composés de trois chiffres allant de un à six. Ainsi, avec les combinaisons possibles, la probabilité de gagner avec un billet serait d'une chance sur deux cent seize.

— À quel prix allez-vous les vendre ? demanda Surprenant.

— Pour pas énerver le monde, on va commencer par vingt-cinq cents chacun, répondit Léandre.

L'argent accumulé par la vente des billets serait partagé équitablement entre le gagnant, monsieur Archambault, David et lui. À mesure que les abeilles bourdonnaient d'activité, Léandre voyait les pièces de monnaie s'accumuler dans ses goussets. Et une fois le système bien rodé, il augmenterait le nombre de billets en circulation et, par conséquent, la somme qu'il empocherait.

Paulette mangeait des bonbons qui lui fournissaient étonnamment l'énergie nécessaire à la reproduction des caractères illisibles. Simone avait écouté distraitement les explications de son frère, mais elle commençait à s'exaspérer du travail fastidieux qui lui rappelait trop ses premières années d'école.

— T'aurais dû demander à ton chinetoque de nous écrire ses gribouillages ! commenta-t-elle.

Surprenant avait aimé la moue charmante de la sœur de son copain. Mais il avait aussitôt abaissé les yeux devant le regard contrarié de David. Le faiseur de cercueils n'était pas homme à se laisser marcher sur les pieds, il en prenait bonne note.

* * *

La vente de billets allait bon train. Malgré leur pauvreté, les travailleurs et les éclopés de la Grande Dépression fréquentaient les débits de boissons et s'adonnaient au jeu. À la taverne, monsieur Archambault n'avait pas voulu suivre l'exemple de ce Lachapelle, petit malin de Rosemont, qui frétait des taxis pour amener les gens de son quartier jusqu'aux maisons de jeux du *Red Light*. À son commerce, on pouvait aussi se payer du rêve. Et à des coûts raisonnables.

Léandre ne ratait pas une soirée pour exercer son métier de serveur. En un rien de temps, il était devenu le distributeur de billets que les buveurs s'arrachaient en leur faisant miroiter les grandes chances qu'ils avaient de remporter la cagnotte. Comme son père, Marcel avait envoyé paître son frère, tandis que Paulette, Simone, David et Hubert Surprenant avaient aussi leur chinoiserie numérotée. L'organisateur avait ramassé la somme appréciable de cinquante-quatre dollars, qu'il aurait souhaité engranger. Mais le moment du tirage survint comme un événement incontournable.

Il régnait une fébrilité inhabituelle dans la taverne bondée. Depuis le début de la soirée, le tenancier faisait des affaires d'or. Accoudé sur le coin de son comptoir, Edmond Archambault promenait un regard plus que satisfait sur la salle bruyante et enfumée. Tous les yeux étaient braqués sur Léandre et Hubert qui avaient pris place sur une petite tribune aménagée dans un coin. L'œil vitreux, l'haleine avinée, Théodore et Philias devisaient sur la futilité des jeux de hasard et la naïveté des joueurs qui se faisaient embobiner. Mais à leur avis, ce genre de loterie était préférable aux machines à sous, la bête noire des autorités depuis le début du siècle. Pour la seule année courante, six cents de ces engins avaient été saisis et condamnés à la casse.

Léandre s'était procuré un boulier de bingo qu'il avait emprunté au sous-sol de l'église du Très-Saint-Rédempteur. Il avait mentionné au curé Verner qu'il était à présent animé de bonnes intentions, qu'il ne trempait plus dans les commerces malfamés comme celui de *La Belle au bois dormant*. Pour distraire sa tante Alida, qui se déplaçait la plupart du temps en fauteuil roulant et qui sortait rarement, il avait organisé un bingo à la maison. Monseigneur avait tout de suite béni l'initiative, cet élan d'altruisme qui lui faisait honneur et qui rejaillissait sur toute sa famille.

Le serveur expliqua brièvement que son compagnon et lui allaient procéder à trois tirages de dés successifs, afin de composer un numéro de trois chiffres comme ceux qui apparaissaient sur les billets. Ce procédé, à la fois simple et ingénieux, était indéniablement plus excitant que la pige traditionnelle unique d'un numéro dans un chapeau.

Il actionna lentement la manivelle.

— C'est un 4 ! cria-t-il.

Une rumeur de déception se répandit dans l'assistance. Il restait seulement trente-six possibilités d'obtenir le bon numéro. Certains chiffonnèrent leur billet, d'autres reculèrent leur chaise et passèrent la porte en pestant contre le mauvais sort.

Un deuxième numéro fut tiré du boulier par Surprenant.

— Un 3 !

Au milieu des rares effusions de joie, une seconde vague de mécontentement déferla dans la salle. Au plus, six personnes pouvaient maintenant empocher la petite cagnotte. Pendant qu'une agitation croissante gagnait une partie de l'assistance, Léandre fit tourner la manivelle.

— C'est un 5 !

— C'est moi ! C'est moi ! proclama une voix puissante.

Dans une rumeur de consternation, Réal Gladu s'avança vers le boulier, brandissant son papier d'un indéfinissable sourire. Pendant que Léandre et son collègue procédaient à la vérification du numéro, Isidore Pouliot avait la mine effarée des joueurs qui viennent de perdre leur maigre fortune. Il chiffonna une petite liasse de billets et les jeta négligemment sur la table de l'épicier.

— *Tabaslak !* C'est toujours les mêmes qui gagnent ! lança-t-il à la cantonade.

— Eille, Pouliot! C'est pas de notre faute si vous avez pas gagné, rétorqua Théodore.

— C'est arrangé avec le gars des vues, commenta le joueur.

— Ça vous apprendra à dépenser votre argent comme du monde, moralisa Philias. Regardez, Théo puis moi, on joue pas.

— En tout cas, venez pas vous plaindre, parce que vous allez vous faire revirer de bord assez sec, rajouta Sansoucy. Le jeu, c'est pas fait pour les quêteux comme vous, c'est fait pour ceux qui ont de l'argent puis qui veulent en faire plus…

Pouliot se fondit dans le flot de l'assistance qui se débanda. Réal Gladu offrit une tournée à ceux qui l'entouraient.

Chapitre 11

L'épicier ne se souvenait que trop bien de la femme d'Isidore Pouliot venue avec sa *flopée* de rejetons pour quêter de la nourriture. Elle était accompagnée de l'abbé Dussault, qui n'était pas un rat de presbytère et qui, dûment mandaté par monseigneur Verner, allait missionner dans les chaumières pour soutenir les tribus de nécessiteux. Par la suite, Pouliot lui-même s'était introduit par effraction au magasin dans le but de subtiliser de la marchandise. L'alarme déclenchée au logis des Sansoucy avait permis à Léandre et à Marcel d'intervenir et de le prendre sur le fait. Le misérable était sans emploi, et les secours de la Saint-Vincent-de-Paul ne suffisaient pas. À partir de ce moment-là, jusqu'à ce que son mari se trouve un travail, madame Pouliot était revenue tous les dimanches soir pour chercher sa ration hebdomadaire.

Pouliot ne travaillerait pas au Jardin botanique de l'hiver, ce qui l'avait poussé dans la fièvre du jeu. Plutôt que de consacrer le peu d'argent qu'il avait à l'approvisionnement de denrées essentielles, il avait acheté plusieurs billets de loterie qui ne lui avaient rapporté qu'une inquiétude croissante face à la saison froide qui venait. C'est ainsi qu'au lendemain de la déconfiture de son mari à la taverne, Bertha Pouliot rappliquait, dans l'espoir que le cœur de l'épicier se dilate de générosité.

On sonna à la porte du logement. Émilienne plaqua un accord sur le piano. Les voix des sœurs Grandbois s'éteignirent. Irène s'était abstenue de pratiquer ; elle combattait un fâcheux mal de gorge. Elle alla ouvrir.

— Montez donc, madame Pouliot, râla-t-elle de sa voix graillonnante.

Émilienne se leva de son tabouret et se rendit à la porte. Au bas des degrés, Bertha Pouliot attendait avec trois de ses enfants.

— J'arrive, s'écria la visiteuse.

La femme grasse dénoua son foulard de tête bariolé bien attaché sous le menton. Elle l'enfouit dans la poche de son manteau et soupira. Puis elle s'agrippa à la rampe et entreprit de gravir l'escalier. Émilienne observait la cliente qui montait pesamment et qui reprenait son souffle à toutes les deux marches. Il lui sembla qu'elle était vêtue de hardes plus disparates que les automnes précédents quand elle se présentait au magasin. Elle soupçonna qu'un de ses garçons avait stationné une voiturette sur la devanture et que la dame venait lui quémander de la nourriture.

— Assoyez-vous donc, madame, dit-elle.

Rouge à suffoquer, Bertha Pouliot s'écrasa lourdement sur la chaise qu'Irène avait approchée. Héloïse disparut discrètement derrière Alphonsine qui poussait le fauteuil d'Alida au salon.

— Le docteur m'a dit de me ménager, déclara-t-elle, sinon je vas perdre mon bébé.

Rien dans les rondeurs et les multiples replis de l'obèse ne laissait deviner une grossesse. Mais l'attente d'un sixième enfant n'était qu'un préambule aux nombreux soucis qui l'accablaient. Son mari avait eu la morsure du jeu. Il avait misé gros pour s'éloigner temporairement de la misère. En cela, l'initiative de Léandre était condamnable ; elle enlevait aux pauvres pour enrichir injustement une poignée d'organisateurs. La femme n'avait plus de quoi payer son compte d'épicerie à la fin du mois.

— C'est ben de valeur, Bertha, compatit Émilienne, mais ces saprées loteries-là sont en train d'appauvrir le quartier, puis c'est des petits épiciers comme nous autres qui vont en souffrir, au bout de la ligne.

Émilienne continua d'écouter les doléances et les lamentations de la femme dont la pâleur du visage effaré commençait à l'atteindre.

— Mon mari est à la taverne, dit-elle.

— Je préfère qu'il ne soit pas là, rétorqua la dame. Votre mari est bien généreux, mais vous, vous êtes une femme, et je sais que vous êtes capable de me comprendre…

Elle tourna ses yeux rouges et bouffis vers ses fils, qui étaient restés debout, alignés par ordre de grandeur, comme à la petite école. Le plus vieux était assez corpulent. À peu de choses près, il était une reproduction masculine de sa mère. Ce devait être lui qui se servait avant tous les autres aux repas. Depuis quelques minutes, il détournait le regard vers la glacière et semblait attendre qu'on lui offre de remplir ses chairs molles comme on le fait des boyaux d'animal. Le plus jeune, à la taille normale, paraissait agité d'un remuement nerveux. Tandis que le cadet, de faible complexion, avait un visage agréable, un air déluré, et promenait dans la pièce un œil espiègle et fureteur. Ses frères et lui n'avaient pas prononcé un traître mot ; il devint soudainement loquace.

— J'aimerais ça rester ici, m'man ! déclara-t-il.

— Oui, mais la madame n'a pas fait son choix, rétorqua la mère d'une voix déchirante.

Émilienne appréhendait confusément la suite.

— En fait, j'étais venue vous demander de garder un de mes garçons pendant l'hiver ; ça me soulagerait beaucoup de savoir qu'il est logé dans une bonne famille qui a les moyens, débita la visiteuse.

Désemparée, Émilienne regarda furtivement le cadet aux yeux rieurs. Irène, qui était restée muette, s'adressa à sa mère :

— Moman, vous devriez accepter. Surtout à l'approche des fêtes, c'est un beau geste charitable à poser envers son prochain dans le besoin ; envoyez donc…

Le cœur d'Émilienne se dilatait. Elle allait répondre affirmativement, mais des pensées de refus affluèrent qui la firent hésiter. Elle tenta d'évaluer les conséquences.

Si elle disait oui, Théodore la blâmerait pour ne pas l'avoir consulté. Si elle refusait, elle se sentirait mal et se reprocherait à elle-même d'avoir manqué une occasion de manifester sa compassion. Elle résolut de rendre sa décision :

— J'accepte, exprima-t-elle.

Bertha Pouliot poussa un soupir de soulagement. Mais à présent, un autre choix s'imposait qui la rendait malheureuse. Lequel des trois paraissait le plus gentil, le plus fiable, le mieux élevé ? De leur côté, les garçons pressentaient la décision de l'hôtesse de qui semblaient émaner toutes les vertus d'une bonne mère, mais dont le mari était un vieux boucher peu chaleureux qui avait le sourire absent et la critique facile. Émilienne cessa de tergiverser. Elle choisirait celui d'apparence plus chétive.

— Je vas prendre celui du milieu, dit-elle.

Les traits de l'aîné se contractèrent, ceux du plus jeune se relâchèrent. La physionomie de la grosse femme se transforma.

— Jérémie est mon plus serviable, vous le regretterez pas, affirma-t-elle.

Les deux mères discutèrent des arrangements, et la petite société repartit avec quelques denrées de la glacière.

Les sœurs d'Émilienne parurent.

— Tu viens d'en faire une belle ! lança Héloïse. On est pas assez nombreux dans cette maison-là, fallait que tu prennes un autre pensionnaire…

— Pour une fois que je consultais pas Théo, tu pourrais me féliciter. Son Jérémie a l'air sage, on devrait ben s'arranger. Puis en plus, madame Pouliot l'a dit : c'est son plus serviable.

— Puis Théo là-dedans, qu'est-ce qu'il va dire, tu penses ? demanda Alphonsine. Comme je le connais, il va être aux abois.

— Ben il dira ce qu'il voudra, répondit Émilienne, avant de se rasseoir au piano.

Les sœurs Grandbois reprirent leur exercice de chant comme si la musique allait enterrer toutes les discordes.

Le lendemain matin, au comptoir du magasin, Germaine Gladu devisait avec Émilienne, Léandre et Marcel sur les bienfaits des loteries. Son mari avait été l'heureux gagnant du premier tirage à la taverne Archambault. Elle venait régler ses factures et faire ses emplettes. Mais l'épicière ne partageait pas tout à fait la même opinion sur les jeux de hasard, ce mal contagieux qui rongeait peu à peu le quartier. D'ailleurs, elle se retenait d'en parler devant Léandre qui s'emballait pour sa réussite.

— Bon, je vas aller me choisir un beau morceau de viande, dit la cliente.

Isidore Pouliot entra avec sa caisse de bière vide, qu'il largua dans les mains de Marcel, et alla s'en prendre une pleine. «Ah! non, pas lui!» se dit l'épicière. Elle pensa à se retirer dans l'arrière-boutique où Paulette était allée rejoindre Simone.

— On dirait qu'il y a quelque chose qui vous chicote, la mère, observa Léandre.

— Ça va me prendre tout mon petit *change* pour annoncer à votre père ce que j'ai décidé à propos du garçon Pouliot, murmura Émilienne.

— C'est rendu que vous faites des cachettes au père, asteure, commenta Léandre.

— Que c'est que vous avez tant à lui dire? s'enquit Marcel. Ce doit pas être si pire que ça, coudonc…

Il était entendu avec Bertha Pouliot qu'elle hébergerait son fils Jérémie pendant quelques mois, et Théodore serait d'autant plus intraitable qu'Isidore avait perdu de l'argent à la loterie.

Le boucher délaissa Germaine Gladu et s'achemina au comptoir d'un pas rageur.

— Non, non, Pouliot, remettez la caisse à sa place, proféra-t-il.

— J'ai ben le droit d'acheter, ayez pas peur, je vas finir par vous la payer, votre caisse, rétorqua le client.

— Oui, oui, on connaît ça : dans la semaine des trois jeudis ! répliqua Sansoucy.

Offusqué, Isidore Pouliot relâcha la caisse sur l'empilage et repassa la porte du commerce. L'altercation avait suscité l'intérêt de Germaine Gladu, qui rejoignit le groupe.

— Tu parles d'un cabochon ! dit l'épicier. Ça perd à la loterie puis ça pense qu'on va leur faire crédit pour de la bière.

— Tant qu'à faire, la mère, pourquoi vous annoncez pas au père ce que vous nous avez dit, à Marcel puis moi ?

— Bon, une autre affaire ! Que c'est que t'as tant à me cacher, Mili ? Envoye, sors-le donc, ton secret.

Devant sa cliente, l'épicière dévoila l'entente qu'elle avait eue avec Bertha Pouliot au sujet de son fils Jérémie qui logerait bientôt dans leur demeure.

— Ah ! ben, baptême ! Qui aurait dit qu'un jour on hébergerait quelqu'un du voisinage ? Tu penses pas qu'on en a assez avec tes trois sœurs, Mili ?

La tête secouée par les événements, l'épicier regagna son étal. Mais il n'était pas au bout de ses peines.

Dans l'heure qui suivit, l'abbé Dussault rappliqua au magasin. Sansoucy était occupé avec deux Irlandaises, Léandre n'était pas revenu de sa tournée. Émilienne reçut le prêtre à la caisse. Avec déférence, elle le fit asseoir sur un tabouret et lui offrit un thé pendant qu'il lui rapportait la visite d'une des brebis affligée de la paroisse. Isidore Pouliot était allé se plaindre au presbytère. Comme des dizaines de chômeurs et de petits salariés, on l'avait impunément exploité. La loterie chinoise à laquelle il avait joué était illégale et malhonnête. Il avait été mal reçu à l'épicerie, on avait manqué de respect envers lui et sa famille. En son nom, le vicaire ne réclamait ni plus ni moins qu'un remboursement.

Léandre parut, cigarette aux lèvres. Son béret posé sur le comptoir-caisse, l'ecclésiastique sirotait son thé. Il déposa sa tasse et fixa sur le livreur un regard accusateur.

— J'ai affaire à vous, nasilla-t-il, sur un ton insinuant.

— Vous me regardez comme si j'étais le plus grand des pécheurs, monsieur l'abbé. Je n'ai rien à me reprocher. Et puis quand j'ai des fautes à avouer, je me rends au confessionnal, ricana-t-il.

— C'est rendu que vous organisez des bingos à domicile pour distraire les vieilles madames, railla le prêtre. J'ai ouï-dire que le boulier que vous êtes venu emprunter au sous-sol de l'église a servi à la taverne…

Léandre s'irrita. La loterie qu'il organisait était une façon concrète de donner de l'espoir aux démunis. Contrairement aux prêtres vendeurs de rêves qui faisaient des *accroires* aux fidèles en attente de retombées qui ne venaient jamais! Et, à son avis, les bingos qui se tenaient dans les salles paroissiales et les sous-sols d'églises étaient une sorte de jeu de hasard. De plus, il ne forçait la main à personne pour se procurer des billets, alors que le clergé assortissait son enseignement de pénitences, de châtiments et de leur forme la plus terrifiante : la damnation éternelle.

L'abbé Lionel Dussault ne savait quoi répliquer à une âme aussi rebelle. Indigné, il rentra au presbytère.

La venue de l'homme d'Église à l'épicerie avait fouetté son ardeur. Léandre ambitionnait à présent de fabriquer autant de billets, mais qu'il vendrait cinquante sous l'unité. Ainsi, il double-rait l'argent récolté. Le gagnant, le tavernier, David et lui n'en seraient que plus contents.

En plus de ses occupations de magasinière, Simone se remit au découpage de petits papiers. Plus que jamais, elle devait se soucier de la présence de son père dans son arrière-boutique où il avait recommencé à jouer aux dames avec Philias Demers. Le boucher s'opposait toujours à la loterie que son fils organisait, et il n'avait pas décoléré depuis qu'il avait appris que le jeune Pouliot aména-gerait bientôt chez lui. Le soir, on se regroupait au troisième étage de l'immeuble. À la demande pressante de Léandre qui l'avait supplié de le remplacer parce qu'il travaillait à la taverne, Marcel s'était arraché des bras d'Amandine pour se joindre à Simone, David et Hubert. Des soirées entières passèrent ainsi à la confec-tion de billets. Le jour du tirage approchait. Mais monseigneur Verner n'était plus disposé à prêter son appareil. Il restait donc à trouver un autre boulier. Léandre dut aller frapper à la porte du presbytère de la paroisse du Très-Saint-Nom-de-Jésus et débiter son petit boniment pour réussir à obtenir ce qu'il voulait. Et le soir du tirage se présenta.

Au milieu des spéculations et de la joie égrillarde des buveurs, l'épicier et son ami Demers observaient le déroulement. L'ambiance était grisante. Sansoucy se mit à regretter de ne pas avoir acheté de billet. Il avait la désagréable impression qu'une chance inouïe lui coulait entre les doigts. Un petit montant supplémentaire ne serait pas de refus pour donner le couvert au jeune Pouliot.

Léandre allait actionner la manivelle quand il remarqua la présence inattendue d'Isidore Pouliot près de la scène. Il se pencha vers Hubert.

— L'imbécile qui s'est plaint au curé est encore là, murmura-t-il. Tu parles d'un sans-dessein !

Le mari de Bertha Pouliot semblait transporté par une humeur guillerette. Il était accompagné de Paul Lanoix, un petit homme gras à lunettes qui avait l'air de réciter des incantations en fixant le boulier.

Le premier chiffre tiré, bon nombre de clients se retirèrent de la salle. Mais Pouliot et son voisin se cramponnaient à leur billet comme à une bouée de sauvetage. Le deuxième mouvement de manivelle allait commencer. Des roulements de tambour retentissaient dans la tête de l'homme. Le cinquante sous qu'il avait misé pouvait encore lui rapporter trente-six beaux dollars en argent sonnant. Il pensait aux fêtes qui venaient, à tout ce qu'il ferait avec le petit magot. Surprenant sortit le dé du boulier. Il y eut un silence, puis…

— Je reste dans la course, dit le ragot.

Pouliot était déçu ; la chance avait cessé de lui sourire. Cependant, cette fois il avait été raisonnable, il avait perdu seulement un dollar. Il s'accrochait à présent au compagnon qu'il avait entraîné au jeu, en lui faisant débourser deux dollars et en espérant qu'il partage avec lui la cagnotte. Puis il y eut un moment où on attendait que le tirage se poursuive. Le tavernier avait décidé que la troisième pige était retardée : le clou de la soirée était arrivé, l'instant le plus palpitant s'allongerait, le temps de remplir les verres ou de commander une nouvelle bière. Enfin le sort tomba sur un 6.

Les yeux des buveurs roulaient partout dans l'assistance à la recherche du gagnant.

— Un autre tirage ! s'écria Pouliot.

Le mot lancé par l'indigent fut repris par la petite foule enfiévrée qui souhaitait qu'on procède à une autre pige. « Un autre tirage ! » scandait-on à tue-tête comme un slogan.

Du fond de la salle, un sexagénaire s'amena en tenant une liasse de billets. Léandre se pencha à l'oreille de Surprenant.

— Ça parle au diable : un autre de mes voisins ! dit-il.

— Oui, mais regarde-z-y donc la palette ! commenta Surprenant.

Dans le brouhaha qui s'était élevé, Donatien Borduas s'avança avec ravissement vers la scène et ramassa l'argent de la cagnotte avant de se faufiler entre les joueurs désabusés et de sortir dans la rue. Puis il enfourcha sa bicyclette et rentra chez lui.

Sansoucy était hébété. Dame Chance semblait s'être logée à l'adresse de ses voisins. L'employé des usines Angus et son locataire Réal Gladu avaient été les deux premiers gagnants à la loterie de la taverne. Théodore regagnait son domicile en essayant d'évaluer les possibilités de remporter la prochaine somme. Il en causerait le plus tôt possible avec Marcel.

La nuit avait ensommeillé la maisonnée. Sur le guéridon, une petite lampe jetait un étroit cône de lumière dans la noirceur de l'appartement. Sansoucy alla cogner à la chambre de son fils. Il arbora un air affecté.

— J'ai à te parler, chuchota-t-il.

Réveillé par les pas qui s'approchaient, Marcel alla répondre.

— Je viens de me coucher, le père. Que c'est que vous me voulez ?

L'épicier avait l'air insistant. Il repoussa la porte et s'engouffra dans la pièce.

Des heures durant, Marcel avait griffonné des pattes de mouche sur des bouts de papier à s'en écœurer. Cependant, son père revenait d'une soirée palpitante à la taverne. Tous les deux devaient se lancer dans l'aventure du jeu de Léandre. Marcel n'avait qu'à puiser dans son héritage. Et pour augmenter ses chances de remporter la cagnotte, il pouvait se porter acquéreur d'un grand nombre de billets.

— Me prenez-vous pour un cave, le père? Si je dépense une fortune pour gagner quelques piasses, je vas être perdant, voyons donc. C'est non, p'pa, puis achalez-moi plus avec ça!

Débiné, Sansoucy alla faire sa toilette et se mettre au lit.

L'épicier avait retrouvé son humeur morose. Il avait recommencé à bougonner sur tout et sur rien en ne ménageant pas Marcel. Cependant, de plus en plus grisé par son succès et habité par le sentiment de puissance qui l'accompagnait, Léandre était démangé par l'envie d'augmenter ses profits. Pour cela, il lui fallait plus de billets et étendre son réseau de distribution. Dans les jours qui suivirent, il commanda la confection de mille deux cent quatre-vingt-seize petits papiers. Et pour les vendre, il trouverait bien le moyen d'y parvenir.

Tous les soirs, la cuisine du logement du troisième étage se convertissait en fabrique. Avant de se rendre à la taverne, Léandre installait son monde: Simone, Paulette, David, Hubert et Marcel, auquel s'était jointe Amandine, travaillaient autour de la table. La tâche était énorme, mais les ouvriers prenaient plaisir à se rencontrer. Pour agrémenter la soirée, on faisait des blagues, Simone servait des boissons gazeuses et quelques cochonneries à grignoter. En général, tout allait bien. Les relations étaient harmonieuses et la production avançait. On ne ressentait pas trop de lassitude, besognant jusqu'à dix heures, sauf Paulette qui devait relâcher plus tôt parce qu'elle s'endormait sur son ouvrage. Mais, inévitablement, le jour vint où un commencement de grogne mina la petite compagnie.

On en était au dernier soir de fabrication. Léandre venait de donner ses directives et s'apprêtait à quitter le logis pour la taverne. Simone avait traversé une grosse journée à l'épicerie. Elle était dans une exaspération nerveuse; elle éclata:

— Tu devrais rester avec nous autres, on finirait plus de bonne heure, clama-t-elle. Le jour, je finis plus de découper des papiers à la cachette, puis le soir, faut que j'écrive dessus. J'en ai plein mon *casse*, Léandre Sansoucy.

— Vous avez juste une couple de centaines de billets à faire, rétorqua Léandre d'un air désinvolte ; moi, faut que j'aille à la taverne. Puis demain, je vas commencer à les vendre. Vous allez voir comme ça va pogner, les amis.

— Simone est pas mal fatiguée, ces temps-ci, intervint David. Au moins, si on recevait une plus juste compensation pour le travail qu'on fait. J'ai l'impression d'être exploité dans une manufacture de Juifs…

Les remarques judicieuses du couple avaient refroidi les ardeurs. Un silence pesant emplissait la pièce. Marcel, Amandine et Paulette déposèrent leurs plumes et fixèrent Surprenant.

— Puis toi, le vendeur d'assurances, ça te dérange pas de travailler gratuitement des soirées de temps ? demanda David.

Les regards interloqués se tournèrent vers le maître d'œuvre.

— Je lui donne une petite commission, avoua Léandre.

Amandine poussa un coup de coude dans les côtes de son amoureux.

— Puis nous autres, on est pas des cotons, se plaignit Marcel. Il me semble qu'on fait notre part.

Léandre réfléchit. Il ne pouvait se défiler et continuer à profiter impunément de ses proches. Dans son cerveau espiègle et calculateur, il évalua rapidement ce qu'il consentirait à remettre à ses commettants.

— OK d'abord. Premièrement, je vas fermer ma boutique de fabrication ; je vas faire imprimer. Comme on a un grand nombre de billets, Hubert puis moi, on arriverait pas à tout liquider. Ça fait que si vous voulez nous aider, je vas vous donner dix pour cent sur chaque billet vendu. Ça vous convient ?

La proposition vite échafaudée sembla rallier tout le monde.

Avant de se rendre à la taverne, Léandre chargea Surprenant de la répartition des billets à vendre et Simone, de la comptabilité de l'entreprise. Chacun en aurait un nombre raisonnable à écouler, selon son travail, et selon la «clientèle» qu'il pouvait atteindre.

Le lendemain matin, Léandre se leva tôt et alla stationner son camion dans la rue, à proximité des terrains des usines Angus. Là, il serait à même de croiser une manne de journaliers. Le soleil tardait à se montrer et le froid, intraitable, engourdissait les doigts. Adossé à son Fargo à l'enseigne de l'épicerie-boucherie, cigarette aux lèvres, il attendait que le premier flot de travailleurs envahisse la place, juste avant qu'ils se dispersent aux différentes portes des bâtiments. Maintenant, il n'était plus seul avec Hubert Surprenant à offrir sa marchandise, mais la tâche demeurait colossale.

Des véhicules lui passèrent au nez et allèrent se garer dans un parking près des bureaux de la compagnie. «Des patrons!» se dit Léandre. Puis arrivèrent quelques employés féminins sur qui il attacha un regard intéressé. Ensuite vint un contingent de travailleurs à pied ou à bicyclette. Ils avaient tous leur boîte à lunch et se dirigeaient vers les entrées, pressés de présenter leur carte au pointeur. Le livreur se redressa et sortit un paquet de sa sacoche de cuir.

— Loterie chinoise, cinquante cents le billet, gros lot de deux cent seize piasses, répétait-il.

On passait devant lui, comme s'il avait été un crieur de journaux périmés ou un marchand de vieilles casseroles de cuisine. Comment faire pour attirer l'attention de ces gens qui lui échappaient comme le lièvre qui allait se terrer dans son trou ? Il songea à revenir après leur quart de travail, mais comment alors ferait-il pour les retenir ?

Les minutes s'égrenaient rapidement, il ne disposait que de peu de temps. Il résolut de grimper sur le capot et se mit à débiter son boniment.

Les colonnes d'employés ralentissaient à peine pour entendre l'hurluberlu monté sur son camion. Malgré les moqueries, Léandre continuait son baratin dont on ne saisissait que des bribes. Parmi les grappes de gens qui circulaient, il cherchait en vain à reconnaître quelqu'un qui l'encouragerait, un client de l'épicerie, un voisin. Mais nul ne s'avançait vers lui.

Découragé, il allait redescendre du capot et repartir quand, soudain, émergeant d'un essaim de bicyclettes, Donatien Borduas descendit de son véhicule à deux roues et s'approcha du camion.

— Je vas vous en prendre dix.

Léandre sauta en bas du capot. Imitant le geste de Borduas, d'autres travailleurs s'agglutinèrent autour du Fargo. Une petite folie passagère s'était emparée du troupeau de moutons. On s'arrachait les billets, les cinquante sous et les dollars s'entassaient dans la sacoche du livreur. Il parvenait à peine à remettre la monnaie pour ne pas retarder indument les ouvriers.

L'expérience avait été concluante ; il retourna au magasin.

Recluse dans son arrière-boutique, Simone avait peu d'occasions de vendre. Elle pouvait tout au plus amadouer quelques fournisseurs et récolter un maigre cinq sous pour chaque billet vendu ; de quoi acheter *La Patrie* du dimanche – ce qui ne l'intéressait d'ailleurs pas – ou l'aider à payer un paquet de Sweet Caporal. Pour sa part, Marcel n'était pas très emballé par l'idée de son frère. Il ne voyait pas l'intérêt d'ajouter, ne serait-ce que quelques dollars, à son salaire hebdomadaire. Quant à Paulette, elle avait décidé d'apporter modestement sa contribution.

Elle était au comptoir-caisse avec sa belle-mère. Marcel réalignait sur les tablettes les produits que la main négligente des clientes n'avait pas replacés. Germaine Gladu et Dora Robidoux s'amenèrent, les bras pleins de rouleaux de White Swan.

— T'as ben l'air de bonne humeur, dit Émilienne à l'adresse de Léandre.

— Je viens de vendre pas mal de billets à matin aux usines Angus, déclara-t-il, en posant sur sa femme un regard insistant.

La migraineuse réprima un mouvement de contrariété. Elle tira timidement un billet de la poche de son tablier.

— Vous désirez jouer à la loterie chinoise, mesdames ? demanda-t-elle.

— Non, non et non, Paulette ! protesta vertement l'épicière. On se mettra certainement pas à vendre des billets de loterie dans mon épicerie ! Des plans pour voir l'abbé Dussault ressourdre.

— Que c'est que ça peut ben vous faire, la mère ? intervint Léandre. C'est rien que bon pour le commerce, ça va finir par nous attirer des clients. Et pour ce qui est de l'abbé Dussault, il est pas ben ben dangereux, celui-là.

— Moi j'en veux pas, Germaine, refusa madame Robidoux. Toi si t'en veux, prends-en, c'est ton affaire.

— Donnez-moi-z-en donc cinq, Réal a gagné au premier tirage, insista la voisine. Je vas faire marquer avec mes rouleaux de papier de toilette.

Paulette avait remisé le bout de papier dans le fond de sa poche. De peur d'être reprise par son mari, elle le ressortit en se mordillant les lèvres.

— J'ai dit ! proféra Émilienne. On commencera pas ce petit jeu-là.

La migraineuse enfouit piteusement le billet dans son tablier.

— Ça fait rien, mon mari va réussir à en avoir pareil, riposta Germaine Gladu. Réal m'a dit que votre Léandre se fend en quatre pour en vendre ; ça fait que gardez-les donc, vos tickets malchanceux !

Afin de ne pas ulcérer davantage sa mère, Léandre attendit que les clientes terminent leurs achats et sortent du magasin. Il les rejoignit sur le trottoir, vendit les cinq billets réclamés et rentra.

— Ah ! Toi mon grand escogriffe, prends-tu ta mère pour une tarte, coudonc ?

— Elle est allée chercher de l'argent à son logis puis m'a payé *cash*, la mère, on aura pas besoin de marquer, répondit insolemment Léandre.

Marcel avait suivi les échanges sans se retourner, comme si le sujet ne le concernait pas. Sa belle-sœur n'irait assurément pas plus loin dans ses efforts pour offrir des billets, mais Léandre n'avait pas autant d'emprise sur lui. Au cours des journées qui venaient, il ferait certaines tentatives de vente, sans plus.

Le soir vint. Marcel quitta le logis immédiatement après le souper. L'épicier s'était calé dans sa berçante, la pipe au bord des lèvres, *La Patrie* posée sur sa jambe croisée. Après des heures harassantes et un repas qui lui avait lesté l'estomac d'une soupe épaisse et d'un pâté riche en patates, il épluchait distraitement les pages du quotidien quand il tomba sur un article qui l'interpella. Il décroisa les jambes, replia le journal, ôta sa pipe et s'écria :

— Mili !

Irène déserta la chorale familiale et se pressa vers son père.

— Que c'est que vous voulez, popa ? demanda-t-elle. Moman est occupée, vous le savez ben que c'est l'heure de notre pratique ! Ça peut pas attendre ?

— Dis-lui qu'elle vienne tout de suite ! ordonna-t-il.

L'aînée alla prévenir sa mère, qui revint aussitôt.

— Que c'est que tu veux, Théo ? Il y a pas moyen de s'exercer en paix. Tu viens de nous couper un cantique de Noël en deux.

— Lis ça, Mili, ton Placide a écrit un autre article cette semaine, bougonna-t-il.

Émilienne lui arracha le journal des mains et se mit à lire.

— Il me semble que ça fait pas longtemps que l'église Sainte-Monique a passé au feu, commenta-t-elle. Un feu à l'église de Sainte-Dorothée de Laval, asteure.

— C'est pas ça qui est le pire, Mili, je paye pour ses études, radota Sansoucy. J'ai pas hâte de voir son bulletin aux fêtes. Si ça continue, ça sera pas beau tout à l'heure.

Les vieilles filles Grandbois réclamaient leur pianiste. Émilienne se promit de lire l'article au complet un peu plus tard.

* * *

Après les nombreuses soirées à confectionner des billets au logement de Léandre, Marcel n'avait pas revu son Amandine. La sauceuse chez Viau s'était rendue chez sa mère pour revoir les siens et, le soir suivant, elle avait reçu une compagne de travail qui avait besoin de se confier à elle.

Amandine rentrait à peine de la biscuiterie. Elle était à fricoter des restes de poulet quand Marcel parut à la chambre.

— Comment ça se fait que t'as pas encore soupé ?

À la sortie de l'usine, elle s'était attardée à offrir des billets de loterie à des compagnons et à des compagnes, comme elle l'avait fait pendant les pauses de la journée. Elle en avait vendu quelques-uns, et plusieurs lui avaient mentionné qu'ils n'avaient pas l'argent suffisant sur eux, qu'ils régleraient au cours de la semaine.

Elle apporta son assiette sur la table. Elle avait faim. Marcel la regarda manger en silence, en lui racontant qu'il avait réussi à convaincre deux clientes de lui acheter un billet et qu'il avait ce genre de sollicitation en horreur. En venant la voir, il avait remarqué des groupes d'enfants qui s'amusaient avec des billes en misant quelques sous. Le jeu semblait avoir gagné la jeunesse et se répandre dans le faubourg.

— Tu manques d'ambition, lança Amandine, en repoussant son assiette. C'est pas avec ton petit salaire à l'épicerie que tu vas avancer à quelque chose. Puis quand on va se marier, penses-tu vraiment qu'on va rester ici ?

— Je gage que t'as acheté un billet ? exprima-t-il, l'air interrogatif.

— Écoute-moi ben, Marcel, dit-elle, éludant la question. On pourrait fouiller dans tes petites réserves, si tu vois ce que je veux dire…

Le regard enjôleur, elle alla s'asseoir sur lui et, les lèvres frémissantes, elle commença à le dévorer de baisers.

Chapitre 12

La taverne était prise d'assaut. En raison du nombre de billets vendus, Edmond Archambault avait prévu une affluence inhabituelle à son commerce. Mais voilà que les tabourets du comptoir et toutes les chaises étaient occupés, et on se bousculait à la porte. Plusieurs étaient restés debout, faute de place aux tables. Les serveurs ne fournissaient pas, mais le tavernier avait les réserves liquides suffisantes pour satisfaire les plus assoiffés. C'était au-delà de ses espérances ; il jubilait.

Sur le trottoir, noyé dans une petite foule piétinante et fébrile qui grossissait, Marcel tenait nerveusement une liasse de billets. Selon ce que lui avait mentionné Léandre, le tirage s'effectuerait vers les huit heures trente. Sous l'influence pressante d'Amandine, il avait dépensé une somme appréciable qui avait grugé son héritage. Son père était absent. À voir l'engouement des derniers jours à la taverne, Sansoucy avait résolu de souffrir la voix des femmes au logis plutôt que de s'exposer au brouhaha du débit de boissons. Ce qui n'était pas peu dire…

Plus l'heure approchait, plus la masse s'agitait. Certains voulaient qu'on devance la pige, d'autres souhaitaient qu'on fasse tirer plusieurs gros lots pour satisfaire le nombre élevé de participants. À l'intérieur, l'air sain se raréfiait, devenait irrespirable dans la fumée et les effluves musqués des hommes. On commençait à suffoquer. Le tenancier demanda qu'on ouvre toutes grandes portes et fenêtres. Dès lors, à l'extérieur, on entendait la rumeur insistante des buveurs qui réclamaient à leur tour le tirage.

Dans le voisinage, les résidants s'ameutaient. Ce n'était plus un petit groupe agglutiné à la façade de l'établissement, mais un fourmillement de curieux qui épaississaient le trottoir.

Une voiture de patrouille se gara devant les immeubles voisins.

— La police ! cria une voix retentissante.

Le troupeau se débanda rapidement. On traversait la rue en courant, on s'éloignait sur le trottoir, emporté par la peur, comme le vent d'automne qui souffle en bourrasques sur les feuilles mortes.

Les constables Lefebvre et Poisson foncèrent vers le noyau compact massé dans l'entrée, assénant des coups de garcette aux joueurs effarés qui se dispersaient, se frayant un passage en exigeant qu'on leur laisse la voie libre.

Pas particulièrement impressionné par la descente des agents de l'ordre, Léandre délaissa le boulier et, avec une allure dégingandée, s'achemina au comptoir où se trouvait le patron.

— Encore vous, Sansoucy ! déclara Lefebvre.

— Léandre est un de mes meilleurs employés, ricana le propriétaire. Que lui voulez-vous ?

— C'est à vous, Archambault, que nous avons affaire, affirma le constable Poisson. Vous savez que la loterie est illégale. Nous avons le devoir de saisir votre équipement.

Les détenteurs de billets qui ne s'étaient pas enfuis surveillaient avec un intérêt croissant la conversation. Lefebvre amorça le pas vers Hubert Surprenant afin de s'emparer du boulier. La physionomie d'Archambault s'assombrit.

— Attendez une minute, monsieur l'agent ! intervint Léandre. Il y a sûrement moyen d'arranger ça, murmura-t-il d'une voix énigmatique.

Sur un signe de tête, Léandre invita Archambault à se retirer dans la petite pièce adjacente. Après un bref échange, le patron se rendit à sa caisse et demanda aux policiers de le suivre dans son arrière-boutique.

— Je vous donne chacun vingt piasses et vous nous laissez tranquilles…

Les constables fixèrent les billets, se consultèrent du regard.

— Ça va être vingt piasses à chaque tirage, dit l'agent Poisson d'une voix blanche. Puis arrangez-vous pour être un peu plus discrets la prochaine fois.

Les agents quittèrent les lieux.

— On l'a échappé belle ! soupira Archambault.

La salle s'emplissait de tumulte. Des détenteurs de billets restés sur le trottoir apparurent et occupèrent les places libérées par les froussards. Marcel avait enfoui sa liasse dans sa poche et s'était sauvé avec d'autres. Puis il était revenu sur la devanture. Ne craignant plus la présence policière, il entra à la taverne.

La vue de tous ces hommes engouffrés dans un endroit sombre et sordide lui déplut. Il prit place à une table occupée par trois clients qui le toisèrent du regard. Le jeune n'avait pas l'âge de fréquenter les débits de boissons, et il détenait un nombre impressionnant de billets qu'il avait étalés devant lui en s'assoyant. Un serveur s'approcha et lui offrit à boire. Il refusa. C'est là que son père et son frère se tenaient souvent, assis devant une bouteille ou à servir les buveurs avec un sourire attentionné. Non, ce n'était pas pour lui. Et même s'il gagnait, il ne remettrait pas les pieds à la taverne.

Archambault annonça que le tirage aurait lieu, mais qu'à l'avenir, pour éviter les rassemblements à l'extérieur et afin que tous les participants à la loterie soient informés, on afficherait seulement le lendemain le numéro gagnant dans quelques endroits publics.

Hubert actionna le boulier et Léandre pigea un dé. Les paupières de Marcel glissèrent sur ses billets, tandis que les buveurs gardaient les yeux rivés sur leur unique bout de papier.

Aucun de ses numéros n'était constitué du chiffre des milliers. Sa mâchoire se durcit, ses doigts se crispèrent. Il sentit monter en lui une rage qui se répandait dans tout son être. Il eut envie de tout balayer du revers de la main, de renverser la table en se redressant brusquement. Mais il ne voulait pas attirer vers lui les regards malicieux. Il arbora un sourire trompeur. On penserait qu'il n'était pas déjà vaincu dès le premier mouvement du boulier, qu'il n'avait pas eu la mauvaise idée de risquer ses économies.

Alors que l'assistance retenait son souffle, pendue aux lèvres d'Edmond Archambault que Léandre avait demandé pour les derniers tours de manivelle, Marcel s'esquiva furtivement et se retrouva sur le trottoir.

Le benjamin de la famille Sansoucy marchait à présent d'un pas rapide vers la chambre d'Amandine. Il éprouvait un vif sentiment de culpabilité pour avoir cédé par faiblesse à ses désirs.

Il escalada les marches deux à deux et fit irruption dans la chambre.

— Voyons, Marcel, t'as l'air tout débobiné ! s'exclama Amandine.

— Je m'en veux d'avoir perdu de l'argent, exprima-t-il.

— C'est ma faute, confessa-t-elle, j'aurais jamais dû insister pour que t'achètes des billets.

Elle allait l'entraîner sur son lit en lui prenant la main. Cette fois, le garçon avait résolu de résister au charme attendrissant de la jeune fille. Il se rebiffa.

— Non, Amandine ! J'ai juste envie de brailler ! Je pense que le vieux Dubreuil serait pas fier de moi, lui qui avait trimé dur pour ramasser cet argent-là.

Amandine avait beau lui parler doucement, lui prodiguer des caresses, mais Marcel demeurait insensible. Il lui donna un baiser furtif et rentra à la maison.

* * *

L'air éminemment contrarié, Marcel allait récupérer son triporteur dans la cour quand il croisa Léandre et Simone dans l'arrière-boutique. Leur père tardait à descendre au magasin, la commis comptable en profitait pour consigner, à son insu, dans un cahier, les chiffres provenant de la vente des billets de loterie et les résultats des tirages de la veille.

— T'as ben la grosse gueule, toi, à matin! lança Léandre. As-tu des problèmes avec ta *blonde*, coudonc?

— Laisse-moi tranquille, je file pas, c'est tout! Ça t'es jamais arrivé, toi, de pas filer?

— Je t'ai vu, hier soir, à la taverne; t'as juste passé proche de gagner, t'étais assis à la table gagnante…

— Comment ça, la table gagnante? Je suis parti parce que j'avais pas le bon numéro; j'avais plus d'affaire là!

La cagnotte avait été remportée. Cependant, à la demande générale, dans l'atmosphère houleuse de la salle, Archambault avait consenti à ce qu'on procède à un second tirage.

— Quoi? Ça veut dire qu'un de ceux qui étaient assis à ma table a peut-être gagné le deuxième magot avec un de mes billets…

— T'avais plus qu'un billet? s'enquit Léandre.

— Moi, j'en avais vendu deux à des clientes, mais j'en avais acheté plusieurs…

Simone pâlit. Elle déposa sa cigarette dans le cendrier et, de sa main abondamment baguée, fouilla dans son cahier et indiqua la somme remise par Marcel. Persuadé que la seconde cagnotte lui revenait en propre, il s'informa auprès de son frère sur ce qu'il connaissait du présumé gagnant. D'ailleurs, Léandre l'avait revu le matin même aux usines Angus qui encourageait ses compagnons de travail à participer à la loterie. Quelques instants plus tard, Marcel enfourchait son triporteur et fonçait vers le nord, déterminé à s'entretenir avec la personne concernée.

Il stationna son véhicule et entra dans un des bureaux administratifs. Une imposante matrone habillée de kaki releva la tête de son dactylographe. Avec son allure sévère de militaire en service commandé, elle aurait été capable de faire reculer tout un régiment.

Il ôta sa casquette et s'avança timidement vers elle.

— Si c'est pour de l'emploi, assoyez-vous là et remplissez le formulaire, dit-elle.

— J'ai déjà une *job*, bafouilla Marcel. Je travaille à l'épicerie de mon père. J'aimerais rencontrer monsieur Octave Simard, s'il vous plaît, hasarda-t-il.

— Il faudra attendre au *break*, répondit aimablement la respectable secrétaire.

Marcel alla sagement s'asseoir. Il avait quitté le magasin avec emportement. Il se demandait s'il ne valait pas mieux appeler pour prévenir de son retard ou laisser à Léandre et Simone le soin d'expliquer la situation. D'une façon ou d'une autre, il s'était mis dans l'embarras. Son père grognerait, sa mère s'énerverait, et l'ouvrage retarderait.

De temps à autre, il se levait, se rendait à la fenêtre carrelée et observait les déplacements qui s'effectuaient dans la cour. Puis il se retournait, consultait l'horloge et allait se rasseoir. La plupart des employés étaient confinés dans les énormes hangars, à supporter le bruit incessant, à respirer les odeurs poussiéreuses, dans la clarté des hautes lumières irradiantes et la senteur persistante des soudures métalliques.

On entendit le son strident d'une sirène qui s'estompa rapidement.

— Attendez-moi un instant, dit la secrétaire.

Quelques minutes plus tard, elle revint, entraînant un ouvrier derrière elle.

— Que c'est que tu me veux, le jeune ? demanda Simard.

— Je viens réclamer le prix que vous m'avez volé, hier soir, à la taverne Archambault.

— Comment ça, voler ? D'abord, t'es même pas d'âge à rentrer dans une taverne. Ensuite, comme la plupart de ceux qui étaient là, j'avais mon billet, puis ça s'adonne que mon numéro a été tiré.

— Je me rappelle que vous aviez un seul billet quand j'étais assis à côté de vous. Là je suis parti parce que j'avais pas gagné. Mais après, j'ai su qu'il y avait eu un deuxième tirage.

— C'est pas de ma faute si t'es parti en abandonnant tes *tickets*, mon jeune. Puis il y a rien qui te dit que j'ai remporté la cagnotte avec un de tes numéros.

C'est vrai, mais rien ne prouve que c'en était pas un…

— En tout cas, va falloir que tu te lèves de bonne heure pour prouver que j'ai gagné avec un de tes billets.

Octave Simard pivota sur ses talons et prit congé.

Désemparé, Marcel remercia la matrone et retourna au magasin.

Émilienne et Paulette ne fournissaient pas à la caisse, Léandre était allé livrer, et plusieurs clientes s'affairaient devant les tablettes. Comme un chien enragé, l'épicier surgit en rogne de son coin.

— Je sais, le père, je suis un peu en retard, exprima Marcel, en abaissant les paupières. Léandre a dû vous dire…

— Ça me fait rien que t'ailles vendre des billets aux *shops* Angus, proféra le patron, mais arrange-toi donc pour te lever comme lui à cinq heures du matin. Surprends-toi pas, après, si ton salaire est coupé…

— Donne-lui une chance, Théo, le défendit Émilienne, en voyant son mari s'éloigner vers son étal.

Toutes les clientes s'étaient tournées pour le regarder. Une gêne coupable coula sur le visage du pauvre livreur. Marcel aurait souhaité s'enfoncer dans le plancher, se fondre dans les murs, disparaître. Il avait le profond sentiment d'avoir pris les mauvaises décisions. À proprement parler, il n'avait pas connu de revers de fortune, mais le jeu de hasard ne lui apportait que des embêtements.

Les boîtes à livrer avaient été placées par ordre de priorité, selon les appels reçus depuis le début de la matinée. Il ramassa les premières et les transporta dans le panier de son triporteur. Le camion de livraison se gara sur la devanture. Léandre en descendit.

— Ça a pas l'air de filer pantoute, observa-t-il.

Marcel tira rageusement de sa poche les billets qui lui restaient.

— Toi puis ta maudite loterie ! se fâcha-t-il, en brandissant les papiers. Ça m'apporte rien que du trouble. Ça fait que compte plus sur moi, ni pour en acheter ni pour en vendre.

Léandre se contenta d'esquisser un sourire compatissant en prenant les billets. Après le revirement que son frère avait dû subir aux usines Angus, il n'était pas étonné de le voir dans un tel état. Il entra au magasin et alla remettre à Simone la liasse que Marcel venait de lui restituer.

Le boucher avait semé la terreur dans son commerce. Les clientes régulières avaient beau connaître leur épicier au tempérament coléreux, il semblait particulièrement irritable ce jour-là. Cependant, deux d'entre elles allèrent le retrouver pour lui apporter leur soutien. La loterie chinoise de la taverne Archambault faisait des ravages dans certains logis du faubourg. Il avait bien fait de réagir contre son fils Marcel, et elles le suppliaient d'intercéder en leur faveur auprès de Léandre pour qu'il délaisse son activité avant l'éclatement des familles. Ce à quoi Sansoucy avait rétorqué qu'il n'était pas un représentant de l'ordre, qu'il en causerait toutefois avec son fils et que, le jeu étant en train de s'enraciner dans les mœurs, il serait fort difficile de les assainir.

Cela dit, le reste de la journée, l'épicier chercha plutôt à éviter le sujet avec Léandre. Il n'était pas enclin à l'affrontement avec lui. La scène avec Marcel l'avait passablement secoué. Il puiserait dans son fonds de charité chrétienne pour accueillir son jeune pensionnaire.

Après la classe, Bertha Pouliot parut avec son garçon, un maigre bagage dans les bras. Son cœur de mère palpitant d'émotion, elle laissa perler une larme à sa paupière.

— C'est aujourd'hui le grand jour! annonça-t-elle d'une voix émue.

— Occupe-toi de la caisse, Paulette, je vas monter avec Jérémie, dit Émilienne.

L'épicière entraînait l'enfant vers la porte. Sansoucy surgit.

— Minute, Mili, intervint-il, le jeune va déposer son sac d'école en arrière, puis il va aider Marcel à finir ses livraisons! L'innocent a commencé assez tard à matin qu'il en a jusqu'à huit heures et demie si on l'aide pas.

— Vous allez le payer, j'espère, exprima la dame.

— Si vous pensez que je vas garder votre garçon à rien faire, vous vous trompez royalement, madame Pouliot!

— On pourrait ben lui donner quelques cennes pour ses petites dépenses, Théo, plaida l'épicière.

Plutôt que d'exprimer son mécontentement, Sansoucy mâchouilla ses moustaches et regagna muettement son coin. Jérémie largua son sac d'école sur le comptoir et raccompagna sa mère, pour revenir avec une voiturette moins de quinze minutes plus tard.

Avant d'entreprendre sa première livraison, pendant que l'épicière avait le dos tourné, il s'approcha du comptoir. Puis, sous les yeux ahuris de Paulette, il souleva effrontément le couvercle d'un pot et s'empara de deux bâtons de réglisse noire.

Jérémie paraissait emballé. Sur le trottoir, ruminant sa friandise, il tirait sa voiturette d'un pas alerte, fier d'avoir trouvé un travail auquel il ne s'attendait pas. À l'angle des rues, il s'arrêtait et faisait descendre doucement la commande sur le pavé pour la faire remonter tout aussi précautionneusement de l'autre côté. Aux portes des logis, on s'étonnerait de le voir apparaître. Il dirait qu'il avait élu domicile chez l'épicier pour l'hiver, parce que ses parents étaient dans la misère et qu'il était capable de rendre service comme sa mère le lui avait demandé. Mais avant de quitter la ménagère, il attendrait sur le seuil qu'elle daigne lui donner quelques sous pour sa commission.

Entre-temps, Marcel s'était un peu remis de son revers aux usines Angus. Il avait fait son deuil de sa petite mésaventure financière et, grâce à la collaboration de Jérémie, il restait de moins en moins de livraisons à faire avant le souper. Cependant, il n'envisageait pas de retourner ce soir chez Amandine. Une journée ou deux sans la voir lui ferait comprendre qu'elle ne pouvait le manipuler comme elle le voulait. D'ailleurs, il convenait d'être à la maison pour accueillir le jeune Pouliot dans sa chambre.

C'était l'heure de souper. Émilienne était allée s'étendre, Théodore et Marcel n'étaient pas montés, et Irène retardait. Alphonsine avait dressé un couvert de plus pour le nouveau pensionnaire qui prendrait place entre elle et Alida. Héloïse touillait la soupe aux tomates et riz sur le poêle et surveillait Jérémie qui la toisait en reluquant la corbeille.

— Va te laver les mains ! ordonna-t-elle.

— Oui, mademoiselle Héloïse, répondit-il.

Le temps de le dire, le garçon avait chipé un morceau de pain, s'était réfugié aux toilettes et avait verrouillé la porte. La vieille fille déposa sa louche dans une soucoupe et s'achemina à la salle de bain.

— Ouvre, mon petit tornon, sinon je vais te mettre en pénitence.

— Ça commence bien, dit Alphonsine.

Émilienne avait entendu les paroles exaspérées de sa sœur ; elle fit irruption dans la cuisine et alla la rejoindre.

— Va falloir que tu t'habitues à écouter, mon garçon, affirma-t-elle, ouvre à madame Sansoucy.

L'enfant tourna lentement la poignée et parut. Il avait les yeux rieurs et les joues bourrées de pain.

— Asteure, lave tes mains comme il faut. T'as touché à toutes sortes d'affaires, puis tu peux attraper des microbes.

Jérémie s'exécuta et revint s'asseoir sagement à sa place, les bras croisés. Peu après, Sansoucy entra avec l'aînée et le benjamin.

— J'ai ma journée dans le corps, dit-il, avant de s'écraser sur sa chaise.

— Monsieur Sansoucy, dit Jérémie, faut se laver les mains.

— Ah ! ben taboire, rétorqua-t-il.

— Monsieur Sansoucy va aller dans la salle de bain, ça sera pas long, hein, Théo ? dit Émilienne.

L'épicier bougonna et se rendit aux toilettes. Et plutôt que de se rasseoir à la table, il s'empara de *La Patrie* et s'installa dans sa berçante. En feuilletant le journal, il tomba sur la prédiction du frère André concernant la menace communiste qui semblait se réaliser : « Avant cet hiver même, nous aurons bien des incendies d'églises et les villages seront les premiers à souffrir de la vengeance de l'incendiaire… », avait prophétisé le vénérable religieux. Placide continuait donc d'écrire des articles, compromettant ainsi sa réussite scolaire. Il s'en irrita d'autant plus qu'il paierait également pour le rejeton des Pouliot qui venait grossir la maisonnée. Et plutôt que de se faire rabâcher de belles phrases sur le choix de son défroqué et la charité chrétienne, il garda pour lui-même ses pensées.

On s'attabla finalement. Bien encadré par deux des tantes de la maison, Jérémie se sentait surveillé. Alida le ralentissait dans sa hâte d'avaler la soupe d'Héloïse, qu'à l'accoutumée tout le monde trouvait plutôt ordinaire. Alphonsine l'empêchait de beurrer trop abondamment son pain, tandis qu'Émilienne était absorbée dans ses souvenirs. Elle avait l'étrange sentiment qu'elle revivait des moments inoubliables avec sa jeune famille autour de la table. L'espace d'un instant, elle se sentit rajeunir, pleine d'énergie, à s'occuper de ses enfants et des besognes ménagères du matin au soir. Et si elle avait connu ses petites misères, ce n'était rien comparativement à ce que vivaient certaines familles pauvres du quartier.

Certes, les Pouliot n'étaient pas favorisés. Mais elle avait entendu parler d'une résidante de la rue Cuvillier dont la vie n'était pas plus facile. La dame avait perdu son mari mort d'une péritonite aiguë et elle était restée avec deux enfants sur les bras. Pour survivre, la pauvre veuve avait été dans l'obligation de vendre l'écurie et les chevaux qu'ils possédaient et de déménager dans un appartement plus modeste. Par la suite, elle s'était trouvé un emploi de couturière dans une usine de fabrication de vêtements du centre-ville. Elle se levait très tôt le matin et préparait le repas de ses enfants qui allaient dîner sans elle à la maison. Puis elle revenait en tramway après l'ouvrage, reprenait ses tâches domestiques, et veillait aux devoirs et aux leçons. Ainsi s'égrenaient tous les jours de la semaine, du lundi au samedi midi.

Pour un temps, en quelque sorte, Marcel ne serait plus le benjamin de la famille. Jérémie devenait ce petit frère qu'il n'avait jamais eu. Déjà il s'en était fait un allié, une aide à la livraison. Il le trouvait pas mal dégourdi pour ses douze ans. Il avait réussi à soutirer des pourboires à plusieurs clientes, chose qu'il n'aurait pas eu lui-même l'audace de faire. Et surtout, à son âge, il n'aurait pas eu l'impertinence de dire à un adulte de se laver les mains avant le souper.

Jérémie semblait manger à sa faim. Pendant des années, les Pouliot avaient dû nourrir leur progéniture de privations ; maintenant qu'il était au seuil de l'adolescence, le nouveau venu dévorait tout ce qu'on mettait dans son assiette, sauf, bien sûr, le gras et le croquant qu'Alphonsine découpait des tranches avant de les lui donner. Les autres n'en faisaient pas de cas ; ils étaient habitués de la voir se régaler de leurs restes.

— À ce train-là, mon Jérémie, tu vas me coûter cher, commenta l'épicier.

— Ma mère m'a dit de pas me gêner, que vous aviez certainement beaucoup d'argent pour posséder autant de marchandises dans votre magasin, débita le garçon.

— Tu diras à ta mère que le marchand doit acheter les produits avant de les placer sur les tablettes et qu'il y a aussi de la perte, parfois.

Irène posa avec majesté un beau gâteau au chocolat, glacé par l'impotente. Jérémie était dans un état de ravissement inexprimable. L'aînée allait en tailler des morceaux quand Émilienne manifesta le désir de souligner la venue du pensionnaire en invitant les colocataires du troisième à déguster avec eux le dessert exquis.

Marcel recula sa chaise et alla prévenir les deux couples. Il était arrivé juste à temps à l'étage ; Simone avait aussitôt rangé sa boîte de biscuits secs.

On ajouta des chaises. Irène trancha le premier morceau et tous les yeux suivirent l'assiette destinée à Jérémie.

— Votre dernier-né, la mère, vous l'avez porté longtemps avant de le mettre au monde ! dit Léandre, en décochant une œillade à l'adolescent.

— J'espère qu'il sera pas trop dur à élever, celui-là, commenta Héloïse. J'aime mieux les prendre aux couches comme Stanislas, ajouta-t-elle, déplaisante.

Paulette s'empiffrait et Stanislas, assis sur les genoux de sa mère, se marbrait à deux mains la figure du glaçage chocolaté. Héloïse s'exaspéra :

— Voyons, Simone, qu'est-ce que tu penses ? dit-elle. Laisse-le pas faire, ton petit. Comme je disais à Lida pas plus tard qu'aujourd'hui, faudrait commencer par élever les parents avant d'éduquer les enfants, soupira-t-elle. Puis qui c'est qui va ramasser ce qui est tombé sur le plancher ?

Émilienne accusa muettement la remarque au goût acide. Héloïse ne manquait jamais une occasion de lui *renoter* les lacunes sur l'éducation si généreusement dispensée à ses enfants. Pourtant, il lui semblait qu'à la maison on n'avait rien ménagé pour la rendre heureuse. Ce fut d'abord l'envahissant perroquet qu'on avait supporté et qu'on tolérait à présent empaillé dans la cuisine. Puis le piano récupéré de la campagne pour satisfaire ses élans musicaux. À côté d'elle, la pauvre Alida paraissait plus heureuse de son sort et tellement plus agréable quand il s'agissait d'éducation.

Léandre s'excusa et se retira de table en disant qu'il allait bientôt travailler. Avant de prendre congé, il s'approcha de Jérémie et lui murmura quelques mots à l'oreille. Paulette décida alors de regagner son logis. Simone se dépêcha de débarbouiller Stanislas pendant que David nettoyait le prélart. Puis ils disparurent, au soulagement d'Héloïse, qui reprendrait son rôle de gardienne le lendemain.

Dès que les colocataires eurent traversé le seuil, Jérémie se pressa vers la porte.

— Eille! s'exclama Héloïse, où c'est que tu vas de même?

— Léandre veut me parler; il a deux mots à me dire avant d'aller à la taverne.

— Ça a besoin d'être juste deux mots, tes leçons puis tes devoirs sont pas faits.

L'adolescent gravissait déjà les marches de l'escalier. Émilienne se rappela que la mère du jeune Pouliot lui avait mentionné qu'il était bon à l'école et qu'il n'y avait pas lieu de s'inquiéter.

Une vingtaine de minutes plus tard, Jérémie revenait au logement de l'épicier, un sourire narquois sur la physionomie. Les femmes avaient entrepris la vaisselle. Il n'avait pas eu le temps de prendre quelque chose à boire. Il se dirigea vers l'armoire ouverte et, avec impertinence, prit un gobelet qu'Héloïse venait d'essuyer; puis il alla à la glacière, empoigna la pinte et se versa du lait. Après l'avoir ingurgité, il se rendit à l'évier et se débarrassa de son verre dans l'eau savonneuse.

— Il est donc poltron, cet enfant-là, pesta Héloïse.

— On est ben *sans-dessines*, précisa Émilienne, on aurait pu lui en offrir, du lait, tout à l'heure.

— En tout cas, il avait l'air pressé d'aller en haut, commenta Alphonsine. Je me demande ben que c'est qu'il fricote encore, ton Léandre.

Jérémie avait rejoint Marcel à sa chambre. Ses vêtements remisés dans les tiroirs de la commode, il s'était installé à ses travaux scolaires. Pour sa part, Marcel s'était absorbé dans les bandes dessinées de *La Presse* illustrée du samedi. Le garçon, assis à son pupitre, paraissait très appliqué ; il ne voulut pas le déranger. Cependant, sa visite au troisième étage de l'immeuble l'intriguait sérieusement. Il ne put réprimer son envie de le questionner :

— Coudonc, Jérémie, que c'est qu'il te voulait, mon frère ?

— Ça, c'est entre lui et moi, répondit l'enfant.

— Si tu veux qu'on soit des amis, va falloir que tu me le dises.

Un silence embarrassé emplit la pièce.

— Prends-moi pas pour un innocent, Jérémie, je gagerais ma chemise que c'est pour sa loterie ! exprima Marcel d'une voix impérieuse.

Léandre lui avait demandé s'il ne se joindrait pas à l'équipe de vendeurs de billets moyennant une petite commission. Il n'aurait qu'à en offrir à la clientèle du magasin en faisant ses livraisons. Marcel lui fit une mise en garde : son frère était bien gentil, mais il se servirait de lui pour faire de l'argent à ses dépens.

Chapitre 13

Le samedi de la même semaine, Jérémie était allé livrer chez madame O'Hagan, la mère de David, sur l'avenue Jeanne-d'Arc. Sans connaître les véritables motifs, Marcel avait accepté d'être remplacé; il évitait ainsi de rencontrer la mère d'Amandine – voisine des O'Hagan –, qui s'informait toujours de sa fille. Avec la permission de l'artisan, et selon la recommandation de Léandre, il avait rangé sa voiturette dans la cour de la boutique de cercueils pour se dispenser de la traîner au marché Maisonneuve. Dans les poches de son coupe-vent aux manches trop longues, il avait dissimulé une liasse de billets de loterie pour les soustraire à la vue des gens au magasin. Il se proposait maintenant de les écouler.

Sous les auvents, la place foisonnait de consommateurs. Des ménagères grappillaient dans les étals regorgeant de fruits et de légumes des campagnes environnantes. La terre avait été généreuse, la récolte, abondante. Un peu en retrait, l'air ennuyé, des enfants près de leur voiturette attendaient que leur mère vienne se délester de leurs sacs. Aux portes de l'établissement, un flot incessant d'acheteurs entrait ou sortait. L'endroit était stratégique. Jérémie décida de s'y installer.

«Billets de loterie à vendre, gros prix à gagner!» s'écriait-il. Au milieu de cette foule bigarrée, la main étirée vers le ciel, il débitait son boniment comme le camelot qu'il avait aperçu dans un kiosque à journaux, rue Sainte-Catherine. Ou encore comme le vendeur itinérant qui, pendant l'été, déambulait dans les rues à côté de sa charrette en gueulant: «Du bon blé d'Inde bouilli, cinq cennes pour un épi!»

Manifestement, dans le quartier, la publicité avait été assurée par le bouche à oreille. Parfois, les mains pleines de paquets, les gens s'arrêtaient. Riches ou pauvres, ils fouillaient dans leur bourse ou le fond de leur poche et s'arrachaient des chances. On venait à lui, attiré par la bonne fortune, la tête remplie de petits rêves. À peine parvenait-il à remettre les billets et la monnaie. Et il ne manquait pas de mentionner que, le samedi suivant, une affiche indiquerait les numéros gagnants.

Une femme et son fils miteusement attriqués émergèrent de l'établissement en arborant un sourire matois. Le regard soupçonneux, l'enfant demeura à l'écart avec un sac de provisions. Sa mère s'avança vers la grappe entourant Jérémie en dardant sur lui ses yeux vairons.

— Je vas le dire à ta mère, proféra-t-elle, l'air indigné. C'est comme rien, elle doit pas savoir que tu vends des billets de loterie.

Entre deux transactions, Jérémie leva la tête vers celle qui l'avait cavalièrement interpellé.

— Vous lui direz ce que vous voudrez, madame Morasse, mais je suis pas un voleur comme votre garçon, rétorqua-t-il vivement. Puis je gage que vous avez pas payé tout ce qui est dans votre sac. Si j'étais vous, je me sauverais avant d'être attrapé par le gardien du marché.

— Vous autres, vous êtes juste une gang de pouilleux, les Pouliot! se moqua-t-elle, avant de rejoindre son fils et de quitter la place publique.

Jérémie avait éprouvé un malin plaisir à lui répondre du tac au tac. Il n'avait pas voulu s'en laisser imposer par la mère, mais il redoutait à présent le morveux qui avait esquissé un sourire malicieux.

Il acheva de vendre ce qui lui restait de billets avant le dîner. Sa mère n'était pas venue encore. Elle ferait ses emplettes seulement vers la fin de l'après-midi. À ces heures, le choix serait restreint, mais avant que leurs camions et leurs charrettes à chevaux regagnent la campagne, les cultivateurs se débarrasseraient de leurs stocks d'invendus à des prix plus abordables.

* * *

Léandre avait fait un crochet par l'*Ontario's Snack-bar*. Après quelques déplacements, il avait décidé d'aller vendre ses billets au restaurant. Il s'était fié aux deux plus jeunes pour effectuer un peu de son ouvrage. Par contre, toute la matinée, son frère s'était échiné sur son triporteur. Marcel était parti depuis deux heures et personne n'avait revu Jérémie depuis son départ avec sa voiturette.

Au magasin, on commençait à s'énerver. Émilienne et sa belle-fille ne savaient plus où placer les boîtes à livrer. À la caisse, la file s'allongeait, on s'impatientait. Embourbée, l'épicière se sentait envahie par un amoncellement de cartons, et la grasse Paulette venait d'empiler deux commandes avec un sac de patates entre elles derrière le comptoir. Au comptoir des viandes, Sansoucy s'exaspérait.

Marcel apparut au commerce, l'air exténué. Le boucher essuya ses mains sur son tablier et s'achemina à l'avant, la tête effarée par la lenteur des livraisons.

— T'es ben branleux, toi, à matin! Envoye, *déguédine*…

— Ça tombe vraiment mal, le père, vous m'avez pas vu *goaler* tout l'avant-midi, riposta Marcel. Après tout ce que je fais, vous trouvez encore le moyen de *chiquer la guenille* sur moi.

— Prends sur toi, Théo, intervint Émilienne, chicane-le pas.

— D'abord, c'est ce petit torrieux-là qui s'amuse quelque part, je suppose! J'ai ben hâte d'y voir la fraise, à celui-là…

L'air embarrassé, Marcel se retenait de dire que Jérémie était allé livrer chez la belle-mère de Simone, et l'épicière cherchait des paroles pour défendre son jeune protégé. Le tintement de la clochette les tira de leur conversation. Léandre entra et fixa le plancher d'un air étonné.

— Coudonc, vous êtes pas plus débourrés que ça dans les livraisons? lança-t-il.

On baignait dans une extrême confusion qui tira Simone de son arrière-boutique. Tous se consultaient du regard, en souhaitant que l'un ou l'autre révèle ce qu'il savait. Léandre avoua qu'il s'était «un peu étiré» en allant prendre un Coke au restaurant et Marcel dut admettre qu'il avait permis à Jérémie de livrer une commande à sa place, sans savoir ce qui était survenu par la suite. Mais personne n'avait la moindre certitude sur ce qui était advenu du pensionnaire. Pendant ce temps, tout le magasin semblait figé comme une statue de sel. Un tintement de la clochette se fit entendre. Jérémie parut, les vêtements déchirés et le visage sanguinolent. Il fit quelques pas dans le magasin et s'effondra sur un étalage de conserves en boîtes.

— Mon Dieu Seigneur! s'exclamèrent les femmes.

Sansoucy grommela des jurons dans ses moustaches. Des sueurs froides inondèrent le corps de l'épicière qui s'affaissa mollement sur le tabouret. Des clientes passèrent la porte et d'autres, assoiffées de sensations fortes, ne détachaient pas leurs yeux du blessé.

— Ben, ramassez-le, quelqu'un! proféra Simone. P'pa, si vous voulez nous aider, tassez-vous, puis allez-vous-en dans votre coin.

Pendant que Paulette bassinait les tempes de sa belle-mère, Germaine Gladu et Dora Robidoux commencèrent à dégager le comptoir pour allonger le garçon. Mais déjà Léandre et Marcel le transportaient à l'abri des curieuses sur le bureau de Simone.

Jérémie ne parlait pas, mais il poussait des gémissements plaintifs. À mesure que la commis l'épongeait, elle découvrait son visage d'une pâleur livide, défiguré par une lèvre épaisse et un œil au beurre noir. Il devait avoir des meurtrissures sur tout le corps.

— Je pense qu'il a mangé toute une volée, commenta Léandre.

— J'aurais pas dû le laisser aller sur l'avenue Jeanne-d'Arc, se reprocha Marcel.

— Tu pouvais pas savoir, tempéra Simone.

Le jeune Pouliot se leva la tête et balbutia quelques mots :

— C'est la gang à Morasse, livra-t-il, ils m'ont tout volé.

Une colère vengeresse s'empara de Léandre. Il se mit à déblatérer sur les canailles du faubourg et les familles de guenilleux qui volaient le bien d'autrui.

Marcel posa sur son frère un œil furibond. Il songea à lui jeter des blâmes, mais la seule vue de la victime semblait suffire à le condamner. Pour sa part, Simone remettait en question son engagement dans l'organisation de Léandre. Elle était là, comme infirmière de fortune, à soigner les blessures du misérable vendeur de billets étendu sur sa paperasse chiffonnée, à voir le sang qui avait souillé son livre des comptes. Elle résolut de faire transporter la victime à l'étage, dans la chambre de Marcel.

Le pain et la graisse de rôti étaient sur la table. Héloïse s'apprêtait à servir la soupe aux pois. Stanislas tendit les bras vers sa mère.

— Pas tout de suite, mon trésor, maman va te prendre tout à l'heure, dit Simone. Matante ! Jérémie a été blessé dans une bataille, annonça-t-elle.

— Je l'avais dit à Mili que c'était pas une bonne idée de loger un des petits Pouliot, rétorqua Héloïse. Je sais pas quand on va m'écouter dans cette maison-là. À propos, elle va monter bientôt avec Théo?

— La mère est sans connaissance, dit Marcel. À l'heure qu'il est, le père doit s'en occuper avec Paulette. Ça fait que Léandre puis moi, on va s'asseoir pour manger pendant que Simone va rester aux côtés de Jérémie.

Éprise par un sentiment de la plus tendre commisération, Alida s'était déportée vers la chambre. Elle renvoya sa nièce à la cuisine pour dîner avec les autres; elle veillerait sur le pensionnaire.

Accablé de fatigue et de douleur, l'agressé avait dormi tout l'après-midi. Émilienne s'était remise de ses émotions et le commerce avait repris son roulement habituel du samedi. Quant à Léandre et Marcel, ils avaient terminé tardivement les livraisons.

Après une journée riche en émotions, Émilienne avait tenu à rassembler tout son monde pour le souper.

Comme s'il ne s'était rien passé de particulier, on avait parlé de la semaine, des progrès de Stanislas, de novembre qui frappait à la porte avec détermination. Jérémie mangeait avec un appétit dévorant, le nez dans son jambon et ses patates pilées, en écoutant muettement ses hôtes débiter des banalités. Quand il s'était assis, on l'avait aussitôt servi, il avait dégusté une première assiettée. Mais il avait senti qu'on posait sur son visage défait des regards insistants. Il savait ce que chacun attendait de lui…

Juste avant le dessert, alors qu'Irène et Alphonsine desservaient, l'épicier ne put réprimer son impatience:

— Batèche! explosa-t-il, on va-tu enfin la connaître, ton histoire?

Le livreur venait de quitter le marché Maisonneuve en direction de la fabrique de cercueils quand avait surgi une bande de cinq ou six chenapans. Il y avait des Pitre et des Morasse, et peut-être un autre garnement qu'il ne connaissait pas. Comme il flairait le complot, il avait tenté de se sauver. On l'avait rattrapé. Un bref échange s'était enclenché. Sous la menace, on l'avait entraîné au parc pour discuter. Puis ç'avaient été les paroles intimidantes et la demande de remettre l'argent qu'il avait ramassé de la vente des billets.

Le méfait accompli, il avait cru faussement qu'on avait tout obtenu de lui. Mais le plus vieux des Morasse avait déchargé sur lui une ruée de coups, imité ensuite par la meute de loups hurlante qui s'était acharnée sauvagement sur sa proie avant de disparaître.

Au bout d'une quinzaine de minutes, abasourdi, il s'était relevé et, rassemblant ses forces, s'était traîné vers le magasin en espérant que David ramène sa voiturette après son travail à l'atelier de son père.

Jérémie avait tout raconté, comme il s'en souvenait. Mais il se doutait que son hôte ne se contenterait pas des faits relatés avec franchise. Sansoucy se tourna vers Léandre.

— Toi, mon démon, tu vas lâcher ça tout de suite, la loterie ; ça fait juste nous attirer des troubles.

— Là vous vous mettez un doigt dans l'œil jusqu'au coude, le père, riposta Léandre sur un ton aigre. Je vas continuer aussi longtemps que je voudrai, pis c'est pas vous qui allez me dire quoi faire. Asteure, vous allez m'excuser, tout le monde, faut que j'aille à la taverne.

Il recula vivement sa chaise et quitta le logis. David crut que son beau-frère était allé trop loin, qu'il fallait le dissuader ; il consulta Simone en cherchant un assentiment dans son regard. Elle semblait désapprouver son frère. Il se retira de table et dévala l'escalier.

Léandre avait réalisé que David le poursuivait. Il s'était immobilisé près de son camion, le dos tourné au vent, et s'allumait une Sweet Caporal. Il releva sa tête ébouriffée vers lui.

— Je gage que tu veux me lâcher, toi aussi. Essaye pas de me faire changer d'idée, ça sert à rien, tu perds ton temps.

— Pour une fois, ton père a raison. On va ramasser rien que des problèmes avec ta loterie de malheur. Tant que ça concernait seulement des adultes, j'étais d'accord pour embarquer dans ta combine. Mais quand c'est rendu qu'un jeune se fait voler l'argent des billets puis que ça vire en bagarre, là ça marche plus. Puis compte pas sur Simone non plus, tu devras te trouver quelqu'un d'autre pour ta tenue de livres. De toute façon, il y a personne dans la famille qui est d'accord avec ce que tu fais. Surtout pas ta Paulette : la pauvre fait juste subir tes manigances. Au moins, si c'était légal, ton affaire. T'es même obligé de « graisser la patte » à la police pour qu'elle se taise. T'es ben mieux d'abandonner ton petit commerce pendant qu'il en est encore temps parce que, je te le dis, si ça continue, ça va finir mal…

Léandre aspira une bouffée qu'il exhala dédaigneusement au visage de son beau-frère.

David remonta à l'appartement.

— Puis, il t'a reviré de bord, je suppose ? demanda Simone.

— Il m'a envoyé promener, répondit David. J'ai eu beau essayer de le raisonner, mais il a la tête plus dure que celle d'un Irlandais, badina-t-il.

Assis dans sa berçante, Sansoucy marmonnait des injures. Émilienne était recluse dans ses pensées inexprimées, Irène et Paulette lui tapotaient chacune une main pour la consoler. Alors qu'Alphonsine plaidait en faveur d'une correction des gamins qui avaient assailli leur protégé, Alida, qui avait pris Jérémie en pitié, avait recommandé qu'il s'applique une gaze humide pour désenfler sa figure. Héloïse pestait contre le comportement de Léandre. Selon elle, d'une certaine façon, la loterie illicite de leur neveu était pire que sa débauche à *La Belle au bois dormant* parce qu'elle touchait une frange importante de la population et qu'elle entraînait maintenant des jeunes à se battre. Il fallait sévir contre les Pitre et les Morasse. Ils n'en étaient pas à leurs premières frasques puisqu'elle avait été enfermée par eux dans la glacière du magasin.

Le blessé ôta la compresse de sa paupière irisée.

— Faites pas ça, après ils vont se *revanger* contre moi! rétorqua-t-il.

Marcel, qui avait assisté, impassible, à toute la discussion, avait un argument de plus pour convaincre Amandine des effets indésirables de la vente des billets. Il se rendit à sa chambre.

* * *

Jérémie était seul dans la chambre; Marcel s'était levé avant lui et avait laissé une lumière diffuse filtrer entre les lattes entrouvertes du store vénitien. Un dimanche à paresser à la maison lui avait redonné des forces. Inquiété par son apparence, il se mit la main au visage. La douleur des coups reçus était bien présente. Jérémie se rendit à la commode. Sa figure couverte d'ecchymoses paraissait avoir repris quelque peu son teint naturel: les taches brunes, jaunâtres, noires et bleues s'étaient atténuées, mais il restait des traces de son empoignade avec la bande de *sacripants*. Il eut la tentation de demeurer au logis, la tante Alida prendrait soin de lui, lui dirait de se reposer une journée ou deux de plus. Mais le lundi matin, l'épicier ne tolérerait pas le protégé d'Émilienne à ne rien faire. À l'école, il rencontrerait ses agresseurs. Certains se moqueraient de lui. Qu'à cela ne tienne, il résolut d'affronter le jugement des écoliers.

La cuisine s'était vidée de ses travailleurs. Jérémie déjeuna copieusement. Puis il remercia Héloïse pour son repas et salua Alida. Le sac sur le dos, il allait quitter le logis en disant qu'il ne viendrait pas dîner. Le voyant partir sans un lunch, l'impotente l'interpella et lui demanda d'attendre un instant. Un sourire en coin, elle roula dans son fauteuil jusqu'à sa chambre et en revint avec un billet de banque qu'elle enfonça dans la poche du garçon.

Dans la rue, Jérémie marcha tête baissée, évitant de s'exposer la figure au regard des passants. Sa démarche boitillante lui rappela qu'on l'avait projeté au sol et farouchement criblé de coups de pied jusqu'à être abandonné, seul, meurtri, inanimé.

Il n'était pas pressé. À l'heure qu'il arriverait, la cour de récréation serait déserte. Il essaya d'élaborer une explication à donner à ses frères et aux camarades qui le questionneraient. Jérémie n'avait pas l'habitude des mensonges et ne cherchait pas la discorde. C'était le plus brillant de la famille et celui des enfants Pouliot qui avait le plus d'entregent. Il n'était pas non plus comme ces fils d'ivrognes malmenés au logis et qui se vengeaient sur leurs compagnons.

Le sort le favorisait. Ses frères et ses sœurs ne connaissaient pas le même bonheur d'avoir été recueilli par l'épicière. D'une certaine façon, il estimait qu'ils étaient quand même plus heureux que son ami Guillaume qui, à la mort de sa mère, avait été placé dans un orphelinat avant d'être rescapé par un couple sans enfant. Les Monarque le logeaient dans une chambre mansardée, mal éclairée et pauvrement meublée. Au début, tout semblait bien aller. Les hôtes étaient gentils avec lui et le nourrissaient convenablement. Mais après un certain temps, la dame avait commencé à exiger qu'il effectue des corvées dans la maison et dans le jardin, et à mal le nourrir. On prétendait qu'il mangeait mal, qu'il parlait mal, qu'il était sans manières, qu'il ne savait rien faire d'autre que de s'amuser avec le chien. À table, on lui donnait des restes. De temps à autre, lorsqu'on voulait le récompenser, on lui servait le cou et les ailes du poulet, et quand il ne s'exprimait pas à leur goût, madame Monarque lui lavait la langue avec de la cendre et du savon fort. Et toujours en le menaçant de le retourner à l'institution s'il n'écoutait pas. Mais aujourd'hui, Guillaume ne serait pas là. Avant de disparaître de l'école, il avait confié à son ami Jérémie qu'il s'enfuyait de la maison des Monarque.

À la récréation, deux de ses frères et des camarades se regroupèrent autour de lui.

— T'as rencontré ton homme, coudonc? s'enquit l'un.

— J'ai pris une maudite fouille en bicycle, répondit Jérémie.

Un peu à l'écart, Morasse et Pitre l'observaient, riant de la supposée mésaventure. L'œil vengeur, Jérémie se préparait à leur répliquer qu'il s'était fait voler de l'argent et battre par leur bande.

L'heure du dîner approchait et la faim lui tenaillait le ventre. Il enfonça inutilement la main dans sa poche pour s'assurer qu'il n'avait pas égaré le billet de la tante Alida; de l'argent dont ses agresseurs ne s'empareraient pas, cette fois. Un repas au restaurant apaiserait son appétit. Il se prit à rêver de hamburgers, de frites et de boissons gazeuses. L'*Ontario's Snack-bar* lui conviendrait.

Les tabourets étaient occupés et Jérémie préférait ne pas s'inviter à l'une des places disponibles aux tables. Tous les casse-croûte du coin devaient être aussi achalandés. Une serveuse remarqua le jeune client à la figure tuméfiée qui semblait hésiter. Elle s'en s'approcha.

— Ça sera pas ben long, jeune homme, mentionna Lise.

Mais après plusieurs minutes à garder les yeux rivés sur les dîneurs assis au comptoir, au milieu de la fumée et de la musique du juke-box qui braillait sans interruption ses chansons, il entendit un éclatement de jurons provenant d'un joueur agglutiné à une machine à sous. Il interpella la même serveuse :

— Du *change*, s'il vous plaît, mademoiselle.

— Plutôt que de gaspiller ton argent dans une *slot machine*, tu devrais le garder pour manger, rétorqua-t-elle, en esquissant une moue réprobatrice.

Mais le garçon soutenait un regard pressant. Lise disparut un moment et revint avec la menue monnaie demandée. Jérémie s'installa à l'un des gobe-sous.

Au bout d'une demi-heure de jeu compulsif, il avait dépensé sans succès presque la totalité de son avoir. Le temps s'écoulait. Il en avait oublié la faim. Et l'attrait exercé par l'engin le maintenait dans une soumission aveugle. Il voyait ses chances s'amenuiser. Continuer et risquer le dernier dollar de la tante Alida demeurait la seule décision à prendre.

Le jeune joueur était ruiné. Choqué contre l'appareil et contre lui-même, il abaissa un solide coup de poing qui secoua la machine de ce qu'elle avait avalé. L'air désenchanté, il lui tourna le dos. L'*Ontario's Snack-bar* avait restitué ses clients à la rue. À l'heure qu'il était, la classe était recommencée.

Il amorça un pas vers la porte. Léandre revenait du garage d'Albert Simoneau, l'oncle de Paulette. Il était allé faire poser ses pneus d'hiver et faisait un crochet pour saluer Lise en passant. Il entra.

— Comment, t'es pas à l'école, toi ? s'enquit-il.

— J'ai plus une maudite cenne, répondit-il.

Depuis la récente visite de Léandre au snack-bar, Gédéon Plourde, le patron de l'établissement, avait acquis des machines à sous. Le livreur comprit que le protégé de sa mère avait englouti de l'argent. Lise lança son torchon et s'avança vers son amant.

— Comme ça, tu connais ce garçon-là ? dit-elle.

— Il s'appelle Jérémie, mes parents le gardent pour l'hiver et il travaille à l'épicerie après l'école et le samedi.

Un sourire mièvre plissa les lèvres de Léandre. Il invita le pensionnaire des Sansoucy à s'asseoir pour prendre une bouchée qu'il paierait volontiers.

Après s'être empiffré de deux hamburgers, de patates frites abondamment arrosées de ketchup et d'un Cream Soda, Jérémie accompagna le coursier dans ses livraisons en prenant soin de rester dans l'habitacle du camion devant l'épicerie. Puis, la classe terminée, Léandre alla déposer Jérémie à l'école. Le religieux compréhensif prit le temps de lui fournir quelques explications afin que le blessé puisse terminer ses travaux à domicile. Ensuite, l'élève prit ses effets et s'achemina à l'épicerie.

Isidore et Bertha Pouliot attendaient sur la devanture du magasin. La mère était dans tous ses états. L'aîné avait rapporté que son frère était mal amoché. Elle se précipita vers son fils.

— Il paraît que t'as planté en bicycle. Ça a pas de bon sens de te voir la face de même. Je vas te soigner, tu vas t'en revenir tout de suite à la maison, dit-elle d'une voix chagrinée. Attendez-moi sur le trottoir, je vas le dire à madame Sansoucy.

— Je veux pas m'en retourner avec vous autres, protesta l'enfant. Je suis ben traité ici. J'ai eu juste un petit accident, puis je vas m'en remettre, craignez pas.

Le souvenir de sa tentative de vol à l'épicerie affleura à la conscience d'Isidore Pouliot. Une pensée obsédante roula dans sa tête.

— J'ai une idée! s'exclama-t-il.

Le miséreux exposa son plan. Il consentait à ce que son fils demeure chez l'épicier. Au fond, en logeant chez les Sansoucy, il serait plus à même de soutenir la famille et plus indispensable qu'à demeurer à la maison avec ses frères et ses sœurs.

Chapitre 14

Il l'appelait matante Alida. Elle le considérait comme son neveu. Jérémie n'était pas un garçon comme les autres. Il avait ce petit air fripon qui dénotait un caractère enjoué qui lui plaisait tant. L'impotente continuait de le gratifier de ses deniers durement ramassés sans jamais lui demander comment il dépensait son argent. Elle se souvenait de la famille venue quémander de la nourriture avec l'abbé Dussault, un certain dimanche soir de l'année précédente. Elle l'avait remarqué parmi les autres et l'avait tout de suite préféré à son aîné, un balourd d'une gaieté niaise qui devait passer le plus clair de son temps à gober des mouches à l'école plutôt que de s'instruire.

Chaque jour, elle surveillait les couleurs qui repeignaient en teintes plus douces la figure de Jérémie. Elle le regardait se déplacer, reprendre une démarche plus normale. Dans sa tête et dans son cœur, il avait pris un peu la place de Marcel, devenu plus indépendant depuis qu'il s'était amouraché d'Amandine. Aussi avait-elle ressenti de la pitié pour les autres membres de sa famille et avait-elle entrepris de tricoter des bas de laine pour les chausser : les missions étrangères étaient plus proches qu'elles l'avaient été auparavant.

Le corps du jeune Pouliot prenait du mieux. Par contre, son âme était aux prises avec un sérieux problème de conscience. Quelques jours s'étaient écoulés depuis la visite de ses parents au magasin et il hésitait à passer aux actes. Si la vente de billets de la loterie de Léandre et les machines à sous de l'*Ontario's Snack-bar* lui étaient apparues honnêtes, il se débattait maintenant entre le bien et le mal. La demande de son père lui paraissait foncièrement véreuse et, en même temps, il désirait apporter un peu d'aisance à sa famille. Un jour, l'angoissant dilemme se trancha de lui-même. Les circonstances favorables se présentèrent ; il n'allait pas repousser l'occasion.

Jérémie revenait de l'école, la tête vide de sa journée de classe, pleine de ses tiraillements intérieurs. Il entra au magasin. Le boucher conversait avec des clientes qu'il avait reconduites au comptoir-caisse. L'écolier salua l'épicière et la migraineuse Paulette, et fonça vers l'arrière-boutique pour se délester de son sac. Avant de repartir avec d'autres commandes, Léandre était allé retrouver sa sœur. Une discussion corsée s'était engagée entre eux.

— En tout cas, Simone, si tu refuses de tenir les livres pour la loterie, je vas te dénoncer à David…

À ces mots proférés sur le ton de la menace, Jérémie s'arrêta.

— Je vas lui dire que tu fais de l'œil au nouveau fournisseur de Courchesne Larose, poursuivit Léandre.

— Pas si fort ! tempéra Simone, en élevant la main.

— Le père et la mère sont occupés avec mademoiselle Lamouche et Dora Robidoux, puis Jérémie est pas revenu de l'école…

Le garçon avait cru que Simone était déterminée à ne plus s'impliquer dans la loterie de la taverne ; elle semblait aux prises avec un choix difficile.

— Je vas m'en occuper, moi, clama-t-il, en faisant irruption dans la pièce.

— D'où c'est que tu sors, toi ? demanda Léandre.

— Ben de l'école, c't'affaire !

— Tu ferais ça pour moi, Jérémie ? s'enquit Simone d'une voix touchante.

— J'ai de la facilité à l'école, je suis ben capable d'apprendre ça, répondit Jérémie.

Soudainement adouci par la proposition, Léandre consentit à ce que sa sœur remette les rênes de la gestion au jeune Pouliot en soirée. Jérémie retraversa le magasin pour charger des boîtes dans sa voiturette. Simone se leva et alla au comptoir des viandes. Elle en rapporta un jambon vitement emballé dans du papier ciré.

— Tu donneras ça à ta mère, dit-elle.

— Si monsieur Sansoucy s'aperçoit que…

— Tu diras que c'est moi qui paye! dit-elle, en décochant une œillade au garçon.

La fille du patron avait allégé son fardeau. Il la remercia et alla livrer des commandes qui s'étaient ajoutées pendant l'absence de Marcel.

Le bras tendu devant sa voiturette, comme s'il voulait libérer sa conscience, il s'engagea sur le trottoir en direction du domicile de ses parents avec l'intention de se départir au plus vite d'un paquet volé. Dans le faubourg, à cette heure, la faim creusait les estomacs et portait à toutes les escroqueries. Néanmoins, quelques vagues fumets de bouillon filtraient par la fenêtre des cuisines. Il stationna son petit véhicule dans la ruelle, derrière l'immeuble où habitaient les siens. Et, mettant ses mains en cornet autour de sa bouche, il héla dans l'air quelqu'un de sa famille qui pourrait l'entendre. Isidore Pouliot déposa son journal et parut sur la galerie.

— Débarque-le, ton stock, tu vois pas que je suis en camisole! s'écria-t-il.

— Envoyez quelqu'un si vous pouvez pas sortir, rétorqua le fils.

La mine revêche, Pouliot rentra. Il ressortit et, les pans de son coupe-vent flottant sur ses culottes bouffantes, s'élança dans l'escalier. À la vue de toutes les denrées de la voiturette, ses yeux s'écarquillèrent d'appétit, sa bouche montra ses dents affamées.

— Aide-moi donc, on va faire juste un voyage, ricana-t-il, en s'emparant d'une boîte.

— Remettez ça là, p'pa, pour vous c'est juste le jambon emballé dans du papier ciré.

L'air interloqué, Pouliot reluquait les denrées entassées entre ses mains.

— Si tu penses que je vas me contenter d'une fesse de cochon, t'as ben menti, Jérémie ! Tu connais pas ton père, ti-gars, envoye…

— Comment je vas faire, asteure ?

— Envoye, que je te dis ! insista le père.

Pouliot saisit le morceau de viande et le jeta dans une des deux commandes. Le regard effaré, Jérémie prit la seconde boîte et alla gravir les marches qui menaient au logis de sa famille.

— Là tu jases, mon garçon ! dit la mère.

La ménagère se mit à farfouiller dans les boîtes et à les vider de leur contenu sur son comptoir en énumérant à voix haute les produits :

— Deux sacs de farine, deux pains, deux cartons de Seven-Up, des biscuits soda, du savon à laver le linge… Ça va faire pour cette fois-ci, conclut-elle, avec un certain ravissement.

— Il commence à faire noir, faut que je m'en retourne, asteure, dit Jérémie.

Le garçon embrassa sa mère, sourit à ses petites sœurs accourues dans la cuisine, avant de prendre congé et de regagner le magasin.

L'épicière était au téléphone quand s'agita mollement la clochette.

— Grouillez pas, madame Sabourin, le petit Pouliot arrive justement, dit-elle.

Émilienne appuya l'appareil sur sa poitrine. Elle considéra la physionomie navrée du livreur.

— Coudonc, que c'est que t'as fait avec tes commandes? Madame Sabourin trouve que ça prend pas mal de temps; madame Racicot va ben appeler, elle aussi, d'une minute à l'autre…

— J'avais laissé ma voiture dans la ruelle puis j'étais monté chez mes parents pour les saluer en passant. Le temps de le dire, tout était disparu, madame Sansoucy.

À voir le visage troublé de sa femme, le boucher s'écria :

— Que c'est qu'il y a, Mili?

— Rien de grave, Théo, juste un petit mélange, répondit-elle, laconique.

L'épicière demanda à sa belle-fille de trouver les copies des factures sur la pique de fer. Pendant que Paulette s'employait à remplir à nouveau les commandes des dames Racicot et Sabourin, Jérémie se répandait en excuses avec la promesse de redoubler de vigilance et de rembourser de sa poche les montants engagés. Ce que son hôtesse refusa, alléguant qu'elle pouvait puiser dans ses économies personnelles. Et avec le consentement de la migraineuse, elles n'ébruiteraient pas l'incident afin d'éviter que son mari prenne son protégé en grippe.

Les livraisons furent effectuées avec diligence et les clientes, contentées. Madame Racicot n'avait pas à redire à la qualité du service, et madame Sabourin vantait le travail risqué de livreur surtout à l'approche des fêtes. Le souper terminé, Jérémie laissa le temps à Simone de coucher Stanislas avant de la retrouver à son logis. David était à une soirée de lutte, Léandre, à la taverne Archambault, et Paulette apaisait sa fringale en feuilletant *La Presse* illustrée du samedi au salon. Simone était donc seule dans la cuisine avec son élève pour lui déverser son savoir et transmettre ses informations.

Le dernier tirage avait eu lieu. La responsable avait négligé de faire sa compilation, et une multitude de bouts de papier étaient étalés sur la table. Le grand registre de la loterie était ouvert devant Jérémie. Au fur et à mesure qu'elle expliquait les différents titres de colonnes, le nombre de billets vendus, l'argent ramassé, le montant remis en prix, les parts qui revenaient au tavernier, à Léandre et à David, Simone dépouillait ses données et tâchait de fournir les chiffres recueillis que le jeune consignait avec application. Puis, après une heure d'un travail laborieux, elle fut envahie par un doute.

— Je vas aller voir si Stanislas dort comme il faut, dit-elle.

Une anomalie parut à Jérémie. Simone revint à la table, encore hésitante à transmettre l'information.

— Ça marche pas, ton affaire, déclara le comptable en herbe. Ou ben les chiffres sont pas bons, ou ben il manque une colonne quelque part.

Simone avait espéré ne pas tout dévoiler de la comptabilité douteuse de l'entreprise. Mais l'enfant perspicace avait relevé la bizarrerie administrative.

— Ben ça, Jérémie, tu le comprendras quand tu seras plus grand…

— Ben si je suis assez vieux pour tenir le cahier de la loterie, je suis plus d'âge à jouer à la cachette…

Simone réalisa qu'elle se devait d'initier son successeur au secret des dieux si elle désirait se débarrasser de l'administration qui lui répugnait : la somme manquante était destinée aux deux policiers qui gardaient le silence sur l'activité illégale de la taverne Archambault.

Le monde des adultes était-il à ce point truffé de mensonges ? Les finauderies de Léandre, la piraterie de son père, la connivence de la police et, pour finir, les cachotteries de Simone, tout cela lui soulevait le cœur d'indignation. À partir de maintenant, il ne dépenserait pas un sou dans les *slot machines*, il ne vendrait plus de billets, il refuserait de s'arrêter chez ses parents avec de la nourriture dans sa voiturette, et sa participation à l'entreprise se résumerait à tenir le registre de la loterie.

L'épicier venait de raccrocher le téléphone. Alida tricotait pour la famille du pensionnaire alors que les autres femmes de la maison disputaient une partie de cartes. Jérémie redescendit avec son cahier et allait se retirer dans sa chambre quand il fut interpellé par le marchand :

— Asteure, va étudier, mon garçon. C'est comme ça que tu vas te sortir de la misère que tes parents connaissent.

— Je veux ben, monsieur Sansoucy, mais quand on est pauvre, on peut pas fréquenter l'école comme on voudrait ; je vas y aller tant que ce sera possible.

Le maître du logis resplendissait de joie. Il avait reçu un appel de son fils Placide qui l'avait informé de ses excellents résultats scolaires. Le journaliste l'avait aussi enjoint de lire son plus récent article rédigé à la suite d'une entrevue avec le saint homme de l'Oratoire avant que celui-ci parte en vacances. En effet, à quatre-vingt-onze ans, le frère André, qui recevait une centaine de personnes par jour, s'accordait un mois de repos. Il s'était d'abord rendu chez des amis dans la région d'Ottawa et, à l'heure qu'il était, il avait dû traverser la frontière canado-américaine.

— Je vas te récompenser si tu réussis bien, dit l'impotente.

Jérémie sourit et disparut dans sa chambre.

Le téléphone résonna. Sansoucy décrocha et, après un bref moment, se tourna vers les femmes.

— C'est Elzéar, dit-il, avant de reprendre l'écoute.

Le voisin du campagnard organisait «un tir à la dinde». Les récoltes terminées et les champs labourés, les cultivateurs se distrayaient de la grisaille d'automne en exerçant leur habileté de tireurs. Et, cette année, Descôteaux invitait le neveu d'Elzéar Grandbois à participer à l'événement. Sansoucy convint d'en parler à Léandre et raccrocha.

— On prend pas des fusils juste pour s'amuser, c'est dangereux, puis je voudrais pas qu'il lui arrive quelque chose, exprima Émilienne. Je me rappelle ben trop que mononcle Eugène est mort d'un accident de chasse.

— C'est une partie de plaisir, Mili, il y a même des femmes qui tirent à la carabine. En tout cas, je vais lui transmettre l'invitation, il décidera, répondit l'épicier.

Le dimanche venu, plutôt que de s'ennuyer à mort à regarder s'écouler à la fenêtre le temps moche qui sévissait dans la métropole, les colocataires du troisième s'acheminèrent à Ange-Gardien, chez le voisin d'Elzéar et Florida Grandbois. Léandre avait besoin de s'évader de la ville, de se défouler. Ce serait peut-être l'occasion de revoir l'appétissante Azurine, la fille de Descôteaux. Paulette avait eu un drôle de pressentiment; elle avait manifesté son désir de s'écraser toute la journée, mais Simone l'avait persuadée de profiter du voyage à la campagne pour relâcher l'horrible étreinte de ses lancinants serrements de tête.

Le Fargo roula jusque dans la cour où une vingtaine d'automobiles et de voitures à cheval étaient garées. À quelques centaines de pieds, au moins une trentaine de personnes s'étaient agglutinées près d'un enclos de fortune où se tenait Descôteaux. Autour d'une flaque où s'épivardaient des moineaux, une dinde glougloutait, des oies cacardaient, des canards nasillaient et des poulets picoraient. Léandre et David s'approchèrent du groupe. Impressionnées par tous ces gens armés, Simone et Paulette hésitèrent à descendre, mais décidèrent néanmoins de les rejoindre.

— Bonjour le monde de la grande ville ! dit le fermier. Si vous voulez participer, c'est vingt-cinq cents par coup. Vous voyez la cible là-bas ? Le premier tour, c'est pour les débutants, et le meilleur coup gagne une belle oie grasse.

— Avez-vous des armes disponibles, monsieur Descôteaux ? demanda Léandre.

— Je peux prêter ma .22, proposa l'oncle Elzéar, il y a assez de monde aujourd'hui pour le concours, je pense que je ferais mieux de donner un coup de main à mon voisin. Simone, tu pourrais t'essayer à tirer.

— J'ai jamais tenu un fusil de ma sainte vie, répondit-elle, mais je vas tenter ma chance !

La petite société se déporta à l'emplacement désigné par le propriétaire. Les participants alignés déboursèrent le montant exigé. Par souci de montrer que les hommes pouvaient faire mieux ou par pure galanterie, on laissa les femmes se placer au début de la file.

Sous les éclats de rire, les premiers coups furent tirés dans le vide. Puis ce fut au tour de Simone ; Elzéar s'approcha de sa nièce.

— Je vas t'aider à t'épauler, dit-il.

Mais Simone parut agacée par l'initiative de son oncle. Elle se souvenait des regards de convoitise d'une incroyable effronterie qu'il avait braqués sur elle au moment où elle prenait son bain, lors de son séjour obligé à la campagne.

— Je vas m'arranger toute seule, décida-t-elle, en le repoussant.

Le projectile partit et rata complètement l'objectif.

Paulette, qui s'était rangée derrière sa belle-sœur, sortit du rang et alla la retrouver.

— J'ai pas le goût de faire rire de moi, Simone, exprima-t-elle.

— Vous pouvez aller dans la maison, ricana le fermier. Ma femme va vous servir un petit quelque chose.

Les deux parentes se détachèrent de la compagnie et se rendirent à l'humble masure, une antique maison basse cachée sous les arbres. Simone appréhendait de revoir sa tante Florida, qui devait être à l'intérieur pendant que son mari assistait Descôteaux au concours. Quant à Paulette, elle avait consenti à suivre sa belle-sœur, mais elle redoutait la présence de la fille de l'organisateur. Elle se remémora sa nuit chez les Grandbois, l'attente insupportable qui l'avait précédée, alors que Léandre et Azurine étaient allés soigner les poules.

— C'est pas ben chaud dehors, venez vous réchauffer, dit aimablement l'hôtesse, avec des sifflements dans la voix.

La fermière entraîna les citadines à sa table où était assise la tante Florida. Près de l'âtre, l'air effaré, une grosse fille d'allure rustique berçait lentement un bébé blotti contre elle. Paulette n'osa fixer la niaise ; elle observa les poutres noircies du plafond et le plancher de pin noueux, puis posa son regard sur le poupon emmailloté que la costaude aux nattes brunes semblait allaiter de son sein. Elle s'imagina être la mère du nourrisson qu'on lui avait volé et se prit à le désirer ardemment.

Au milieu des tirs de carabine, madame Descôteaux parlait de l'événement qui avait attiré un nombre record de participants. Elle se leva, alla à son comptoir, puis revint avec du thé et des biscuits. Elle aborda ensuite un tout autre sujet :

— Il y a des filles de la ville qui viennent accoucher dans nos paroisses, puis des garçons qui engrossent celles de la campagne et qui disparaissent ensuite, débita-t-elle, avant de cracher dans un mouchoir.

— J'en connais, du monde de même, affirma méchamment Florida.

Toute tendue dans une émotion bouleversante, Paulette n'avait pas détaché son attention de l'enfant ; elle éleva les yeux vers la jeune habitante.

— C'est le fils de Léandre, déclara tout bonnement Azurine.

Une honte et un déshonneur immérités changèrent la physionomie de Paulette. Puis, reprenant contenance, son visage s'illumina d'un sourire, comme dans un moment de grâce espéré depuis longtemps. Elle quitta sa chaise et se rendit à la cheminée.

— Si tu le veux, il est à toi, dit Azurine, en lui tendant son bébé.

Les paupières de Paulette se gonflèrent de larmes. Elle ouvrit ses bras potelés et pressa le rejeton sur sa poitrine.

— T'es certaine que je peux le garder ? demanda-t-elle.

— C'est ce qu'il y a de mieux à faire, répondit l'asthmatique, la gorge enrouée.

— Madame Descôteaux en a déjà plein les bras avec Azurine, commenta la tante Florida. Amène-le donc avec toi…

Paulette était dans un état de ravissement inexprimable. Peu lui importait si l'enfant était d'une autre. Elle se souvenait de s'être fait charcuter par un charlatan pour expulser de son corps un être indésiré. Depuis ce temps, elle était restée dolente, traînant le boulet de douloureux souvenirs, et des regrets étaient venus appesantir son quotidien. La vie la comblait maintenant de ses douceurs maternelles. Elle n'envierait plus Simone. Elle avait son enfant bien à elle, qu'elle entourerait d'amour.

Le tout-petit n'avait pas été baptisé. Azurine avait refusé de lui donner un nom. Comme si l'enfant de son sein ne lui avait jamais appartenu, ne lui appartiendrait jamais. Pendant sa grossesse, elle avait vécu des mois de réclusion sur la ferme paternelle. De toute façon, elle avait l'habitude de paraître peu au village. Sur le perron de l'église, on s'informait rarement de la nigaude aux yeux pervenche, et personne, pas même le curé, ne se préoccupait de sauver son âme. La gourde ne distinguait pas toujours le bien du mal. Elle ne devait pas connaître le péché de la chair, le désir qui terrasse et fait languir les corps enfiévrés. Elle était trop bête pour cela, Azurine Descôteaux.

Les carabines s'étaient tues. Les dernières voitures quittaient la cour dans le meuglement de vaches qui montait de l'étable. Léandre et David s'acheminèrent vers la maison en marchant derrière le fermier et l'oncle Elzéar qui devisaient ensemble.

— T'as pas assez d'une dinde ! railla David. D'après ce que tu m'as dit, la fille de Descôteaux est pas ben fine…

— Ce genre de dinde-là m'intéresse plus pantoute…

Madame Descôteaux et Florida achevaient de ranger dans une minuscule valise les langes et les quelques pièces de vêtements du poupon. Assise dans la berçante, Paulette couvait l'enfant de son regard émerveillé. À la fenêtre, Azurine mâchouillait inconsciemment une de ses nattes et semblait étrangère à ce qui se déroulait. Descôteaux tira des chaises en invitant les hommes à s'asseoir.

— Je vas rester debout, remercia Léandre.

L'air hébété, il promenait ses yeux interrogateurs de la berçante à la fenêtre. Azurine n'avait pas bronché. Paulette releva lentement la tête vers son mari.

— Il est à nous maintenant, annonça-t-elle, fièrement.

Un silence éloquent envahit la maison. Azurine se tourna vers Léandre.

— Tu peux le prendre, il est à toi, dit-elle.

La mère avait prononcé ces mots avec un profond détachement, comme si elle avait voulu se débarrasser d'un objet encombrant. Léandre était consterné. Son bref séjour à la campagne et ses ébats dans le poulailler avec la fille du fermier avaient donc porté à conséquence. Du coup, il eut le sentiment d'être écrasé par les pensées moralisatrices, les reproches mérités, les commentaires muets exprimés par le foudroiement des yeux. On s'était donc concertés pour l'inviter à la campagne et lui attribuer la faute. Au concours du tir à la dinde, il avait fait mouche plusieurs fois, mais il en repartirait avec une dinde, une oie, six canards, quatre poulets… et un nourrisson.

— T'as pas le choix, mon neveu ; faut payer pour ses erreurs, dit Florida d'un ton sermonneur.

— Vous êtes toujours aussi détestable, matante Florida, le défendit Simone. Vous avez aucune pitié pour Léandre et pour moi. On est pas supposés souhaiter du malheur à son prochain, mais…

Paulette se leva doucement de la berçante avec l'enfant.

— Avant de réveiller le petit, on est aussi ben de s'en aller, souhaita-t-elle.

Léandre devança ses passagers. D'un pas résolu, il marcha vers son camion. Dans la boîte de son Fargo, les volailles prisonnières s'ébattaient dans un criaillement épouvantable. C'était l'heure de partir. Le père de famille ne pouvait se permettre de relâcher son travail à la taverne Archambault…

* * *

Tout le long du voyage, les femmes avaient discuté du nom que porterait le rejeton, des soins à lui prodiguer, du linge venant de Stanislas que Simone avait conservé. L'enfant s'appellerait Charlemagne, en l'honneur du grand-père Landreville. Elles auraient tout le bonheur de les voir grandir ensemble, de les voir s'amuser, comme de vrais cousins vivant dans la même maison, comme deux frères de sang que rien ni personne ne pourrait séparer. «Je vas te donner des conseils!» avait dit Simone. Paulette était resplendissante dans son nouveau rôle de mère. Sa migraine était disparue, comme par enchantement. Bien comme jamais, elle se sentait revivre.

Le camion de livraison s'engagea dans la ruelle et se gara en arrière du magasin. Sitôt le pied au sol, Simone et Paulette, portant le nourrisson, gravirent les marches de l'escalier et entrèrent au logis de l'épicier. Léandre et David descendirent du véhicule et ouvrirent précautionneusement une des portes arrière. Le plancher couvert de plumes était blanchi de fientes. Dans le cahotement de la route, l'oie grasse, trois canards et deux poulets s'étaient assommés sur les côtés de la boîte.

— Taboire! s'exclama Léandre, j'ai pas fini de nettoyer.

— Il y en a quelques-uns sur le *cant*, mais ça fera ça de moins à *knockouter*. Puis ça sent pas très bon là-dedans, un vrai poulailler, commenta l'Irlandais.

— Eille, le beau-frère, reviens pas sur le poulailler! Tu trouves pas que je paye assez cher pour une gaffe? Je vas être obligé de faire vivre ma femme puis mon enfant, asteure. Bon, assez placoté de même! On va *dumper* les oiseaux dans la cour du bonhomme, puis il s'arrangera avec ça.

Des têtes de locataires sortirent aux portes entrouvertes. Des curieux se pressèrent aux rambardes. David avait agrippé les poulets morts par les pattes et poussé le portillon. Léandre venait avec l'oie grasse. Sur ces entrefaites, Sansoucy parut sur la galerie, l'air effaré.

— Remettez-moi ça au plus sacrant dans le camion, puis allez me *dumper* ça ailleurs ! ragea-t-il.

— Je regrette, le père, où c'est que vous voulez que je les mette ? On est toujours ben pas pour les sacrer aux vidanges. Puis tenez-vous ben, il y en a d'autres dans la boîte du camion.

— Vous allez pas garder ça dans votre cour, monsieur Sansoucy ? s'écria Germaine Gladu.

— Vous, madame Gladu, vous avez juste à rentrer chez vous, à fermer votre porte, vos châssis, puis oubliez surtout pas de vous fermer la trappe !

Les hommes lancèrent les carcasses le long de la palissade et achevèrent de débarquer les volailles. L'épicier descendit en trombe avec Marcel et Jérémie.

— Léandre puis David, montez-moi les oiseaux morts dans la cuisine, les femmes vont les plumer, ordonna-t-il. Marcel puis le petit Pouliot, allez nettoyer le camion. Dépêchez-vous avant qu'on alerte tout le quartier…

On exécuta les commandements du boucher qui alla quérir de l'eau et de quoi nourrir les survivantes.

Les femmes du logement étaient en pâmoison devant Charlemagne et lui trouvaient des ressemblances avec Stanislas, accroché à Simone. Cependant, les traits du visage d'Héloïse s'étaient soudainement durcis à la vue du petit étranger. L'enfant vers qui tous les bras se tendaient était bel et bien le fils de son neveu, mais un autre scandale s'abattait sur la maison.

Les deux beaux-frères tenant les volailles assommées par les pattes firent irruption dans la cuisine.

— Un beau chantier pour vous, mesdames ! déclara Léandre, en laissant choir les carcasses sur la table.

Paulette et Simone s'étonnèrent. La tête d'Émilienne roula, inconsciente, sur le bébé. Irène s'empara du poupon qui glissait des bras de sa mère. Les vieilles filles Grandbois demeurèrent figées dans un état d'ahurissement indescriptible. Héloïse émergea de son coma et tourna les yeux vers son perroquet.

— Va-tu falloir les empailler, eux autres aussi? demanda-t-elle avec émotion.

— Ben non, matante, rétorqua Simone. Ça m'a tout l'air que celles-là ont pas supporté le voyage. Comme elles sont mortes, vous avez juste à les plumer, puis à les vider. Ensuite, on les mettra dans la glacière au magasin.

— Bon, si ça vous fait rien, dit fièrement Paulette, Simone puis moi, on va monter avec nos petits.

Chacune avec sa progéniture, les deux jeunes femmes entraînèrent leur mari au troisième. Alphonsine fouilla dans les journaux périmés qu'elle déplia sur la moitié de la table. Irène tapotait le bras de sa mère depuis son évanouissement.

— Ouan, exprima-t-elle, je crois ben qu'on va laisser faire la pratique de nos chants de Noël puis qu'on va commencer tout de suite l'ouvrage: c'est mieux que moman ait pas trop connaissance de ce qui se passe dans sa cuisine…

Les portes arrière du camion étaient restées ouvertes pour aérer l'intérieur de la boîte. Marcel et Jérémie entrèrent à l'épicerie se munir d'un balai et d'un contenant d'eau de Javel, et entreprirent le nettoyage. Puis ils bricolèrent un poulailler de fortune pour abriter les rescapés en enlevant quelques planches au bas du hangar.

Au logement des colocataires, Charlemagne pleurait. Paulette était reprise par ses migraines. À la demande de son beau-frère parti à la taverne, David était allé dans le hangar pour récupérer les débris du berceau provenant du presbytère de l'église

Saint-Léon où Simone avait accouché. Le fabricant de cercueils s'affairait maintenant à réparer le petit lit jeté en bas du troisième étage par Paulette.

— Achèves-tu? demanda Simone. Si tu peux finir de le rafistoler au plus vite, ce moïse-là, Paulette va pouvoir coucher Charlemagne. Je suis tannée de l'entendre crier.

— T'as oublié Stanislas quand il braillait à pleins poumons, fit remarquer David. Je suis pas un connaisseur, mais pour moi cet enfant-là est habitué de téter après sa mère, puis il veut rien savoir de la bouteille avec du lait de vache.

Simone retourna auprès de Paulette qui avait déposé son bébé sur le canapé et le regardait d'un air désespéré, les mains sur les oreilles.

— Faudrait pas réveiller Stanislas, je vas le prendre, articula-t-elle.

Simone agrippa le biberon et s'installa dans un fauteuil avec le nourrisson. Après vingt minutes d'une exaspération croissante, elle se leva subitement. Charlemagne poussa un rot très sonore.

— Ah! Il avait un gros rapport, commenta-t-elle. Tu vas voir, on va le réchapper.

Simone continua de le faire boire à petites doses, en intercalant des pauses, afin de permettre au bébé d'expulser les gaz de son estomac.

Charlemagne s'était assoupi dans son moïse. Les maux de tête de Paulette s'étant peu à peu évanouis, elle était allée au deuxième téléphoner chez ses parents pour les inviter à souper, et elle jonglait maintenant à la manière de leur annoncer la naissance de Charlemagne. Léandre entra à l'appartement.

— Devine quoi, Paulette? dit-il.

— Chut! réagit-elle, les deux petits dorment. Simone puis moi, on a eu assez de misère avec ton enfant.

— Comment ça, mon enfant? C'est à toi aussi, ce bébé-là, t'as dit que tu le voulais comme si c'était ton propre fils. T'es pas pour le renier, asteure…

Elle baissa les paupières. Il embrassa sa femme sur le front et enchaîna:

— Hubert veut que moi puis David, on aille au Salon de l'automobile.

— Qui c'est qui va prendre soin de Charlemagne? Tu iras une autre année, ça va revenir, cette exposition-là. Moi aussi j'ai une *job*, puis il faut que je m'occupe de lui puis du logement le soir quand t'es parti à la taverne.

— J'achève de travailler pour Archambault. Quand j'aurai fini de payer pour *La Belle au bois dormant*, je vas arrêter, promis. Envoye, on peut voir des chars de 1937 seulement du 21 au 28 novembre dans l'édifice Sun Life.

— En tout cas, pas demain, concéda-t-elle, parce que j'ai invité mes parents dans la soirée, puis ça serait la moindre des choses que tu sois là.

Au lendemain de l'odyssée des colocataires à Ange-Gardien, plusieurs clientes régulières surgirent à l'épicerie. On jabotait dans le faubourg. « La Paulette est débarquée du *truck* avec un bâtard dans les bras. » Au nom de la salubrité, elles refusaient que le boucher leur *refile* les volailles que certaines voisines bien informées avaient vues atterrir derrière le magasin. « Vous allez pas nous bourrer comme des dindes! » avaient déclaré plusieurs d'entre elles. « Dans le voisinage, on a déjà supporté un coq, c'est assez! Et si votre mari rêve d'une basse-cour, vous devriez penser à déménager à la campagne! » avaient recommandé les plus intransigeantes à l'épicière. Mais, embarrassé par toutes ces paroles lapidaires, Sansoucy avait fait appel à la tolérance, à un accommodement qu'il souhaitait voir durer jusqu'aux fêtes. D'ailleurs, il avait résolu d'abattre sa grosse dinde pour Noël plutôt que de l'engraisser jusqu'au jour de l'An.

Monsieur et madame Landreville étaient au rendez-vous. Après des mois de silence de part et d'autre, ils s'étaient empressés de se rendre chez leur fille. Avec l'expérience éprouvante de la veille, Paulette avait craint de se retrouver seule avec un nourrisson toute la journée au logis ; elle avait décidé de poursuivre son travail au commerce. Les tantes Héloïse et Alida s'étaient donc vu confier la responsabilité d'élever le second marmot. Héloïse avait accepté avec une réticence non dissimulée. Après tout, elle s'était fait la main avec le premier ; elle ne voyait pas pourquoi elle ne réussirait pas avec le cousin de l'autre.

Léandre avait accueilli ses beaux-parents au salon. Afin d'éviter les méandres des conversations interminables, Paulette avait décidé que la franchise était la meilleure arme pour se défendre. Car elle appréhendait une réaction négative de ses parents. Alors que David amusait Stanislas avec des blocs de couleur, Paulette surgit de sa chambre avec Charlemagne dans les bras.

Les Landreville se cambrèrent sur le fauteuil. Leur visage portait les marques d'un grand effarement.

— Tu gardes un enfant, asteure ? s'étonna la dame, sur un ton empreint d'inquiétude.

— Pour ne rien vous cacher, Charlemagne est le fils de Léandre et d'une habitante d'Ange-Gardien, une voisine de son oncle Elzéar chez qui on est allés l'hiver dernier. Vous devinez ce que je veux dire…

Léandre prit cette attitude fautive des gens qui reconnaissent leurs erreurs. Il opina ostensiblement de la tête. Paulette poursuivit :

— Azurine est trop jeune pour s'occuper d'un nourrisson et ses parents étaient d'accord pour qu'elle nous le donne en adoption.

— C'est un enfant illégitime ! observa Conrad Landreville.

— Et comment peux-tu accepter le bébé d'une autre ? se désespéra sa femme. Moi à ta place…

Dévastés, les Landreville se lancèrent dans toutes sortes de remarques aussi déplaisantes et cinglantes les unes que les autres. Ils n'entrevoyaient que les foudres de l'Église et les commérages qui circuleraient dans la famille et le quartier. Aux yeux du monde, leur fille ne pouvait pas invoquer que sa grossesse avait été dissimulée sous ses épaisseurs de graisse. Après la honte et le déshonneur qu'elle leur avait fait subir dans sa vie de concubine avant son mariage, elle leur assénait un second coup magistral. Léandre les écoutait avec un certain détachement, comme si la naissance de Charlemagne était une fatalité de la vie, comme si le ciel avait permis ce qui arrivait dans un couple pour compenser l'infertilité de la femme.

— On a essayé ben des fois, soutint Léandre, la lèvre tordue, c'est pas nous autres qui décident, c'est le bon Dieu. Vous devriez être contents d'avoir un petit-fils…

La plaidoirie de son gendre n'avait pas dissipé son malheur. Gilberte Landreville ouvrit sa bourse, en tira un mouchoir qui épongea ses yeux éplorés. Son mari jeta un regard furtif sur Charlemagne. L'air bouleversé, il se leva, prit le bras de sa femme pour l'aider à se relever.

— En tout cas, si tu ne retournes pas cet enfant-là d'où il vient, on ne remettra plus jamais les pieds ici dedans, exprima-t-il. C'est donc pas ce qu'on souhaitait pour notre fille, termina-t-il, avant d'entraîner son épouse vers le seuil du logement.

Chapitre 15

Le vieux Fargo cahotait sur le pavé du centre-ville à la recherche d'un stationnement. Après une période infructueuse, le camion de livraison se gara à une dizaine de minutes de marche de l'édifice Sun Life. Chaque année, le Salon de l'automobile attirait des milliers de visiteurs. On pouvait même acheter sur place. Le samedi précédent, il avait été inauguré par le lieutenant-gouverneur Patenaude, alors entouré de personnalités du monde économique et social et de l'industrie de l'automobile. Même en ce mardi de semaine, on se bousculait aux portes. Hubert précéda ses compagnons. À l'emploi de la Sun Life, l'agent d'assurances était en quelque sorte un peu dans ses quartiers.

— C'est moi qui paye, dit-il.

— D'abord, je vas choisir la Packard Super 8 à trois mille trois cent cinquante piasses, badina Léandre.

— Il y a aussi des Ford, des Pontiac, des Dodge, des Studebaker, ça va te coûter moins cher, lança David.

Surprenant déboursa le un dollar cinquante requis à l'entrée et alla s'immobiliser devant une voiture rutilante. Elle était comme le bijou enchâssé dans un écrin de satin et de soie.

— On dirait qu'ils l'ont placée dans un cercueil, commenta David. Moi qui voulais me changer les idées de mon travail, je me suis trompé royalement, ajouta l'artisan.

Les trois compères déambulèrent entre les voitures admirées par des essaims de curieux. On se pâmait devant les belles carrosseries, les calandres chromées des radiateurs et des pare-chocs, les phares ouvrés. Les uns vantaient les freins hydrauliques dociles, les intérieurs au cachet irrésistible, tandis que les autres, plus près de leurs sous, s'informaient de la consommation d'essence et des modes de paiement. Puis Léandre, David et Hubert se déportèrent sur les étages de l'imposant immeuble où rivalisaient la puissance des moteurs, la grâce des lignes et l'ingéniosité des constructeurs.

Léandre s'avançait vers un coupé de Pontiac quand il fut interpellé par une voix qu'il connaissait :

— Tiens, le frérot qui est venu magasiner un char ! persifla l'homme.

— Si c'est pas Édouard, rétorqua Léandre, en se retournant.

Édouard était vêtu d'une élégante tenue de soirée. Au bras de son mari, Colombine arborait un sourire condescendant. Elle était habillée d'une somptueuse robe vieux rose et portait une étole de vison.

— C'est comme rien, tu ne dois pas avoir les moyens de te procurer celle-là, lança-t-elle, en pointant l'automobile de sa main gantée.

— Bien oui, ne prends pas cet air de vierge offensée, Léandre, le nargua Édouard. Avec tes problèmes financiers puis ton petit salaire de livreur, tu es mieux d'aller chercher une *minoune* dans une cour de garage, lança le notaire. Nous autres, ce n'est pas la même chose, Colombine vient d'acheter une Packard Douze, une vraie limousine.

— Il va vous manquer juste le chauffeur à casquette, se moqua David.

— Je l'ai déjà, affirma la fille du notaire Crochetière, en pointant son mari du menton.

Puis elle entraîna Édouard en direction de l'ascenseur.

Insulté, Léandre amorça le pas vers le bureau réservé à l'espace de la compagnie General Motors. Hubert posa la main sur l'épaule de son ami.

— Fais pas ça, dit l'agent d'assurances, faut d'abord que tu finisses de rembourser ta dette de *La Belle au bois dormant*.

L'engouement pour la loterie ne s'était pas démenti. Léandre misait sur son revenu d'appoint qui s'ajoutait à son gagne-pain quotidien, au salaire de Paulette et à l'argent qu'il rapportait de la taverne Archambault. Il n'avait pas les moyens de se payer une Packard à cinq mille piastres comme sa belle-sœur, mais il n'entendait pas qu'on se moque de lui impunément.

Léandre déposa Hubert et rentra au logis avec David. Les femmes étaient couchées, les enfants semblaient dormir. Il se rendit à sa chambre. Paulette se retourna sur son flanc.

— Je m'endormais pas, dit-elle, je suis toujours un peu inquiète quand t'es pas revenu.

— J'ai fait une petite dépense, ma Paulette.

Elle se redressa en rejetant brusquement les couvertures.

— T'as pas acheté un char, toujours ? Ça serait ben le restant…

— Une petite Pontiac, pas ben chère, un coupé 37 tout neuf, Paulette. Imagine…

— Ben où c'est que t'avais la tête, donc ? réagit-elle d'une voix étouffée pour ne pas réveiller Charlemagne. David puis ton *chum* Surprenant auraient pu te conseiller, non ?

— Ils ont rien à voir là-dedans, eux autres. J'ai décidé qu'on avait assez d'argent pour se payer ça. Tu devrais être contente, Paulette, on va pouvoir se promener en famille avec notre char neuf, pas avec un vieux *truck* qui a fait la guerre de 14.

D'un pas feutré, Paulette alla refermer la porte de la chambre et elle continua à opposer des arguments. Son mal de tête l'avait reprise, elle se tenait la figure à deux mains en se demandant ce qu'ils deviendraient. Elle se recoucha, éperdue à l'idée qu'ils couraient vers un abîme financier.

Quelques jours plus tard, c'était soir de tirage, et l'heureux propriétaire prenait possession de sa voiture et se rendait à la taverne. Surprenant sortit dans la rue avec des buveurs pour admirer le véhicule neuf. Sur ces entrefaites, les constables Lefebvre et Poisson arrivèrent pour réclamer leur dû. Contrairement à l'habitude, ils avaient cet air malicieux et taquin qu'on ne leur connaissait pas.

— On commence à croire que c'est mauditement payant, la loterie, affirma Lefebvre. As-tu remporté le *jackpot*, coudonc, Léandre Sansoucy?

— Ôte ton char de là sinon je vas te donner une contravention, ricana le constable Poisson.

Léandre accusa les blagues sans réagir. Il tira son porte-monnaie de sa poche et remit les billets promis aux représentants de l'ordre pour acheter leur silence. Après, il alla garer sa Pontiac derrière le débit de boissons. Puis il rejoignit Surprenant, salua son patron et noua son tablier de serveur derrière le comptoir.

Vint l'heure du tirage hebdomadaire. Sur la scène, Léandre et Hubert réclamaient l'attention des clients afin de procéder à la pige. Une somme importante était en jeu; on avait vendu un nombre record de billets. La part des organisateurs était donc plus substantielle que jamais. Léandre s'apprêtait à faire tourner le boulier quand des policiers firent irruption dans la taverne.

— Restez où vous êtes! tonna le lieutenant Whitty.

Pas moins d'une dizaine d'agents de la paix se distribuèrent aux quatre coins de la salle. Whitty s'empara du boulier.

— Votre loterie chinoise vient de finir là, les amis !

Lefebvre et Poisson parurent, encadrant Edmond Archambault, l'air satisfait de la descente qu'ils venaient d'effectuer.

— Ah ! ben taboire ! s'exclama Léandre, j'aurais jamais dû vous faire confiance, vous deux. Maudite police à marde…

Des cris affolés s'élevèrent parmi l'assistance. On revendiquait le droit d'être remboursé, on chahutait en tapant sur les tables.

Plongé dans un état d'ahurissement, Léandre voulut s'enfuir, quitter les lieux devenus insupportables. Archambault venait de traverser le seuil avec la police, Surprenant avait pris la fuite dans les toilettes. Le fils de l'épicier eut peur qu'on s'en prenne à sa voiture ; il décida de se sauver par la porte arrière de l'établissement.

La Pontiac recula et disparut dans un crissement de pneus.

Le serveur circula dans Ontario vers l'est, machinalement, en ne remarquant pas le nom des rues, roulant dans sa tête affolée des images où s'entremêlaient déceptions et sinistres appréhensions. Il ne pourrait pas se promener comme il l'avait rêvé, détourner le regard des filles, exciter la convoitise de la parenté et des voisins. Comment parviendrait-il à payer l'automobile qu'il venait d'acquérir sur un coup de tête, simplement pour démontrer qu'il n'était pas un sans le sou condamné à des petits salaires de crève-faim ? Et comment réagirait Paulette, beaucoup plus réaliste que lui, elle qui se serait contentée de son salaire de commis ? Il pensa à s'éloigner, à sortir de la ville, à disparaître au loin, quelque part où personne ne saurait le trouver. Mais la dérobade ne demeurait pas la solution à tous ces problèmes qui l'étranglaient. Il rebroussa chemin.

Les enfants s'étaient endormis. Simone feuilletait un catalogue en consultant sa belle-sœur écrasée à côté d'elle sur le fauteuil.

— Regarde le beau petit manteau d'hiver, penses-tu qu'il m'irait ben ? dit-elle.

— Il te ferait mieux qu'à moi, en tout cas, répondit Paulette avec indolence. Moi j'ai pas une belle taille.

— Me semble que Léandre revient tard, à soir ; j'ai hâte de voir son char neuf, exprima Simone. Pas toi ?

— Moi je m'en passerais ben, de son char neuf, si tu veux savoir. Ça va nous mettre dans le trou. Je lui ai même pas demandé de quelle couleur il était.

Léandre entra au logis. Sa femme consulta sa montre en poussant un soupir exaspéré.

— Fatiguée comme t'as l'air, t'étais pas obligée de m'attendre, t'avais juste à aller te coucher, Paulette. Ça a pris un petit peu de temps parce que le père, Marcel puis Jérémie m'ont sauté dessus quand je suis arrivé dans la ruelle. Tu comprends, un char de même, on voit pas ça à tous les coins de rue dans le quartier. Même les volailles se sont aperçues qu'il y avait du nouveau. David est pas revenu de sa soirée de lutte ?

— Laisse faire David, change pas de sujet ! dit Paulette, haussant le ton.

— Puis, il va-tu ben, toujours, ton char ? dit Simone.

— Je vas être obligé de le revendre, exprima-t-il d'une voix coupable.

— Que c'est que t'avais d'affaire à l'acheter d'abord, s'il faut que tu t'en débarrasses tout de suite ? Puis ils voudront jamais le reprendre au prix que tu l'as payé. On sait ben, on peut se permettre ça, nous autres, des dépenses de même ! Tu vas perdre de l'argent, c'est sûr ; un vrai gaspille…

Le pire était à venir. Les explications n'allaient pas arranger les choses. La descente de la police à la taverne et, par conséquent, les petits suppléments de la loterie chinoise qui n'existeraient plus et sur lesquels il comptait tant pour effectuer ses paiements. Sans parler d'une possible comparution pour témoigner de gestes de corruption répétés auprès de deux agents de police.

Au matin, une demi-heure avant l'ouverture du magasin, au moins une douzaine de clientes faisaient la queue sur la devanture, un billet à la main. Avant de conduire Stanislas chez ses parents, Simone s'était approchée de la fenêtre et, le front plissé d'interrogations, elle était retournée vitement vers Paulette qui s'apprêtait, elle aussi, à descendre avec Charlemagne.

— Il y a-tu un spécial annoncé dans la vitrine, coudonc? Si tu voyais le monde sur le trottoir! Puis on dirait que la file s'allonge.

— Ah! ben!

À la demande de David rentré tardivement la veille, Léandre était descendu dans la ruelle pour lui montrer sa voiture pendant que Marcel soignait les volatiles de la basse-cour. Les belles-sœurs parurent au logis de l'épicier. Émilienne était à refaire le nœud de cravate de son mari, tout énervé par l'alignement devant son commerce.

— Avez-vous vu en avant? lança Simone à la cantonade.

— Ton père se possède plus, dit Émilienne. Théo, arrête de grouiller comme un enfant puis lève la tête, que je t'arrange ça comme il faut.

L'épicier pressentait un problème. Dans une rage imprévisible, il se libéra des mains de sa femme et se rendit à la salle de bain pour refaire son nœud. Quelques instants après, il revint, la cravate de travers, la mine massacrante.

— De quoi t'as l'air asteure, Théo? T'aurais dû me laisser finir.

— S'il veut avoir l'air fou, c'est son affaire, commenta Héloïse. Avec son air de bœuf enragé, il est aussi ben d'aller travailler...

Sansoucy avait déjà pris sa clé et dévalait l'escalier. À travers la vitre de la porte d'entrée, il percevait ces visages mécontents de clientes survoltées qui semblaient prêtes à lui arracher les yeux. Il déverrouilla.

Dans une violente poussée, bousculée par des bras puissants, Germaine Gladu s'allongea sur le plancher, le nez enfoncé dans sa bourse. L'air indigné, Sansoucy leva les mains comme s'il avait le pouvoir de retenir la horde déchaînée.

— Wô! s'écria-t-il, êtes-vous après virer folle, madame Gladu?

La voisine tentait de rassembler ses membres meurtris dans la bousculade. Derrière elle, réalisant qu'une des leurs avait écopé, les femmes s'étaient immobilisées. Avec l'assistance de Dora Robidoux et de madame Thiboutot, elle se releva péniblement.

— Lâchez-moi! ordonna la victime.

— Que c'est qu'elle a, elle? demanda madame Thiboutot. J'ai juste voulu l'aider…

— Fais pas l'hypocrite, la Thiboutot, c'est toi qui étais en arrière de moi! Essaye pas…

Germaine Gladu contemplait son bas déchiré. Les autres clientes s'étaient faufilées jusqu'au comptoir-caisse où l'épicière, Simone et Paulette recevaient leurs doléances. Les maris avaient été floués par la loterie chinoise et elles n'exigeaient ni plus ni moins qu'un remboursement du coût de leur billet.

Léandre surgit au magasin par la porte arrière.

Au milieu des clientes exaspérées, le boucher s'agita aussitôt d'un affreux tremblement: ses moustaches sautillaient, sa mâchoire remuait en prononçant des paroles inaudibles, et son doigt pointait vers son fils.

— C'est lui le vrai coupable, l'enfant de nanane! proféra madame Grenon.

Avant d'être happé par la main la plus intolérante, Léandre tourna les talons et repassa le seuil par l'arrière-boutique. Marcel refermait le portillon de la basse-cour; il l'apostropha:

— Fille! Qu'est-ce qui te prend, à matin? s'écria-t-il. Je vas être tout seul pour la livraison…

Quelques secondes plus tard, la Pontiac disparaissait de la ruelle.

Entre-temps, Émilienne s'était effondrée sur son tabouret et son mari s'était avancé de quelques pas avant de s'affaisser sur un étalage de caisses de bière, la respiration haletante, le front couvert de sueur. Alors que Paulette s'occupait de sa belle-mère, Simone alla secourir son père.

— Remboursez-les toutes l'une après l'autre, exprima Sansoucy, mais oubliez pas de ramasser les billets en échange. Je veux pas me faire avoir…

Léandre s'était engagé dans Sainte-Catherine, sans personne à ses trousses. L'idée lui vint de quitter la ville par le pont Jacques-Cartier, de s'évader dans la campagne. Il avait entrepris une errance, roulant tranquillement dans les rues de la métropole. Le fils de l'épicier avait peine à réaliser ce qui arrivait. Il n'avait pas imaginé que le tirage avorté provoquerait un tel soulèvement. Cette fois, son père en aurait assez de lui, de ses entreprises douteuses et de ses manigances: il le congédierait.

Dans son aventure, à différents moments et à des degrés divers, il avait entraîné David, Hubert, Paulette, Simone, Marcel, Jérémie, et persuadé des centaines d'acheteurs de billets. Tout cela parce qu'il avait des ambitions, des désirs, des rêves. Il glissait encore vers la catastrophe. Il avait besoin d'être compris, d'être consolé. À une certaine époque, il aurait échoué dans le lit d'Arlette Pomerleau.

Il allait croiser les débris de *La Belle au bois dormant*. On n'avait pas reconstruit. Il bifurqua au nord et tourna dans Ontario, vers l'est. L'*Ontario's Snack-bar* serait son refuge.

À ce moment de la matinée, des livreurs et des chauffeurs de taxi égrèneraient quelques minutes à siroter un Coke tout en jasant avec une serveuse. Avec sa Pontiac 1937, il épaterait Lise, mais il n'aurait pas le temps de se raconter, de déverser le flot de ses problèmes. Ils se donneraient rendez-vous après son travail au restaurant. Ils iraient quelque part pour étrenner sa voiture, peut-être dans son intimité à elle. D'ailleurs, il le posséderait encore combien de jours, ce véhicule? Il éprouva une honte confuse. Il n'allait pas s'arrêter au casse-croûte. Il préféra se rendre à la taverne.

Il était tôt, pourtant, dans la journée, quand Léandre entra et vit Archambault accoudé au comptoir, la lippe pendante.

— Bonjour, patron, dit Léandre.

Le tenancier avait les yeux avinés d'un soûlon, et sa bouche pâteuse marmonnait des mots inarticulés.

— Ça va pas ben pour vous non plus, d'après ce que je peux voir, poursuivit l'employé. On s'est fait avoir, hier soir. Si j'avais su, j'aurais pas procédé au tirage. On s'est fait prendre sur le fait, la main dans le sac, si on peut dire. À part de ça, un peu plus tôt dans la soirée, j'avais payé les deux policiers pour qu'ils se ferment la gueule; je me suis fait pogner, je l'avoue. Je suis pas en train de vous dire que j'aurais pas dû m'embarquer dans votre gamique parce que j'ai gagné pas mal d'argent, mais je regrette en maudit de m'être acheté un char, par exemple. Puis en plus, je pense que mon père veut plus me revoir la face. Pas plus tard qu'à matin, une meute de louves affamées sont venues au magasin pour être remboursées. Mon père a failli trépasser quand il a vu tant de monde mécontent.

Archambault était absorbé par ses problèmes et ne semblait aucunement réagir aux malheurs du serveur. Il lui versa un verre. La seule présence de Léandre semblait l'aider à supporter la profondeur de son abîme.

Selon ses souvenirs, Léandre écoula ainsi plusieurs heures à s'enivrer en se racontant, interrompu seulement par la présence de quelques rares piliers de la taverne.

À la fin de l'après-midi, après s'être assoupi à une table retirée dans un coin, il se leva, envahi par le pressant besoin de se débarrasser de sa voiture. Il secoua la tête, s'essuya les yeux, passa aux toilettes pour se soulager la vessie et se rafraîchir la figure à l'eau froide. Puis il marcha droit vers son véhicule.

* * *

La porte du logement tourna lentement sur ses gonds. Léandre parut, le visage décomposé, la lèvre amère. Paulette donnait le biberon, Simone mangeait sa soupe aux pois en tenant Stanislas, et David se levait pour rincer son bol à l'évier.

— Ah! ben, regardez donc qui c'est qui ressoud!

— David, c'est pas le temps de niaiser! le rabroua Simone.

— Je suis allé revendre mon char chez le concessionnaire, déclara Léandre.

Bien sûr, il s'était dépossédé de son véhicule en essuyant une perte. Néanmoins, il y avait réfléchi à deux fois avant de poser son geste et il revenait repentant, prêt à s'excuser pour tous les torts causés. Les clients de la taverne où il avait traîné toute la journée allaient se remettre à la fréquenter. L'épicerie-boucherie Sansoucy n'allait pas s'effondrer. Il lui restait à reconquérir la confiance émoussée de son père.

— À ta place, j'irais le voir, proposa Simone. Il pourra pas faire autrement que de te reprendre.

— Pour le moment, va te servir, puis mange, ordonna Paulette.

Après le souper, Léandre alla cogner chez ses parents. Marcel déposa son peigne sur la tablette au-dessous du miroir de la salle de bain et poussa la porte pour voir qui venait. Les femmes étaient à la vaisselle. Sansoucy avait soulevé un rond du poêle et récurait sa pipe. Sans mot dire, il dévisagea gravement celui qui entrait.

— C'est ben maudit, mais va falloir que tu te trouves une autre *job*, mon garçon! déclara-t-il.

— Après ce que t'as fait à ton père, commenta Héloïse.

— Dis rien, Loïse, les hommes vont s'arranger ensemble, demanda doucement Émilienne.

Elle se tourna vers son mari.

— Je trouve que t'es pas mal dur avec lui, Théo, plaida-t-elle; faut savoir pardonner dans la vie. Sinon chacun reste sur son quant-à-soi, puis il y a plus moyen de s'entendre après. C'est pour ça que ça va mal dans le monde, parce que deux personnes sont pas capables de se regarder en face quand elles ont des choses à se dire.

— Le père puis moi, on a pas besoin de se parler pour se comprendre, la mère. J'ai toujours su ce qu'il pensait de moi, puis c'est pas aujourd'hui que ça va changer. Ça fait que…

L'épicier semblait attendri, touché par les paroles désarmantes de sa femme. Le téléphone retentit dans toutes les pièces du logis. Irène alla répondre, prit le message et raccrocha:

— Moman, Édouard s'invite à souper dimanche soir, rapporta-t-elle. Colombine va venir nous montrer son nouveau char. Elle aimerait que tout le monde soit présent.

Une ombre couvrit le visage de Léandre. Ses yeux couraient sur le plancher de linoléum, à la recherche d'un endroit où se poser.

— Je vas remonter, exprima-t-il.

— Puis, le père, rapport à Léandre, c'est oui ou c'est non? s'enquit Marcel.

— On va dire que c'est oui, répondit l'interpellé. Mais qu'il me recommence jamais une affaire de même parce que là, ça va être *final bâton*!

— Oublie pas d'inviter ton monde pour dimanche, dit Émilienne, joyeuse.

* * *

Si les affaires reprenaient lentement au magasin, il n'en était pas autrement de la taverne Archambault. Secouée par les récents événements, la clientèle avait boudé le commerce pendant quelques jours. Au fond, le pauvre épicier avait été victime des circonstances. L'incident avait créé des remous dans le quartier, mais il n'était que la conséquence d'une des quatre cent quatre-vingt-une descentes de la police municipale de Montréal dans les loteries chinoises et autres de même nature. Au moins, la taverne Archambault n'avait pas perdu son permis d'exploitation, alors que de nombreuses maisons de paris sur courses avaient été fermées.

Léandre avait retrouvé un semblant de sourire, et son empressement excessif avec la clientèle témoignait de ses bonnes dispositions. «Le beau Léandre a le don de se faire pardonner!» disaient les plus indulgentes. En particulier, il était plein d'égards envers la victime de l'émeute des derniers jours; il lui ouvrait la porte et la raccompagnait chez elle en lui disant, d'un ton flagorneur: «C'est un plaisir de vous servir, madame Gladu!» Avec son père, il était d'une politesse obséquieuse, ne regimbait jamais, même s'il plissait parfois son front contrarié. Mais ceux qui le connaissaient réellement savaient que des braises couvaient sous la cendre. Et bien malin celui ou celle qui pouvait prédire à quel moment surgirait sa prochaine machination…

Le dimanche survint. De tout l'après-midi, Émilienne n'avait pas ménagé ses efforts pour offrir à ses invités un repas digne de son talent de cuisinière. Au menu, du canard et du poulet, attendu que la grosse dinde de la basse-cour serait engraissée jusqu'à la veille de Noël, jour de son exécution.

Léandre était allongé sous son camion pour vidanger l'huile du moteur. Une luxueuse Packard noire enfila la rue et se gara devant son Fargo au capot ouvert. Le roulement doux de la voiture et ses roues à flanc blanc avaient taquiné sa curiosité. Deux personnes en descendirent. Léandre émergea de son inconfortable position.

— Un problème de mécanique? demanda Édouard.

— C'est de l'entretien ordinaire, c'est meilleur marché que d'aller au garage, répondit Léandre.

Colombine détaillait la combinaison poisseuse de son beau-frère en retirant ses gants.

— C'est pas drôle quand on est réduit à se coucher dans la rue, lança-t-elle sur un ton méprisant.

L'air altier, elle tourna les talons et devança son mari vers l'escalier. «Maudite *petteuse* de Westmount!» se dit Léandre en lui-même. Il termina son travail en reluquant la voiture de sa belle-sœur. Devancé par Marcel et David qui dévalèrent les marches, Jérémie descendit lentement l'escalier et s'approcha de la Packard pour l'admirer.

— On dirait que ça t'intéresse pas, les chars, Jérémie.

— C'est pas ça, Marcel, je suis toujours fatigué, c'est pas normal.

Le pensionnaire toussa et cracha au bord de la rue. Rassemblant ses forces, il entreprit de faire le tour de la voiture et se pencha pour en admirer l'intérieur luxueux en commentant de ses yeux de pauvre impressionné.

En haut, à l'appartement de l'épicier, la ménagère s'impatientait.

— Irène, va donc voir que c'est qu'ils brettent eux autres en bas. Faut souper, sinon Romuald puis Georgianna vont retontir avant qu'on soit rendus au dessert.

On avait commencé à s'installer autour de la table de la salle à manger. Léandre devait remiser ses outils et se nettoyer la figure et les mains. Colombine se rendit compte que la femme de son beau-frère prenait place avec un bébé dans ses bras. Héloïse l'informa :

— C'est l'enfant illégitime de Léandre. Il l'a eu avec une fille de la campagne et Paulette a décidé de l'adopter.

— Pour le fils des Pouliot, vous m'aviez appelé, mais pour le bébé de Léandre, c'est la première nouvelle que j'en ai, réagit Édouard.

— Ces affaires-là, ça se raconte pas ben ben au téléphone, dit Émilienne. C'est pour ça que j'étais contente de vous recevoir aujourd'hui.

Léandre était apparu dans la pièce, l'air irrité.

— Il y a-tu quelqu'un qui a quelque chose à redire là-dessus ? demanda-t-il. Puis, si vous voulez savoir, j'aime autant vous dire que j'ai été obligé de me départir du char que j'avais acheté au Salon de l'automobile.

— Quand on a les yeux plus grands que la panse…, commenta Édouard. Papa m'a parlé de tes histoires de loterie chinoise qui ont mal tourné. J'espère que monsieur Archambault ne fera pas comme les professionnels du pari. Une soixantaine de maisons aussitôt fermées, le jeu continue de plus belle dans la ville. Il y a même des petits coquins qui ont établi leur commerce illicite dans leur voiture. Toi, ça va être dans ton camion, je suppose…

— Hein, maudit niaiseux! Le pari puis la loterie, c'est pas la même chose, tu sauras, Édouard Sansoucy, s'emporta Léandre. Puis arrête donc de me faire la morale…

— Tut! fit Émilienne. Les enfants vont se mettre à brailler…

L'intervention de la maîtresse de maison avait suffi à tempérer l'atmosphère. Le canard et le poulet furent attaqués dans un silence déchiré par la toux opiniâtre de Jérémie. À tout moment, on se tournait vers lui en lui jetant un œil soupçonneux.

— Oublie pas de mettre ta main devant ta bouche, recommanda aimablement Alida.

— Ta mère ne t'a jamais appris que les microbes peuvent se transmettre facilement à table? lança platement Colombine. Madame Sansoucy, pourquoi ne lui demandez-vous pas de se retirer?

Théodore braqua des yeux insistants sur son jeune pensionnaire.

— Va donc dans ta chambre, ordonna-t-il.

— Selon moi, il tousse d'une manière pas ordinaire, commenta Alida. Viens donc ici, une minute, que je voie si tu fais de la fièvre.

L'adolescent présenta son front à l'impotente.

— On ferait mieux de faire venir le docteur Riopelle, conclut-elle.

— Qui c'est qui va payer encore pour le soigner? demanda Sansoucy.

— Je payerai ce qu'il faudra, répondit Alida.

Irène accompagna Jérémie à sa chambre et alla téléphoner au médecin qui habitait le quartier. Il serait au domicile du malade un peu plus tard dans la soirée.

Entre-temps, les locataires du troisième avaient regagné leur logement avec leurs petits. Au moment où on débarrassait les assiettes principales, le frère de l'épicier et sa femme firent irruption.

— D'après ce que je peux voir, vous êtes pas prêts à jouer aux cartes ! dit Romuald.

La tablée s'empressa de faire place aux habitués du dimanche soir. Depuis quelque temps, le wattman évitait de parler du PNSC, un regroupement qui semblait devenir de plus en plus moribond. En voyant les résidants de Westmount, il aborda un sujet qui le tenaillait :

— Ça fait longtemps que j'ai pas vu Placide dans mon tramway, lança-t-il.

Un malaise perceptible affleura au visage d'Édouard.

— Il a emménagé avec son copain du journal, dit le notaire.

La physionomie de l'épicier se rembrunit.

— Pourquoi tu m'en as pas parlé ? s'enquit-il.

— Ce n'est pas facile de traiter de ces choses délicates, papa. Et puis, qu'est-ce que cela aurait changé ? Vous ne pouviez rien faire pour le retenir. J'ai bien essayé, mais c'était peine perdue.

Marcel alla accueillir le docteur Riopelle et le conduisit à sa chambre où s'étaient rendues Émilienne et Alida. Le médecin posa sa trousse sur le pupitre et donna son manteau à l'hôtesse. Le front soucieux, il grimpa dans la petite échelle pour examiner le tousseur couché à l'étage du lit. Après avoir pris sa température, qui était normale, il l'ausculta longuement, prit sa tension artérielle.

— J'ai un drôle de goût dans la bouche, exprima Jérémie.

— T'aimes pas le canard ? demanda Émilienne.

— C'est pas ça, rétorqua le malade, vous faites du bon manger, madame Sansoucy.

— Donnez-moi le buvard sur le pupitre, s'il vous plaît, dit le médecin.

Le docteur Riopelle fit cracher le patient. Le papier se teinta d'un rouge brique.

— Faudra peut-être l'hospitaliser! déclara le soignant, laconique.

— Que c'est que je vas dire à sa mère? demanda Émilienne. Il doit passer l'hiver avec nous autres parce que ses parents sont trop pauvres, puis pour éviter des maladies. On va avoir l'air fin, asteure…

— Votre pensionnaire souffre d'une bronchite grippale aiguë. Je ne suis pas spécialiste des affections pulmonaires, mais je recommande d'aller voir le docteur Verdon, un de mes bons amis, à l'Institut Bruchési, dès demain. Il n'y a pas de risques à prendre. Il subira une radiographie des poumons et différents examens. Je ne voudrais pas vous alarmer, mais dans le pire des cas Jérémie pourrait être atteint de la tuberculose.

Le dernier mot du médecin avait soulevé toutes les craintes associées à l'effroyable maladie infectieuse. Des gens de tous les âges en mouraient, on pouvait séjourner dans un établissement de santé pendant des mois, voire des années. Selon le médecin, il fallait se rendre à l'évidence: les patients avaient contracté leur maladie dans les endroits de grande promiscuité comme dans les lieux publics, les salles de spectacles et les tramways. Et il ne fallait pas se mettre la tête dans le sable: plus de tuberculeux circulaient librement dans les rues de Montréal qu'on pouvait en dénombrer dans les sanatoriums de la province.

Émilienne retourna à la salle à manger, la tête effarée.

— Voyons, Mili, tu dois t'énerver pour rien encore, dit l'épicier.

— Prenez sur vous, moman, renchérit Irène.

— Ça regarde mal, commenta Émilienne. Selon le docteur Riopelle, le petit pourrait avoir la tuberculose. Mais c'est pas sûr encore… Demain, il doit passer des examens à l'Institut Bruchési. Que c'est qu'on va faire ?

Édouard était soudainement touché par le cas du garçon, qui lui rappelait celui d'un confrère décédé quelques mois auparavant des suites de la terrible maladie. Il se leva.

— On va s'en occuper, décida-t-il. Colombine viendra le chercher demain matin et le conduira à l'Institut.

— Des plans pour attraper ses microbes et finir nos jours dans un sanatorium ! s'indigna-t-elle. Tu n'y as pas pensé. Je refuse de le faire monter dans ma voiture…

— Faites quelque chose pour lui, Colombine, l'implora sa belle-mère d'une voix affreusement altérée.

Émilienne était au bord des larmes. Elle se rappela vaguement qu'au cours des derniers jours son pensionnaire n'avait pas le même entrain, qu'il avait perdu un peu l'appétit et qu'une toux passagère l'avait accablé. Elle s'accusa d'avoir été négligente.

— D'abord, je vas monter pour en parler à Léandre, dit-elle.

— Je vas avoir besoin de lui au magasin, s'insurgea Sansoucy.

Colombine pouvait facilement se libérer de son travail de secrétaire au bureau de son mari. Les yeux des convives avaient suivi l'échange entre ses beaux-parents et ils étaient revenus se poser sur elle, suppliants.

— Je serai là demain matin, fléchit Colombine.

Au lendemain, la Packard se gara sur la devanture du magasin. Une main serrant une petite valise et l'autre sur la poignée de la porte menant à l'escalier du logement, Jérémie avait cette mine renfrognée des êtres qui vont partir sans savoir ce que la route leur réserve, sans connaître leur véritable destination. L'impotente lui susurrait des mots d'encouragement, en tentant de le rassurer sur le diagnostic du docteur Riopelle : il ne souffrait peut-être que d'une laryngite au cours de laquelle un vaisseau sanguin aurait éclaté. Marcel lui avait souhaité bonne chance et il était retourné dans la salle de bain en essayant de dissimuler sa tristesse, tandis qu'Héloïse, Alphonsine et Irène observaient muettement le jeune Pouliot, comme s'il ne devait jamais revenir.

Émilienne avait enfilé ses bottes et revêtu son manteau de drap qu'elle avait pris soin de brosser en le sortant de la garde-robe. Elle ajusta une dernière fois son chapeau, en se regardant dans le miroir au-dessus de l'évier, et se rendit à la porte.

— C'est l'heure ! dit-elle.

* * *

La voiture s'immobilisa au débarcadère de l'Institut Bruchési. Pressée de se débarrasser de ses passagers, Colombine alla ouvrir la portière pour sa belle-mère. Après les examens, elle n'avait qu'à la rappeler à l'étude du notaire.

On analysa les expectorations de Jérémie pour savoir si elles ne contenaient pas des bacilles de Koch. Ensuite, comme l'avait recommandé son collègue Riopelle, le docteur Verdon rencontra le patient.

Debout dans le corridor menant à la salle de radiographie, Émilienne conversait avec le spécialiste, un homme de haute stature qui transpirait la confiance.

— Ça va être long, docteur ? demanda-t-elle.

— Je comprends votre inquiétude, madame Sansoucy, mais faut prendre le temps d'examiner votre petit protégé, répondit le médecin.

Chapitre 16

Bertha Pouliot accourut chez les Sansoucy quand elle apprit de ses enfants que son Jérémie n'avait pas été aperçu depuis plusieurs jours à l'école. De son bras rageur, la mâchoire serrée, elle poussa le portillon et traversa la cour en effrayant la grosse dinde qui se précipita dans un coin.

— Entrez donc, madame! dit Émilienne.

— Je suis venue prendre des nouvelles de mon garçon, je peux-tu le voir deux minutes?

— Il est pas dans la maison, rétorqua l'épicière.

— Où c'est qu'il est, d'abord? À votre magasin, je suppose? Vous devez le faire travailler comme un nègre…

Les mentons d'Émilienne se mirent à trembloter de nervosité. Jérémie avait subi des tests à l'Institut Bruchési. Des bacilles passaient dans ses expectorations et la radiographie avait révélé une lésion dans le lobe supérieur du poumon droit. Elle avait résolu de ne pas en aviser les parents tant que d'autres examens à l'hôpital du Sacré-Cœur ne confirmeraient pas le diagnostic.

— Êtes-vous en train de me dire qu'il est hospitalisé pour une tuberculose? Mes enfants sont jamais malades, madame Sansoucy. Cette maladie-là, ça s'attrape dans des endroits malpropres. Vous allez voir, je vas le retirer de votre maison puis je vas vous poursuivre…

Le dimanche qui vint, la Packard emmenait madame Pouliot et Émilienne sur le boulevard Gouin, à Cartierville. De deux heures à quatre heures, les patients pouvaient recevoir parents et amis.

Édouard s'était informé de l'état de Jérémie en appelant régulièrement à l'hôpital. Il profitait du premier jour de la semaine pour lui rendre visite, le seul permis à l'établissement.

La voiture se gara au pied des marches de l'imposant bâtiment en brique de cinq étages. Il était composé d'une partie centrale comprenant entre autres une chapelle, des bureaux de médecins, des salles d'examens et des bureaux administratifs. À chacune des extrémités, comme une main protectrice refermée, une aile immense de forme incurvée et terminée par des galeries superposées, en plus d'une troisième à l'arrière, occupée par des religieuses et des infirmières. L'institution des Sœurs de la Providence remplaçait depuis une dizaine d'années l'ancien hôpital des Incurables, détruit par un incendie. Elle abritait douze cents personnes, malades et membres du personnel compris. En plus de cancéreux, de paralytiques et de patients souffrant d'autres problèmes de santé, elle logeait au-delà de quatre cents malades des poumons.

— Le 410, dit une officière.

Sur le coup de deux heures, des centaines de visiteurs se distribuèrent sur les étages et empruntèrent les couloirs d'une propreté méticuleuse. Peu après, une douzaine d'entre eux s'engouffrèrent dans la chambre blanche que Jérémie partageait avec trois compagnons d'infortune. Le lit était blanc, les couvertures étaient blanches, et les dents blanches d'une figure émaciée leur souriaient.

— Bonjour, m'man !

Les paupières gonflées de Bertha Pouliot ne purent retenir les larmes accumulées qui coulèrent sur ses joues grasses et glissèrent dans son cou.

— Mais t'es ben *chéti*, mon garçon ! s'exclama-t-elle. Regardez-le-moi donc comme il a maigri, il lui reste juste la peau puis les os.

— Tu m'as apporté quelque chose ?

Une religieuse se pencha à la porte, esquissa un sourire compréhensif et disparut.

— C'est deux visiteurs par malade, dit Jérémie, mais la sœur est ben fine…

Madame Pouliot tendit la robe de chambre provenant de l'aîné. Colombine offrit une boîte de chocolats Laura Secord, Émilienne, des fruits de son magasin, tandis qu'Édouard apporta des livres.

Depuis son entrée à l'hôpital, Jérémie avait subi son premier pneumothorax. On l'avait fait étendre sur une table blanche. Afin d'effectuer une ponction, le docteur avait introduit son trocart – un poinçon dont on se sert pour effectuer des ponctions – entre deux côtes dans la région de l'aisselle. Puis on lui avait insufflé de l'air et il en avait ressenti d'insupportables tiraillements.

À mesure que son fils racontait ce qu'il avait souffert, Bertha Pouliot crispait son visage de douleur. Elle redoutait l'infection grave dont elle n'osait répéter le mot qu'elle avait lancé chez l'épicière.

— Ils sont après te maganer. Quand est-ce que tu vas sortir? s'enquit-elle.

— Votre garçon est tuberculeux, madame Pouliot, affirma Édouard. Si vous désirez qu'il guérisse, il doit rester pour être soigné.

Les journées semblaient interminables au malade. Il devait s'aliter des heures durant, mais dans les périodes dites libres, comme il n'était pas condamné au lit, il pouvait s'adonner à des activités de lecture, aller faire un brin de causette ou écouter la radio au solarium. Maigre consolation pour Jérémie. Il avait fait brièvement connaissance avec ses trois compagnons éprouvés: un jeune homme d'une vingtaine d'années hospitalisé depuis une cinquantaine de mois, et les deux autres, de trente et de cinquante ans, végétaient depuis environ un an chacun entre les murs de l'institution.

Heureusement qu'il y avait un peu d'animation dans la chambre. Comme les colporteurs de ragots qui aiment se donner de l'importance, l'un des visiteurs, un joufflu dans la quarantaine, s'amusait à dérider l'auditoire. Il racontait des histoires de bûcherons qui égayaient les patients. Mais Colombine s'exaspérait. De temps à autre elle soupirait, exhalant ainsi son impatience et sa perte de temps à entendre débiter des âneries au milieu des bénéficiaires de l'assistance publique, alors qu'il aurait été si simple pour elle de se promener en ville ou de se rendre chez des amies afin de prendre le thé, habitude qu'elle tenait de sa grand-mère anglaise, il va sans dire. Quoi qu'il en soit, si jamais la malchance la frappait, elle se battrait pour ne pas qu'on la case dans une salle à huit avec sept autres « secourus de l'État » : elle exigerait une chambre individuelle, éloignée de tout ce qui grenouillait autour d'elle, et loin des dangereux microbes de la populace pour ne pas empirer son cas.

L'officière s'inclina à la porte.

— Il est presque quatre heures, lança-t-elle.

La deuxième heure des visites achevait, et Bertha Pouliot voyait le temps filer sans qu'elle connaisse les véritables causes qui avaient conduit son fils à l'hôpital. Dans quelques minutes, elle devrait se détacher de lui et sentait monter en elle une profonde irritation. Elle revint à la charge auprès de la « tôlière » qui avait hébergé son fils :

— Madame Sansoucy, allez-vous finir par admettre que c'est chez vous que mon Jérémie a attrapé son mal ? Il y a du monde qui pense que les maladies poussent dans la misère comme les champignons dans le fumier, mais ça m'a l'air que ça vient aussi des familles à l'aise…

— Vous y allez un peu fort, madame Pouliot, je vous défends ben de m'insulter, s'indigna Émilienne. J'ai choisi de prendre Jérémie parce qu'il avait l'air aimable et qu'il était le plus frêle des trois que vous m'aviez emmenés. Je pensais ben faire en le choisissant, mais je m'aperçois que je me suis drôlement trompée. J'aurais dû laisser faire. Si c'était à recommencer, je vous dis que j'hésiterais pas à refuser, même au risque de paraître insensible à la misère des autres.

— Regardez-moi ben aller, madame Sansoucy, je vas me renseigner puis je vas en avoir le cœur net…

La mère affligée sortit en trombe dans le corridor et se rendit au poste des infirmières. Elle s'adressa à une garde-malade qui semblait inscrire des notes dans un document.

— Je veux voir le dossier de Jérémie Pouliot au 410 ! exigea-t-elle.

— Vous êtes qui, vous, par rapport à Jérémie ?

— Sa mère, mademoiselle.

— Je ne suis pas autorisée à vous transmettre les informations que vous demandez, madame. S'il fallait qu'on réponde à tout un chacun qui vient en visite le dimanche, on aurait pas le temps de soigner nos quatre-vingts patients.

— Vous voyez ben qu'il y a personne d'autre au poste. Puis là, vous faites rien, vous faites juste écrire dans vos papiers. Vous êtes de mauvaise foi, mademoiselle.

La garde-malade baissa piteusement les paupières. Une infirmière diplômée de l'étage parut, un air de réticence aux commissures des lèvres. Devant l'air dévasté de la mère, elle consentit à transmettre quelques informations pertinentes : un surmenage physique jumelé à un manque de sommeil avaient conduit Jérémie à l'éclosion de la maladie. Un bacille logé dans les poumons s'était multiplié de façon vertigineuse et avait formé une boule appelée tubercule. À mesure que le bacille rongeait le tissu sain, le tubercule se ramollissait, et les déchets accumulés dans une bronche étaient ensuite expectorés par la toux…

— Il va-tu passer les fêtes à l'hôpital ? coupa madame Pouliot. Je vas le soigner à la maison, lui donner les meilleurs sirops…

— Comptez-vous chanceuse, madame Pouliot. Votre garçon a seulement un poumon d'attaqué. Si tout va bien, il va pouvoir sortir trois ou quatre jours après le Nouvel An, pas avant.

Comme si toutes les calamités du monde s'abattaient en même temps sur son plus « fin », Bertha Pouliot afficha le visage de la désolation. Sur ces entrefaites, Émilienne, Colombine et Édouard allèrent la rejoindre au poste. La mère du malade se tourna vers l'épicière.

— Votre mari va avoir affaire à moi ! maugréa-t-elle.

— Vous devez allez dire bonjour à votre garçon, madame Pouliot, rétorqua Édouard.

Dans le flot de visiteurs qui envahissaient le couloir à contre-courant, l'indigente fonça vers le 410 et revint une vingtaine de minutes plus tard.

Quelques instants après, la Packard filait en direction du faubourg Maisonneuve. Au cours du voyage, Édouard et sa mère avaient déployé tous les arguments possibles et imaginables pour tenter d'apaiser la fureur qui habitait la nécessiteuse. La compagnie parvenue dans la rue Adam, sitôt la voiture immobilisée, Bertha Pouliot descendit du véhicule et escalada les degrés qui menaient chez l'épicier.

En ce dimanche après-midi, la maison était tranquille et le marchand s'était assoupi dans sa berçante, *La Patrie* sur les genoux.

— Vous ! brama-t-elle. C'est de votre faute si mon garçon est malade. Moi qui pensais qu'en demeurant chez des gens en moyens, mon *chéti* serait bien traité, qu'il se remplumerait. Vous l'avez exploité, monsieur Sansoucy. Que c'est qui va arriver, asteure?

La Patrie avait subitement glissé sur le plancher et le cœur du quinquagénaire se débattait comme s'il désirait quitter sa poitrine.

— Que c'est que vous aviez d'affaire à nous l'emmener, votre garçon, s'il était malade? se défendit l'hôte. C'était à vous de le garder dans votre maison. C'est pas un sanatorium, ici dedans!

— En tout cas, asteure qu'il est pris pour rester au Sacré-Cœur, je vas ramasser ses choses, puis il remettra plus jamais les pieds chez vous.

Alida s'en désolait. Elle ne pourrait pas revoir le garçon que son beau-frère hébergeait. Émilienne parut et, considérant l'air de la désespérée, alla aider Irène à récupérer les effets de Jérémie.

Héloïse ne s'était pas opposée à la dame plus coriace qu'elle. De toute manière, on serait plus grandement dans l'habitation de sa sœur et cela diminuait d'autant ses tâches ménagères. Pour une vieille fille consommée, elle en avait déjà plein les bras avec les petits de Paulette et de Simone.

Bertha Pouliot repassa le seuil avec le petit bagage de son fils. Frustrée d'avoir perdu son après-midi, Colombine la reconduisit à son misérable taudis, certaine d'être réquisitionnée une semaine plus tard.

***

L'épicerie-boucherie se relevait lentement des déboires causés par la loterie chinoise. Le commerce moins achalandé permettait donc à son propriétaire quelques périodes de relâchement en attendant la reprise des activités. Mais habité par un ressentiment, Sansoucy était encore ébranlé par la visite inopinée de la mère de Jérémie. En ce mardi matin, pendant que Simone se promenait entre les tablettes et notait prudemment les produits à renouveler, il se confiait à son ami Philias en disputant une partie de dames dans son arrière-boutique :

— La bonne femme Pouliot a été pas mal dure avec moi, confia-t-il. Elle m'a accusé d'avoir exploité son garçon comme s'il avait été mon esclave. Supposément que c'est pour ça qu'il s'est ramassé à l'hôpital.

— Il y a pas si longtemps, avant que tes affaires ralentissent, tu me le disais toi-même, Théo, que tu avais profité de lui parce qu'il payait pas pension. En plus de faire ses devoirs et ses leçons, le chicot livrait les «ordres», s'occupait de la loterie de Léandre jusque tard le soir ; il y a de quoi rendre malade n'importe qui. En plus, on dirait que ça te prend quelqu'un à bardasser : une secousse, c'était ton Marcel, puis là c'était devenu ton petit pensionnaire…

Sansoucy recevait les remarques de son camarade comme un blâme ; il se renfrogna. Au fond, seul Philias Demers pouvait se permettre de lui *flanquer* ses quatre vérités au visage, de le placer face à la réalité. Il le savait bougonneux, irascible, d'un tempérament bilieux. En tant qu'ami, il avait ce petit quelque chose de sympathique, mais comme époux Émilienne devait avoir à lui pardonner ses sautes d'humeur, ses impatiences. Il était assez bien entouré de sa femme, de ses enfants, de ses petits-enfants et de ses trois belles-sœurs, parfois envahissantes, à son dire, alors que lui, Philias, semblait dépérir parce que sa fille lui avait fait sentir qu'il était de trop dans la maison. D'ailleurs, depuis quelques jours, il avait la mine déprimée de ceux qui ne voient que l'ombre de leur vie qu'aucun rayon de lumière ne parvient à transpercer.

— Puis toi, Philias, penses-tu que t'es ben mieux que moi ?

«C'est précisément ce qu'on dit quand l'image que reflète notre miroir devient trop difficile à supporter», pensa Demers.

Le joueur eut un mouvement pour capturer un pion adverse. Son bras balaya les pièces du jeu et sa tête s'effondra sur le damier.

— Eille! Phil!

Sansoucy se leva subitement, secoua l'épaule de son ami.

— Mili! s'écria-t-il.

Émilienne acheva de remplir le sac de madame Grenon et se déporta lentement à l'arrière-boutique. Elle considéra le corps inanimé:

— Ah! mon Dieu! s'exclama-t-elle. Faut appeler le médecin.

L'épicière se posta dans l'embrasure.

— Paulette, signale le numéro du docteur Riopelle, ça regarde mal pour monsieur Demers.

Carnet à la main, Simone se pressa à l'arrière du magasin.

— Il grouille pas, il est-tu mort, coudonc? P'pa, restez pas là, c'est pas bon pour vous, allez plus loin. Le docteur va venir, ça sera pas long.

Attendri, le boucher versa une larme qu'il s'empressa d'essuyer avec le coin de son tablier. Il alla retrouver Paulette au comptoir. Épouvantée par l'alerte déclenchée dans l'arrière-boutique, et à cause de sa crainte irraisonnée des morts, madame Grenon avait abandonné son sac sur le comptoir et était disparue comme une poule sans tête.

Émilienne avait rejoint les autres à la caisse. Seule avec Demers, Simone avait tâté le pouls de l'être inanimé et elle ramassait les pions éparpillés sur le plancher. Il y en avait même un qui s'était engagé dans l'escalier et qu'elle alla récupérer au fond de la cave. Puis elle revint auprès de l'ami de son père et constata qu'elle ne s'était pas trompée: le misérable ne bougeait plus et le docteur Riopelle ne ferait que confirmer le décès. Par respect pour le vieil homme, elle se signa deux fois plutôt qu'une de la croix des chrétiens en insérant un «Qu'il repose en paix, ainsi soit-il!».

Personne n'aurait pu douter de la sincérité de sa courte prière. L'âme du bonhomme était probablement déjà montée aux cieux, mais elle voulut demeurer ainsi à proximité du corps. On n'abandonne pas un mort à lui-même, de peur qu'il s'envole lui aussi dans l'autre monde sans qu'on ait eu le temps de lui dire adieu.

Après le triste constat du médecin, Sansoucy rassembla ses forces pour aller prévenir la fille de Demers. Investi d'une sinistre mission, il marchait pesamment dans la rue, le dos rond, les épaules rentrées, la tête engoncée dans le col de son imperméable.

Parvenu à la place Jeanne-d'Arc, il grimpa au troisième étage et cogna au logement de Demers.

— Pas de colporteurs ! proféra une voix qui traversa la porte.

L'épicier frappa avec insistance, comme s'il n'avait pas entendu la ménagère. La fille de Demers alla ouvrir.

— Vous comprenez pas, vous êtes sourd ou quoi ? demanda-t-elle, ulcérée.

— Je suis Théodore Sansoucy, l'ami de votre père.

— Ah ! C'est vous. De quoi c'est que je peux faire pour votre bonheur ?

— Votre père est décédé à mon épicerie, madame. Mais il a pas eu le temps de souffrir, il s'est écrasé raide mort sur le damier.

Les lèvres de la ménagère tremblèrent, mais elle sembla chercher à se contenir. Elle se composa un visage impassible.

— À l'âge qu'il était rendu, c'est pas ben étonnant ! déclara-t-elle, froidement. Puis il s'ennuyait dans la maison depuis qu'il avait vendu la ferme à mon frère. J'en parlais justement à mon mari à matin, on le voyait dépérir, on aurait dit qu'il y avait pas grand-chose pour lui faire plaisir. Que voulez-vous, on finit tous par mourir…

Le marchand était allé l'informer et lui offrir ses condoléances, mais elle n'en avait pas besoin. Elle se consolerait facilement du départ. Théodore paraissait plus ébranlé qu'elle et il aurait volontiers reçu ses sympathies. Elle allait prévenir son frère Fulgence à Saint-Pierre-les-Becquets. Il demeurait loin en bordure du fleuve, et elle aurait l'odieux de s'occuper des funérailles. De toute manière, elle ne voulait plus revoir son frère, à qui son père avait vendu la ferme pour une bouchée de pain. C'était épouvantable de recueillir le vieux, de le loger et de le nourrir, et il laissait à peine de quoi acheter quatre planches pour l'enterrer.

* * *

Au lendemain de la cérémonie funéraire, la Packard était repassée au logis des Pouliot et revenait se garer devant le magasin. Fortement secoué par la perte de son ami Philias, Sansoucy avait consenti à accompagner sa femme à l'hôpital pour visiter le tuberculeux.

— Avez-vous des remords, coudonc, monsieur Sansoucy? demanda la mère de Jérémie.

— Je peux rester chez nous, si vous voulez, madame Pouliot.

Édouard ouvrit la portière. Émilienne se glissa sur la banquette. Elle serait au milieu, entre l'autre passagère et son mari, et verrait, si nécessaire, à tempérer l'atmosphère pendant le déplacement. La voiture redémarra et fonça vers l'institution.

Un sourire illumina la physionomie de Jérémie quand sa mère entra dans sa chambre, mais il le perdit aussitôt qu'il vit apparaître l'épicier.

— Bonjour, monsieur Sansoucy, exprima-t-il avec civilité, c'est gentil d'être venu me voir.

— Ah! J'avais rien à faire et je me suis dit que ça te ferait peut-être du bien de savoir que je pense à toi.

Émilienne roula de gros yeux vers son mari indélicat. Sansoucy tendit son petit paquet au malade.

— Du chocolat, vous êtes ben mal tombé, monsieur Sansoucy, j'en mange pas: j'ai distribué tous ceux que j'ai reçus dimanche dernier à mes camarades de chambre. Mais je vous remercie quand même.

Colombine ravala. Bertha Pouliot entama la conversation avec son fils. Son poitrinaire semblait avoir meilleure mine que le dimanche précédent. Il avait dormi presque toute la semaine tant il avait besoin de récupérer. Il remerciait Édouard de lui avoir apporté de la lecture dans laquelle il se plongeait le plus souvent possible. Et ces derniers jours, le médecin lui avait prescrit des promenades dans le corridor.

Depuis qu'elle était entrée dans la chambre, Bertha Pouliot n'avait pas détaché son regard du visage émacié de son *chéti*. Il semblait un peu plus vigoureux qu'avant, mais on devinait ses os sous son pyjama. Édouard questionnait sa mère sur l'humeur chagrine de son père. L'épicier paraissait s'ennuyer souverainement. Des visiteurs charitables lui avaient offert une chaise sur laquelle il avait posé son fondement et, comme s'il examinait un objet imaginaire, il tripotait ses doigts en repensant à son camarade enterré la veille. Jérémie l'interpella:

— Ça vous tente-tu de jouer une petite partie de dames, monsieur Sansoucy?

La figure de l'épicier se rembrunit.

— Pas vraiment, répondit-il.

— Au lieu de t'occuper des étrangers, parle donc avec ta mère, proféra madame Pouliot.

— Monsieur Sansoucy est pas un étranger, m'man.

— En tout cas, c'est lui qui t'a rendu malade.

— Vous allez pas recommencer, madame Pouliot, s'insurgea Émilienne. Vous traitez mon mari comme s'il était un monstre et qu'il avait fait exprès pour *rempirer* votre garçon.

La chambrée s'était tournée vers l'épicier qui fondait sur sa chaise.

— On s'en va-tu ? demanda Théodore.

— Les visites finissent à quatre heures, ben on s'en ira pas une minute avant quatre heures ! affirma Bertha Pouliot.

— D'abord je m'en vas attendre dans le passage, répliqua-t-il.

La mère du poitrinaire riposta par une boutade effarée :

— Allez où vous voudrez, je m'en sacre, monsieur Sansoucy !

Madame Pouliot ne s'était pas *défâchée* de tout son voyage de retour à la maison. La bouche plissée, le regard farouche tourné vers la rue, elle avait élaboré quelque machination qu'elle se promettait de mettre à exécution le moment venu.

Le jour opportun survint au cours de la même semaine. Comme à l'accoutumée, Elzéar avait téléphoné du magasin général d'Ange-Gardien afin de prévenir sa sœur Émilienne qu'il apporterait le sapin de Noël. Il resterait à coucher avec sa Florida et repartirait dans le courant de l'avant-midi du lendemain.

La journée s'achevait à l'épicerie. Une Ford s'engagea dans la ruelle et s'immobilisa derrière le commerce. Le campagnard en descendit et sa femme alla ouvrir brusquement le portillon. La dinde, effrayée, se réfugia en caquetant dans le hangar.

— Aie pas peur, ma belle, tu me reconnais pas ? s'amusa Florida, c'est ton ancienne voisine d'Ange-Gardien.

Elzéar s'amena avec le sapin, traversa la cour et entreprit de gravir l'escalier pendant que sa femme attendait d'escalader les marches avec la valise. Simone émergea de l'arrière-boutique.

— Tiens, si c'est pas ma Simone ! s'écria le cultivateur.

— En *effette* !

— Regarde le beau sapin que j'apporte à ton père.

— Il a l'air d'un vrai trognon, votre arbre, mononcle Elzéar.

— Est pas mal insultante, la bougresse, lança Florida. Renégate, va ! Ça a aucune espèce de reconnaissance pour ce qu'on a fait pour elle…

Pendant qu'Héloïse tenait Charlemagne d'un bras et touillait la soupe de l'autre, Alida roula vers la porte en évitant de justesse les doigts de Stanislas qui rampait sur le linoléum.

— Comment ça va avec le petit de Léandre ? s'enquit Elzéar. Azurine nous a demandé de s'informer.

— Elle s'ennuie-tu, coudonc ? demanda Héloïse. En tout cas, deux à élever, c'est pas mal d'ouvrage. Qu'elle se gêne pas, si elle veut le ravoir, vous pourriez le ramener à la campagne demain.

— Voyons donc, Loïse, rétorqua l'impotente, Paulette est ben trop attachée à lui, asteure.

Florida parut et déposa aussitôt sa valise. Héloïse lui confia le bébé et alla agripper une vadrouille pour suivre le chemin parsemé d'aiguilles d'Elzéar qui traînait son résineux au salon.

Le magasin fermé, Simone et Paulette étaient passées pour reprendre les marmots, et tout le monde avait regagné son logement. Les campagnards étant affamés, on s'était vite attablés ; le temps de souper, le sapin supporterait la sécheresse de la maison.

La nuit répandait sa noirceur dans les derniers retranchements du jour. En bas, dans la cour palissadée, une main audacieuse avait poussé le portillon et deux ombres au dos arrondi glissaient vers le hangar. Isidore Pouliot et l'aîné de ses fils se postèrent de part et d'autre de l'ouverture pratiquée dans le mur. Tandis que son garçon tendait une ligne au bout de laquelle se dandinait une pelure de patate, Pouliot s'apprêtait à fondre sur la volaille avec une poche de jute.

Le repas terminé, les hommes entreprirent d'installer le conifère. Alphonsine remplissait l'arrosoir à l'évier et Sansoucy chiffonnait des journaux périmés.

— Marcel, tu vois ben qu'il manque la chaudière. Va donc la chercher dans la *shed*, puis en même temps tu regarderas si l'eau de la dinde est gelée dans la gamelle.

L'adolescent exécuta l'ordre de son père et rebondit au logement en refermant sans ménagement la porte de la cuisine. Émilienne échappa une grande assiette qui fit éclabousser l'eau de vaisselle dans ses lunettes.

— Tu pourrais pas faire attention! proféra-t-elle.

— Vous me croirez pas, m'man, mais la dinde est disparue: quelqu'un a laissé la porte de la cour ouverte.

— Ce doit être Florida quand elle est arrivée, commenta Héloïse.

Émilienne se déporta au salon.

— T'en as fait toute une belle, toi, Florida, la dinde de Léandre a foutu le camp. Cherche, asteure, comment on va la retrouver…

— Baptême! aboya l'épicier. Ça vaut la peine de se forcer pour engraisser de la volaille.

Chapitre 17

Pour ainsi dire, Théodore Sansoucy était doublement endeuillé. Son ami Philias parmi les trépassés de ce monde et sa volaille disparue, son existence était devenue terne, aussi mate que la morne pâleur de la cire, aussi *moche* que la cire fondue qui coulait au pied du chandelier. Marcel avait refusé de partir à la recherche de l'oiseau de son père. «Me prenez-vous pour un cave? Allez-y, vous!» avait-il rétorqué. L'épicier avait maintenant un peu plus d'empathie pour Héloïse qui avait perdu son perroquet. Au moins, elle en avait conservé un souvenir impérissable: Nestor trônait toujours dans la cuisine.

Le dimanche après Noël survint, aussi sûrement que le jour après la nuit, que l'été après l'hiver, que le beau temps après la pluie. Depuis une semaine, Alida manifestait le désir d'accompagner Émilienne pour visiter le petit Jérémie. Les garçons de l'immeuble avaient manœuvré afin de répondre au vœu de l'impotente de la faire descendre sur le trottoir. Une fois rendue à l'hôpital, on s'arrangerait bien pour dénicher de l'aide.

Emportée par le désir de ne pas perdre une seconde des deux heures accordées aux visiteurs, Bertha Pouliot avait pris les devants de la compagnie et marchait d'un pas résolu vers le 410. Le temps que la mère s'enquière de la santé de son fils, Alida parut dans la chambre. Elle avait tenu à se déplacer elle-même sur les parquets cirés dans l'aile des tuberculeux pour atteindre le jeune malade. Comme la vieille tante s'y était attendue, Colombine n'avait manifesté aucune compassion pour sa personne et, une fois sur l'étage, l'impotente avait refusé la main secourable d'Édouard en disant qu'elle était assez autonome, qu'elle n'était pas aussi handicapée que les grands malades confinés dans une pièce.

La fièvre des fêtes avait atteint l'institution. Les religieuses et les gardes-malades avaient tout mis en œuvre pour donner une touche festive à l'environnement et apporter un peu de bonheur aux bénéficiaires. La veille de Noël, au soir, les malades alités dès huit heures avaient été réveillés par une cloche une heure avant minuit. Puis ils s'étaient habillés afin de se rendre à la chapelle, tout illuminée et décorée pour l'événement. Tandis que les sœurs et les infirmières occupaient la nef, les jubés latéraux débordaient de malades, des paralytiques et autres éclopés assistaient à la cérémonie dans leur fauteuil roulant ou même dans leur lit.

Après la messe, les malades avaient été accueillis au solarium où on avait dressé une table garnie de tourtières, de gâteaux, de fruits et de boissons gazeuses.

— Avez-vous mangé de la bonne dinde comme nous autres ? demanda madame Pouliot.

— Non, mais il y avait plein de bonnes choses, m'man, répondit Jérémie.

— D'abord, on va s'arranger pour t'en garder un peu pour ton congé du jour de l'An.

Émilienne jeta un regard torve à sa cliente. Même si madame Pouliot était en brouille avec son mari l'épicier, elle fréquentait toujours son commerce.

— C'est ben pour dire, madame Chose, il y a de quoi qui m'échappe, exprima-t-elle. Je vous ai pas vue commander une volaille pour Noël. Avez-vous acheté ailleurs, coudonc ? Ou ben ! À moins que… Je sais pas si c'est un adon, mais l'animal que mon mari avait engraissé a justement disparu ces jours-ci. Ça prend-tu des effrontés puis des mal élevés pour chiper le bien des autres !

— C'est juste si vous m'accusez pas, madame Sansoucy. Pensez ce que vous voulez, mais cette dinde-là, vous l'aviez même pas achetée : c'est votre Léandre qui l'a gagnée dans un jeu de tir à la campagne. Tout le monde l'a su dans le quartier, c'était à lui de pas se vanter.

— Donnez-lui donc le bénéfice du doute, maman, plaida Édouard. Vous n'avez aucune preuve de sa culpabilité.

L'épicière n'en demeura pas moins convaincue que la pauvresse avait dérobé la volaille. Le visage empreint de sollicitude, Alida ouvrit sa bourse et tendit un billet au poitrinaire.

— Tiens, Jérémie, vous êtes déjà assez dans la misère de même, exprima-t-elle.

— Voyons, mademoiselle Grandbois, commenta Bertha Pouliot, c'est de la *grosse* argent, ce que vous sortez là.

Émilienne avait eu le sentiment d'avoir été trahie par sa sœur. De retour au logement, elle en causerait avec son mari déjà en rogne contre les Pouliot. De toute évidence, les miséreux avaient commis un geste répréhensible. En son âme et conscience, elle se devait de les dénoncer. Cependant, plus elle jonglait avec l'idée, plus la pitié gagnait son cœur généreux. Elle opta pour suivre la petite voix qui lui parlait dans le silence de son for intérieur.

Pour la famille Sansoucy, l'année 1936 s'était dépouillée de ses hardes de petites misères et 1937 revêtait les habits neufs de l'espoir. L'épicier essayait de sourire à l'année qui venait malgré l'abandon des études de son fils Placide, décision qu'il avait vue venir comme un incontournable. « J'ai trouvé ma voie dans le journalisme », lui avait-il dit. Émilienne avait reçu son monde aux fêtes. Édouard ne filait pas le parfait bonheur avec Colombine, mais semblait s'accommoder assez bien de ses petits caprices de fille unique. Un jour le couple s'établirait ailleurs que dans la résidence des Crochetière. C'est ce qu'on leur avait tous souhaité au jour de l'An.

Pour l'heure, rien ne semblait déroger à la vie tranquille d'Irène, aucun prétendant ne se pointait à l'horizon, et il y avait fort à parier qu'elle finirait vieille fille comme ses tantes. Par contre, l'orientation sexuelle de Placide semblait couvrir la famille d'un froid, mais pour les convenances le défroqué s'était abstenu de présenter son ami ; la peur du ridicule l'oppressait et il craignait d'être rejeté par les siens. Léandre, lui, s'était départi de la lourde chape de dettes qui l'accablait. *La Belle au bois dormant* était bel et bien morte et enterrée : elle faisait définitivement partie des décombres. Mais la vie manquait un peu du piquant qu'il avait connu et des idées lui trottaient dans la tête. Simone n'entretenait aucun projet précis. Au travail, elle prenait officiellement la relève de Placide et, pour l'instant, elle refusait de voir plus loin que le bout de son nez. Et Marcel empilait le plus qu'il pouvait. «Il n'y a pas de presse à me marier ; Amandine va m'attendre», disait-il.

Mais les premiers jours de l'année furent vite assombris par une effroyable nouvelle qui s'abattit sur tout le Québec et qui eut un rebondissement bien au-delà des frontières. La veille de la fête des Rois, *La Patrie* titrait : «Le thaumaturge de l'Oratoire a reçu les derniers sacrements ce matin». Le frère André était alité à l'hôpital de Saint-Laurent depuis la veille de Noël. Les Pères de la congrégation de Sainte-Croix le recommandaient aux prières des catholiques de la métropole. En tant que journaliste, l'ex-religieux suivait de près les événements.

Placide avait survécu à une nuit dans le fumoir de l'étage de l'hôpital, recroquevillé dans un fauteuil sous une couverture épaisse. Après des ablutions matinales rudimentaires, il arpentait le corridor, surveillant les moindres allées et venues à la chambre du vénérable. Jusqu'à maintenant, il s'était adressé à une garde-malade qui n'avait pas voulu lui divulguer quoi que ce soit, prétextant qu'elle n'était pas autorisée à le faire. Déçu, il avait ensuite espéré le médecin soignant pour lui soutirer quelques renseignements. Le docteur Lionel Lamy avait consenti à lui dire que le vieillard était inconscient, qu'il faiblissait, qu'il en avait pour au plus vingt-quatre heures. Finalement, il avait réussi à intercepter le

R. P. Alfred Charron, supérieur provincial, qui venait de donner le sacrement des mourants. Avec tout ce qu'il savait du passé d'Alfred Bessette, il avait rédigé son article pour le journal.

Placide s'estimait chanceux. D'autres reporters faisaient le pied de grue dans le couloir et, repoussés par des infirmières de l'étage, ils n'avaient réussi qu'à obtenir des bribes d'informations. Cependant, la journée avançait et la faim le tenaillait. La lente agonie du moribond s'éternisait. D'un moment à l'autre, on apprendrait que le saint homme avait trépassé. Il offrit ses petites souffrances à Dieu et s'immobilisa comme les autres journalistes.

Alex D'Avignon surgit au tournant du corridor et s'approcha de lui, l'air agité.

— Je t'ai apporté un lunch, dit-il, tu dois crever de faim.

— C'est bien aimable à toi, mais qu'est-ce que t'as mis dans l'autre sac ?

— De la lecture, mon cher, parce que je sais que tu ne reviendras pas sur la rue Chambord tant et aussi longtemps que le frère André n'aura pas rendu l'âme.

— Il n'y a pas de frère André qui meurt tous les jours, Alex. Après on va passer du temps ensemble, je te le promets. Puis toi, qu'as-tu au programme aujourd'hui ?

— Pas grand-chose. En partant d'ici, je m'en vais au bureau pour rédiger un article sur un vol dans une quincaillerie. Tu le sais bien, Placide, c'est rendu que je couvre juste des événements de second ordre puis des affaires plates. C'est un peu comme si tu avais pris ma place au journal.

D'Avignon avait haussé le ton. Des têtes de journalistes s'étaient retournées. Une garde-malade était sortie d'une chambre et elle avait fixé des yeux mauvais sur les deux jeunes hommes qui conversaient. Ne pouvant supporter ces regards accusateurs, Alex tourna les talons et prit congé.

Placide regagna le fumoir et il engloutit le sandwich que son compagnon avait préparé. Puis il se releva avec *Les Misérables* qu'Alex avait apporté et alla se poster près de la célèbre porte, farouchement déterminé à attendre l'heure fatidique. Car le vieillard semblait lent à s'éteindre.

Une longue veillée funèbre s'entama. Placide replongea dans la lecture de son roman, interrompue par le passage des membres du personnel. Et lorsque le silence s'invitait trop longtemps, ses yeux de lecteur abandonnaient ses lignes et se braquaient sur la chambre de l'agonisant. Mais rien de significatif ne survint jusqu'à ce que trois médecins se réunissent à son chevet.

Vers onze heures trente, alors qu'il s'absorbait dans le texte de Victor Hugo, des confrères et des amis du saint religieux s'engouffrèrent dans la pièce. Bientôt, des litanies de saint Joseph remuèrent les lèvres en reprenant les prières tant de fois redites par le très honorable frère.

Des pleurs s'échappèrent. La petite foule rassemblée récita le *De profundis* et gagna la meute de journalistes. Avant que l'aube transperce la nuit, le ciel rappelait celui qui avait soulagé tant de misères physiques et morales.

***

Une agitation inaccoutumée s'était emparée des Montréalais. La vie de la métropole était perturbée. Des pèlerins affluaient des villes et des campagnes, et même de la Nouvelle-Angleterre. On s'acheminait par voiture, par autobus et par train. Malgré la température exécrable, malgré les rues et les trottoirs glissants, à l'Oratoire on défilait par milliers devant le modeste cercueil de bois. Irène et sa tante Alphonsine s'étaient levées de bon matin pour se rendre au sanctuaire. Les commerces, les usines, tout semblait fonctionner au ralenti. Et Théodore Sansoucy, beaucoup moins catholique que le pape, pestait devant les siens contre l'événement qui lui enlevait de la clientèle.

Il venait de jeter *La Patrie* sur le coin du comptoir-caisse quand Léandre reprit l'exemplaire du journal.

— Avez-vous remarqué, le père, que dans l'article il est dit que des cheveux sur le crâne du frère André ont été volés ? Ça prend-tu des bons chrétiens pour faire ça ! Les supérieurs de la Congrégation ont demandé du renfort à la police de Montréal pour surveiller les visiteurs !

— Ben oui, dit Émilienne, il y en a même qui voulaient arracher des morceaux de soutane.

— Moi puis les reliques, c'est toutes des bondieuseries, ces affaires-là, commenta Simone.

Paulette hocha la tête en guise d'approbation.

— En tout cas, c'est pas ben bon pour le négoce, cet événement-là, dit l'épicier.

— Faites-vous-en pas, le père, commenta Léandre, le monde qui vient pas au magasin aujourd'hui va ben finir par manger.

— En tout cas, le père, énonça Marcel, laissez-moi vous dire que les épiceries dans le bout de l'Oratoire vont faire des affaires d'or.

— Eille ! fit Léandre, en gratifiant son frère d'une bourrade à l'épaule. Tu me donnes une idée…

À mesure que Léandre exposait son plan, les yeux de l'épicier grandissaient et ses moustaches frémissaient de convoitise. Il se voyait faire un coup d'argent en quelques jours.

— J'y avais pensé un peu, mentit-il, mais j'osais pas vous le demander, ça va être pas mal d'ouvrage, vous savez. Qu'est-ce que t'en penses, Mili ?

— Si on est pour faire des sandwiches à un million de personnes, faut commencer tout de suite, répondit-elle, avec enthousiasme.

Pendant que le boucher affûtait ses couteaux, Émilienne sortait la viande de la glacière, Simone et Paulette raflaient tous les pains des tablettes, et les deux garçons sautaient dans le camion pour faire une commission.

Quand Léandre et Marcel revinrent de l'épicerie Chevalier avec des provisions supplémentaires, le comptoir-caisse était tapissé de tranches de pain recouvertes de jambon et de *baloney*.

Le tintement de la clochette annonça la venue d'une cliente. Bertha Pouliot apparut.

— Attendez-vous de la grosse visite, coudonc, madame Sansoucy ? s'enquit-elle.

— Elle vient d'entrer, la grosse visite ! dit Léandre.

— T'es pas mal impoli, mon garçon, rétorqua la dame. Je sais pas ce qui me retient de te flanquer une bonne taloche.

— J'en connais des plus effrontés, madame Pouliot, proféra l'épicier.

La réplique du commerçant l'avait réduite au silence. Afin de lui montrer qu'elle n'était pas rancunière et pour que la cliente se sente pardonnée pour le vol de dinde commis, Émilienne lui proposa de mettre la main à la pâte. La cause en valait la peine, elle accepta volontiers, à la condition qu'elle ne reparte pas les mains vides pour nourrir sa famille.

Des douzaines de boîtes de sandwiches et de boissons gazeuses s'acheminaient à présent vers l'Oratoire. À la dernière minute avant de partir, sous l'insistance de sa mère, Léandre avait consenti à ne pas apporter de caisses de bière, attendu que l'événement ne prendrait pas la forme d'une réjouissance.

Les rues encombrées de voitures à cheval et de véhicules de toutes sortes avaient ralenti la course du camion de livraison. Au loin, Marcel observait le mont Royal et sa basilique inachevée.

Au pied du sanctuaire, une foule nombreuse et affamée s'étirait depuis la crypte pour vénérer la dépouille du regretté personnage. Mais le Fargo était immobilisé, pris dans un embouteillage monstre comme jamais Montréal n'en avait connu. On avait beau klaxonner, le son n'était pas suffisant pour faire débloquer le trafic.

Pendant ce temps, les doigts crispés sur le volant, Léandre débitait des sacres et fulminait des imprécations sans discernement contre l'organisation des Pères du sanctuaire qui n'avaient pas eu l'intelligence de prévoir un tel débordement de fidèles.

— Arrête de peser sur le criard, tempéra Marcel, tu devrais fumer une cigarette, ça va te calmer.

— T'as pas l'air de réaliser qu'on est bloqués, puis que si ça continue on va perdre notre stock. On en a pour une fortune, en arrière. Même si on réussissait à revirer de bord, que c'est qu'on ferait avec tant de nourriture ?

Le conducteur relâcha le volant et alluma une Sweet Caporal en faisant la mimique grimaçante des fumeurs.

— J'ai faim ! dit Marcel.

— Tant qu'à pas grouiller, t'es aussi ben d'aller te servir dans la grosse boîte à lunch. T'as de quoi te bourrer la face.

Marcel descendit dans la rue et alla ouvrir une porte arrière. Puis il décapsula un Coke et agrippa un sandwich qu'il commença à grignoter. Alors qu'il s'apprêtait à refermer, des piétons qui progressaient en masse serrée sur le trottoir s'approchèrent du camion de l'épicerie-boucherie Sansoucy.

Le Fargo fut littéralement assiégé. Le petit commerce ambulant, plutôt lent et contenu au début, se transforma rapidement en une débauche effrénée de pèlerins qui se précipitèrent sur les lieux. Comme la nourriture miraculeuse envoyée par Dieu aux Hébreux dans le désert, chacun se servait gracieusement et sans aucune retenue.

Le visage effaré, l'œil furibond, Léandre quitta le volant et surgit au milieu de l'agitation.

— Bande de voleurs! proféra-t-il.

Le temps de le dire, les provisions étaient épuisées. Mais les maigres recettes étaient loin de compenser la valeur des denrées disparues.

Les piétons qui avaient pris d'assaut le prodigieux pourvoyeur étaient retournés sur les trottoirs. Derrière, les automobiles klaxonnaient. Le trafic perturbé de la rue avait repris timidement son flot pour s'immobiliser à nouveau quelques dizaines de pieds en avant.

***

Les oreilles agglutinées à la radio, Émilienne, Héloïse et Alida suivaient les communiqués de presse et les émissions spéciales diffusées ce jour-là. La paix dans la maisonnée, Sansoucy fumait sa pipe en pensant aux fabuleuses recettes qu'il engrangerait. Au surplus, il avait été prévoyant. Le matin, après le départ de ses fils, des fournisseurs lui avaient livré du pain, des viandes et des boissons gazeuses en quantité. Car deux autres journées d'abondance venaient. Le vendredi et le samedi, jour des obsèques, les pèlerins s'arracheraient par centaines ses liqueurs et ses savoureux sandwiches.

Mais Léandre et Marcel tardaient, et Sansoucy commençait à frémir d'impatience. Il se leva de sa berçante, vida sa pipe dans le poêle et alla retrouver les femmes.

— Coudonc, exprima-t-il, ils ont-tu décidé de coucher à l'Oratoire?

— Tu sais ben, Théo, qu'ils vont finir par retontir avant longtemps, commenta Émilienne. Je m'en fais ben plus pour Irène et Phonsine. À l'heure qu'il est, elles vont sûrement arriver par le dernier tramway, ma foi du bon Dieu. Changement de propos, l'émission de radio achève, on devrait jouer aux cartes pour rester réveiller en attendant les autres.

L'épicier démontra sa contrariété par une moue boudeuse, mais consentit à former la seconde équipe avec Alida.

Il était presque onze heures quand Marcel gravit les marches de l'escalier qui menaient au logis. Il avait cet air débiné qui annonce les grandes catastrophes. La physionomie du marchand se moula sur celle de son fils.

— Puis ? demanda-t-il, la lèvre tremblante.

— Ben ! Ç'a pas été comme on pensait, le père. Les pèlerins ont fait une razzia dans notre *truck*.

La figure de Sansoucy s'empourpra de colère. Il jeta ses cartes sur la table.

— Baptême ! Ça prend-tu une bande d'innocents !

Il continua à déblatérer des insultes contre les chrétiens et l'hypocrisie qu'ils avaient manifestée dans leur comportement de pilleurs.

— Prends sur toi, Théo, j'ai pas envie que tu ailles rejoindre le frère André dans son mausolée.

— On a quasiment rien ramassé d'argent, le père…

Effondrée, Émilienne s'était prostrée sur sa main de cartes et exhalait de profondes expirations.

— Que c'est que vous allez faire des sandwiches que vous avez préparés pour demain puis le jour des funérailles ? s'enquit Héloïse. Vous avez l'air fin, asteure.

Irène et sa tante Alphonsine surgirent dans l'appartement. Exténuées, elles avaient néanmoins cette expression transfigurée des êtres rayonnants, empreints d'une intense félicité. Émilienne releva la tête.

Avec ostentation, Irène ouvrit son sac à main et exhiba un fragment d'étoffe.

— Que c'est ça ? s'écria Émilienne.

Alphonsine sortit une paire de ciseaux de la poche de son manteau en arborant un sourire de ravissement.

— Un morceau de soutane du frère André ! déclara-t-elle, en faisant claquer dans l'air quelques brefs coups de ciseaux.

Chapitre 18

Irène s'était levée tôt, comme transportée par une allégresse et désireuse de se rendre à la messe en guise d'Action de grâce pour sa journée de pèlerine. Après le déjeuner, elle prépara son lunch avec un sandwich entreposé dans la glacière du magasin et s'en fut à la Canadian Spool Cotton. Comme à l'accoutumée, elle serait en avance à son travail. Elle se savait prise de la maladie des foules et des grands espaces, et la veille elle s'était fait violence pour se noyer dans la marée humaine de l'Oratoire.

Une des premières, elle entra par la porte des employés et présenta sa carte à Télesphore Despatie, un petit homme sec qui avait moulé sur sa figure un masque mortuaire. Le pointeur considéra gravement l'employée.

— Vous êtes attendue à l'*office*, mademoiselle Sansoucy, dit-il.

Irène se sentit fautive. On avait noté son absence et on lui adresserait des remontrances. Toutefois, elle se débattrait auprès du patron pour se justifier.

Walter Downing était un homme droit, s'exprimait dans un français approximatif et il était respecté des travailleurs de l'usine. Mais en matière de religion, il était d'une extrême intolérance. D'aucune façon la pratique religieuse et les démonstrations relatives au culte ne devraient empêcher un employé d'accomplir son travail.

Irène allait prendre place sur la chaise devant le bureau.

— C'est pas la peine de vous asseoir, mademoiselle. Ce que j'ai à vous dire prendra une minute. Pourquoi vous étiez pas à la *shop*, hier?

— Je suis allée à l'oratoire Saint-Joseph pour voir la dépouille du frère André.

— Vous admettez donc que vous étiez pas malade…

— Souvent les gens vont au sanctuaire pour demander une guérison, mais moi j'étais comme des milliers d'autres qui désiraient rendre un dernier hommage au saint frère, admit-elle, la voix altérée.

Downing s'accorda un moment de réflexion, puis il déclara sèchement :

— Vous êtes congédiée, mademoiselle Sansoucy.

Soumise à la décision du dirigeant, Irène baissa la tête et prit congé.

L'aînée retournait à présent chez elle, la tête effarée, le cœur chaviré. Comment se faisait-il qu'elle n'avait pas crié son indignation, qu'elle n'avait pas eu la force de combattre, qu'elle s'était écrasée si facilement ? Elle s'accusait de tous les noms, s'affublait de toutes les faiblesses. Maintenant, elle se retrouvait devant rien, désarmée, anéantie, défaite.

Elle avait gravi les marches d'un pas feutré, avec la discrétion des fantômes qui se glissent sous les portes, et parut dans la cuisine.

— Déjà ! s'exclama Émilienne, ça fait pas une heure que t'es partie.

— J'ai été remerciée parce que je suis allée à l'Oratoire plutôt qu'à la manufacture hier, moman.

— Ah ! ben, par exemple, ça se passera pas comme ça, riposta Alphonsine. Je vas lui parler, moi, à ton *boss*.

— Je le connais, moi, monsieur Downing, il va te revirer de bord assez vite, déclara Héloïse. C'est moi qui a fait rentrer ma nièce à la Spool Cotton, c'est donc à moi de la défendre, revendiqua-t-elle.

Héloïse et Alphonsine s'habillèrent et entraînèrent Irène à la manufacture.

Dans la salle d'attente, une employée en pleurs sortit en trombe du bureau et se jeta dans les bras d'une compagne éplorée.

— Irène, pour moi t'es pas la seule à être renvoyée, commenta Alphonsine.

— C'est ben en quoi, rétorqua sa sœur, on peut pas laisser faire ça de même sans regimber.

Héloïse s'élança précipitamment vers la porte entrouverte. Alphonsine alla la retrouver dans le bureau. En tant qu'ouvrière retraitée de la compagnie, sa sœur prit d'abord la parole, disant qu'elle trouvait injuste la mise à pied de leur nièce, qu'aucune raison valable ne justifiait un tel geste envers une employée exemplaire qui avait toujours fait preuve d'une assiduité et d'une ardeur au travail. Quant à Alphonsine, elle jugeait regrettable qu'un incroyant comme le patron d'Irène démontre une étroitesse d'esprit.

— Admettez-le donc, monsieur Downing, argumenta Héloïse, vous n'avez aucune reconnaissance pour ma nièce et vous n'avez aucune considération pour mes années de service à la compagnie.

— Parlons-en, de considération, mademoiselle Grandbois. Si vous ne vous souvenez pas de vos dernières années à la Spool Cotton, je me charge de vous rafraîchir la mémoire.

Héloïse fronça les sourcils et darda sur Walter Downing un regard suspicieux. Le patron rappela que la compagnie savait qu'elle avait chipé nombre de fois des bobines de fil qu'elle apportait au magasin de tissus et de coupons de sa sœur et qu'elle avait fermé les yeux sur son petit commerce malhonnête.

Désarçonnées, les sœurs Grandbois tournèrent les talons et quittèrent prestement le bureau. Alphonsine abandonna Irène et Héloïse et s'achemina à son magasin.

Au logis, Simone et Paulette espéraient le retour d'Héloïse pour s'occuper de Stanislas et de Charlemagne. Sansoucy, prévoyant une autre journée désastreuse à l'épicerie, leur avait permis de s'absenter. Mais Paulette ne voulait pas être en dette envers son beau-père. Et au bout d'une demi-heure, Simone se désespérait de voir si peu progresser son fils. Ce fut avec soulagement qu'elle vit revenir Héloïse, mais fort étonnée de voir Irène qui s'empressa d'enlever son manteau et de prendre Stanislas.

— Je vais garder les petits avec tante Héloïse et tante Alida, dit Irène.

— Ça n'a pas marché ? exprima Émilienne, l'air désolé.

— C'est ça quand on a affaire à un athée ! dit Héloïse. Mais faut pas s'en faire, une bonne travaillante comme ta fille va se trouver une autre *job* ailleurs.

«Rien n'est moins sûr ! se dit Irène, en pensant à sa relique. L'événement d'aujourd'hui est peut-être un signe du ciel pour réaliser mon rêve… »

À la caisse, Émilienne et Paulette devisaient sur le renvoi éhonté d'Irène. Debout à la vitrine de son épicerie-boucherie, les mains sur les hanches de son tablier, Sansoucy promenait un regard tourmenté dans la rue Adam en digérant ce qu'il venait d'apprendre de la bouche même de sa femme : Irène était à présent sans emploi et ne pourrait donc pas lui payer une pension. Il n'avait pas d'emprise sur l'avenir de sa fille, mais pour l'heure il ferait tout pour éviter une perte et récupérer l'argent investi dans la confection de sandwiches. En songeant à l'emmagasinage qui jonchait son comptoir des viandes ou qui reposait dans sa glacière, au milieu des rires qui fusaient du fond du magasin, le marchand se déporta dans l'arrière-boutique. Simone s'entretenait plaisamment au téléphone avec un fournisseur pendant que Léandre et Marcel s'affrontaient aux dames.

— Vous allez me lâcher ça tout de suite, ce jeu-là, brama Sansoucy. Vous perdez votre temps. Puis ça m'enrage rien que de savoir qu'on a plein de stock qui va se gaspiller…

— Ben vous le savez aussi ben que nous autres, le père, qu'il y a pas grand-chose à faire, répliqua Marcel.

— Je connais quelqu'un pas ben loin de moi qui s'en est payé du bon temps à jouer aux dames avec Philias Demers, ajouta Léandre.

— Qui c'est qui est le patron, ici dedans ?

— Vous êtes encore en train de monter aux barricades, le père, riposta Léandre.

— Je monterai ben aux barricades que je voudrai, puis quand je voudrai ! tonna l'épicier.

Léandre asséna un solide coup de poing sur le damier, se leva brusquement et alla reculer son véhicule dans la ruelle. Sous le regard atterré de l'épicier, avec l'aide de Marcel, il se mit à charger tout ce qu'il pouvait de sandwiches dans son camion.

Entre-temps, Simone avait raccroché le combiné, Émilienne et Paulette s'étaient déplacées dans l'arrière-boutique et observaient la fin du chargement.

— Voulez-vous ben me dire où c'est qu'ils s'en vont ? s'étonna Émilienne.

Léandre referma bruyamment les portes du camion.

— Tant qu'à faire de quoi, je vas vous régler votre problème de sandwiches, le père ! proféra-t-il. Viens, Marcel, on décolle…

Le chauffeur reconnaissait qu'il avait agi sur le coup de la colère : il ne serait pas dit qu'il avait été payé à ne rien faire toute la journée. Dans son emportement, il n'avait pas fait part à son frère de sa destination. Pour s'apaiser, il lui demanda de lui allumer une cigarette. Puis, lorsque le camion entreprit la traversée du pont

Jacques-Cartier, il lui déclara qu'ils se rendaient chez le voisin de leur oncle Elzéar. Le fermier aurait de quoi nourrir les habitants de sa porcherie pendant quelques jours.

Il devait être autour de dix heures quand le Fargo s'immobilisa dans la cour. Madame Descôteaux revêtit sa bougrine, enroula un foulard autour de son cou et sortit sur la galerie. Léandre actionna la manivelle de la portière.

— Que c'est que vous voulez? demanda la fermière.

— Votre mari est là?

— Il est allé avec Azurine soigner les vaches de votre oncle qui est parti à l'Oratoire.

— Prendriez-vous des beaux restants pour vos cochons?

— Ça dépend, je vas aller voir ça…

Le chauffeur alla ouvrir les portes de son camion. Madame Descôteaux descendit les marches et s'approcha de la cargaison.

— Vous pouvez reculer au ras de la soue, dit-elle. Je vas vous donner un coup de main.

Après le déchargement, la paysanne offrit une tasse de thé aux deux citadins. Avec une voix émue, elle s'informa de Charlemagne. Azurine ne semblait pas s'ennuyer du petit. L'enfant avait maintenant une vraie mère, c'était l'essentiel.

S'il y en avait un qui avait perdu son temps en avant-midi, c'était bien l'épicier lui-même. Émilienne et sa belle-fille avaient dépoussiéré les tablettes. Au lieu de s'embêter avec son père à l'humeur massacrante, Simone lui avait demandé la permission d'aller à l'*Ontario's Snack-bar* pour prendre un Cream Soda avec les employées. Entre les rares clientes qui s'étaient présentées à son commerce, Sansoucy s'était rassis au damier pour disputer des parties avec un joueur imaginaire. Mais ce qui advenait de la marchandise le tenaillait et le ramenait sans cesse à la réalité.

— Le v'là! s'écria Émilienne.

Théodore s'élança vers la vitrine pour voir descendre ses fils.

— C'est fait, le père, dit Léandre. Cherchez plus où sont passés vos maudits sandwiches, les cochons les ont mangés.

— Comment ça, les cochons?

— On s'est ramassés à la campagne, chez le voisin de mononcle Elzéar, puis la bonne femme Descôteaux nous a fait décharger notre cargaison dans la soue. Ça fait que achalez-nous plus avec vos sandwiches à marde…

— C'est du vrai gaspille! brama l'épicier.

— C'est aussi ben de même, commenta Émilienne. Autrement, on aurait sacré ça aux vidanges. Au moins, ça va servir à quelque chose.

— Madame Descôteaux nous a dit que mononcle Elzéar pourra vous apporter un beau gros cochon ben gras quand ça va être le temps de faire boucherie à l'automne, badina Marcel.

L'épicier eut un sourire de dérision en se rappelant ce qui était survenu avec la dinde d'Ange-Gardien que les Pouliot lui avaient chipée. Léandre et Marcel se rendirent derrière le comptoir des viandes et prirent quelques-uns des sandwiches qu'ils avaient conservés pour leur dîner.

* * *

Les démarches d'Héloïse auprès de la compagnie pour convaincre monsieur Downing de reprendre Irène avaient été vaines. Elle avait essuyé un revers qu'elle s'empresserait d'oublier. En revanche, elle avait beaucoup apprécié l'aide que sa nièce lui avait apportée pour s'occuper des enfants. De son côté, Irène avait été soulagée de terminer sa journée de garderie. Une fois de plus, elle avait constaté qu'elle n'avait pas l'âme d'une mère, ce qui la confortait dans son état de vieille fille. Elle ne savait pas pour autant ce qu'elle ferait de ses journées dans les semaines suivantes, mais une idée insistante faisait son chemin dans son esprit.

Réveillée par un désagréable tambourinement, elle se leva et alla à la fenêtre. Une pluie, comme en réservent parfois les mois d'hiver, mouillait le vitrage. «La nature a le don de s'associer aux événements marquants», pensa Irène. Une pareille température allait sûrement attiédir la ferveur des pèlerins et il serait plus facile d'assister aux obsèques. Il était encore tôt. Malgré sa phobie des masses et des grands espaces, elle reprendrait le premier tramway du samedi pour se rendre aux funérailles du grand thaumaturge. Sans faire de bruit, elle fit sa toilette, s'habilla en enfouissant la relique dans la poche de sa robe, et prit soin de dresser les couverts pour ceux qui se lèveraient bientôt.

Sous le vent et la pluie abondante, le cortège s'était ébranlé devant l'Oratoire en prenant le raidillon qui menait au chemin de la Reine-Marie et s'était engagé sur le chemin de la Côte-des-Neiges. Il avait ensuite emprunté la rue Sherbrooke jusqu'à la rue Metcalfe, avant de poursuivre sa route jusqu'au lieu des obsèques dans la rue Dorchester. Malgré son empressement, navrée, Irène pensa qu'elle avait dû rater le départ du corbillard; elle s'achemina directement à la cathédrale Saint-Jacques.

Une foule immense contenue par des rangées de policiers avait déjà envahi la place. On récitait des chapelets et des prières à saint Joseph. À l'arrivée du corbillard, des femmes, des enfants et des vieillards se précipitèrent pour toucher le cercueil. Après le passage des porteurs, il était très difficile d'accéder à l'intérieur. Autour d'Irène, des têtes éperdues semblaient émerger d'une marée humaine et chercher leur souffle. Seules quelques personnes réussissaient à être admises dans le temple. Découragés, certains désertèrent les lieux alors que d'autres, plus tenaces, persistaient, comme cet évaporé qui prétendait être un miraculé du frère André et qu'on avait refoulé aux portes.

Irène allait retourner chez elle quand, au milieu de l'entassement des fidèles, elle vit apparaître son frère accompagné d'un jeune homme.

— Je te présente Alex, dit-il.

— Enchantée !

— On permet à des journalistes et à des représentants d'organismes d'entrer, t'as juste à nous suivre, affirma fièrement l'ex-religieux.

D'Avignon se fraya un passage et Placide entraîna sa sœur aînée dans l'enceinte. Serrée entre les épaules de Placide et celles de cet ami, elle se sentait bien protégée. Sans son frère, elle ne serait pas là, à assister à un événement mémorable. Elle remercia le ciel pour le privilège dont elle bénéficiait.

La plus grande simplicité régnait. Aucune banderole, aucune gerbe de fleurs ne décoraient l'église. La nef était remplie à craquer. Des jeunes s'étaient hissés sur les confessionnaux, d'autres étaient juchés sur les calorifères. Des personnalités étaient agenouillées sur les prie-Dieu disposés de chaque côté du catafalque tendu d'un drap noir et or. Irène ne les verrait pas, mais elle se recueillerait et entendrait les hommages rendus à un saint. Les porteurs déposèrent le cercueil sur un chariot. Un chanoine escorté par des enfants de chœur s'avança dans l'arrière-nef. La cérémonie mortuaire allait commencer.

Le service terminé, on transporta les restes du frère André dans le corbillard. Puis s'alignèrent le premier ministre Duplessis, d'autres honorables politiciens, des prêtres, des religieux de différentes communautés, des membres de la famille et des amis. Le convoi funèbre se mit en branle et se dirigea vers l'Oratoire pour l'inhumation du corps dans la crypte, derrière les béquilles des miraculés.

Il pleuvait toujours. Entre Placide et Alex, Irène se voyait emportée par le flot de pèlerins qui marchaient lentement. Elle aurait aimé s'entretenir avec son frère, rapporter quelques nouvelles de la maison, son congédiement inattendu et injustifié, lui dire qu'elle était dans une période de réflexion dont elle tirerait peut-être du bon, finalement. Elle souhaita le questionner sur son travail de journaliste, sur l'abandon subi de ses études qui avait tant fait souffrir son père, et sur ce jeune homme de qui il s'était épris, au désarroi des leurs. Et subitement, se voir mêlée à tant de monde l'étouffa. Au moment où le cortège défilait devant l'édifice Sun Life, elle déclara à son frère :

— J'ai quelque chose pour toi.

Elle déposa sa minuscule relique dans la main de Placide.

— Qu'est-ce que c'est ?

— Un morceau de soutane du frère André, c'est tante Alphonsine qui me l'a donné.

— Où a-t-elle pêché ça ?

— Devine ! Il y a deux jours, elle et moi, on a défilé devant le cercueil ; elle avait apporté sa paire de ciseaux. Je sais que c'est pas bien correct, ce qu'elle a fait, mais ça n'enlève rien à la valeur de la relique.

Comme reprise par le manque d'air qui la suffoquait, elle quitta subitement le convoi.

***

Au dîner dominical, Émilienne était revenue sur les grandioses funérailles et la rencontre fortuite d'Irène avec Placide.

— Comme ça, t'as pas grand-chose à nous rapporter sur Placide ? exprima-t-elle.

— Je vous l'ai dit, moman, que c'était pas une place pour placoter.

— En tout cas, ma fille, avec ton problème respiratoire, t'as été bonne de te promener au mauvais temps puis de prendre un bain de foule comme tu l'as fait.

— Pas tant que ça, moman, après la cérémonie, j'ai pas été capable de retourner à l'Oratoire. Mais vous, je trouve que vous avez l'air ben fatiguée. Au lieu d'aller à l'hôpital pour voir Jérémie, vous devriez rester à la maison, je vas prendre votre place.

— C'est pas de refus, ma fille !

La Packard était garée sur la devanture avec sa passagère. Édouard vit sa sœur emprunter l'escalier. Irène monta à bord.

— On va-tu attendre après votre mère, coudonc ? s'enquit Bertha Pouliot.

— Moman a besoin de repos, madame Pouliot, elle va prendre un petit congé, aujourd'hui.

Irène n'était pas habituée aux hôpitaux. Cependant, elle avait toujours montré de la compassion pour les malades et les éclopés comme sa tante Alida. En pénétrant dans l'institution, elle eut tout à coup l'étrange sentiment d'entrer dans un monde qu'elle connaissait déjà. Elle eut hâte de revoir le petit tuberculeux qui avait habité chez elle.

Sitôt dans la chambre, Bertha Pouliot amorça un pas vers son fils alité.

— Vous êtes mieux de pas vous approcher, m'man, recommanda Jérémie, en plaçant ses deux mains pour la repousser ; j'ai peur de vous transmettre mes microbes.

— J'oubliais! répondit la mère. J'ai tellement hâte de pouvoir t'embrasser comme avant.

— Bonjour, Jérémie! dit Irène. Madame Sansoucy voulait venir, mais je lui ai conseillé de se reposer.

— Ça va faire pareil, dit le malade. Heureux de vous revoir, mademoiselle Irène.

— Il me semble que tu prends du mieux, commenta Édouard, en déposant une boîte de chocolats sur la table de chevet.

Jérémie avait subi des examens routiniers et, effectivement, le mal n'avait pas progressé. Le repos était le meilleur des remèdes. Même s'il était le plus jeune de la chambre, il se mêlait de plus en plus aux conversations de ses compagnons, ce qui rendait la vie plus supportable. Et sur l'étage, comme on le trouvait sérieux pour son âge, on lui avait montré à jouer à un jeu de cartes savant. Par conséquent, pendant ses périodes libres avant deux heures, au lieu d'aller au solarium pour écouter des chansonnettes françaises ou des chansons populaires à la radio, il se retirait dans un petit coin de la salle pour disputer des parties de bridge.

Colombine était ressortie dans le corridor. Manifestement, elle était allée au fumoir pour griller une cigarette. Depuis peu, elle avait trouvé ce moyen de se soustraire à un entourage qui lui déplaisait ou l'ennuyait. Elle ne pouvait plus endurer le récit du petit garçon qui menait une existence si paisible. D'ailleurs, le renvoi de sa belle-sœur ouvrière à la Canadian Spool Cotton relaté en venant dans la voiture ne l'avait guère touchée, et les chroniques quotidiennes de la misérable famille Pouliot la laissaient dans une totale indifférence.

Deux minutes avant quatre heures, Colombine reparut, arborant un air alangui. Sur ces entrefaites, une religieuse à l'aimable sourire se pencha dans l'encadrement de la chambre.

— Ma sœur, l'interpella Irène, est-ce possible de vous parler une minute ?

— L'heure des visites est terminée. Je vais finir ma tournée. J'irai vous rejoindre au poste des infirmières.

Colombine eut un mouvement d'impatience. Elle salua brièvement le malade et devança ses passagers. Irène s'amena, le visage resplendissant d'une merveilleuse clarté.

— Je vais demander un petit entretien à la sœur, exprima-t-elle. Je dois pas en avoir pour bien longtemps.

* * *

Émilienne avait retrouvé des forces. Avec ses sœurs, elle avait planifié un souper qui rassemblerait le plus possible les membres de sa famille. Elle avait tenté sans succès de joindre Placide au journal. Les colocataires l'ayant assurée de leur présence, il ne restait plus qu'à intercepter la Packard au retour de l'hôpital.

La noirceur avait chassé le jour. Seuls quelques lampadaires et la lumière jaunâtre des phares des voitures perçaient la nuit naissante. Avec la pluie abondante des derniers jours, la neige avait été transformée en une dégoûtante barbotine qui salissait les bottes et les manteaux. Sa *blonde* solidement accrochée à lui, la tête nue et le col entrouvert, Marcel faisait les cent pas sur la devanture du magasin. Transie de froid, Amandine s'exaspérait dans l'attente. Elle s'arrêta en tirant brusquement le bras de son amoureux.

— Pourquoi c'est toujours à toi qu'on donne les affaires plates ? questionna-t-elle, la mâchoire sautillante.

— Moi je suis habitué de travailler dehors ; toi, tu peux monter si tu veux. À part de ça, c'est toujours au plus fin qu'on demande des services, s'amusa-t-il.

La Packard surgit à l'angle de la rue et se rangea le long du trottoir en éclaboussant la tenue rose d'Amandine.

— Ouache! Elle aurait pas pu faire attention, ta belle-sœur! s'écria la sauceuse.

Amandine grimpa les marches qui menaient au logement. Marcel s'empressa d'ouvrir la portière à son frère.

— M'man veut absolument que vous restiez à souper, transmit-il.

Irène descendit de l'habitacle. Une conversation qui ressemblait à des pourparlers s'anima dans la voiture. La conductrice éteignit le moteur.

Le repas était prêt. On allait manger tandis que les petits ne manifestaient pas trop. Émilienne demanda qu'on s'installe à la table pendant qu'elle nettoyait le manteau souillé d'Amandine. Léandre avait proposé qu'on serve du vin. L'épicier s'était fait prier, mais il avait consenti à puiser dans ses réserves: la déconfiture subie par la perte d'innombrables sandwiches lui avait coûté cher.

La ménagère revint dans la salle à manger avec Amandine.

— Puis, comment filait notre malade, aujourd'hui? s'informa Alida.

— On peut dire que ça va bien, répondit Édouard.

— Parfois il trouve le temps un peu long, ajouta mollement Colombine.

— C'est tout à fait normal pour ce genre de maladie là, précisa Édouard. Ça va prendre encore quelque temps avant qu'il sorte de l'hôpital.

— J'espère qu'il reviendra pas avec nous autres, exprima Héloïse. On est assez tassés ici dedans.

Sansoucy l'approuva d'un hochement de tête. Irène se retenait d'annoncer ce qui accaparait toutes ses pensées depuis son départ de l'hôpital. Ces années à la Spool Cotton pour soutenir sa famille l'avaient conduite où elle était. Son père serait déçu, mais qu'à cela ne tienne, chacun a droit à son cheminement. Maintenant qu'elle n'avait plus d'emploi, elle achevait de vivre dans cette maison pour se consacrer au soin des malades de l'institution. Elle souffrait d'un mal léger, sa respiration lui faisait parfois défaut. C'était suffisant pour comprendre les plus mal portants.

— Comment tu l'as trouvé, toi, Irène? s'enquit Émilienne.

— Comme quelqu'un qui se résigne à son sort, sans regimber, sans dire un mot plus haut que l'autre, en acceptant ce que la vie nous envoie: c'est admirable pour un jeune, vous croyez pas? Changement de propos, comme vous dites, moman, poursuivit l'aînée, je vais faire mon entrée à Sacré-Cœur cette semaine.

— Ils t'ont diagnostiqué une maladie, coudonc? s'étonna Émilienne. Ton problème des poumons est plus grave qu'on pensait?

— Voyons, la mère, vous êtes encore en train de vous énerver pour rien, rétorqua Léandre. Laissez-la donc s'expliquer.

Irène avait été séduite par le milieu hospitalier et elle avait exprimé le vœu de suivre le cours d'infirmière. Cette semaine, elle allait rencontrer à cet effet la religieuse de la Providence responsable de l'admission des futures soignantes. Elle logerait dans l'aile arrière de l'établissement, mais n'abandonnerait pas sa famille pour autant.

Les visages s'étaient allongés d'étonnement. Émilienne avait subi tout un choc. Elle s'était effondrée sur sa chaise, le corps tortillé comme un tronc de pommetier, pantelante comme un animal grièvement blessé, dont la chair palpitait encore. Elle perdrait la sage de la maisonnée, celle qui tempérait les propos, adoucissait les angles, réconfortait les uns, pardonnait aux autres.

Cette fois, Irène était restée assise. Héloïse et Alphonsine reprenaient à sa place le rôle de consolatrices des affligés qu'elle avait toujours tenu.

Sansoucy recula sa chaise et se leva.

— Ouais ben, pour une surprise, c'en est toute une ! déclara-t-il.

Chapitre 19

Après quelques jours de redoux, comme à l'accoutumée, le temps s'égrenait dans l'âpre froidure de janvier. Malgré l'entassement qui subsistait au logis, Émilienne et Théodore ressentaient un vide immense depuis le départ de leur aînée. Son mari semblait dissimuler mieux qu'elle son désarroi, mais pour Émilienne les soirées étaient imprégnées d'une tristesse que ses sœurs parvenaient mal à dissiper. Et pour tous les deux, le travail à l'épicerie permettait d'oublier un peu son absence.

À la suite d'une période que Sansoucy qualifiait lui-même de vache maigre, le commerce reprenait de la vigueur. Avec tous les avantages et les inconvénients que cela comporte, les ventes étaient en passe d'atteindre le même montant que l'année dernière à pareille date. Mais les affaires étant les affaires, et le monde étant ce qu'il est, il se trouvait toujours quelqu'un pour faire monter la pression de l'épicier ou titiller son ulcère d'estomac.

Toute la journée, la clientèle avait étourdi Émilienne dans un continuel va-et-vient. L'épicière s'écrasa sur son tabouret à la caisse pour profiter du moment d'accalmie. Elle se pencha à l'oreille de sa belle-fille.

— Il y a seulement mademoiselle Lamouche au comptoir des viandes, je vas me faire un thé, dit-elle.

Dora Robidoux surgit avec un petit panier et alla le déposer sur le comptoir-caisse, en arborant un air comme si elle voulait tuer quelqu'un.

— Regardez tout ce que j'ai reçu pour deux piasses, dit-elle : une boîte de préparation à crêpes, une de cacao, un paquet de tapioca, un de blanc-manger, une jarre de moutarde, un pot de mayonnaise, un sac de pois cassés…

— Bon! Ça va faire, madame Robidoux, c'est pas nécessaire d'énumérer toutes les provisions que vous avez dans votre panier, on voit aussi ben que vous, rétorqua Émilienne.

— Ça vaut deux piasses soixante-six, puis ils viennent livrer gratuitement à domicile, poursuivit-elle.

— Moi aussi, j'ai vu l'annonce dans le journal, madame Robidoux, argumenta l'épicière. Mais attention à la publicité trompeuse. Premièrement, ils promettent un deuxième panier gratuit pour les deux cent cinquante premières commandes reçues dans le but d'attirer le plus de clientes possible. Je gage que vous étiez dans les dix premières puis vous en avez eu juste un. Vous êtes sûrement pas la seule à vous être faite avoir. Ensuite de ça, d'habitude ces produits-là, c'est de la seconde qualité. Puis troisiè-mement, la livraison est gratis chez nous aussi. Ça fait que…

Sans gêne, Émilienne pigea dans la corbeille, en extirpa une boîte qu'elle brandit à la figure de la cliente régulière.

— Prenez votre mélange à beignes préparé, par exemple. C'est supposé donner trois douzaines, puis je gage que c'est à peine suffi-sant pour deux. Je veux pas vous dire quoi faire, madame Robidoux, mais à votre place je retournerais ça à la Canada Brands puis je demanderais un remboursement.

— Qui c'est qui vous dit que j'étais pas dans les deux cent cinquante premières à commander puisque ces produits-là sont pas bons? s'indigna-t-elle.

— En plus de ça, vous avez un pot de confitures aux abricots, poursuivit Émilienne, en éludant la question. On en tient dans le magasin, puis vous en achetez même pas parce qu'il y a personne chez vous qui en mange. Essayez pas de me dire le contraire, vous me l'avez déjà avoué.

Mademoiselle Lamouche avait suivi l'échange animé entre l'épicière et sa cliente. Elle s'approcha d'elles avec sa tranche de jambon emballée et soigneusement ficelée.

— Je vas vous l'acheter si vous me faites un bon prix, dit-elle.

— Ça vaut dix-huit cents, mais je vas vous en demander quinze.

— À ce prix-là, j'aime mieux m'en priver.

— Je baisserai pas plus bas.

— C'est un ben mauvais calcul, Dora, parce que, de toute façon, vous allez rester pognée avec votre pot.

Pendant que mademoiselle Lamouche marchandait et que madame Robidoux persistait dans son prix, Émilienne s'éloigna de la négociation et alla se préparer un thé. Deux clientes irlandaises entrèrent et se dirigèrent vers le comptoir des viandes. Dans son arrière-boutique, Simone venait de raccrocher. Elle vit que sa belle-sœur était libre à la caisse. Elle s'en approcha, la physionomie illuminée par un sourire.

— J'ai une petite faveur à te demander, Paulette. C'est rapport à ce soir. Accepterais-tu de garder Stanislas?

— Je veux ben, mais va falloir que tu me dises où tu veux aller.

David désirait assister à une compétition de boxe et elle avait le goût de sortir un peu. Le temps de bavarder avec les serveuses en prenant un Coke à l'*Ontario's Snack-bar*, elle ne reviendrait pas trop tard.

En quelque sorte, depuis que Paulette était devenue mère par procuration, un grand coup de balai avait chassé son existence tourmentée et l'avait remplacée par un bonheur paisible dont elle avait bien besoin. Elle jouissait à présent d'une bonne santé. Les malaises lancinants qui lui avaient tant serré le crâne s'étaient dissipés et n'étaient pas revenus. Et son poids n'était plus un obstacle à l'ardeur de Léandre. Cependant, elle connaissait son homme et elle savait qu'un jour ou l'autre cela reviendrait troubler sa quiétude.

Ses livraisons terminées, Léandre s'acheminait à un débit de boissons. Le commerce concurrent fermant ses portes, Archambault avait racheté la table de billard du propriétaire et comptait l'installer dans une pièce attenante de sa taverne. Sur place, des *mastards* devaient sortir leurs gros bras et, à destination, il se trouverait sans doute quelques clients pas trop *chambranlants* en état de débarquer du Fargo la précieuse acquisition.

Le râtelier n'était pas sitôt installé au mur de la petite salle que, cigarette au bord des lèvres, des amateurs s'emparèrent des queues et se penchèrent sur le drap vert.

— Je vas manger une croûte, puis je reviendrai un peu plus tard, dit le serveur à l'adresse de son patron.

Léandre quitta l'établissement et s'en fut à l'*Ontario's Snack-bar*. Il avait convenu avec Paulette qu'après le petit déménagement il ne retournerait pas au logis. Il avalerait un sandwich au restaurant avant de regagner la taverne pour la soirée. Cela ne lui donnait pas beaucoup de temps pour jaser avec Lise, mais c'était mieux que rien.

En pleine semaine, peu de clients prenaient leur souper au casse-croûte. Selon la programmation du cinéma le plus proche, il se trouvait parfois quelques couples qui se payaient un repas avant de se présenter au programme double.

Léandre entra. Il regarda aux tables à la dérobée. Plusieurs banquettes étant occupées, il s'empressa vers le comptoir.

— Il doit y avoir un bon film, ce soir, dit-il.

— C'est pas nécessaire d'aller au Saint-Denis, au Capitol ou à l'Impérial pour avoir de bons films, commenta Lise.

La serveuse se pencha vers lui.

— As-tu remarqué qui était là ? demanda-t-elle.

Intrigué, Léandre pivota sur son tabouret et se retourna.

— Veux-tu ben me dire que c'est qu'elle fait là, elle, avec un agrès de même ? exprima-t-il. C'est Cyprien Racette, le livreur de Courchesne Larose. Le courtaud a à peu près dix ans de plus qu'elle, puis il est laid comme un derrière de singe. Si David la voyait, le gars serait pas mieux que mort, je te jure.

— Qu'est-ce que je te sers, mon beau ?

Léandre engloutit un sandwich aux œufs et un Seven-Up, et retourna à la taverne.

La petite salle s'animait. Pendant que des spectateurs obser-vaient, une bière à la main, des joueurs discutaient de stratégie autour des billes de marbre dispersées sur la table.

— Tu viens pas nous montrer ton savoir-faire ? s'enquit l'un.

— Je suis au bar, ce soir, mais fais-toi-z-en pas, une bonne fois que je serai libre, je me promets d'en jouer une avec n'importe qui ici dedans. Vous avez besoin de vous pratiquer parce que vous allez en manger toute une, persifla Léandre.

On s'esclaffa d'un rire moqueur.

Sa veillée à la taverne terminée, le serveur regagna le logis. L'amateur de boxe était sur le sofa et fixait la porte d'un œil déses-péré en se rongeant les ongles. Son beau-frère parut dans la pièce.

— On dirait que t'es pas content de me voir, dit Léandre.

— En revenant de la compétition de boxe, je me suis aperçu que Simone était pas là ! J'ai pas osé déranger Paulette, elle doit dormir à l'heure qu'il est. Je suis allé voir chez tes parents, personne avait vu ta sœur de toute la soirée.

— La mère puis le père ont dû s'énerver quelque chose de rare. Elle t'avait pas prévenu qu'elle sortait, coudonc? dit Léandre, omettant à dessein ce qu'il savait.

— Pantoute!

— Moi, à ta place, je m'inquiéterais pas trop. Dans le jour, ça arrive qu'elle va prendre un Coke au snack-bar où elle travaillait. Il y a pas juste toi qui as besoin de se changer les idées, David…

— En tout cas, *watch out* s'il y a quelqu'un d'autre dans sa vie…

Léandre accrocha son manteau, se déchaussa et se rendit à la salle de bain. David atténua la lumière du salon. Dans la demi-obscurité, ses yeux fixaient à présent le seuil et sa tête se remplissait d'une rage muette qui ne demandait qu'à se déverser. Elle en était éprise, il avait toujours été son amoureux. Ensemble ils avaient connu un amour passionné qu'il avait cru éternel, traversé une période d'éloignement, les épreuves d'une naissance non désirée, et une vie de couple heureuse avec un enfant qui ne cessait de les charmer. Pourquoi soudainement s'amouracherait-elle d'un autre?

On cogna discrètement.

Il se redressa et bondit sur la porte.

— Puis? On dormait pas, nous autres, murmura Émilienne d'une voix altérée.

Léandre émergea des toilettes et s'approcha de ses parents.

— Ben non, elle est pas encore rentrée, dit-il. Au lieu de vous faire du mauvais sang, retournez donc vous coucher.

David alla se rasseoir et se replia dans un mutisme inquiétant. Léandre réserva ses commentaires. Comme lui, sa sœur semblait commettre des écarts de conduite. Mais Simone n'était pas une Paulette au pardon facile qui avait maintes fois fermé les paupières sur ses faux pas. Il se rendit à sa chambre pour revêtir son pyjama.

Quelques minutes plus tard, la poignée de la porte de l'appartement tourna lentement. Simone glissa dans l'entrée.

— Ah! Tu m'attendais, chuchota-t-elle d'une voix doucereuse.

Elle avait pris cet air angélique propre à désarmer un bataillon de combattants. David avança vers elle et l'enserra avec force. Elle comprit qu'il lui pardonnerait, qu'elle n'avait qu'à lui raconter son petit boniment. Il avalerait tout parce qu'il l'aimait. Elle referma les paupières.

Au matin, Simone se réfugia vitement dans son arrière-boutique. Cependant, elle savait que ses parents surviendraient d'une minute à l'autre pour la questionner. Léandre avait confié à Marcel et à Paulette que «ça chaufferait en arrière du bâtiment!».

L'épicier alluma les lumières du magasin, sa femme déposa de la monnaie dans son tiroir-caisse et ils s'empressèrent vers leur fille. Simone était demeurée dans la pénombre, comme pour mieux dissimuler les traits de son visage contrit. Le boucher actionna l'interrupteur.

— Tu nous as fait toute une peur, hier soir, ma fille! soupira Émilienne.

— Ça doit aller mal avec son Irlandais, commenta Sansoucy.

— Tais-toi donc, Théo, va pas dire des affaires de même, le rabroua sa femme. Il y en a pas un qui savait quel bord t'avais pris, Simone. Tout le monde s'inquiétait. C'est ben simple, ton père puis moi, on a pas dormi de la nuit. As-tu découché, ma foi du bon Dieu?

— Me prenez-vous pour une catin, coudonc? J'ai ben le droit d'aller au snack-bar de temps en temps pour placoter avec mes anciennes compagnes de travail. Ça arrive que j'y vas en plein jour, puis vous passez pas de remarques. Puis là, parce que c'est le soir, vous me faites toute une histoire…

— Ça m'a l'air que t'en avais long à raconter à tes amies de filles, dit Émilienne.

— Pour moi, elle doit pas aimer son travail au magasin, observa l'épicier.

Le téléphone résonna dans la pièce. Simone décrocha et mit la main sur le cornet acoustique. Elle leva des yeux implorants vers ses parents.

— Prends-nous pas pour des cornichons, s'indigna sa mère. On a les yeux clairs, ton père puis moi. Fie-toi sur nous autres : à partir d'asteure, on va avoir l'œil sur toi, ma fille. Viens-t'en, Théo !

Il y avait de quoi entretenir les soupçons. Émilienne prit congé de sa fille et rejoignit Léandre. Le livreur assura qu'il n'y avait pas matière à dramatiser, que sa sœur était une femme mariée, donc responsable, et que travailler dans un *coqueron* de magasin parmi des boîtes et des barils était assez pour donner l'envie de sortir, le soir, pour s'épivarder à une table de restaurant. Du reste, il lui mentionna que son père avait jadis connu des périodes de *bambochade* et qu'il n'avait, pour ainsi dire, pas de leçon à donner à personne.

La semaine suivante, Simone ressentit la pressante envie de retourner à l'*Ontario's Snack-bar*. Mais elle était embêtée : le livreur de Courchesne Larose fréquentait en alternance la taverne et le restaurant. Sachant qu'il avait ses habitudes de vieux garçon encroûté incapable de rester chez lui toute une soirée, elle ne se rappelait pas laquelle des journées il se rendait au débit de boissons. Après avoir obtenu l'acceptation de Paulette pour garder Stanislas, elle résolut de demander à David la permission de retourner au casse-croûte.

— Je voulais justement aller à la taverne, ce soir, mon amour, répondit-il. Léandre m'a parlé de leur table de *pool*, puis j'ai ben hâte de l'essayer. Je vas laisser faire, d'abord, j'irai une autre fois.

— Non, non, vas-y à la taverne.

— Vas-y, toi, au snack-bar.

Elle avait emprunté cet air dubitatif des personnes qui hésitent à commettre une erreur alors qu'elles ont encore la chance de l'éviter.

— Je te remercie, mon amour, dit-il.

David quitta le logement en songeant que sa femme s'était quand même permis une escapade au snack-bar lors de sa dernière sortie au combat de boxe. Pour éviter des explications épineuses, elle n'avait qu'à confier Stanislas à Paulette et revenir avant lui. Mais il se refusa à admettre qu'elle pouvait recommencer ce qui lui avait déplu. Après sa fredaine, elle lui avait prouvé qu'elle l'aimait comme au premier jour. Il résolut d'oublier l'incident.

Léandre était au bar lorsque son beau-frère s'engouffra dans la taverne. Il avait vu Cyprien Racette traversé dans la salle attenante, celui qui, du haut de ses trois pommes, faisait la cour à Simone. Il estimait que le nabot ne courait aucun danger, attendu que David n'éprouvait pas de méfiance à l'égard d'un être qui suscitait davantage la répulsion que l'attirance. Cependant, la méchanceté des uns ne s'embarrasse pas souvent du malaise des autres.

Dans la pièce empestée par la fumée et la sueur des hommes, une lampe unique pendait du plafond et jetait une lumière glauque sur le tapis vert. Autour de la table de billard, cigarette entre les dents, Racette supputait ses chances de réussite.

— T'es pas capable de la rentrer dans le trou! ricana Réal Gladu.

— À la grandeur qu'il a, il est pas ben équipé pour le faire! commenta Isidore Pouliot.

— Envoye, joue, arrête de *gosser* comme tu faisais l'autre soir au snack-bar avec la petite Sansoucy! osa un troisième.

À ces mots, David se rua sur le petit homme qui recula brusquement et qui alla buter avec violence contre le mur. Effondré sur le plancher, baguette à la main, la lèvre sanguinolente, le courtaud tenta de se relever. David l'empoigna par le collet.

— C'est-tu vrai, ça? tonna-t-il.

— Eille, l'Irlandais! lança Réal Gladu. Tu t'en prends à plus faible que toi.

Léandre surgit dans le tumulte de la salle et s'élança vers son beau-frère.

— Laisse-le! dit-il, t'es en train de l'étouffer.

L'assaillant décocha un coup de poing au visage de sa victime et la relâcha. La figure livide, Racette posa des yeux hagards sur son agresseur qui s'éloignait.

David avait revêtu sa gabardine et marchait d'un pas accéléré en marmottant des jurons contre tous ceux qui se mettraient en travers de son chemin. Racette n'avait connu que la pointe de la haine qui grondait en lui. Il aurait pu lui régler son compte une fois pour toutes, mais grâce à son beau-frère il avait épargné le minable petit homme. Simone, quant à elle, n'écoperait pas des effets physiques de sa fureur, mais elle aurait à subir la rage qu'il avait au cœur. Il entra au logis.

— Simone est pas là? demanda-t-il, l'air ahuri.

— Elle a couché Stanislas puis elle est descendue placoter, répondit Paulette.

Sa belle-sœur était-elle de mèche avec sa femme? Simone s'était-elle rendue à l'*Ontario's Snack-bar* en pensant rejoindre son petit bonhomme? Jamais elle ne passait des bouts de soirée avec sa famille. Et si cela était vrai, il n'allait pas la retrouver et se livrer à une scène devant tout le monde. Loin de l'apaiser, ces pensées l'entraînèrent dans une agitation croissante. Il déboutonna sa gabardine, se déchaussa et alla rassembler quelques vêtements dans sa chambre. Puis il embrassa son fils, se rhabilla et quitta le logement.

Une vingtaine de minutes plus tard, Simone réapparut.

— J'ai pas voulu m'étirer chez mes parents, dit-elle. Je voulais absolument revenir avant David pour pas qu'il pense que j'étais sortie comme l'autre fois.

— Ben il aurait fallu que tu remontes plus tôt parce qu'il est repassé au logis. Puis laisse-moi te dire qu'il avait pas l'air ben ben content.

— Où c'est qu'il est parti?

— Comment veux-tu que je le sache? Il a pris le bord avec ta valise sans dire un mot. Si tu veux mon idée, il aurait fallu que tu restes ben tranquille à la maison. Mais non, t'as voulu faire ta fine avec tes parents en leur montrant que t'étais une bonne fille capable d'accepter les sorties de son mari à la taverne. Après ce que tu lui as fait l'autre jour quand j'ai gardé Stanislas, c'est pas ben ben surprenant qu'il réagisse de même.

— On a rien fait de mal, Cyprien puis moi, tu sauras…

— Tu t'arrangeras avec lui, moi j'ai rien à voir avec tes histoires, j'ai eu ben assez des miennes avec ton frère.

Paulette admettait qu'elle vivait à présent une ère de bonheur avec l'enfant de Léandre et Azurine, mais qu'elle n'était pas prête à revivre d'autres moments aussi pénibles.

Assaillie de regrets, Simone porta ses mains à sa figure et, prise de sanglots, elle alla se jeter sur le sofa. Au petit matin, après avoir étanché ses pleurs, elle regagna son lit.

Léandre n'avait pas rapporté à sa sœur l'incident de la taverne. À lui voir l'air troublé et repentant, il avait déduit qu'elle avait appris d'une quelconque manière que David avait eu vent de sa relation avec Cyprien Racette. Mais la fuite de son beau-frère l'avait laissé pantois. Il commença sa journée à l'épicerie dans l'espoir que l'écheveau se démêle. David devait horriblement souffrir de l'incartade de sa femme. Se pouvait-il qu'il ait fait subir à sa Paulette les mêmes angoisses, les mêmes tiraillements?

Huit heures venaient de sonner. Léandre et Marcel déneigeaient sur la devanture du magasin. Comme en écho aux cloches des églises, Germaine Gladu fit tinter la clochette et se présenta au comptoir-caisse avec son petit papier.

— Bonjour, madame Sansoucy. Mon mari était à la taverne hier soir. Il a tout vu. J'espère que votre gendre est pas trop magané à matin. Les Irlandais sont reconnus pour être buveurs, puis pas mal batailleurs.

— Vous m'en direz tant, madame Gladu! Vous êtes encore en train de partir des cancans…

— Parlez-en donc à votre Simone, elle va vous renseigner, elle.

La cliente s'éloigna de l'épicière et entreprit de musarder devant les tablettes. Étonnamment, deux minutes plus tôt, Simone avait reçu un appel et elle avait exigé qu'on la laisse tranquille dans son coin. Pendant que la cliente régulière s'attardait en souhaitant sans doute l'arrivée d'autres commères, Émilienne faisait semblant de ne pas être touchée par ce qu'elle avait appris. Mais après un moment, envahie d'obsédantes interrogations, elle fonça dans l'arrière-boutique. Simone pleurait, la tête posée sur ses bras croisés. Théodore était accouru avant sa femme; il avait saisi l'appareil et semblait écouter les doléances de son gendre.

— Je le savais donc que je le savais donc que ça finirait de même, dit-il.

L'épicière arracha le cornet acoustique des mains de son mari.

— Je vas lui demander, moi, ce qui s'est réellement passé hier soir à la taverne, décida-t-elle.

David lui expliqua qu'il s'était engagé dans une bagarre avec le livreur de Courchesne Larose parce que sa femme avait été prise en flagrant délit avec lui au snack-bar. Et la veille encore, il avait cru qu'elle avait cherché à le revoir. Émilienne lui confirma alors que sa fille était bel et bien chez elle durant la soirée, que Simone regrettait son écart de conduite et qu'elle serait plus prudente à l'avenir. Puis elle raccrocha.

La jeune femme éplorée se redressa et, la tête dolente, s'essuya les yeux avec la paume de ses mains.

— Pensez-vous qu'il va revenir, m'man ? s'enquit-elle.

Avant de répondre, Émilienne tourna son regard vers son mari.

— Ça, ma p'tite fille, ça dépend ben gros s'il est capable de pardonner…

L'épicière retourna à sa caisse. Des clientes entouraient Germaine Gladu et commentaient l'incident de la taverne Archambault. Elles s'accordaient pour dire que « la *gueuse* avait couru après ses troubles, qu'elle était une enjôleuse, une intrigante et qu'elle était probablement enceinte de l'autre ». Émilienne avait saisi des bribes de leur conversation et s'indignait de constater que sa fille avait si mauvaise réputation.

Elle abaissa sa main potelée sur le comptoir. Un bruit sourd se répercuta dans tout le magasin.

— Ça va faire, madame Gladu ! proféra-t-elle. Avez-vous fini de déblatérer ?

Elle se déporta vers le groupe de clientes et darda un regard furieux vers la meneuse.

— On dirait que ça vous fait du bien de dénigrer les autres, Germaine, affirma-t-elle. Moi j'en connais une qui en aurait gros à raconter, mais qui aime mieux qu'on en sache pas trop sur sa vie personnelle. Combien de fois je vous ai entendue vous chicaner avec votre mari? L'hiver, on entend moins les cris traverser les murs, mais l'été, quand les châssis sont ouverts, on vous entend une affaire *effrayant*.

Un bout de papier tremblait aux doigts de Germaine Gladu. Émilienne le lui arracha de la main.

— Montrez-moi donc ce que vous avez sur votre liste de commissions. Rien! Me semblait, aussi.

— Je me suis trompée de feuille, balbutia la voisine, je vas revenir tout à l'heure.

La figure livide, comme subitement démasquée, madame Gladu tourna les talons et repassa la porte.

La gorge nouée de ses tourments intérieurs, Simone s'était remise au travail. Elle devait déplacer les boîtes empilées dans l'arrière-boutique et qui obstruaient légèrement le passage. Son père avait regagné son coin. Elle pensa recourir à Marcel, mais elle préférait supporter en silence la lourdeur de son accablement. À ce moment précis, elle aurait volontiers donné n'importe quoi pour que les aiguilles de l'horloge tournent à pleine vitesse et que sonne la fin de l'après-midi. Les paroles de sa mère avaient-elles été suffisantes pour persuader David de ses bonnes dispositions? Elle se plut à le voir en songe, la physionomie souriante, frétillant pour elle, avec toute la vitalité de sa jeunesse.

La commis avait refusé de monter pour le dîner, préférant les austérités d'un anachorète qui ne s'éloigne pas de son rocher. Elle ne se trouvait pas tout à fait présentable avec ses yeux cernés et son humeur insociable. Héloïse l'aurait accablée de questions toutes plus impertinentes les unes que les autres. Sa mère lui avait apporté une assiette et elle avait mangé du bout des lèvres, comme si elle avait été malade. Effectivement, elle l'était, souffrante d'une des pires calamités qui affligent un couple : elle ne savait plus si son mari l'aimait encore…

Un camion se gara dans la ruelle. Un maigrelet aux pommettes saillantes en descendit et frappa à la porte de l'arrière-boutique. Simone ouvrit.

— Je suis le nouveau livreur de Courchesne Larose, je remplace le gros Racette. Parce que lui, amanché comme il est, vous devriez plus le revoir. Il y en a un qui a *vargé* dessus hier soir puis qui l'a dévisagé. Ça a l'air qu'il était pas ben beau à voir !

— Vous ou ben un autre, c'est du pareil au même, pourvu que les commandes soient livrées à temps et en bon état, dit-elle avec désinvolture.

Le livreur parti, la commis réalisait que son après-midi avait été plutôt inefficace. Elle avait farfouillé dans sa paperasse plus qu'elle n'avait mis de l'ordre, et elle avait débarrassé quelques boîtes pour se donner l'impression qu'elle avait travaillé et que sa peine n'avait pas occupé tout son esprit.

L'heure du souper approchait. Étonnamment, la triste langueur qui l'avait affaissée commença à se dissiper comme le nuage sombre qui va projeter plus loin ses ténèbres. Se sentant soudainement renaître, elle éteignit la lumière et alla prévenir sa mère qu'elle remontait à son appartement.

— Je vas faire des crêpes, dit-elle à l'adresse de Paulette, avant d'amorcer un pas vers la porte.

L'épicière décocha une œillade à sa belle-fille.

— Un des mets préférés de David, affirma Paulette.

Le tablier bien moulé sur ses hanches fines, la cuisinière sortit les ingrédients et se mit à les mélanger avec une ardeur qui ne lui était pas coutumière. Pendant que la pâte reposerait, elle retrouverait Stanislas et le ramènerait au logis.

Elle en avait pour quelques instants avant de se débarrasser de son tablier quand les marches craquèrent sous des pas mesurés et précautionneux. Le cœur battant la chamade, elle s'empressa de s'examiner dans le miroir et de se rendre au seuil du logement. Il ouvrit. Elle le contempla.

— Tu m'as manqué, exprima David.

Chapitre 20

Le jour du Seigneur représentait sa seule journée de repos. Mais contrairement à Celui qu'elle priait, après une semaine de labeur, l'épicière ne s'assoyait pas pour contempler sa création. En fait, elle estimait avoir créé peu de choses, ne serait-ce qu'une parcelle de bonheur dans son entourage. Le dimanche revenait, inlassablement, comme un appel à faire du bien, à donner encore, comme une fontaine intarissable qui abreuve ceux qui ont besoin d'elle pour étancher leur soif.

Émilienne avait chaud. Ses bottes fourrées aux pieds, son chapeau sur la tête, elle attendait le signal de sa sœur pour boutonner son manteau et mettre ses gants. «La Packard retarde sans bon sens, puis on aura pas deux heures de visite pour revoir Jérémie et Irène», pensa Émilienne.

— Édouard débarque d'une petite machine! s'écria l'impotente.

— Ça doit être un taxi! dit Alphonsine.

— Grouille-toi, Mili, tu vas faire grimper la facture, ajouta Héloïse.

— Oublie pas de remettre l'argent à Jérémie puis le sac de bas pour la famille Pouliot, rappela Alida.

Édouard parut au logis.

— J'en ai pour une minute, dit sa mère.

— Prenez votre temps, mais dépêchez-vous un peu, dit Édouard, l'air énervé. C'est ma faute, je ne suis pas tellement habitué à conduire ma nouvelle automobile.

Émilienne descendit les marches sur les pas de son fils et alla s'engouffrer dans une voiture à deux portes. Sur la banquette arrière, Bertha Pouliot pestait contre l'exiguïté de l'habitacle :

— Vous êtes ben chanceuse de vous asseoir en avant, madame Sansoucy ; moi, j'ai eu toutes les misères du monde à embarquer dans ce maudit char-là ! récrimina-t-elle.

Colombine avait résolu de ne plus se rendre à l'hôpital du Sacré-Cœur. Elle avait autre chose à faire que de supporter la misérable Bertha Pouliot et d'écouter un malade raconter sa semaine. Plutôt que de déposer ses passagers à l'institution, elle avait décidé de bannir toute contrariété à ce sujet : son mari s'achèterait une voiture et la conduirait lui-même, tout simplement.

On s'empressa vers le 410. Irène se tenait déjà près du jeune tuberculeux. Comme lui, elle s'était demandé s'il aurait de la visite. Chaque jour, dans les rares temps libres que son travail à l'hôpital lui permettait, elle lui accordait une attention particulière qui ne se démentait pas depuis son entrée chez les religieuses de la Providence. En tant que postulante, elle se déclarait heureuse de se dépenser auprès du monde ordinaire composé d'employés d'usines ou de bureaux, d'un quincaillier, d'un blanchisseur, d'un agent d'assurances, d'un instituteur, d'un commis de banque, et de journaliers qui requéraient des soins qu'elle leur prodiguait avec générosité et compassion. Mais d'après ce que des infirmières expérimentées lui avaient signalé, et selon l'évolution de la maladie, il fallait envisager la possibilité qu'un jour Jérémie soit transféré dans un sanatorium à l'extérieur de la ville.

Quatre heures venaient. Émilienne déposa un billet de banque sur la table de chevet de Jérémie.

— De la part de ma sœur Alida, dit-elle.

Bertha Pouliot s'empara de l'argent et l'enfouit dans le fond de son sac à main.

— Vous la remercierez, madame Sansoucy, commenta-t-elle.

— C'est pour votre *chéti*, madame Pouliot. Pour votre famille, je vous ai donné tout à l'heure les bas tricotés par ma sœur.

La remarque n'avait eu aucun effet dissuasif sur l'indigente. À présent que la religieuse venait de signaler la fin des visites, elle se résignait à quitter son fils. Irène embrassa sa mère et son frère, et la petite compagnie s'achemina vers l'ascenseur.

La Studebaker d'Édouard démarra. «Asteure que Colombine est plus là, il serait pas très malaisé de faire un petit détour par la rue Chambord pour saluer Placide», songea Émilienne. Depuis les fêtes, le journaliste ne s'était pas montré au logis; il semblait très absorbé par son métier. Mais cela n'empêchait pas la mère de trouver étrange sa vie de jeune homme avec un copain de son âge. Les platitudes lancées par Léandre à ce sujet l'avaient fait frémir de dégoût: deux hommes ne pouvaient s'aimer l'un et l'autre. Seule avec le conducteur, Émilienne aurait mis sa gêne de côté. Alphonsine et Héloïse prépareraient le souper, mais la marmaille de Bertha Pouliot crierait famine. «Je ne veux pas qu'on m'accuse d'avoir tenu leur mère en otage ou de crime contre l'humanité», s'amusa-t-elle à penser.

***

Après sa visite à l'hôpital, l'épicière aspirait à une soirée reposante. Elle vaquerait à quelques occupations peu fatigantes et se mettrait au lit de bonne heure. La vaisselle remisée dans les armoires, elle avait revêtu sa jaquette et s'était retirée au salon avec Alida pour tricoter.

Or quelques dimanches s'étaient écoulés sans que son beau-frère Romuald se manifeste. Les journées entourant la mort du frère André avaient réquisitionné le conducteur de tramway plus que de coutume.

— Ça fait une mèche qu'on les a pas vus ici dedans, lui puis Georgianna, rappela Émilienne, mais à l'heure qu'il est, on le reverra pas cette semaine non plus.

— Tu sais, Mili, j'ai comme des petits regrets qui me chatouillent la conscience, exprima Alida.

— Avec la vie que tu mènes, Lida, t'as rien à te reprocher, voyons donc. À t'écouter, on dirait que tu t'en vas en enfer. Juste à endurer Loïse, tu t'en vas *direct* au ciel. À part de ça, t'es généreuse avec Jérémie. Mais si ça continue, ton vieux gagné va y passer.

— C'est pas à ça que je pense quand je te dis que j'ai des petits regrets qui me chatouillent la conscience. J'aurais pas dû devenir membre du PNSC puis faire de la couture pour le parti. Quand je lis les journaux puis que je m'aperçois de la montée d'Hitler et de sa haine des Juifs, ça me fait peur, Mili.

— Oui, mais tu l'as plus, ta carte du parti, Lida. Personne va se rappeler que t'as travaillé pour leur cause. Confectionner des chemises bleues, il y a rien de mal là-dedans. Ça fait que oublie ça, c'est pas bon de ressasser ces affaires-là.

Des pas décidés gravirent l'escalier. Romuald Sansoucy entra sans frapper.

— Bonsoir, la compagnie! s'écria-t-il, en déboutonnant son manteau. Théo est-tu là ou ben s'il est déjà couché?

— Il est un peu tard pour un dimanche soir, dit Émilienne.

L'épicier survint au salon.

— Quand tu viens jouer aux cartes, t'arrives plus de bonne heure, proféra Théodore. Georgianna est pas là?

— Non, à soir elle est allée visiter sa vieille mère au foyer.

L'air fendant, il avisa qu'il avait l'intention de se présenter comme candidat aux prochaines élections fédérales. Selon son chef Adrien

Arcand, le PNSC pouvait remporter de vingt à quarante sièges. Il rêvait d'abandonner son emploi de wattman afin de se consacrer au bien-être de ses concitoyens. Éventuellement, le parti formerait le gouvernement. De plus, il se voyait ministre au cabinet et sillonnerait les routes du comté en limousine, et toute la famille Sansoucy serait fière de lui.

— Vous allez me soutenir, j'espère ! dit-il.

— Tu te mets un doigt dans l'œil, mon cher Romuald, répondit son frère. Vous avez de la misère à ramasser des membres puis vous pensez prendre le pouvoir un jour à Ottawa ? Si tu veux être utile à la société, t'es ben mieux de continuer à conduire ton tramway.

— Mili, toi, qu'est-ce que t'en dis ?

— Je dis comme Théo. Puis à part de ça, t'essayes de nous faire accroire que Georgianna est allée voir sa vieille mère au foyer. Il y a même pas d'heures de visite le dimanche soir à cette place-là ! Georgianna est pas venue parce qu'elle est pas mal tannée de t'entendre avec tes chimères de Chemises bleues puis ta gang de pelleteux de nuages.

— Puis vous, Alida ?

— Je suis rendue que je pense comme ma sœur, monsieur Sansoucy.

— D'abord, puisque c'est de même, vous me reverrez pas de sitôt la face, rétorqua-t-il, en se reboutonnant.

Romuald Sansoucy n'avait pas pris le temps de se déchausser. Déçu de ne récolter aucun encouragement, il adressa le salut des nazis et pivota sur les talons.

* * *

Après le souper, les parents de Paulette avaient décidé d'aller marcher et de se rendre chez leur fille qu'ils n'avaient pas revue depuis les fêtes. À cette occasion, Paulette avait fait garder l'enfant de Léandre afin de ne pas rompre l'atmosphère festive de cette belle période de l'année. Elle avait prétendu que, pour le bien de la mère et de l'enfant, Charlemagne avait été remis à la campagnarde. Cependant, elle savait qu'un jour ou l'autre elle devrait se résoudre à ne pas dissimuler le garçon plus longtemps, à leur confesser qu'elle avait choisi de l'élever.

Gilberte et Conrad Landreville venaient de surgir à l'improviste au dernier étage de l'immeuble.

— Veux-tu répondre, mon amour ? demanda Simone, occupée à préparer le lunch de son mari.

David faisait sautiller Stanislas sur ses genoux. Il blottit son fils contre lui et alla ouvrir.

— Ah ! qu'il est mignon, votre bambin, monsieur O'Hagan ! s'exclama Gilberte Landreville.

— Entrez donc, ce sera pas long, Paulette est en train de donner le bain du petit, mentionna David.

Stupéfaits, les Landreville se consultèrent du regard.

— Comment ça, le petit ? s'enquit le comptable. Il est encore au logis, celui-là ? Vous l'avez pas retourné à la campagne ?

Paulette achevait de langer Charlemagne. Elle l'enroba dans une serviette et sortit de la salle de bain.

— Ah ! Je m'en doutais, dit la dame, ils n'ont pas réussi à s'en débarrasser.

— C'est le bébé de Léandre, maman. Si vous pensez qu'on peut se défaire d'un petit comme d'un vieux torchon, vous vous trompez. Puis moi je suis attachée à cet enfant-là, asteure. Ça fait que vous avez besoin de vous habituer parce qu'il fait partie de la famille !

— Veux-tu bien me dire dans quelle sorte de maison on est entrés, Gilberte? s'indigna l'homme moustachu.

— Dans une maison de dévergondés, rétorqua sèchement Simone. Moi et David, on s'est mariés obligés parce que je portais Stanislas, Paulette a vécu en concubinage avec mon frère, puis là vous refusez d'accepter le petit qu'il a eu avec une autre.

— Puis c'est pas tout, papa, renchérit Paulette. Au moins, ma belle-sœur l'a gardé, son bébé, elle…

Un silence consterné empesa la pièce. Simone et David s'éloignèrent avec Stanislas. Paulette leva les yeux vers sa mère qui la fixait d'un regard éberlué.

— Ôtez votre manteau, puis je vas tout vous raconter, dit-elle.

Alors qu'elle travaillait à la St. Lawrence Sugar, elle était devenue enceinte. À ce moment, elle était persuadée que Léandre n'était pas prêt à avoir un enfant; elle avait obtenu une adresse et avait «fait passer» le bébé. Par la suite, il lui avait reproché de ne pas lui en avoir parlé et elle avait perdu son emploi. Ce triste épisode l'avait rendue dépressive, migraineuse et, pour combler le vide qu'elle avait ressenti, elle s'était mise à manger comme une gloutonne. Et pendant tout ce temps-là, elle avait envié sa belle-sœur parce qu'elle avait un fils.

Puis, à la fin de l'automne, les deux couples du logement s'étaient rendus à Ange-Gardien, chez les voisins de l'oncle Elzéar, pour une compétition de «tir à la dinde». Au cours de l'événement, le fermier, un certain Descôteaux, lui avait suggéré de rejoindre sa femme dans la maison. Mais l'invitation cachait en réalité une proposition tout à fait inattendue et inespérée: adopter l'enfant de la jeune paysanne incapable d'en prendre soin. Elle l'avait accepté d'emblée. Tout à coup, elle redevenait mère, sans les angoisses de la grossesse et les douleurs de l'enfantement. Depuis, elle se sentait mieux dans son corps, ses migraines avaient disparu.

Cependant, toutes sortes de questions se posaient à l'esprit des Landreville. Charlemagne était-il légalement à eux? Serait-il baptisé et quand? Lui apprendrait-on un jour qui était sa véritable mère? Paulette avait réfléchi à ces interrogations et à d'autres. Elle avait pourtant des réponses à tout pour apaiser les inquiétudes de ses parents. Mais aussi rationnels qu'ils puissent être, les arguments ne parviennent pas toujours à surmonter la rigueur trop puritaine.

Exaspérée par tant d'inepties, Gilberte Landreville se cambra.

— Ton père et moi allons prendre les moyens pour te faire excommunier, proféra-t-elle.

— Ça donne quoi, d'abord, de le faire baptiser? répliqua Paulette. Puis arrivez pas avec le pape pour m'obliger à changer d'idée parce que, j'aime autant vous le dire à l'avance, il va se faire revirer de bord assez raide…

La réplique lui avait fermé le clapet. Son mari et elle se pressèrent vers la porte et s'habillèrent en abaissant un regard scandalisé sur Charlemagne.

Au petit matin, Léandre revint au logis. Il tira une petite liasse de son pantalon et se laissa choir sur le sofa. Puis, l'air éminemment satisfait, il se mit à compter l'argent des billets qu'il avait gagné.

Chapitre 21

Une semaine reprenait au magasin. Le mois de mars était commencé et l'hiver ne donnait aucun signe de reddition. Des tempêtes surviendraient pour rappeler qu'il ne céderait pas facilement au printemps. Mais le soleil réapparaîtrait, aussi déterminé que jamais à chasser toutes les traces de la saison des frimas.

L'épicier et sa femme se tenaient devant la vitrine et contemplaient la lente circulation de la rue.

— Le commerce va être au ralenti, exprima-t-il.

— Des fois je me dis qu'on devrait vendre, Théo! Tu vois, des matins comme ça, on resterait ben tranquilles dans notre maison.

— Il y a pas si longtemps, j'ai voulu vendre au Juif Goldberg, puis ça a pas marché, tu te rappelles?

— Pour sûr que je m'en souviens! Ben là, c'est pas pareil, nos garçons pourraient prendre la relève. Marcel a vieilli puis Léandre est pas mal plus sérieux, asteure qu'il a fini toutes ses *folleries*, puis qu'il est devenu un bon père de famille.

Le vaillant Marcel était descendu plus tôt. Après avoir réactivé le feu du poêle pour maintenir la température à un degré convenable, il avait décidé de désencombrer l'arrière-boutique. Léandre venait de retrouver Simone et s'entretenait avec elle de ses prouesses au billard. Il avait empoché une belle somme à démontrer son adresse et à vaincre les adversaires qui l'avaient défié.

Marcel écoutait d'une oreille peu intéressée. « Encore des histoires de taverne! » se dit-il, en soulevant une caisse. Puis il la transporta à l'avant et la déposa sur le plancher. À l'aide d'un canif, il l'ouvrit, en tira une première boîte.

— Sont combien les Kleenex cette semaine, le père ?

— Gnochon, t'as juste à regarder la liste de prix !

— Mets-les à dix cents, Marcel, répondit aimablement Émilienne.

Le commis alla à la caisse se munir du crayon que Paulette lui tendait et il marqua le prix.

Une cliente régulière entra, referma vitement la porte du magasin en éternuant. Elle enleva ses gants, fouilla dans sa poche et s'essuya le nez, qu'elle avait long et pointu, avec son vieux mouchoir fleuri.

— Si vous voulez vous débarrasser de votre rhume, mademoiselle Lamouche, vous devriez essayer les Kleenex, mentionna l'épicière. C'est deux fois plus doux que du coton. On s'en sert juste une fois, puis on le jette.

Une fois l'opération terminée, la vieille fille torchonna son mouchoir et l'enfouit dans la poche de son manteau rapiécé.

— C'est ben ça qui est le problème, madame Sansoucy, c'est du vrai gaspille.

— Justement, les mouchoirs, faut les laver aussi, ça prend de l'électricité. La compagnie prétend qu'un lavage de mouchoirs équivaut à au moins vingt Kleenex.

— Premièrement, j'ai pas d'*estricité* dans mon logement, madame Sansoucy. Ensuite, je me moucherai ben autant de fois que je veux dans mon mouchoir.

L'épicier demanda à Marcel de lui fournir une boîte et s'approcha de sa cliente.

— Regardez, mademoiselle Lamouche, vous l'ouvrez suivant la ligne pointillée, puis vous en tirez un comme ça, expliqua-t-il, avant d'éternuer à son tour. Voyez, vous êtes après me transmettre vos microbes…

Sansoucy s'éloigna de sa cliente, se moucha bruyamment.

— Asteure que la boîte est entamée, vous allez me faire un prix, dit la cliente.

— À dix cennes la boîte, c'est déjà pas cher, on est toujours ben pas pour la laisser à cinq cennes parce que là, je ferais pas une maudite cenne dessus ! Mili, moi, j'en peux pus, arrange-toi avec…

Sansoucy alla jeter son Kleenex dans le poêle et se retira dans ses quartiers.

Pendant qu'Émilienne parlementait avec mademoiselle Lamouche, Isidore Pouliot surgit. Il s'adressa à l'épicière.

— Où c'est qu'il est, votre Léandre ? J'ai affaire à lui ! dit-il d'une voix tonnante. Puis essayez pas de me dire qu'il est pas là, son *truck* est en avant…

— Vous êtes ben de mauvais poil, vous, ce matin, répondit Émilienne avec humeur.

Son mari leva les yeux vers le client. Léandre émergea de l'arrière-boutique.

— Que c'est que tu me veux, Pouliot ? s'enquit-il, en exhibant un billet de banque.

— Je vas prendre ma revanche au *pool*, amène-toi, morveux !

— Je te défends ben d'y aller ! intima le boucher à son fils.

— Vous, le père, mêlez-vous de vos affaires, riposta Léandre. Avec le monde qu'il y a ici dedans à matin, que je sois au magasin ou ailleurs, ça dérange pas personne ! Envoye, Pouliot, embarque avec moi ; si tu veux te faire laver, tant pis pour toi !

Le livreur entraîna le misérable Pouliot vers son camion. Après plusieurs essais ponctués de quelques sacres d'exaspération, il réussit à faire démarrer le moteur. Puis il ressortit de l'habitacle pour dégager le pare-brise et déglacer les essuie-glaces avec ses mains nues, et remonta dans son véhicule.

La mâchoire tendue, l'indigent n'avait pas décoléré. Malgré les exhortations répétées de sa femme à renoncer à son desscin, il était déterminé à faire mordre la poussière au blanc-bec que la chance avait ni plus ni moins favorisé. Jadis, Pouliot avait maintes fois démontré son adresse et connu ses heures de gloire dans un débit de boissons concurrent avant de fréquenter la taverne Archambault. Il était défavorisé, mais non dépourvu de talent, et sentait le besoin de prouver à son entourage qu'il n'était pas un simple d'esprit dont la seule capacité se résumait à faire des enfants.

À cette heure matinale, l'endroit était rempli plus que de coutume. Un air de gaieté familière régnait dans la place. Léandre salua son patron étonné, lui expliqua que Pouliot lui avait lancé un défi. Le tenancier prit leurs manteaux et ils traversèrent dans la salle attenante, entraînant derrière eux des buveurs attablés.

Deux hommes disputaient une partie. L'un, penché sur la table, s'apprêtait à jouer son coup en mâchouillant son cigare. L'autre, un grand sec au chapeau rejeté cavalièrement vers l'arrière, se tourna vers Léandre.

— Salut, tu travailles pas à l'épicerie, toi, à matin ? dit-il. On achève notre partie. Le gros va manquer son coup, puis après je vas te finir ça en deux temps trois mouvements.

Le gros au cigare leva la tête, marmotta quelques syllabes et se concentra de nouveau sur son jeu.

Pouliot se recula et se retira un peu à l'écart avec son adversaire. Il lui proposa de jouer au billard russe dans lequel il excellait. Pour lui faire plaisir, et afin de lui permettre de récupérer un peu de l'argent perdu la veille, Léandre accepta.

Les tirs de Léandre s'avéraient très efficaces. Pouliot était visible-ment nerveux. Il venait de rater sa cible pour la troisième fois.

— Ça va pas ben ! marmonna-t-il. Je pourrais même pas frapper un éléphant avec une pelle à charbon, ragea-t-il.

Pouliot remit sa baguette à un spectateur. Les mains moites, le front en sueur, il ôta son chapeau, retroussa les manches de sa chemise. Puis il s'assit sur le rebord de la table et courba le tronc sur le tapis vert en fixant la bille blanche.

— Prends sur toi, Pouliot, au nombre d'enfants que t'as, en temps ordinaire tu dois pas avoir de la misère avec ta queue, ricana l'un.

On entendit un bruit sec de boules qui s'entrechoquèrent, vitement suivi d'une kyrielle d'effroyables jurons qui s'étouffèrent dans la pièce.

Les observateurs s'écartèrent. Léandre s'approcha et sembla étudier le jeu d'un air plastronneur. Des mots d'encouragement fusaient. Sans quitter sa «proie» des yeux, il demanda qu'on lui donne la craie qu'il frotta soigneusement sur le procédé, cette minuscule rondelle de cuir à l'extrémité de sa baguette, et s'inclina, prêt à frapper.

Le coup retentit comme une détonation. Un second produisit le même effet escompté. D'autres, tout aussi adroits, dirigèrent les billes de marbre dans les poches visées.

Un tonnerre de vivats éclata. Vaincu, la mine déconfite, Pouliot jeta son billet de banque sur le tapis. Léandre s'en empara et offrit une tournée à tout le monde.

L'orgueil humilié, réduit au dernier degré de l'infortune, Isidore Pouliot délaissa la pièce et rentra chez lui à pied.

Après avoir abondamment arrosé sa victoire, Léandre regagna le magasin, fier de son exploit. Cependant, il trouva Paulette dans un état d'indignation tout à fait inaccoutumé.

— Pour moi, t'as plumé le bonhomme Pouliot, dit-elle. Il y a pas dix minutes, sa femme a retonti puis elle a demandé à te voir. Puis quand elle s'est aperçue que t'étais pas là, elle est montée au deuxième avec ta mère pour voir ta tante Alida.

Son manteau défraîchi sur les genoux, Bertha Pouliot était assise au salon et larmoyait sa consternation devant les trois sœurs Grandbois qui l'écoutaient. Elle avait signifié toute sa reconnaissance à l'impotente pour l'argent destiné à Jérémie, les bas de laine tricotés pour la famille et les nombreux déplacements pour voir son tuberculeux à l'hôpital du Sacré-Cœur. Aussi entretenait-elle toujours l'idée que son fils avait attrapé sa maladie au domicile de l'épicier, mais elle savait qu'elle n'obtiendrait rien de plus si elle jouait la mauvaise carte. Elle s'attaqua plutôt à la déplorable obsession compulsive de son homme pour le jeu et aux pertes encourues.

— C'est à cause de lui, proféra-t-elle, en voyant paraître Léandre.

— Wô! madame Pouliot, c'est pas ma faute si votre mari sait pas jouer au *pool*! se défendit-il. Quand on a une grosse famille à faire vivre puis à peine de quoi manger dans son assiette, on va pas se foutre dans le pétrin.

— Ben si tu avais remis l'argent que t'as arraché à mon mari, je serais pas venue supplier ta tante Alida pour aider une famille de miséreux, plaida-t-elle.

— Les piasses que ma sœur vous donne, c'est pas pour dépenser à tort et à travers, intervint Héloïse. D'après ce que j'entends à propos de votre époux, madame Pouliot, je trouve qu'il a pas la tête sur les épaules. De toute façon, mon idée est faite sur les hommes : en général, ils ont pas ben ben d'allure. Demandez-vous pas pourquoi je me suis jamais mariée.

— Remets donc l'argent à madame Pouliot, puis après on en parlera plus, supplia Émilienne.

Alida coula un regard implorant dans les yeux de son neveu. Dans un moment d'attendrissement, Léandre mit la main sur la fesse de son pantalon, amorça un mouvement pour retirer son portefeuille.

— Vous allez me suivre au magasin, madame Pouliot, lui intima-t-il. Puis là, vous allez acheter du manger pour vous puis vos enfants. Votre mari, lui, il se *lichera* la patte.

Ravie de l'effet que les paroles d'Émilienne ainsi que son regard avaient eu sur son neveu, l'invalide demanda à Héloïse de lui apporter son sac à main. Sous l'œil épaté de la visiteuse, elle en extirpa quelques billets que l'indigente replia en quatre et enfouit entre ses deux seins.

Le magasinage de Bertha Pouliot complété, Léandre la reconduisit chez elle avec sa commande dans son camion de livraison.

Cependant, il estimait qu'à force de tendre la main aux miséreux les risques que le bénéficiaire développe une dépendance augmentaient. Si sa tante Alida consentait à délier les cordons de sa bourse, c'était son choix. Mais lui ne tomberait pas dans le panneau de la générosité débordante. Le soir même, il eut l'occasion d'intervenir auprès du récalcitrant Pouliot qui rappliqua à la taverne Archambault.

Il était environ neuf heures. Le drap vert de la table de billard n'avait pas dérougi de toute la soirée. Dans l'atmosphère suffocante de la pièce, un silence respectueux régnait entre les coups de baguette. À présent, on ne se contentait plus de disputer des parties pour le simple plaisir de jouer. Les montants qui avaient été jusqu'alors occasionnels devenaient monnaie courante. Des observateurs moins habiles s'attroupaient et faisaient des gageures.

De l'autre côté, Isidore Pouliot tentait de se remettre de sa dernière défaite en liquéfiant sa déconfiture dans une chope de bière. Il était dans un état d'ébriété passablement avancé que la prudence la plus élémentaire maintenait sur sa chaise. Léandre s'en indignait. Il venait d'en jaser avec Hubert Surprenant qui partageait son avis sur les piliers de taverne qui ont mieux à faire que de téter une bouteille dans un débit de boissons. Sans l'ombre d'un doute, le misérable avait puisé dans la somme apportée par sa femme au logis. Attablés avec lui, Maurice Morasse et Lucien Pitre, pères de deux chenapans et chenapans eux-mêmes, l'encourageaient à prendre sa revanche contre le jeune Sansoucy. L'un des buveurs, Jules Dezainde, un fier-à-bras dans la trentaine qu'on n'avait pas revu depuis la fin de la loterie, appela le serveur à leur table.

— Il paraît que t'es devenu le champion de la place au *pool*. Notre ami Pouliot s'est fait battre puis il veut se reprendre, railla-t-il.

— Tu veux rire, rétorqua Léandre, le bonhomme Pouliot est même pas capable de se tenir debout!

— C'est ben en quoi, mon Sansoucy. Finis ton *shift*, puis après on va passer de l'autre bord.

— Ça me tente pas! protesta Léandre.

— Moi je te dis que ça te tente, insista le crâneur, nous autres on veut avoir du *fun*. Puis après tout l'argent que tu m'as volé avec ton organisation de broche à foin, tu me dois ben ça, hein? Je vas faire une chose avec *toé*, écoute ben comment ça va marcher: si tu perds, tu vas donner dix piasses à Pouliot. Tandis que si tu gagnes, c'est à *moé* que tu vas donner les dix piasses du bonhomme. T'as besoin de gagner, mon enfant de chienne, ricana Dezainde.

Le serveur retourna craintivement derrière le bar. L'agent d'assurances et lui se remémorèrent le client qui avait englouti une petite fortune dans l'achat de billets de loterie. L'homme semblait avoir gardé une amertume profonde. Léandre ne lui échapperait pas impunément. Le fils Sansoucy chercha un moyen de s'en défaire. Il consulta nerveusement sa montre. L'heure n'était pas si tardive, il lui était possible de rester après son travail, mais il ne pouvait censément s'exposer à la malignité du malabar et à ses deux acolytes. Il commença à comprendre ce que son beau-frère David lui avait dit : les salles de billard étaient reconnues comme des trous abominables. Au début, il avait pensé qu'il ne fallait pas s'en faire de scrupule. Dans les clubs huppés, des professionnels et des hommes d'affaires jouaient régulièrement leur partie pendant l'heure du *lunch*. Mais à voir ces écumeurs de salles de *pool*, il se sentit menacé et comprit que son salut résidait dans la fuite. Il ôta vitement son tablier, décrocha son coupe-vent de la patère et lança la clé du Fargo à son ami.

— Tu le ramèneras à l'épicerie, dit-il, avant de disparaître par la porte arrière de l'immeuble.

Le serveur était sorti en bousculant les quarts de vidange et courait maintenant dans la venelle, pourchassé par les trois hommes. Dans la gadoue boueuse du dégel, il se sauvait en trébuchant dans les immondices et les boîtes de conserve vides qui parsemaient son parcours. Parfois, au tournant d'une ruelle obscure, il s'arrêtait, haletant, les paupières battant dans la noirceur, et repartait dans une course effrénée. Après deux interminables minutes à cavaler comme un évadé de prison poursuivi par la police, il s'immobilisa. Il se rappela la petite écurie dans les parages. Non, il n'allait pas effaroucher les chevaux et se faire découvrir. Il se retourna. Derrière lui, une haute palissade de six pieds lui permettrait peut-être d'échapper aux poursuivants. D'ailleurs, deux des trois individus ne paraissaient pas en mesure de le rattraper. Mais le malabar Dezainde pourrait lui mettre la main au collet. Il franchit la clôture.

Une demi-heure s'était écoulée à se terrer dans l'obscurité, recroquevillé contre la palissade, à se souffler dans les mains pour empêcher ses doigts de geler. Il était resté là, à épier le moindre bruit, à scruter le plus petit silence. Puis il lui sembla tout à coup que son attente était déraisonnable. On avait dû abandonner la chasse. Il refranchit la palissade et regagna son foyer.

Les occupants cessèrent brusquement de deviser. La porte du logis s'entrouvrit et Paulette s'élança vers son mari.

— J'ai cru qu'on t'avait fait du mal, qu'on t'avait magané, exprima-t-elle, la voix pleurante.

— Comme ça, t'as réussi à t'enfuir ! commenta Surprenant.

— Vous voyez ben qu'ils m'ont pas eu, les maudits ! répondit Léandre, l'air bravache.

Paulette s'était morfondue à l'attendre, dans les tourments de l'inquiétude. Elle caressa le visage de son homme, replaça ses cheveux ébouriffés, l'embrassa sur les yeux, sur les joues, lui ôta son coupe-vent.

— Je veux plus que tu travailles à la taverne, affirma-t-elle. On est capables de vivre pareil. Quand ben même qu'on aurait un peu moins de sous.

— Quand on a vu Hubert retontir tout seul au logis puis nous expliquer ce qui s'était passé à la taverne, j'ai ben failli partir à ta rescousse, dit David. Mais je savais pas trop quel bord t'avais pris. Mais je te jure que si je les avais accrochés, ces trois-là, ils auraient traversé un ben mauvais quart d'heure, ajouta-t-il, la lèvre tordue.

Simone se pressa contre David, l'air aguichant.

— Je voulais pas qu'il aille se faire casser la gueule, précisa-t-elle.

— Asteure que vous êtes rassurés, David va reconduire Surprenant chez lui, puis moi je vas aller voir matante Alida, annonça Léandre.

— Pour quoi faire ? demanda Paulette. Ça peut pas attendre, non ?

Sous l'emprise de l'adrénaline qui lui parcourait les veines, Léandre se rendit à l'étage plus bas.

Alphonsine l'accueillit en jaquette, mais elle avait omis de remettre ses dentiers.

— Tu trouves pas qu'il est un peu tard, mon neveu ? commenta-t-elle, la bouche pâteuse. Ton père puis Marcel sont dans leur chambre, puis nous autres, les femmes, on s'apprêtait à se coucher.

— J'ai pas affaire à vous, j'aimerais voir matante Alida, insista-t-il.

La physionomie crispée, Alphonsine disparut et revint avec ses trois sœurs, le visage empreint d'une gravité saisissante.

— C'est rapport à Isidore Pouliot, dit-il, énigmatique.

Les femmes entraînèrent Léandre au salon. Afin de ne pas causer de commotion inutile relativement à la poursuite dont il avait été victime, le serveur se borna à rapporter que l'incurable soûlon avait rappliqué à la taverne et qu'il s'était encore enivré avec l'argent de sa tante. Émilienne, la plus indignée des sœurs Grandbois, proposa d'établir une entente avec la mère de famille dans les plus brefs délais.

— Bonne idée, Mili ! approuva Alida. Comme ça, on va avoir le plein contrôle de l'argent que je donne.

— Je comprends pas pourquoi t'étais si pressé de venir nous raconter tout ça, ronchonna sèchement Héloïse. La prochaine fois, au lieu de nous déranger pour une histoire d'ivrogne, tu attendras au lendemain. Asteure, allons nous coucher.

Au matin, dès l'ouverture du magasin, Émilienne se rendit avec son fils au domicile des Pouliot, porteuse d'une mission hautement humanitaire. Afin de ne pas attiser la convoitise de la miséreuse, elle avait revêtu son vieux manteau de printemps démodé et elle s'était coiffée d'un chapeau à plumes déformé qui avait été écrasé dans l'entassement de sa garde-robe.

La ménagère étira nerveusement sa robe de semaine, replaça une mèche qui lui obstruait la vue et s'empressa vers le vestibule. Elle souleva une latte, promena un regard étonné, repoussa le marmot qu'elle avait aux trousses et ouvrit sans ménagement en faisant claquer le store vénitien.

— Ah ben *mosus* d'affaire! s'exclama-t-elle. J'ai rien acheté puis tu me *ressous* avec une commande.

Comme une image qui se dédouble, retranchée derrière son fils qui la dépassait de deux têtes, l'épicière se montra.

— Faites-vous pas d'*accroires*, madame Pouliot, rétorqua-t-elle. On a rien apporté, mais on a des choses importantes à vous dire pendant que vos plus vieux sont à l'école.

L'indigente repoussa le bambin morveux qui s'accrochait à ses hardes. Pieds nus, l'enfant portait une camisole à laquelle était épinglé un sachet exhalant une forte odeur de camphre et il grignotait une carotte crue.

— T'as encore la guedille qui pend, toi, viens icitte que moman te mouche, ordonna-t-elle.

La mère remonta le bas de sa robe et torcha le nez du petiot. Elle frôla les caisses de bière empilées et les bouteilles de Coke vides, et invita les visiteurs à s'asseoir sur un immense sofa défoncé dans la pièce froide du salon.

— Mettez-vous à l'aise, madame Sansoucy. Que c'est que je peux faire pour vous ?

— Écoutez-moi ben, Bertha, ce que j'ai à vous déclarer est un peu délicat. Je pouvais pas vous en parler au magasin devant tout le monde, puis j'y ai pensé à deux fois avant de venir vous voir dans votre logement ; c'est un peu gênant, vous savez.

— Envoyez, la mère, aboutissez, taboire !

— C'est rapport à mon mari, je suppose ? demanda la nécessiteuse.

L'épicière exposa le problème du mari alcoolique qui dépensait dans une débauche effrénée l'argent donné par sa sœur Alida au détriment de l'achat de victuailles pour nourrir sa famille. D'ailleurs, à cette heure matinale, il était déjà rendu à la taverne. Le pauvre homme avait ses excuses : par désœuvrement, en attendant que reprenne son travail saisonnier au Jardin botanique, il se morfondait dans son minable taudis. D'une certaine manière, c'est son poitrinaire qui s'en tirait le mieux à l'hôpital, avec tous les soins qu'on lui prodiguait.

— C'est pas de ma faute si Zidore m'arrache l'argent des mains pour le boire. Pourtant, ça fait ben des fois que je lui dis qu'il pense juste à lui, que c'est pas correct de faire ça. Je suis même obligée de vendre les bas tricotés par votre sœur en chaise roulante pour acheter un peu de *grocery*. Puis le loyer, on en parle pas, je trouve que le propriétaire est pas mal tolérant de nous endurer des mois sans payer. Que c'est que vous feriez à ma place, madame Sansoucy ?

Connaissant l'état de pauvreté de la famille et l'ivrognerie du père, Alida Grandbois avait résolu de verser mensuellement une somme destinée à l'achat de denrées à l'épicerie.

— Bien entendu, madame Pouliot, il y aura pas une damnée cenne pour de la bière, précisa Émilienne.

— Puis je vas même faire votre livraison, renchérit Léandre. Vous pourrez pas dire qu'on veut pas vous aider, taboire ! En plus, mon frère Édouard vient vous chercher tous les dimanches pour vous emmener à l'hôpital du Sacré-Cœur voir votre garçon Jérémie.

— Ouan, je suis pas mal chanceuse de vous avoir, concéda la pauvresse. Mais je sais pas comment Zidore va prendre ça…

— Que c'est que vous voulez qu'on vous dise ? rétorqua Léandre. Il prendra ça comme il voudra.

— En tout cas, il y a encore du bon monde, vous remercierez ben des fois votre sœur Alida, madame Sansoucy.

Émilienne et son fils n'avaient pas voulu s'éterniser ; ils regagnèrent le magasin. Alors que l'épicière avait le profond senti-ment d'avoir accompli un geste de compassion charitable au nom de sa sœur invalide, le livreur avait apaisé sa conscience : avec sa loterie chinoise et le billard, il avait entraîné le soûlard dans les délires du jeu et se reconnaissait à présent une certaine responsabi-lité. Cependant, ses agissements portaient aussi à des conséquences qu'il avait mésestimées. Il ne tarderait pas à s'en apercevoir…

Paulette était sur des charbons ardents. Des hommes à l'allure suspecte étaient entrés en demandant à voir le barman de la taverne Archambault. Terrorisée, elle leur avait signifié de s'adres-ser au père, le boucher qui se tenait dans ses quartiers, au fond du commerce. Afin de ne pas importuner les clientes, les indivi-dus s'étaient retranchés dans l'arrière-boutique et devisaient avec Simone.

— On dirait que ça file pas, Paulette, exprima Émilienne. Il y a-tu quelque chose qui va pas ?

— Je voudrais ben vous répondre que ça va, mais il y a quelqu'un ici dedans qui est pas venu pour acheter du bœuf haché. J'ai cru reconnaître le monsieur Morasse qui a déjà volé à l'épicerie pendant le déménagement du piano de tante Héloïse.

Les traits de Léandre se convulsèrent et sa main se moula à la poignée de la porte. Il voulut ressortir aussitôt, mais le visage hostile de Lucien Pitre apparut sur le trottoir pour l'en empêcher. Coincé, il déambula vers l'arrière du magasin où l'attendaient les deux autres voyous de la taverne qui lui avaient donné la chasse.

— C'est drôle comme on se retrouve, dit Dezainde. On dirait que t'as la trouille, ricana-t-il.

— Que c'est que t'as fait de croche encore ? s'enquit l'épicier.

— Touchez pas à mon frère parce que vous allez avoir affaire à moi, s'interposa Simone.

— Toi, la fifille, tasse-toi puis mêle-toi de ce qui te regarde, lui intima Pitre.

Les clientes ne devaient absolument pas se mêler à la conversation qui se déroulait sourdement dans l'arrière-boutique. Émilienne confia son manteau à Paulette et s'avança vers celles que son mari avait délaissées.

Devant l'insistance de Jules Dezainde, le boucher avait consenti à s'asseoir. Entouré de Léandre et Simone, il appréhendait un entretien sérieux avec des gens qui n'entendaient pas à rire. Il avait la poitrine oppressée et son estomac brûlait. Ses doigts se cramponnaient sur la chaise de Simone et ses moustaches sautillaient au rythme de ses pulsations cardiaques. Il avait ce sentiment d'impuissance que ressent celui qui est pris au piège et qui doit avouer son méfait.

Dezainde s'alluma une cigarette et formula son idée :

— J'ai une proposition intéressante à vous faire, monsieur Sansoucy.

Léandre, qui avait trempé quelquefois dans des entreprises douteuses et qui connaissait les manières peu scrupuleuses de Morasse et Pitre, subodorait le genre de proposition du meneur.

Le malabar se montrait disposé à assurer avec ses deux camarades la protection de l'épicerie-boucherie contre d'éventuels voleurs moyennant une somme réglable à toutes les semaines.

— C'est du vol ! dénonça vivement Simone. Vous avez pas le droit ! Des plans pour faire crever mon père sur sa chaise.

— Vous pouvez pas m'ôter mon argent de même, protesta faiblement Sansoucy, la lèvre tremblante. J'ai déjà des assurances contre le vol, j'ai pas besoin de vous autres. Léandre, s'écria-t-il, c'est le temps de défendre ton père…

— Puis que c'est qui va arriver si on refuse ? s'enquit Léandre, se doutant de la réponse.

— Vous êtes ben mieux de pas le savoir ! risqua Pitre.

— Je pense que le bonhomme Sansoucy a compris, Lucien, dit Dezainde. Ça fait que, conclut-il, notre travail commence aujourd'hui, puis c'est payable drette-là.

Simone consulta son père du regard et s'achemina docilement à la caisse. Étonnée de voir sa fille au comptoir, Émilienne se mit en frais de chasser les clientes de son magasin.

— Bon, ben, c'est ça, comptez pas les tours, vous reviendrez…

Les dames Grenon et Thiboutot ayant déserté le parquet, Émilienne s'empressa vers le comptoir-caisse.

— Que c'est que tu fais là ? demanda-t-elle. Remets ça là tout de suite.

— Ben, p'pa…

— J'ai dit ! On leur doit rien, à ce monde-là. Mets l'argent dans le tiroir, je vas aller leur dire qui c'est qui mène ici dedans.

Simone remisa le billet. L'épicière saisit le balai appuyé contre le mur et se rendit à l'arrière, le pas rageur, l'allure menaçante. Elle s'adressa en premier à Morasse et à Pitre :

— Il y a pas une cenne qui va sortir de ce magasin-là, vous m'entendez ? Vous deux, vous êtes de la vraie racaille. Dehors ! Ouste !

Au milieu des paroles dissuasives de ses enfants et devant l'état lamentable de son mari, elle avait agité son balai en essayant de repousser les deux hommes qu'elle connaissait avant de se rappeler la présence d'un troisième individu. Cependant, le balayage dans les airs n'avait pas effrayé Dezainde qui semblait se moquer d'elle.

— Puis vous, je vous connais pas, dit-elle, mais vous allez déguerpir comme les deux autres, proféra-t-elle.

— Une minute, la bonne femme, c'est pas comme ça qu'on traite avec un gentleman ! riposta Dezainde. Posez votre balai de sorcière puis on va discuter tranquillement.

— Ils ont le gros bout du bâton, la mère, on est mieux de faire ce qu'ils nous demandent, déclara Léandre.

Émilienne roula des yeux malicieux sur les trois intrus et s'apaisa, comme si la résignation était venue à bout de sa raison.

— Quand vous allez comprendre de quoi il s'agit, vous allez tout de suite tomber d'accord avec nous autres, badina le meneur.

Comme on l'a expliqué à votre mari puis à vos enfants, à partir d'asteure, on va protéger votre belle épicerie puis toute la marchandise. Puis ça vous coûtera pas cher pantoute…

Sansoucy releva sa tête effarée vers Simone, lui ordonna de retourner à la caisse et de revenir dans l'arrière-boutique. D'autres clientes entrèrent au magasin. Les brigands disparurent par la ruelle.

L'air repentant, Léandre admit qu'il était allé trop loin avec sa loterie chinoise et qu'il s'était attiré les foudres de quelques rancuniers jaloux de son succès. Pour s'amender, il assumerait le coût exigé par les gardiens du commerce.

Chapitre 22

Sansoucy manquait d'entrain. Depuis un bon moment, il ne s'était pas rendu à la taverne. C'est dire à quel point il parvenait à supporter ses belles-sœurs en traversant ordinairement ses soirées à se bercer près du perroquet empaillé et en fumant sa pipe. Son ami Philias avait trépassé; le jour, il n'avait même plus le goût de s'asseoir au damier pour disputer en solitaire une partie imaginaire. La sage et aimante Irène n'était plus là pour répandre sa douceur, tempérer et contenir ses emportements. Placide semblait mener une bien drôle de vie avec ce journaliste de *La Patrie*. Et un autre désagrément venait de s'ajouter à son chapelet de contrariétés. Léandre subissait maintenant les conséquences de ce qui n'avait pas été qu'une insignifiante fredaine. Il en ressentait les contrecoups fâcheux. Émilienne voyait décliner son mari. Mais elle se refusait à le laisser ainsi dépérir.

— Que c'est ça?

— C'est un tonique pour te donner de l'énergie, dit-elle. Loïse m'a fait penser qu'elle prend ça pour se remonter quand elle a des faiblesses.

— Ça vient pas de la pharmacie Désilets, c'est une recette de grand-mère, expliqua Héloïse. On commence par faire bouillir de l'eau avec du sirop de blé d'Inde BeeHive puis du jus de citron pendant cinq minutes; après, on ajoute deux cuillérées à thé de crème de tartre, et on laisse refroidir dans la glacière.

— J'en veux pas! rétorqua-t-il, repoussant la tasse.

— Tu devrais en prendre, en plus ça ferait du bien à ton estomac, dit Alphonsine.

Alida opina dans un hochement de tête.

— Que c'est que vous avez toutes à m'achaler? maugréa-t-il.

Sansoucy se leva brusquement de sa berçante et décrocha son paletot.

— Où c'est que tu vas, donc? T'es pas pour retourner à la taverne! s'exclama Émilienne.

— Je vas aller prendre un autre genre de remontant.

Le manteau sur le dos, l'épicier chaussa ses par-dessus et se releva, la figure cramoisie. Puis, sous le regard désapprobateur des femmes, il quitta son logis.

— Il doit vraiment pas *filer* pour sortir de même, commenta Héloïse. Pour moi, on le fatigue plus qu'on pense, insinua-t-elle.

— Changement de propos, mesdemoiselles, on devrait faire notre pratique de chant, décida Émilienne, éludant le sujet.

— Il y aura pas de changement de propos, Mili, riposta Héloïse. Tu nous caches quelque chose encore. Théo est pas dans son état normal, ces temps-ci. On a ben le droit de savoir, on est tes sœurs puis on vit dans la même maison, après tout. Il est-tu arrivé de quoi de grave au magasin, coudonc?

Manifestement, les observations d'Héloïse exigeaient une réponse. Devant les regards incisifs qui l'interrogeaient, Émilienne ne pouvait se défiler.

Au début, elle parut évasive. Elle savait le peu d'empathie de ses sœurs envers Léandre. Pour le compte de la taverne Archambault, son fils avait tenu une loterie chinoise qui avait rapporté de belles sommes à leurs organisateurs. Cependant, la déception ayant fait son œuvre, des participants désappointés avaient décidé de récupérer d'une certaine façon les montants perdus. Ces mécontents réclamaient maintenant de l'argent pour protéger le commerce de son mari. C'était la faute de Léandre, c'était donc lui qui devait payer. Mais Théodore demeurait tourmenté par la déplorable situation qui risquait de s'envenimer.

— Il faudrait que la police s'en mêle, commenta Alphonsine. J'ai bien peur qu'après l'épicerie les malfaiteurs s'en prennent à mon magasin de coupons…

— Là t'es en train de grimper dans les rideaux, Phonsine, rétorqua Héloïse. Laissez donc Léandre s'arranger avec ses troubles, ça lui apprendra à tremper dans ses *mautadites crocheries*.

— J'aurais dû me taire, aussi, dit Émilienne d'une voix altérée.

— Non, non, t'as bien fait de nous en parler, Mili, rétorqua Alida. Ce genre de choses-là, on garde pas ça pour soi. On est là pour t'aider, nous autres, tes petites sœurs ; c'est pour ça qu'on forme une famille. Léandre est dans une mauvaise passe, mais il est assez intelligent pour s'en sortir. Il faut avoir confiance…

En entrant dans la taverne sombre, Sansoucy cligna des yeux et promena un regard désabusé pour voir s'il reconnaissait quelqu'un avec qui s'attabler. Comme il s'y attendait, les trois comparses l'avaient repéré et l'un d'eux manifesta sa présence :

— Tiens, notre épicier préféré qui nous revient ! lança Maurice Morasse.

Le marchand crispa la mâchoire en jetant un œil torve à Jules Dezainde, Lucien Pitre et celui qui l'avait interpellé. Il déboutonna son paletot, alla se hisser sur un tabouret et ôta son chapeau qu'il posa devant lui sur le comptoir. Un linge à la main, son fils essuyait des verres en faisant semblant de ne pas l'avoir vu.

— Fais pas l'innocent, Léandre ! J'ai beau être ton père, mais je suis un client comme les autres.

Sansoucy commanda une boisson forte et se mit à parler des trois indésirables qui devisaient à une table. Il exprima son désarroi de voir son magasin ainsi pris en otage. Jamais il n'aurait pensé être à la solde de semblables «crapules». À nouveau il songeait à vendre son commerce, à se libérer de toutes les entraves qui le minaient. Il se prit à penser à sa fin, aux remords qui le tenaillaient depuis la naissance de Marcel, au dernier article qu'il avait lu sur le frère André. Des fervents avaient prélevé des éclisses de bois de son cercueil pour en faire des reliques, tandis que lui, simple commerçant de quartier, reposerait six pieds sous terre dans sa bière et personne ne se soucierait d'en conserver la moindre ébréchure.

Léandre réalisa que son père était absorbé dans ses pensées. Il lui rappela qu'il assumait les conséquences de ses actes, qu'il travaillerait le temps qu'il faudrait à la taverne.

— Si vous avez choisi de vous bercer en fumant votre pipe le restant de vos jours avec la mère puis les matantes, c'est votre affaire, débita-t-il. Vous avez de bonnes années devant vous, laissez-vous pas abattre...

Attiré par le bruit qui provenait de la salle de billard, Théodore se déporta dans la pièce attenante. Le jeu était sérieux. Isidore Pouliot venait de lancer sur le tapis vert un billet de banque et s'apprêtait à jouer un coup.

La décrépitude humaine lui procura un sentiment d'impuissance. Il regagna sa demeure.

* * *

La conversation qu'il avait eue avec son fils l'avait quelque peu rasséréné. Lentement, avec le printemps et ses journées soleilleuses qui s'étiraient, il se départait de son humeur chagrine et reprenait des forces. Cependant, les vieilles filles Grandbois s'accordaient pour dire que leur beau-frère ne remontait pas assez vite la pente sur laquelle il avait glissé.

Une autre soirée semblable à la précédente commençait. Les femmes étaient à la vaisselle. Sansoucy s'était installé dans sa berçante et feuilletait *La Patrie*. À tout hasard, Alida s'aperçut que l'homme lorgnait la page des spectacles. Elle risqua une proposition :

— Ça vous ferait du bien, une petite sortie au théâtre.

— On sort jamais, Théo, s'enthousiasma Émilienne. Lida vient d'avoir une saprée bonne idée.

— On est bien ici dedans, répondit l'épicier, sans conviction. Puis vous le savez, le tramway, c'est long, puis les taxis sont pas mal chérants.

— D'abord, t'as juste à demander à Léandre, il te chargera pas une cenne de gazoline pour vous amener, rétorqua Alphonsine.

— Madame Sing m'a souvent recommandé de visiter le Quartier chinois. Tant qu'à y être, à l'heure que Léandre va nous reconduire, on va avoir le temps de faire un tour. On prendra un taxi pour se rendre au théâtre après, dit Émilienne. Puis à la fin de la soirée, notre gars va revenir nous chercher.

Sansoucy paraissait considérer les arguments. Avant la venue des beaux soirs où il pourrait se bercer sur sa galerie, il entrevoyait une période pantouflarde de quelques jours. Émilienne lança son linge de vaisselle sur le coin de la table et lui encercla le cou.

— Dis oui, Théo ! insista-t-elle.

Penchée au-dessus de son mari, elle lui caressait l'épaule en scrutant les colonnes du journal. Héloïse se gourma et emprunta un ton moralisateur :

— Vous avez pas honte de vous minoucher de même devant nous autres comme des amoureux ? demanda Héloïse.

Émilienne se redressa. On annonçait entre autres la programmation à l'affiche du Saint-Denis, du Capitol, de l'Impérial, du Loew's, du Palace et du Princess. L'illustration d'une scène du Cinéma de Paris attira son regard.

— On va au Cinéma de Paris, décida-t-elle. C'est un film avec Madeleine Renaud et Jean-Louis Barrault. Dora Robidoux…

— Elle est pas dans le film, elle, toujours? J'ai ben assez de la voir le jour au magasin sans la voir en plus le soir! badina-t-il.

— Ben non, espèce de fou! répartit Émilienne. C'est elle qui m'a dit que c'était bon, ce film-là. Madeleine Renaud, c'est une grande actrice française de France. Elle doit être ben bonne s'ils ont fait plusieurs films avec elle. Puis Jean-Louis Barrault, il paraît qu'il est pas laid pantoute.

Le lendemain soir, Léandre larguait ses parents en plein *Red Light* et retournait à son travail à la taverne.

Comme deux hébétés, figés dans la brume épaisse qui enveloppait le quartier asiatique, les Sansoucy étaient plantés au bord de la rue de La Gauchetière en se demandant quel côté prendre. Devant eux, des vitrines sales et des murs placardés de lambeaux de papier jaunis où se distinguaient encore des signes chinois peints en vermillon. Sous la lumière blafarde des réverbères tremblotants, une cigarette pendue aux lèvres, deux Chinois appuyés dans l'embrasure d'une porte jetaient des yeux malins. Tout près, trois jeunes filles blanches riantes et un peu éméchées sortaient d'un bouge en se tenant par la taille et disparaissaient à l'angle d'une ruelle. Dans l'ombre d'un porche, la silhouette d'une racoleuse se détachait de l'obscurité. Derrière eux, un Chinois portant un chapeau semblable à un abat-jour halait un tombereau bondé recouvert d'une bâche qui frôla Émilienne. L'épicière se tourna promptement vers le pavé.

— Qu'est-ce que t'as? s'inquiéta Sansoucy.

— On va appeler un taxi, décida Émilienne, j'en ai assez.

— Eille! Tu voulais venir dans le Chinatown pour voir des messieurs puis des madames Sing, ben on y est asteure. Puis je veux pas être trop en avance au théâtre. Ça fait qu'on va fouiner un peu avant de partir.

Ils s'engagèrent sur le trottoir. Entre les buanderies fumantes de vapeur et les cafés obscurs, des échoppes étalaient des oignons, des légumes ratatinés et des harengs saurs. Piquée par la curiosité, l'épicière entraîna son mari dans une boutique.

Sitôt que le couple franchit le seuil, une forte odeur rance le prit à la gorge. Sur le comptoir de bois brut, de vieilles chaussures mêlaient leur relent de cuir tanné aux lainages suspendus aux solives. Dans un désordre de caisses, des fruits, des légumes, du riz, des coquillages. Sur des tablettes poussiéreuses accrochées au mur, des chandeliers de cuivre terni, des casseroles étamées, de vieilles assiettes peintes et des fioles contenant des liquides aux propriétés inconnues.

Dans l'ambiance vaporeuse, pendant qu'Émilienne examinait un vêtement au ramage coloré accroché à un cintre, Théodore observait le chat dénudé couché en rond près du poêle de fonte.

À la lueur pâlotte d'une lampe à huile, un visage parut et baragouina quelques mots. Effrayée de voir surgir la Jaune, Émilienne agrippa une boîte de cirage à chaussures, lança un billet sur le comptoir et, sans attendre la monnaie, sortit en catastrophe du magasin. Théodore la rejoignit dans la rue.

— Avec la piasse que t'as donnée, Mili, va falloir marcher, asteure.

Les Sansoucy quittèrent ce coin d'Orient et atteignirent le Cinéma de Paris, à bout de souffle, exténués, comme s'ils avaient traversé la ville dans toute sa longueur.

Émilienne poussa la lourde porte et entraîna son mari dans le hall orné d'immenses affiches lumineuses. Une préposée à la chevelure auburn emprisonnée dans une grosse boîte verticale leur adressa un sourire glacé.

— Ça doit être plate en taboire, dit Sansoucy. Même la vendeuse de billets a l'air de s'ennuyer.

Émilienne s'approcha timidement de l'employée.

— Pardon, mademoiselle! Est-ce qu'il y a bien une représentation ce soir?

— Vous avez besoin de vous dépêcher, ça va commencer d'une minute à l'autre, madame.

Émilienne se tourna vers son homme et lui fit signe de se presser. Sansoucy puisa dans sa poche en lisant l'affichette apposée au-dessus du guichet.

— Trente-cinq cennes chacun à part de la taxe, ça a besoin d'être bon parce que je vas demander un remboursement, affirma-t-il.

Le couple s'engouffra dans l'obscurité de la salle. Afin de ne pas déranger les spectateurs, Émilienne s'avança de quelques pas dans l'allée et enleva son manteau, qu'elle plia sur le bras qui tenait son sac à main. Elle se tourna vers son mari en l'enjoignant de faire comme elle. Mais il refusa, prétextant qu'il avait peur d'avoir froid.

— Ôte ton chapeau au moins, lui intima-t-elle d'une voix intelligible.

— On est pas à l'église ici dedans, l'obstina-t-il.

On entendit d'innombrables chuts réclamant le silence. Toute une rangée se leva pour laisser passer le couple. Un jet de lumière se dirigea sur eux.

— Les places sont pas mal occupées en arrière, dit une voix de jeune homme, suivez-moi.

Une rumeur de mécontentement monta dans l'assistance. Guidés par le placier, ils se dirigèrent plus près de la scène et se glissèrent dans une rangée avant de s'écraser sur un siège.

Émilienne était captivée par l'héroïne, une femme admirable aux prises avec le quotidien. La représentation se déroulait depuis une demi-heure quand le ronflement sonore de Théodore s'éleva dans la salle.

De sourds murmures de protestation s'amplifièrent. Du fond de la salle, un technicien braqua un projecteur sur le couple. Le gérant s'amena, flanqué de deux employés.

— Par ici, s'il vous plaît, ordonna gravement l'homme à la physionomie sévère.

Émilienne enfonça brusquement le coude dans les côtes de son mari, qui se réveilla.

— Il faut qu'on s'en aille, Théo, ils nous mettent dehors, lui dit-elle.

Abasourdi, Sansoucy se leva, ramassa son paletot qu'il avait fini par enlever et, bien encadré par la délégation, se dirigea dans le hall avec sa femme. En rogne, il s'adressa au gérant.

— J'exige un remboursement, proféra-t-il.

— Vous ne devez pas connaître les règlements d'une salle de cinéma, rétorqua le patron de l'établissement : un spectateur est passible d'expulsion sur-le-champ s'il dérange la représentation.

— Je vas me plaindre, protesta l'épicier.

— C'est moi qui reçois les plaintes, monsieur. Je vous demande poliment de quitter les lieux, sinon j'appelle la police.

— Ah ! ben, taboire !

— Théo, viens, on s'en va, dit Émilienne avec humeur.

Il était trop tôt pour que Léandre vienne les ramasser. Ils sortirent dans la rue. Des taxis étaient stationnés devant l'édifice. Ils regagnèrent leur domicile.

Les trois vieilles filles s'étaient préparées pour la nuit. Elles avaient revêtu leur jaquette, s'étaient débarbouillé le visage, avaient enlevé leurs lunettes, et leurs dentiers trempaient dans un verre d'eau. Marcel n'était pas revenu de chez Amandine. Elles avaient occupé la maison avec le sentiment qu'elle leur appartenait. Chacune dans son coin, elles s'étaient adonnées à une occupation. Héloïse s'était bercée dans la chaise de son beau-frère en tenant compagnie à son perroquet Nestor. Alphonsine s'était retirée avec le journal dans la pièce reconvertie en boudoir depuis le départ d'Irène, et Alida avait regardé les albums de photos de la famille au salon.

Pour une fois, elles se mettraient tôt au lit. Leur sœur raconterait son film le lendemain au déjeuner. Pour l'heure, elles sapaient tranquillement leur thé autour de la table de cuisine afin de faire descendre leur souper le plus loin possible. Émilienne et Théodore apparurent, blêmes comme des spectres ambulants.

— Grouillez pas! s'écria Alphonsine.

Elle recula sa chaise et la traîna vers Émilienne qui s'y laissa choir pesamment. Mais Alida crut que son beau-frère était plus affaibli que sa sœur. Elle abandonna son fauteuil roulant qu'Alphonsine approcha de lui.

— J'aime mieux tomber que de m'asseoir là-dedans, refusa-t-il.

— Il faut ben s'appeler Sansoucy pour être buté de même, commenta Héloïse. Envoye, Théo, assis-toi avant qu'on te ramasse sur le plancher…

La mine résignée, l'épicier roula sans aide jusqu'au seuil de sa chambre. Puis il se leva, fit quelques pas incertains et s'allongea sur son lit.

Héloïse avait tiré la porte de la chambre conjugale et elle était revenue en poussant le fauteuil roulant auprès d'Alida. Émilienne avait retrouvé un semblant de force et elle était à raconter l'indignation qu'elle venait de subir au Cinéma de Paris.

— Quand je vous ai vus pousser la porte, j'ai tout de suite pensé que vous aviez pas aimé le film, que Madeleine Renaud était pas si bonne que Dora Robidoux l'avait dit, mentionna l'impotente.

Émilienne acheva de rapporter l'incident du cinéma.

— C'est ça qui arrive quand on sait pas se comporter en public, dit Héloïse.

— Je regrette d'être allée me promener dans le monde de monsieur Sing, c'est là que les problèmes ont commencé, précisa Émilienne.

Puis elle relata leur incursion sordide dans le Quartier chinois, leur marche épuisante pour s'acheminer à la représentation cinématographique. À la fin, d'un commun accord, il fut convenu qu'on devait se coucher.

Son travail terminé à la taverne, Léandre ne pouvait s'attarder au billard ; il devait se rendre au Cinéma de Paris.

Au moment où il arriva devant l'établissement, un flot de cinéphiles battait les portes et se dispersait sur le trottoir, se ruant vers les taxis garés ou se précipitant vers les arrêts de trams. Le Fargo se gara devant l'édifice.

«Je suis juste à temps», pensa Léandre.

La foule achevait de se déverser à l'extérieur et de se diluer dans la nuit, et ses parents ne paraissaient pas. Il descendit dans la rue et pénétra dans l'immeuble. Quelques amateurs s'attardaient à commenter le film dans le hall. «Ils doivent être aux toilettes», songea-t-il. Un employé en livrée arborant une énorme moustache retroussée aux extrémités survint en agitant un trousseau de clés.

— On ferme, monsieur.

— Vous n'auriez pas vu un vieux couple dans la cinquantaine ?

— Je viens de faire ma tournée et j'ai vu personne.

Léandre échappa une bordée de jurons grossiers qui retentirent dans le hall et retourna précipitamment dans la rue Adam.

Il frappa avec insistance chez ses parents. Secouée dans son sommeil, Alphonsine, la moins timorée des demoiselles Grandbois, s'approcha de l'entrée avec une poêle à frire. Elle avait entendu Marcel rentrer ; ce ne pouvait être lui. Elle se devait de braver avec courage la situation. Mesurant la lenteur de son geste, elle tourna la poignée et ouvrit brusquement.

— Eille, matante ! Que c'est que vous faites là ? s'écria le chauffeur, en se protégeant la figure avec les bras.

— Bonyenne ! Je pouvais pas savoir qui c'est qui rôdait dans l'escalier.

L'arrivée fracassante de Léandre avait alerté les trois autres femmes de la maison. Elles se tenaient dans l'encadrement des portes, le visage livide, leur bouche édentée tremblante.

— C'est rien que Léandre ! lança Alphonsine.

— Ma foi du bon Dieu ! s'exclama Émilienne, on a oublié de l'avertir.

Elle s'approcha piteusement de son fils.

— Que c'est que vous avez pensé, la mère ? demanda-t-il. Puis le père, il est pas mieux que vous, il doit dormir sur ses deux oreilles.

Elle bredouilla des excuses qu'elle le supplia d'accepter en son nom et en celui de son mari. Il lui recommanda de se recoucher et de tirer vers elle la « couverture » de la journée.

Au matin, habité par la déception de son voyage infructueux, Léandre se présenta au travail avec un peu de retard. Il avait pardonné à sa mère son omission, mais il nourrissait envers son père une petite rancune. À la taverne, on avait discuté d'une baisse probable des tarifs d'électricité. En tant que locataire, il se trouvait bien placé pour exiger une baisse de son loyer. Du reste, cela lui permettrait d'affronter plus facilement le montant hebdomadaire promis aux « protecteurs » du commerce.

Le boucher avait entrepris la fabrication de saucisses. Pour la corvée, il avait demandé à Simone de l'assister plutôt qu'à Marcel, moins serviable pour ce genre d'ouvrage. Marcel, lui, laverait le moulin. Simone venait de mettre à tremper des tripes dans l'eau tiède. Léandre se rendit à la boucherie.

— Et puis, le père, vous avez passé une belle soirée, hier ? le taquina-t-il, en sollicitant de l'œil le regard de sa sœur. Je sais pas si vous avez eu le temps de lire les journaux ces jours-ci, mais supposément que les coûts de l'électricité vont diminuer de 15 %.

— Pis ?

— Pis ça veut dire que ça va me coûter moins cher de loyer, cibole !

— Si ça te fait rien, on va attendre ; la loi est pas adoptée encore, mon garçon. La Commission de l'hydro va d'abord se pencher sur la question. Pour le moment, va donc répondre à Isidore Pouliot ; je suis à peu près sûr qu'il va donner du fil à retordre à ta mère.

Léandre s'aligna vers le comptoir. Émilienne et Paulette semblaient contentes de le voir intervenir.

— Que c'est qu'on peut faire pour ton bonheur, mon Pouliot ? s'enquit-il, l'air cabotin.

— Je prendrais une caisse de Molson.

— Évidemment, c'est pour faire marquer, railla Léandre. Quand est-ce que tu vas comprendre ? Ça fait ben des fois qu'on te le dit : ta femme a un compte ouvert pour du manger, pas pour acheter de la bière !

— Ben d'abord je vas la prendre ailleurs !

— Tout le monde te connaît dans le quartier, il y en a pas un qui va te faire crédit, proféra-t-il, avant de se tourner vers les caissières. À part de ça, je me demande où c'est que tu prends ton argent pour boire à la taverne. Taboire qu'il a la tête dure !

Émilienne était d'avis que l'ivrogne devrait penser à l'achat de bottines pour ses enfants qu'elle voyait parfois revenir de l'école en traînant leurs savates percées devant le magasin. Combien de fois s'était-elle retenue de faire entrer des petits que la vie avait jetés dans une indigence matérielle, et de leur offrir la chaleur de son poêle et quelque nourriture, sachant que, dans la froideur de leur misérable logement, ils n'auraient qu'un morceau de pain à tremper dans une soupe claire pour tenir jusqu'au lendemain ? Mais il y avait pire. Dans certaines familles, on s'éclairait à la bougie et on se couchait par terre, faute de lits. Et que dire de secteurs de la ville où la grouillante vermine des écuries causait la peste des rats. Elle ne put s'empêcher de repenser à Jérémie qui, en quelque sorte, était maintenant à l'abri de cette déplorable misère.

Léandre était planté derrière la vitrine et regardait s'éloigner Isidore Pouliot. De ses quartiers de boucher, son père avait remarqué que le client tenace avait repris la rue. Il voulut délaisser son chantier de saucisses pour le remercier. Mais sa femme le devança.

— C'est fin pour moi de t'être débarrassé de lui. J'en ai pitié, mais que veux-tu, on refera pas le monde. Changement de propos, comme je te connais, je sais qu'il y a de quoi d'autre qui te tracasse, exprima-t-elle d'une voix altérée. Tu peux m'en parler si tu veux ; je suis ta mère, après tout.

— C'est cette histoire de surveillance. C'est à soir qu'on va me réclamer la somme. J'ai l'impression de payer Dezainde puis ses deux morons de Pitre et Morasse pour absolument rien, puis ça me met en taboire! Le jour, la nuit, à chaque fois que je regarde dehors, je vois personne qui a l'air de protéger notre magasin. Je vous le dis, la mère, si je me retenais pas…

— Fais ben attention à ce que tu vas faire, mon beau Léandre! À ta place, je me méfierais de ces trois agrès-là…

— Faites-vous-en pas, la mère, j'en ai déjà vu d'autres…

Le fils embrassa sa mère sur le front, s'alluma une cigarette et retourna à son ouvrage.

Tout le long de la journée, il sembla distrait, l'esprit obnubilé par une façon de briser la chaîne qui le reliait à des malfaiteurs. À deux reprises, il se trompa d'adresse, évita de justesse de causer un accident de la route. Il avait le sentiment de perdre ses moyens, lui qui avait ordinairement la tête si solide et une assurance à toute épreuve. Afin de se remettre les yeux vis-à-vis des trous, il fit un crochet par l'*Ontario's Snack-bar* et avala deux cafés noirs en jasant avec Lise. C'est après être reparti du casse-croûte qu'une idée germa dans son cerveau. Il estimait que son plan n'était pas génial. Mais il valait la peine d'être exécuté.

Les beaux-frères s'étaient acheminés ensemble à la taverne où l'agent de la Sun Life les avait rejoints. Il régnait une ambiance amicale, presque fraternelle. En temps habituel, le tenancier aurait dû s'en réjouir. Les affaires étaient bonnes et les buveurs lui occasionnaient moins de problèmes. C'était comme si l'approche du printemps dissipait toutes les tensions et toutes les mésententes qui avaient pu exister au cours de l'hiver. Pourtant, Léandre avait prévenu son patron qu'il devait se tenir prêt à appeler la police. Au cas où la rencontre prévue avec les individus malveillants tourne-rait mal. Avec ses camarades accoudés au comptoir, il ressentait la présence oppressante des trois indésirables. La mâchoire tendue, il observait David gonfler ses muscles et Hubert, un verre à la main, trembloter sur son tabouret.

Dezainde, Morasse et Pitre avaient disputé quelques parties de billard en prenant un coup. Ils avaient dépensé frivolement, et plus que de coutume, en pensant qu'ils pourraient se renflouer avec la somme promise par le barman. Ils quittèrent le jeu et parurent dans la grande salle. Dezainde s'approcha du bar.

— C'est à soir que c'est dû ! rappela-t-il d'un ton peu conciliant.

— Ben t'auras pas une maudite cenne de plus, mon homme, répliqua Léandre, la lèvre retroussée.

La physionomie de Dezainde s'assombrit. Il se tourna vers ses amis qui s'approchèrent aussitôt.

— Le garçon de l'épicier veut pas payer, les gars, grommela-t-il.

— Tu te sauves pas comme l'autre fois ? dit Morasse.

Le tenancier couvait son employé du regard et subodorait la suite.

— On va régler ça autrement, risqua Léandre, en dardant une œillade complice à son patron.

Archambault décrocha le cornet acoustique en fixant les magouilleurs avec des yeux menaçants.

— Je veux pas de grabuge dans ma taverne, dit-il. Moi, les *faiseux* de troubles, j'en veux pas dans mon établissement. Si vous laissez pas mon employé tranquille, je téléphone au poste…

Entre-temps, des flâneurs s'étaient attroupés près du bar et le billard s'était vidé de ses joueurs. Isidore Pouliot intervint et s'adressa aux fauteurs :

— Vous êtes ben mieux d'écouter le patron, parce que vous allez être sur sa liste noire puis vous aurez plus jamais le droit de rentrer ici dedans, menaça-t-il.

Léandre lança un œil reconnaissant à l'ivrogne. Le conflit était désamorcé. Les trois comparses retournèrent au billard.

Les empoignades et la bagarre étaient évitées. Cependant, le différend qui l'opposait aux « protecteurs » de l'épicerie n'était pas réglé pour autant. À présent, les prévisibles représailles étaient à craindre. Léandre savait comment les affronter. Pour l'heure, il se satisfaisait de la tournure des événements. Escorté par David et Hubert, il rentra paisiblement chez lui.

— À soir, je découche ! déclara-t-il.

— Tu m'annonces ça de même, comme si de rien n'était ! réagit Paulette.

— Ben non, tu sais ben que je te ferais pas ça, ma belle, c'est une manière de parler. Mais je vas coucher au magasin, par exemple.

— Ton beau-frère est-tu sérieux quand il parle de même ? demanda Paulette à David.

— On sait pas toujours quand est-ce qu'il dit la vérité, mon frère, commenta Simone.

Léandre exposa la suite de son plan. Le temps qu'il faudrait, il logerait au commerce de son père pendant la nuit. À la suite de la rebuffade qu'ils venaient d'essuyer, Dezainde et ses amis tenteraient assurément de rappliquer à l'épicerie.

— Tu vas être sur le gros nerf à pas dormir puis à te demander s'ils vont venir, rétorqua Paulette.

— Je sais ben, argumenta Léandre, mais j'ai pas d'autres moyens de les attraper. Comme ça, je vas les prendre la main dans le sac, puis la police va les épingler en un rien de temps. En tout cas, s'il y a quelqu'un ici dedans qui trouve une meilleure idée, je suis ben prêt à l'écouter.

Léandre alla souffler un baiser à son petit Charlemagne, rassembla des oreillers et des couvertures, et amorça le pas vers la sortie de l'appartement. Paulette se braqua devant lui, le dos appuyé contre la porte, la bouche pleine de désir.

— Il y a pas rien que ton enfant qui compte, réagit-elle, moi aussi je suis là.

Léandre déposa un baiser suave sur les lèvres que l'amour avait désertées depuis plusieurs jours et descendit au magasin.

La nuit s'était écoulée dans un demi-sommeil, Léandre avait eu l'oreille attentive à la brisure du silence, la respiration suspendue aux moindres bruits. Emmuré dans l'arrière-boutique, au ras du sol aussi bien qu'au troisième étage de l'immeuble, il était familier avec les miaulements enroués de chats et les promenades nocturnes de chiens errants. De temps à autre, dans la faible lueur des lampadaires qui s'infiltrait au commerce, il s'était approché des vitrines pour scruter les alentours. En apparence, son camion était davantage en sécurité au bord de la rue que dans les ténèbres de la ruelle.

Puis le matin pénétra dans sa modeste chambre et l'obligea à se lever. Il remonta au logis pour faire sa toilette, s'habiller de vêtements frais et déjeuner. Il avait peu à raconter si ce n'est qu'il était courbaturé comme un vieillard et qu'il fallait continuer d'être vigilant. Mais Simone redoutait un désordre dans son petit univers.

Son bureau était recouvert d'un tas immonde à ses yeux. Furieuse, la tête entre les mains, elle attendait son frère dans un état de vive agitation. Émilienne et Théodore surgirent dans l'embrasure.

— Pour l'amour, Simone, veux-tu ben me dire? dit l'épicière.

— Regardez-moi donc ça, on dirait un ouragan qui a fait ses ravages dans mes affaires.

— Que c'est que ça fait là, ce paquet de guenilles bouchonnées sur ton bureau ? s'enquit Sansoucy.

— Ben figurez-vous donc que je m'en doute, rétorqua la commis.

La moue dédaigneuse, Émilienne allongea la main, tourna légèrement la tête en soulevant une couverture sale du bout des doigts.

— C'est donc pas propre, ça ! À qui ça appartient ?

Léandre parut.

— C'est moi, le coupable, admit-il. J'ai passé la nuit ici dedans au cas où Dezainde, Morasse et Pitre retontiraient parce que j'ai refusé de les payer pour leur supposée surveillance pas faite. Puis j'ai pas le goût de vous entendre chicaner, exprima-t-il.

— Arrange-toi pas pour manger une volée ! dit Émilienne. Il y a personne qui te demande de faire le travail de la police. Puis toi, Simone, c'est pas de même que je t'ai montré à laver du linge. Regarde-moi ça, quand c'est grisâtre de même, c'est parce que ça a pas brassé assez longtemps. Asteure, va falloir faire tremper ça dans l'eau de Javel ; c'est pas juste bon pour les toiles puis les cotons, ça désinfecte aussi. Tu te monteras une bouteille de La Parisienne, aujourd'hui.

Chapitre 23

Quelques nuits s'égrenèrent ainsi dans le confort rudimentaire de l'arrière-boutique. Chaque soir, après son ouvrage à la taverne, Léandre se rendait au logis pour embrasser Paulette et Charlemagne, et redescendait à l'épicerie. Les trois indésirables se montraient régulièrement au débit de boissons et réclamaient leur «dû», mais rien ne laissait présager leur incursion prochaine au magasin. Et chaque matin, le surveillant rapportait que les heures nocturnes lui pesaient, qu'il était à la veille de mettre un terme à sa pratique singulière. Néanmoins, avant de l'abandonner, il avait songé à se procurer de l'agrément. Une sève printanière bouillonnait dans ses veines. Des pensées lubriques lui avaient trotté dans la tête. Il avait invité l'ancienne compagne de travail de Simone.

Pour sa deuxième nuit consécutive avec Lise, Léandre venait de réintégrer son réduit solitaire et de préparer sa couche. Ils s'étaient promis d'autres moments inoubliables à s'échanger des caresses, à chercher les plus belles sensations. Elle lui avait signifié qu'elle ne pourrait pas se prêter à ce jeu amoureux trop souvent, qu'ils couraient un danger d'être surpris par un membre de la famille et qu'elle n'avait pas aimé quitter son lit en catastrophe au petit matin. En attendant qu'elle arrive, il avait jeté quelques rondins pour attiser le poêle et il était retourné dans l'arrière-boutique. De là, il s'était allumé une Sweet Caporal et surveillait la ruelle à travers les crevasses de l'obscurité.

On frappa aux carreaux. Le visage de la serveuse surgit. Elle était d'une pâleur livide et semblait en proie à un intense affolement. Elle entra et largua son grand sac à main sur le bureau de Simone.

— Prends le temps de souffler, Lise.

Une main sur sa poitrine haletante, elle essayait de formuler des mots brefs qui ne venaient pas. Aussitôt, une crainte la reprenait et la pliait en deux, l'empêchant d'exprimer la profondeur de son désarroi.

— J'ai vu deux hommes qui rôdaient sur la façade du magasin et un troisième qui avait l'air de sonder la porte, livra-t-elle d'une voix terrifiée.

— Bon, ben, tu restes ou tu décampes? Décide!

La tête éperdue, ses yeux passèrent alternativement de la ruelle à la façade. D'une manière ou d'une autre, elle ne voyait pas comment elle échapperait aux malfaiteurs. Elle se rua sur lui.

— Je vas rester, affirma-t-elle.

— D'abord, va te cacher dans la cave. Moi je vas appeler...

La serveuse se précipita au sous-sol de l'immeuble. Les doigts nerveux, Léandre décrocha l'appareil et composa le numéro du poste de police.

Un des cambrioleurs avait forcé la serrure et avait réussi à s'introduire. Plutôt que de se terrer dans un recoin et attendre que les représentants de l'ordre interviennent, Léandre s'élança avec impétuosité vers l'avant de l'épicerie. L'intrus s'était emparé du balai appuyé contre la colonne et frappait à grands coups sur les tablettes.

— Eille, Morasse, arrête de *varger* dans le stock comme un malade! tonna Léandre.

Le fils de l'épicier fondit sur l'homme avec furie et l'empoigna au collet. Dans son emportement, Morasse avait lâché l'ustensile de ménage et se débattait vigoureusement. Les yeux injectés de sang, Léandre le recula contre le comptoir-caisse sur lequel il l'étendit de tout son long.

— Tu vas payer pour, mon taboire! dit-il, enragé.

Il retenait son adversaire allongé qu'il dominait avec la force de ses poignets.

Entre-temps, désarçonnés par ce qui se déroulait à l'intérieur de l'établissement, les deux compagnons avaient pris leurs jambes à leur cou. Au sous-sol, Lise s'était tapie sous l'escalier. Elle se remémora ses ébats torrides de la veille et ceux plus lointains qu'ils avaient partagés le jour dans la cave. Blottie contre les décorations de Noël, elle priait le petit Jésus afin qu'il la délivre de son mauvais pas. Elle songea à s'enfuir, à se sauver par la ruelle, pour éviter à son amant le risque de gênantes explications. Lui-même avait été imprudent. Il avait cédé à ses incontrôlables pulsions instinctives. Quoi qu'il advienne, Paulette et les habitants de l'immeuble ne devaient pas être mis au courant de sa présence. Elle résolut de déguerpir.

Le lieutenant Whitty, accompagné de deux agents, fit irruption à l'épicerie-boucherie. Les constables Lefebvre et Poisson se précipitèrent sur le pillard maintenu sur le comptoir-caisse et le maîtrisèrent rapidement.

— Emmenez-moi ça au poste, ordonna Whitty. Décidément, on est dû pour se rencontrer dans différentes circonstances, Sansoucy.

— Que c'est que vous voulez que je vous dise, lieutenant? On choisit pas ses malheurs…

Léandre raconta que trois crapules, Jules Dezainde, Maurice Morasse et Lucien Pitre, lui avaient soutiré un montant en échange de la protection du commerce, et il jura qu'il avait affaire à des profiteurs, que cela n'avait aucun rapport avec la défunte loterie chinoise. Jusqu'à ce jour, il n'avait pas fait appel à la police, qui ne l'aurait pas cru s'il avait déclaré un tel stratagème. Après avoir souscrit à quelques reprises à leur demande, il avait refusé de continuer à payer. Tout naturellement, il s'attendait alors à une réaction des bandits au magasin. Cela expliquait pourquoi il couchait dans l'arrière-boutique. Plusieurs nuits s'étaient écoulées avant qu'il prenne Morasse dans son filet, en flagrant délit de vandalisme. Restait à appréhender les deux autres.

Le lieutenant retraversa le seuil. Léandre se remémora l'avant-veille de Noël 1935 alors que son père avait dû se défendre contre un individu armé. Un journaliste était survenu sur les lieux. Cette fois-ci, les pertes matérielles semblaient plus sérieuses.

Avant de replacer ce qui était récupérable sur les tablettes, il s'empressa de faire rouler un baril de mélasse contre la porte. Ainsi, personne ne pourrait pénétrer au magasin. Puis, repris par la conscience de ce qui avait précédé l'incursion du voleur, il se rendit dans l'arrière-boutique.

— Lise, es-tu là ? s'écria-t-il.

Il allait amorcer un mouvement pour faire de la lumière dans l'escalier et descendre à la cave quand il s'aperçut que la porte arrière était entrouverte. Désappointé, il la referma et la verrouilla à double tour. Puis il retourna à l'avant du commerce et ramassa les débris. Ensuite, il se coucha, l'esprit remué par les événements.

Au matin, Simone s'était levée avec le soleil, souriante comme une journée de printemps. Elle avait revêtu sa robe jaune paille et des souliers gris fer qui lui conféraient son apparence d'adolescente qui s'apprête à faire l'école buissonnière en après-midi. En effet, elle avait la tête pleine du projet de magasinage planifié avec Paulette. Elle entra à l'épicerie par la porte qui donnait au bas de l'escalier et se dirigea tout droit dans son arrière-boutique.

— Léandre, t'es pas encore levé ! s'exclama-t-elle de surprise et d'indignation.

— Mmm…

Il se redressa vitement en écartant les couvertures.

— T'as l'air d'un épouvantail à moineaux, ricana-t-elle. D'après ce que je peux voir, je suis arrivée à temps avant que tu foutes le désordre dans mon *backstore*. À qui, cette sacoche-là ? demanda-t-elle subitement, en voyant le sac à main sur son bureau. C'est-tu drôle un peu, ça ressemble à celle de Lise…

Il admit que l'ancienne compagne de l'*Ontario's Snack-bar* était venue un peu plus tôt, qu'elle devait passer la nuit avec lui et qu'elle s'était enfuie au moment où un des voyous était entré au commerce pour faire tout un saccage.

Sur ces entrefaites, ils entendirent des pas progresser dans l'escalier. Léandre rangea nerveusement le sac à main dans un tiroir et il entraîna sa sœur près du comptoir-caisse.

Théodore, Émilienne, Marcel et Paulette arrivaient ensemble au magasin.

— Que c'est que ça fait là, le baril de mélasse qui bloque la porte ? s'étonna l'épicier. Marcel, va tout de suite ôter ça si on veut rouvrir.

— Théo ! Mon doux Seigneur ! Regarde les tablettes à l'envers. Veux-tu ben me dire quelle sorte d'enragé a passé ici dedans ?

Puis, démontée, elle se tourna vers Léandre.

— Coudonc, t'es-tu fait attaquer cette nuit ?

— T'es pas blessé, au moins ? s'informa Paulette, en s'approchant de son mari.

— Non, non, j'ai eu le dessus sans me faire massacrer.

Maurice Morasse était entré par effraction et saccageait l'épicerie comme un déchaîné. À son corps défendant, Léandre l'avait apostrophé pour éviter que la situation dégénère jusqu'à ce que la police survienne. Entre-temps, les deux comparses avaient pris la poudre d'escampette. Il restait à contacter le représentant de la Sun Life.

Bouleversés, Émilienne et son mari revêtirent leur tablier et entreprirent leur journée en pensant aux pertes subies et à la compagnie d'assurances qui couvrirait partiellement les dégâts.

Hubert Surprenant se présenta avec l'empressement servile des agents qui ne veulent pas perdre leur client. Après avoir pris connaissance avec son ami Léandre des bris et du ravage causé, il déplora le geste inqualifiable et s'adressa à l'épicier.

— Je vas faire mon gros possible pour obtenir le maximum, monsieur Sansoucy, affirma-t-il.

Puis, s'adressant à Léandre.

— Pour moi, ça va prendre une secousse avant qu'on revoie ces trois charognes-là à la taverne Archambault, conclut-il.

Surprenant parti, Léandre annonça qu'il se rendait à la quincaillerie Ravary pour acheter une serrure de remplacement. Auparavant, il devait ramasser le sac à main de Lise à la dérobée et se diriger vers le snack-bar.

La serveuse semblait agitée, plus qu'à l'accoutumée. Elle avait fait brûler des rôties, renversé un café bouillant sur un client et échappé une assiette à déjeuner sur le complet d'un autre. Toute la nuit, elle s'était demandé comment Léandre s'était sorti de son fâcheux embarras.

Léandre avait enfoui la bourse de Lise dans son coupe-vent. Les yeux des clients n'étaient pas fixés sur lui. Il s'achemina au comptoir.

— Ma sacoche! dit-elle, en agrippant le sac à main. Je te sers un café?

— Ta sacoche, c'est tout ce qui t'intéresse. On voit à quel point je suis important pour toi ; je pensais que tu tenais à moi plus que ça ! Je vas prendre un gros déjeuner…

Elle se tourna, ouvrit le sac et y fourragea un moment pour vérifier s'il ne manquait pas un de ses effets. Heureusement qu'elle avait mis ses clés d'appartement dans la poche de sa robe. Son porte-monnaie, sa trousse à maquillage, des bas et des sous-vêtements de rechange, tout y était.

— Le voleur a pas eu le temps de mettre la main sur ta sacoche, ricana-t-il.

Elle referma vitement sa bourse, la remisa sous le comptoir, lui servit un café noir et entreprit de lui préparer un solide petit-déjeuner. Pendant que le pain grillait et que grésillaient les œufs et le bacon dans la poêle, il se fit une gloire de lui conter le récit des événements.

— Si tu savais à quel point je me sens soulagé, asteure, acheva-t-il.

— Comme je te connais, t'as pas fini d'énerver tout le monde avec tes histoires à dormir debout…

— Tu sauras me le dire, ma belle ! Asteure, je vas faire ma commission à la quincaillerie.

Il lui lança une œillade, régla l'addition et descendit du tabouret de moleskine rouge.

Chapitre 24

Après le dîner, Simone quitta le travail avec Paulette. Il était entendu qu'elles allaient magasiner du linge de printemps au centre-ville. Mais elles emprunteraient un parcours particulier. L'oncle Romuald avait demandé d'être muté sur une autre ligne. En effet, la compagnie des tramways de Montréal venant de mettre en service sept nouveaux autobus à trolley — un disposi-tif composé d'une perche mettant en contact un fil conducteur aérien et un récepteur mobile installé sur le toit du véhicule —, les belles-sœurs avaient accepté l'invitation de l'ancien wattman d'étrenner son véhicule neuf.

Simone avait supplié Léandre de les conduire au coin de Beaubien et de la 5ᵉ Avenue à Rosemont. De là, elles se déplace-raient en trolleybus vers l'ouest jusqu'à Saint-Laurent, et par le jeu des correspondances elles redescendraient vers le sud par le trans-port ordinaire pour se vautrer ensuite dans les grands magasins.

— Ça roule ben doux, ça ! commenta Simone. Il paraît qu'ils les ont fait venir d'Angleterre. Quand on prend les petits chars, on a l'impression de se déplacer sur un tas de ferraille ; il y a toujours un *mautadit grichage* qui m'énarve.

— Moi, c'est le prix qui me dérange. À quatre billets pour vingt-cinq cents, c'est pas donné, hein ?

— Je comprends qu'avec un mari comme le tien faut pas que tu fasses des folies aujourd'hui dans les magasins. Je vas faire une chose avec toi, Paulette : je vas t'emmener chez Dupuis Frères. Ils doivent avoir encore des beaux spéciaux. Ils fêtent leur 69ᵉ anniver-saire cette année, puis il y a une couple de semaines ils ont fait une grosse vente. Dommage qu'on pouvait pas y aller à ce moment-là parce qu'ils offraient de rembourser le passage en chemin de fer ou en autobus pour attirer la clientèle. On est pas à la veille de faire ça à l'épicerie, badina-t-elle.

Cela faisait exprès. Pendant ce temps, dans la rue Adam, Sansoucy était débordé. Il avait eu le malheur d'annoncer un rabais sur les côtelettes de porc et il ne parvenait pas à satisfaire à la demande. À la caisse, Émilienne n'avait pas le temps de s'écraser. En plus, le téléphone ne dérougissait pas. Léandre travaillait à changer la serrure de la porte et s'arrêtait à tout instant pour répondre aux curieuses qui l'interrogeaient. Car des clientes régulières attardées entravaient l'entrée et prenaient plaisir à lui soutirer des détails sur l'incident de la nuit.

Marcel revint d'une tournée de livraisons, essoufflé, et contempla le fourmillement. Il se rendit à la boucherie.

— Le père, vous devriez ôter votre annonce dans la vitrine, suggéra-t-il. Je pédale comme un malade, m'man est au coton, puis vous, vous avez l'air d'une vraie queue de veau dans votre coin.

— Ben non, sans-dessein! rétorqua le boucher. Faut prendre le train quand il passe. Quand il y aura plus de *chops* de lard, ben il y en aura plus, c'est tout. Puis Léandre va ben finir par finir avec sa *job* de porte…

Marcel s'attendait à la répartie de son père. Il rouspéta tout de même un peu et s'en fut charger trois commandes dans le panier de son triporteur. Un haillonneux se faufila timidement parmi la petite société et se rendit prendre la file à la boucherie.

— Vous êtes nouvellement arrivé dans le quartier? demanda innocemment Germaine Gladu.

Des sans-travail provenant des quatre coins de la province affluaient à Montréal. Le père de huit enfants de Saint-Joseph-du-Lac avait bénéficié d'un montant de sa municipalité pour venir chercher de l'emploi dans la métropole. Il avait tenté d'obtenir sans résultat du secours de la ville et se disait dans le dénuement le plus complet.

— Regardez le monde qu'il y a ici dedans, mon cher monsieur, dit mademoiselle Lamouche. C'est sûr que monsieur Sansoucy a besoin d'engager…

— Il faut admettre que c'est pas tous les jours qu'il y a des *chops* de lard en spécial, précisa Dora Robidoux. D'habitude, la fille du patron puis sa bru sont là pour aider. Mais que voulez-vous ? Quand le beau temps se montre le bout du nez puis qu'on est une tête de linotte comme la Simone, on aime mieux aller magasiner que de rester à l'ouvrage.

— Puis l'autre, la Paulette qui élève le petit de son mari, pensez-vous qu'elle est ben mieux ? renchérit Imelda Chalifoux.

— Ça a l'air qu'elle l'aime ben gros, son Charlemagne ! commenta Rose-Anna Flibotte. Elle en prend soin comme si c'était son enfant à elle.

La physionomie du boucher changea. Il leva sur Rose-Anna Flibotte un regard trouble. Toutes les femmes avant elle avaient été servies. La cliente les avait vues quitter le comptoir avec leur paquet et elle désespérait d'attendre.

— Six *chops* de lard, demanda-t-elle.

— Je suis désolé, il m'en reste plus, madame Flibotte, répondit Sansoucy. La prochaine fois, vous vous prendrez plus de bonne heure…

— Il y en aura pas, de prochaine fois, monsieur Sansoucy, rétorqua la dame, avant de tourner vivement les talons.

Le haillonneux s'approcha.

— Avez-vous besoin d'un bon homme pour travailler dans votre magasin ? demanda-t-il, piteusement.

— J'ai tout mon personnel, mon ami. J'en ai deux en congé cet après-midi. Allez plutôt voir à l'épicerie Chevalier, des fois qu'ils vous engageraient…

* * *

Six heures venaient de sonner aux clochers des églises. Le boucher achevait de nettoyer ses quartiers. Marcel balayait le plancher. Léandre allait verrouiller la porte du commerce quand les deux magasineuses se braquèrent sur la devanture, les bras pleins de paquets. Il leur ouvrit.

— Avez-vous dépensé toute votre paye, coudonc ? s'enquit-il.

— Paulette a pas acheté grand-chose, elle fait juste transporter mes affaires, dit Simone.

Les deux jeunes femmes s'acheminèrent au comptoir-caisse pour déposer leurs sacs.

— C'est ben le temps de ressoudre, asteure, se plaignit Émilienne. J'ai *goalé* tout l'après-midi.

— M'man, vous seriez ben fine si on pouvait souper chez vous. Magasiner, c'est pas mal fatigant. Mais j'ai déniché de bonnes aubaines, je vas vous montrer…

— Laisse faire, on va regarder ça en haut. Puis je t'avertis, on soupera pas de bonne heure, ma fille. Puis tant qu'à y être, demande donc à tes frères de monter vos paquets.

Effectivement, le repas n'était pas prêt. Héloïse avait dû changer son fusil d'épaule. Elle avait misé sur les côtelettes de porc promises par le boucher et elle avait appris à la dernière minute qu'il les avait vendues. Elle s'activait à présent à préparer une espèce de gibelotte avec un reste de poisson et de légumes. En voyant ce qui mijotait dans la poêle, Sansoucy avait offert une bière aux hommes afin qu'ils avalent plus facilement le plat.

Simone avait commenté sa promenade en trolleybus, de loin supérieur au tramway, selon elle. Mais avec son magasinage, outre le souper qu'elle quémandait, elle avait une demande particulière à formuler à l'invalide.

— Matante Alida, auriez-vous un peu de temps tout à l'heure pour ajuster mes petites robes?

— Tu sais ben que oui, ma nièce. Je vas faire ça pour toi puis Paulette, si elle veut, ben entendu.

— Vous savez que je suis pas habile de mes dix doigts non plus, dit Paulette. J'aimerais ben ça si vous pouviez…

— J'en connais qui se permettent pas mal de bon temps au lieu de travailler, lança Héloïse à l'adresse de Simone. Regarde ta mère, de quoi elle a l'air. Faudrait pas recommencer ça trop souvent, des magasinages de même.

— Oui, puis je suis raquée de partout, dit Émilienne.

Le marchand regrettait d'avoir accordé une permission de sortie aux deux jeunes femmes. Dans son for intérieur, il reconnaissait que la gestion d'une entreprise familiale n'était pas chose facile. En même temps, les audaces de Léandre finissaient toujours par lui porter ombrage. Il lui sembla que la liste des bêtises s'allongeait. Les frasques s'accumulaient, son fils ne démontrait aucun signe d'assagissement et il ne parviendrait jamais à le dompter. Et de là à lui confier un jour la gouverne du commerce, il y avait un grand pas qu'il ne s'aviserait pas de franchir de sitôt…

Pendant que l'épicier réfléchissait, Léandre continuait à débiter des balivernes pour épater les deux autres hommes qui paraissaient s'amuser de ses propos. Même Marcel, d'habitude plus pondéré, s'esclaffait à tout moment. Il faut dire qu'il avait écopé, lui aussi, d'une journée exigeante et que sa bouteille de bière lui montait assez vite à la tête. Quant à David, il prenait du bon temps avec sa belle-famille. Pour l'heure, c'était tout ce qui lui importait.

— Souper! s'écria Alphonsine.

On se déplaça dans la salle à manger. Avant d'attaquer le plat de poisson, Sansoucy le considéra avec circonspection. Pour rehausser la présentation, la cuisinière s'était surpassée en exécutant une bordure de fantaisie avec une purée de pommes de terre lisse et crémeuse. Il ferma les yeux et entama le bénédicité.

Héloïse desservit et apporta les assiettes à sa sœur qui les nettoyait au-dessus de la poubelle avec du papier journal.

— Il y aurait pas eu de gaspille de même si on avait mangé des *chops* de lard.

— C'est sûr, Phonsine, t'aurais ramassé le gras de tout le monde. Asteure, remarque ben ce que je te dis: ça va lever le nez sur mon dessert, puis je vas en entendre parler. Apporte le pain.

Héloïse avait fait chauffer de l'eau et fait dissoudre de la cassonade dans les gros bouillons. Puis elle avait laissé refroidir la préparation sur la galerie et transvidé le liquide foncé dans une pinte de lait.

Le maître de la maison se servit le premier, déchira un quignon de pain qu'il trempa dans le nectar et goûta.

— On a beau être encore dans le carême, on est pas obligés de se priver tant que ça, commenta-t-il. Loïse, me semble que t'aurais pu te forcer pour faire un dessert qui a de l'allure.

— Ben figure-toi donc qu'on a plus de sirop d'Ange-Gardien, répliqua Héloïse. Puis il y a pas juste vous autres qui travaille fort. Le petit *mosus* de Stanislas fouille partout dans le bas des armoires, je passe mon temps à le surveiller. En plus, il doit percer des dents parce qu'il m'a fait trois tas rien que cet après-midi. Il a les fesses rouges, il faut le soigner. Une chance que l'autre a dormi.

— Elzéar va sûrement venir à Pâques, dit Émilienne. Il pourrait nous apporter du bon sirop d'érable.

— En tout cas, Théo, riposta la cuisinière, t'es ben le seul à faire le bec fin : regarde les autres, ils disent rien. Quand bien même que t'aurais pas toujours des bons petits plats comme je fais d'habitude, t'as juste à offrir ça au bon Dieu puis à faire pénitence.

Léandre s'apercevait que les événements lui devenaient peu à peu favorables. Son père avait traversé un autre épisode énervant qui le conduirait irrémédiablement à la vente de son épicerie. Léandre savait qu'il avait du chemin à faire avant de reconquérir sa confiance pour en devenir l'acheteur. C'est pourquoi il avait résolu d'emprunter une avenue plus réaliste. Quelques jours plus tard, il rassemblait ses colocataires et convoquait Marcel à son logis pour leur exposer son projet.

Le souper était terminé, mais la vaisselle était restée sur la table. Malgré certaines réticences palpables, Léandre semblait gagner les autres à son idée.

— Ouan ! Que p'pa retienne une partie de mon salaire pour payer le magasin, ça fait plus ou moins mon affaire, argumenta Simone. Je pourrai plus dépenser comme je veux.

— Oui, mais moi, Paulette puis Marcel, on ferait la même chose puis on serait propriétaire tout le monde, précisa l'instigateur. Quand bien même que tu te serrerais un peu la ceinture puis que t'achèterais pas autant de robes de printemps que la reine d'Angleterre… Le père l'a déjà dit ben des fois. Faut faire des sacrifices dans la vie, Simone. Faut que tu comprennes que ce serait une entreprise familiale au vrai sens du mot. Il y a juste David qui serait pas de la gang. Quoique…

— Non, non, le beau-frère, mêle-moi pas à ça, riposta David, en promenant Stanislas dans ses bras autour de la table. Un jour, je vas devenir propriétaire de l'atelier de mon père. C'est pour ça que j'ai commencé à économiser.

— Puis toi, Marcel, qu'est-ce que t'en penses ?

— En autant que je touche pas à mon héritage, je suis d'accord pour embarquer.

Paulette avait approuvé son mari d'un faible hochement de tête pendant qu'elle berçait muettement Charlemagne.

— Bon, ben, grouillez pas, ordonna Léandre. Je vas téléphoner à la taverne pour dire que je vas être un peu en retard, puis je vas remonter avec le père pour lui dévoiler notre projet.

— Si jamais ça marchait pas, qu'est-ce que tu ferais ? s'enquit Simone.

— Veux-tu faire de l'argent, coudonc ? riposta son frère. Si tu veux pas, dis-le tout de suite, je vas demander à Hubert Surprenant…

— Ah ! ben là par exemple, je suis pas d'accord, s'opposa Simone. Mêle pas un étranger là-dedans.

Léandre quitta l'appartement et revint après quelques minutes avec le commerçant. Il tira une chaise à son père, qui s'installa parmi les jeunes en fumant sa pipe.

— Vous m'intriguez, dit Sansoucy.

— Le père, on a une proposition à vous faire, annonça Léandre. Simone, Marcel, Paulette puis moi, on veut acheter votre épicerie-boucherie.

Les objections fusèrent. Le propriétaire n'avait pas envisagé de vendre dans l'immédiat, la caisse populaire d'Hochelaga refuserait de prêter. Il se sentait capable de mener son entreprise comme il l'avait toujours fait et refusait d'être mis au rancart. Cependant, l'habile négociateur fit valoir qu'un montant serait retenu sur chaque paye, que le commerce ne passerait pas ainsi aux mains d'étrangers, qu'il en dirigerait les destinées comme à l'accoutumée, et que sa femme et lui pourraient continuer à travailler tant et aussi longtemps qu'ils le voudraient.

L'épicier secoua sa pipe sur le bord d'une assiette sale.

— Je vas y penser, conclut-il, en retirant sa chaise.

Chapitre 25

L'épicier avait longuement ruminé l'offre de son fils dans la prairie de ses pensées torturantes. Le dimanche des Rameaux, Émilienne avait allumé un lampion qui brûlerait pendant la Semaine sainte pour éclairer son mari dans sa réflexion. Elle n'avait pas envisagé la vente du commerce sous cet angle, mais cela demeurait une bonne manière d'assurer une transition en douceur tout en gardant la main haute sur l'administration. À Pâques, elle recevrait toute sa famille. L'occasion serait favorable pour annoncer une transaction. Aussi, on profiterait du rassemblement pour souligner le premier anniversaire de mariage d'Édouard et Colombine et la naissance de Stanislas, même si les événements étaient devancés de deux semaines.

Le couple de jeunes mariés avait bifurqué vers l'hôpital du Sacré-Cœur pour emmener Irène et son protégé, le tuberculeux Jérémie, que la conductrice avait reconduit chez les Pouliot. Placide avait hésité à venir. À Noël, il était arrivé seul, jugeant qu'il était prématuré de présenter son colocataire. Avec le temps, il avait réalisé qu'il ne pourrait dissimuler indéfiniment ses amitiés particulières avec Alex D'Avignon, ce beau châtain que Simone lorgnait du coin de l'œil.

— Il est pas mal de mon goût, chuchota-t-elle à l'oreille de Paulette, un sourire mutin sur les lèvres.

— T'es une femme mariée, Simone, la rabroua sa belle-sœur. De toute façon, Léandre dit qu'Alex est pas un homme à femmes. Ça fait que tu perds royalement ton temps à magasiner de son bord…

Simone et Paulette quittèrent le salon animé et se rendirent dans la cuisine avec leurs enfants. L'hôtesse était dans un état inaccoutumé. La mine perplexe, elle allait et venait du fourneau à la salle à manger. Pourtant le jambon était cuit, Alphonsine pilait la chaudronnée de patates, les tartes conservaient leur chaleur dans le réchaud, le gâteau glacé était prêt sur la boîte à pain, et Irène et Héloïse achevaient de dresser les couverts.

— M'man, me semble que vous êtes pas mal énervée, commenta Simone.

— Je voudrais ben te voir avec la maison pleine de monde, ma petite fille, rétorqua Émilienne sur un ton sans appel. T'as juste un enfant puis un mari à nourrir, puis t'as déjà de la misère. Changement de propos, qui c'est qui manque encore ?

— D'après moi, seulement mononcle Elzéar puis matante Florida, répondit-elle.

— Ils devraient pas tarder, madame Sansoucy, dit Paulette ; Ange-Gardien, c'est pas si loin.

Les deux jeunes femmes amorcèrent un mouvement vers le salon. On frappa à la porte arrière. Simone tourna la tête.

— Pas la nounoune de la campagne ! exprima-t-elle.

Elle voulut entraîner sa belle-sœur hors de la cuisine. Paulette se rebiffa et se tourna. Les traits de son visage se moulèrent en une affreuse consternation. Son bébé dans les bras, la tête éperdue, elle s'élança vers la cage de l'escalier et monta à son appartement.

Simone alla confier Stanislas à David et sortit précipitamment.

— Que c'est qu'elle a donc, ma fille ? demanda l'épicier. On dirait qu'une mouche l'a piquée.

— Pas juste une mouche, un gros taon, le père ! Puis vous savez ben qu'elle va redescendre pour fêter Stanislas, commenta Léandre en se levant.

Curieux, il parut dans la cuisine où Héloïse était revenue.

— Azurine ! s'exclama-t-il, complètement abasourdi.

— J'avais besoin de revoir notre enfant, exprima la campagnarde d'une voix empreinte d'émotion. Je suis venue aujourd'hui, mais je te promets que je t'achalerai plus après.

— Moi ça me dérange pas, c'est ma femme qui va en arracher, répondit-il.

— Ah ! C'est toi, la petite Descôteaux, s'étonna Émilienne. Je pensais jamais te voir ressoudre à Montréal, ajouta-t-elle, décontenancée. Paulette vient de remonter avec le bébé.

— Paulette est donc ben farouche, intervint platement Héloïse, après tout, c'est pas vraiment à elle, ce petit-là.

Les Gardangeois étaient restés plantés debout près de l'entrée et surveillaient le regard de Léandre dont les yeux se coulaient dans ceux d'Azurine.

— V'là votre sirop d'érable, dit l'oncle Elzéar, en déposant un bidon sur le plancher.

— Dégreyez-vous, ordonna Émilienne, puis passez donc en avant.

Manifestement embarrassé, Léandre craignait de se rendre au salon avec la mère de Charlemagne. Pour l'heure, la démarche lui semblait moins pénible que celle de rattraper Paulette à l'étage. Toutefois, la paysanne ne regagnerait pas sa campagne sans avoir vu son fils naturel.

Au salon, on hasardait des conjectures sur la disparition subite de Paulette. On croyait à une indisposition passagère de la mère ou à un besoin pressant du bébé. La situation se précisa quand Léandre et Azurine surgirent dans la pièce.

Un silence significatif empesa un moment l'atmosphère dont la lourdeur fut allégée par de brèves présentations. Puis on se déplaça dans la salle à manger.

Pour une fois qu'elle avait rassemblé tout son monde! Émilienne se chagrinait du départ précipité de Paulette, qu'elle considérait comme une bonne fille qui ne méritait pas le tourment dans lequel on venait de la plonger. Simone trouverait-elle les arguments pour l'apaiser? Elle pensa à monter pour la rassurer, ou à dépêcher Irène comme émissaire auprès d'elle. Pourquoi diable son frère Elzéar et sa belle-sœur Florida avaient-ils consenti à emmener cette grosse campagnarde pour semer le trouble dans sa maison?

Sansoucy avait omis de dire le bénédicité et avait commencé à déguster le vin, mais Placide avait rappelé son père à l'ordre des convenances. Le taciturne avait quitté les religieux. Néanmoins, il avait conservé l'habitude de réciter ses prières aux repas. Depuis son arrivée, il avait constaté l'hypocrisie évidente qu'on démontrait à l'égard de son camarade. On lui avait posé quelques questions du bout des lèvres sur son travail de journaliste à *La Patrie* et sa vie en appartement. Normalement, Léandre l'aurait abreuvé de railleries offensantes, mais il avait sans doute l'esprit accaparé par une pensée plus pressante.

On avait entamé le plat de résistance. L'épicier avait choisi de reporter son annonce jusqu'à ce que Simone et Paulette reviennent à la table. Des tranches de jambon accompagnées de pommes de terre pilées et d'une macédoine de légumes circulaient dans les assiettes bien remplies par Alphonsine.

— J'ai quelque chose d'important à vous dire, mentionna Édouard: Colombine et moi attendons un enfant.

— Après un an de mariage, vous avez pas perdu de temps, commenta Léandre. Il me semblait que Colombine voulait pas avoir d'enfant. Puis c'est drôle comment les choses arrivent, des fois: Simone a accouché en plein le jour de vos noces…

Colombine paraissait éprouver une honte. Les femmes avaient bien remarqué le petit renflement qui gonflait sa robe et la gêne confuse qui l'habitait. Édouard, lui, exultait. La fille du notaire Crochetière qui avait toujours refusé de devenir enceinte portait à présent leur progéniture. De plus, dans sa famille, il était le premier à attendre un enfant à l'intérieur des limites sacrées du mariage. Simone s'était mariée obligée et Paulette avait adopté le fils de Léandre qui avait engrossé l'habitante du rang Séraphine.

Mais les réjouissances furent de courte durée. L'épicier se morfondait ; il avait aussi sa déclaration à faire. Pour cela, tout le monde devait être présent, et il manquait Simone et Paulette avec le petit d'Azurine. Parmi les quatre acheteurs intéressés, les trois autres étant préoccupés par la visite inattendue, seul Marcel entrevoyait maintenant un dénouement qui ne venait pas. Son père avait mis du temps à se décider à vendre et voilà qu'il tergiversait. Pour l'heure, personne d'autre qu'Émilienne n'était censé être dans le secret. Elle lui avait promis de tenir sa langue et de lui laisser la parole au moment opportun. Cependant, Héloïse prit sur elle d'accélérer les choses et devança son beau-frère.

— Vas-tu aboutir, Théo ? demanda-t-elle.

— Que c'est que tu veux dire ? réagit-il, en jetant un regard réprobateur à sa femme. J'en connais une qui a bavassé.

— T'as pas quelque chose à nous dévoiler au sujet du commerce ? insista Héloïse.

— Ben ça va attendre, taboire ! lança-t-il, l'œil furibond. Avec ce que t'as appris, la belle-sœur, tu dois savoir qu'il manque deux gros morceaux pour en parler.

— C'est pas compliqué, t'as juste à envoyer quelqu'un pour les chercher, tes deux gros morceaux ! rétorqua Héloïse.

Toutes les têtes se tournèrent vers Irène. Dans un sursaut de conscience, Léandre jugea qu'il lui revenait d'intervenir. Il délaissa Azurine et grimpa avec sa sœur à l'étage.

— Ouvrez! s'écria-t-il, je vous mangerai pas, les filles. Je sais que vous êtes derrière la porte, je vous entends souffler. Je suis avec Irène. Si vous me croyez pas, demandez-lui. Irène, parle, dis quelque chose pour montrer que t'es là…

— C'est moi, Irène, dit-elle d'une voix douce. Paulette, t'as pas à t'inquiéter, Azurine est juste venue pour voir Charlemagne puis elle s'en retourne après le souper.

— Oui, mais elle va m'arracher le petit, c'est à elle après tout, exprima Paulette, haletante.

— Ouvre, je t'en prie, Paulette! l'implora la fille aînée.

— Simone, raisonne-la, toi, t'es en dedans avec elle, s'exaspéra Léandre. Es-tu après oublier qu'on va fêter ton gars?

En bas, l'oncle Elzéar s'était mis à pérorer sur sa jeunesse de pensionnaire et les curieuses relations que certains collégiens entretenaient entre eux ou avec les Sainte-Croix, en prenant plaisir à voir le visage de Placide s'empourprer. Émilienne écoutait distraitement les palabres de son frère en souffrant de l'orientation sexuelle de son fils, tandis que son mari s'ingéniait à étirer le temps en éludant devant les autres les questions pertinentes d'Édouard sur la vente de l'épicerie. Et Azurine qui trônait au milieu de ces étrangers et qui se désespérait.

Mais bientôt on ne put plus chercher de diversions pour atténuer la gravité de ce qui se déroulait à l'étage. Léandre abandonna Irène dans l'escalier et revint à l'appartement du deuxième étage, la mine défaite, l'air désabusé.

— Elle est boquée ben dur! déclara-t-il.

— Faut la comprendre, commenta Alida, ta femme a traversé des moments difficiles.

— Tu as couru après tes problèmes, Léandre, regarde où cela t'a mené, asteure, dit Édouard sur un ton moralisateur. Regarde autour de toi, tu mets tout le monde mal à l'aise avec tes histoires qui n'ont pas d'allure. J'ai toujours dit que tu étais un irresponsable…

L'oncle Elzéar et la tante Florida opinèrent dans le sens du notaire. Héloïse approuvait la diatribe de son neveu. Émilienne lança un regard oblique à son mari qui avait abaissé la tête en se rappelant ses propres écarts de conduite. Léandre bouillait et sentait qu'on l'accablait de reproches. Il ramassa tout ce qu'il avait d'acrimonie.

— Toi, Édouard, t'as pas de leçon à donner à personne, s'insurgea-t-il avec virulence. Toi puis Colombine, vous formez pas un si beau couple que ça ; vous faites semblant d'être heureux ensemble, c'est tout ! À part de ça, t'as toujours dit que tu voulais un petit, mais ça paraît que ça fait pas l'affaire de ta femme.

Colombine se recula et s'en fut aux toilettes en pleurant. Marcel et Amandine échangèrent des commentaires à voix basse. Placide et son ami réfléchissaient, persuadés qu'ils pouvaient trouver le bonheur dans leur couple drôlement assorti que les conventions n'admettaient pas.

Émilienne étouffait dans l'ambiance irrespirable qui emplissait la pièce. Elle demanda qu'on apporte les tartes du réchaud. On servirait le gâteau d'anniversaire quand Simone serait revenue.

La tablée achevait de déguster les pointes de tartes quand la porte de l'appartement s'ouvrit lentement. Irène s'effaça afin que les deux belles-sœurs puissent entrer. Le bras soutenu par Simone, Paulette s'achemina solennellement vers la campagnarde. Dans un geste d'abandon, elle déposa le bébé sur Azurine.

— Tiens, je te le prête, se résigna-t-elle, mais fais-lui attention, ajouta-t-elle, soudainement riante.

Un sourire empreint de tristesse plissa les lèvres de la jeune mère.

— Il a l'air bien, dit-elle, la voix altérée.

Elle se pencha vers lui et l'embrassa. Puis elle releva la tête vers Paulette.

— Accepterais-tu que je le revoie de temps en temps ? demanda-t-elle. Oh ! juste une petite fois en passant.

Paulette promena un regard autour d'elle en cherchant fiévreusement une approbation.

— On va dire que oui, consentit-elle, mais pas trop souvent…

Colombine était revenue dans la pièce et avait suivi l'émouvante scène. Personne ne s'était occupé d'elle lorsqu'elle s'était réfugiée dans la salle de bain. On avait préféré intervenir auprès de la Paulette de Léandre pour satisfaire la crise maternelle de la petite paysanne. On ne la comprenait pas, elle, fille unique du notaire Crochetière, aux prises avec ses tourments de femme enceinte. Là, sur-le-champ, elle aurait volontiers promis son enfant à qui en voulait et on aurait cessé de se disputer Charlemagne.

— C'est le temps de fêter le petit ! décida Émilienne. Marcel, prépare-toi à éteindre les lumières.

Marcel se leva et se dirigea vers l'interrupteur. Simone se rendit chercher le gâteau. David alla prendre Stanislas, qui s'amusait sur le plancher de linoléum de la cuisine avec un petit train de bois qu'il avait fabriqué de ses mains d'artisan, et le ramena dans sa chaise haute. Émilienne lui noua une bavette autour du cou. Puis Simone revint fièrement dans la salle à manger et déposa, dans le cabaret, l'énorme pâtisserie au glaçage chocolaté surmontée d'une bougie.

— Regarde moman, dit Simone, puis souffle en même temps qu'elle.

Simone gonfla les joues et éteignit la chandelle. Déjà, Stanislas avait les deux mains dans le glaçage et se barbouillait la frimousse.

— Laisse-le pas faire, l'interdit Héloïse, il est après tout salir.

— C'est juste du crémage, matante, pour une fois que Stanislas peut se lâcher lousse…

Colombine s'exaspéra de ces manières inconvenantes.

— On rentre, Édouard, dit-elle, je suis lasse et nous devons quérir le fils Pouliot et le reconduire à l'hôpital avec Irène.

Placide se pencha à l'oreille de son frère et quémanda un passage dans la Packard de Colombine. Il se leva avec son ami.

L'épicier recula sa chaise et se mit debout.

— Partez pas tout le monde en même temps! s'offusqua Sansoucy. Je m'excuse auprès de ma bru, mais j'ai aussi quelque chose à dire.

Un silence s'imposa dans la salle à manger. Sansoucy se gourma en tournaillant ses moustaches du bout de ses doigts.

— J'ai décidé de vendre, annonça-t-il. Mais imaginez-vous pas que je vas me retirer de même. J'en ai parlé avec Édouard cette semaine, puis il m'a conseillé de garder une part de cinquante pour cent du commerce…

Ulcéré, Léandre se cambra et darda des yeux mauvais sur le notaire.

— C'est toi, mon énergumène, qui t'es arrangé pour nous mettre des bâtons dans les roues, ragea-t-il.

— C'est à prendre ou à laisser! conclut l'épicier, le sourire en coin.

Chapitre 26

Au cours de la semaine qui suivit, Édouard rappliqua dans la rue Adam à bord de sa Studebaker. Plutôt que de faire déplacer les associés du commerce au bureau du notaire Crochetière, il s'était avéré plus commode de faire venir Édouard à domicile pour la transaction. Avant que son père revienne sur sa décision, Léandre avait suggéré de procéder au plus coupant. Le marché lui paraissait peu satisfaisant, mais il aurait davantage son mot à dire. Désormais, Simone, Paulette, Marcel et lui devenaient copropriétaires de l'épicerie-boucherie.

Le lendemain de la signature du contrat, à la demande expresse de Léandre, Simone était accourue chez le blanchisseur Lee Sing et en avait rapporté un grand morceau de papier kraft. Au préalable, elle avait débarrassé son bureau de travail et s'appliquait à compléter son inscription en grosses lettres brunes.

Toute fébrile, elle allait apposer son œuvre dans la vitrine quand Léandre parut dans l'arrière-boutique.

— Montre donc, voir! dit-il.

Elle déroula l'affiche sur son bureau.

— Voyons, Simone, c'est pas de même qu'on écrit ça. C'est pas «NOUVEL AMISTRATION», mais «NOUVELLE ADMINISTRATION». Puis après, selon moi, le reste est correct.

— Je suis pas pour recommencer! riposta-t-elle, ça m'a pris assez de temps. Puis j'ai pas le goût d'aller chercher une autre feuille à la blanchisserie.

Léandre la fusilla d'un regard désapprobateur.

— Je te demande pas de retourner chez le Chinois. T'as juste à rajouter des lettres au-dessus des autres.

— Bon, OK d'abord ! Je vas faire mon gros possible pour arranger ça.

La commis reprit sa craie à colorier et rajouta les lettres manquantes.

Sansoucy et sa femme s'entretenaient avec des clientes régulières sur la belle fête de Pâques qui se prêtait bien aux rencontres familiales. Le père fut attiré par le passage de sa fille qui s'acheminait fièrement à l'avant du magasin avec son écriteau roulé et un pot de colle.

— Eille, Simone, on a pas décidé des spéciaux cette semaine !

— Ça s'adonne que c'est pas tous les jours qu'on devient propriétaire, p'pa.

Simone s'installa à quatre pattes sur le plancher. Puis elle déroula devant elle son affiche, ouvrit son pot de colle et, à l'aide d'un pinceau, répandit la substance visqueuse sur le pourtour. Intrigué, l'épicier s'approcha.

— Mais que c'est que tu fais là, bout de viarge ? s'emporta-t-il.

— Allez demander à Léandre, c'est lui qui a décidé ça.

Le crayon sur l'oreille, Léandre revenait de la cave en sifflotant.

— Veux-tu ben me dire, bout de viarge, que c'est qui se trame dans mon magasin ?

— D'abord, le père, c'est plus tout à fait votre magasin ; asteure, vous avez des associés qui ont leur mot à dire. Ensuite, ça fera pas de tort de rafraîchir ici dedans…

— Ouan, ouan! commenta Imelda Chalifoux, il y a de la chicane dans la cabane! Comme ça, vous allez faire le grand ménage du printemps! s'exclama-t-elle.

Hors de lui, l'épicier entra dans les transes de la colère, se déporta sur la devanture, lut l'affiche placardée et rentra aussitôt.

— NOUVELLE ADMINISTRATION! Fermé pour trois jours pour cause de rafraîchissement, proféra-t-il à la cantonade.

— Théo! Prends sur toi, s'écria Émilienne, c'est pas bon pour ton cœur de t'énerver de même.

Rose-Anna Flibotte sortit à son tour pour lire l'écriteau et revint.

— J'ai-tu ben vu, coudonc? exprima-t-elle. Vous avez vendu, monsieur Sansoucy; on peut-tu savoir à qui?

— À mon frère Marcel, à mon frère Léandre, à sa femme Paulette, puis à moi, coupa Simone. Mais on a rien que la moitié de la *business*, s'empressa-t-elle de préciser.

Émilienne s'approcha de son fils.

— Coudonc, quelle sorte de rafraîchissement tu veux faire? demanda-t-elle.

— Marcel puis moi, on va peinturer dans le *backstore*, puis vous autres, les femmes, vous allez tasser puis enlever le stock des tablettes pour épousseter un peu, répondit Léandre.

— Ton père là-dedans, que c'est qu'il va faire? se chagrina Émilienne.

— C'est pas la question, Mili! s'interposa rageusement son mari. La première des choses, c'est qu'on devrait pas fermer le magasin. Des plans pour perdre la clientèle qui va se dépêcher de courir ailleurs. Une épicerie-boucherie, c'est un service public, puis ça doit rester ouvert pour répondre aux besoins. Me semble que je l'ai déjà dit, ça…

— Ça fait longtemps qu'on a pas fait de ménage ici dedans, plaida l'épicière. T'as juste à passer ton doigt dans le fond des tablettes, tu vas voir qu'il y a pas mal épais de poussière accumulée. C'est pas avec un torchon sec qu'on va nettoyer, va falloir laver. Tu regarderas comme il faut, il y a sûrement des fils d'araignée à des places. Justement, j'en ai écrasé une grosse avec le balai pas plus tard que la semaine passée. En plus de ça, Simone serait contente de travailler dans un *backstore* plus convenable qui respire la propreté.

Dans un frémissement de moustaches, l'épicier en rogne regagna sa boucherie.

Manifestement, on s'était donné le mot. Le reste de la journée, les clients affluèrent dans l'établissement. Au milieu de l'activité, le boucher peinait à répondre à la demande, son comptoir se vidait, les étalages fondaient et les produits disparaissaient des tablettes. À la caisse, Émilienne et Paulette s'activaient pendant que Simone prenait les commandes téléphoniques que les deux garçons s'empressaient de livrer aux domiciles.

Au matin du lendemain, dès sept heures et demie, vêtue de sa robe des gros travaux, Émilienne s'amenait avec une eau savonneuse au pied de l'escabeau où tremblotait sa bru. Constatant la peur maladive de sa belle-sœur, Marcel avait aimablement débarrassé la tablette du haut de ses articles que Paulette avait déposés sur le comptoir-caisse.

— Vas-y, toi, Paulette, t'es plus grande que moi, tu seras pas obligée de grimper jusqu'à la marche du haut pour laver.

— Je suis plus grande que vous, madame Sansoucy, mais j'ai le vertige. Je sais pas si je vas être capable.

— Simone ! s'écria Émilienne, viens donc une minute.

— Que c'est qu'il y a, m'man ? dit Simone, surgissant de l'arrière-boutique.

— Peux-tu laver la tablette du haut? Paulette file pas pour monter.

— Je vas faire celle-là, mais après va falloir que tu te débrouilles toute seule, dit Simone à l'adresse de sa belle-sœur. J'en ai pour trois jours à tasser le stock en arrière puis il faut que tout soit fini vendredi soir.

Le temps de le dire, le teint de Paulette verdit; la main sur la bouche, elle se plia en deux et respirait avec difficulté.

— Va vite aux toilettes, Paulette, lui intima Simone. Je la connais, m'man, elle va renvoyer, puis après on va devoir nettoyer le plancher.

De l'avant du magasin, on entendit un flot de vomissure projeté dans la cuvette. Affaiblie, Paulette s'achemina à l'avant.

— Tout d'un coup, exprima-t-elle, je me suis retrouvée au parc Belmont dans les manèges quand j'avais vomi sur les deux bonnes femmes qui nous ont couru après et qui ont fini par nous rattraper le lendemain au magasin. Ça sert à rien, je suis pas capable dans les hauteurs.

— Aimerais-tu que je demande à Héloïse de descendre avec le petit de Simone? risqua Émilienne. Tu pourrais avoir un œil dessus puis te reposer un peu avant de continuer à nous aider. Pendant ce temps-là, Alida va s'occuper de ton Charlemagne.

— Stanislas est rendu pas mal grouillant, m'man, mentionna Simone, c'est pas ben ben reposant de le surveiller.

Émilienne téléphona au logis et supplia sa sœur de les secourir. Aussi, elle s'inquiéta de la lenteur de son mari qui était en train de déjeuner et qui tardait à les rejoindre. Marcel avait apporté les pinceaux, mais il avait oublié les vieux draps.

Entre-temps, Léandre avait franchi le seuil de l'arrière-boutique et il s'était rendu au rayon de la peinture à la quincaillerie Ravary.

Après s'être entretenu avec le commis de la transaction qui faisait de lui un copropriétaire de l'épicerie, il repartit avec ses gallons et se dirigea à l'*Ontario's Snack-bar* pour bavarder avec Lise.

Quand il revint au magasin, il s'immobilisa sur la devanture avec ses contenants de peinture. Émilienne l'aperçut qui attendait qu'on lui ouvre; elle cessa de marcher derrière Stanislas qui se traînait sur le parquet et alla déverrouiller la porte.

— Me semble que ça a pris du temps, dit-elle.

— Le père est là?

— Il est un peu boqué à matin, mais il a fini par descendre avec les guenilles.

Héloïse était perchée dans l'escabeau, manifestement heureuse de ne pas s'occuper de l'enfant de Simone, et Paulette était assise sur le plancher, sa tête dolente appuyée contre le baril de mélasse.

— On est empêtrés pas ordinaire, commenta la tante. À ce rythme-là, on en a pour une damnée secousse, mon garçon.

— Ça avance-tu, coudonc? questionna Léandre. Paulette, que c'est que tu fais là avec le torchon entre les jambes?

On entendit un étrange clapotement en provenance des toilettes.

— Le petit! s'écria Émilienne. Comment ça se fait, Simone est dans le *backstore*, puis elle l'a pas entendu! Simone! s'époumona-t-elle.

Émilienne accourut dans l'arrière-boutique. Son mari était assis devant le jeu de dames et Marcel était en train de *bardasser* de la marchandise. Elle s'engouffra dans le cabinet.

— Grand-moman est pas contente, mon trésor! Simone, viens chercher ton gars, s'écria-t-elle, avec exaspération.

Simone surgit avec un balai et un porte-poussière. Sa mère se tourna vers elle.

— Coudonc, tu réponds pas quand je t'appelle! s'indigna Émilienne.

L'enfant s'était relevé en s'agrippant au siège et semblait prendre plaisir à tapoter dans l'eau avec sa petite main.

— Ben ôtez-le de là, m'man, sinon il va éclabousser partout! se désespéra Simone.

Elle alla se débarrasser de son balai et de son porte-poussière qu'elle troqua contre une serpillière, et torcha le plancher parsemé d'éclaboussures et de vomissures laissées par Paulette. L'épicier était demeuré indifférent à la scène qui venait de se dérouler près de lui. Léandre réalisa tout à coup que la corvée ne progressait pas à son goût.

— Ben que c'est que vous faites assis à votre damier, le père? s'enquit-il. D'après ce que je vois, vous boquez encore. Le bonhomme Demers reviendra pas pour jouer avec vous. Rendez-vous donc utile, un peu.

— Tu me parleras pas sur ce ton-là! s'insurgea l'épicier, en se relevant. Puis il y a pas un employé ici dedans qui va me dire quoi faire. Pas plus toi que les autres, Léandre Sansoucy.

— Asteure, c'est plus comme avant, je suis pas votre employé puis j'ai mon mot à dire, vous saurez. C'était à vous de pas vendre la moitié de votre *business*.

Simone rinça sa serpillière dans l'eau des toilettes et demanda à la cantonade qu'on lui apporte des gants de caoutchouc pour la tordre. La tâche terminée, elle essuya son front en sueur avec son bras en poussant un soupir de soulagement et se dirigea vers Léandre qui venait d'ouvrir un gallon de peinture.

— Pense pas que c'est pas beau, ça, Simone? dit-il.

— Dis-moi pas que c'est cette couleur-là que tu vas étendre sur les murs de mon *backstore*? Pâle de même, c'est ben trop salissant! Aussitôt qu'on va toucher au mur, ça va marquer.

Héloïse, Marcel, Paulette et Émilienne avec Stanislas dans les bras parurent au milieu de l'obstination. Quelqu'un frappa. L'épicier s'achemina à l'avant. Elles étaient trois à attendre qu'on leur ouvre.

— Avant d'acheter ailleurs, je voulais savoir à quel prix était votre Kik cette semaine, dit Germaine Gladu. La grosse bouteille est à six cents à l'épicerie Chevalier.

— Je vas vous la faire au même prix si vous revenez dans trois jours, répondit le marchand.

— Samedi, il va être trop tard, protesta Dora Robidoux. Si vous voulez pas perdre des ventes, vous seriez mieux de nous laisser rentrer.

Mademoiselle Lamouche s'engouffra à la suite des dames et commença à fouiner un peu partout. Tellement habituée à passer chaque jour au magasin afin de se procurer de petites quantités, elle n'avait pu résister à l'envie de rappliquer. Elle faisait partie de cette frange d'individus qui n'ont pas de glacière ou qui sont incapables de prévoir pour le lendemain. D'ailleurs, elle aimait se mêler à la petite société fourmillante de l'épicerie et recueillir ou alimenter les potins.

L'épicier la regardait scruter autour d'elle avec une irritation croissante. Dehors sur le trottoir, d'autres clientes régulières étaient penchées dans la vitrine en faisant signe de leur ouvrir. Il l'interpella:

— Allez-vous finir par vous décider, mademoiselle? s'enquit-il.

— Vous êtes après tout chambarder, ça va être mêlant comme le diable, affirma-t-elle.

— Vous venez souvent, vous devriez vous accoutumer assez vite.

— Tant qu'à faire du changement, pourquoi vous mettez pas…

— Là, ça va faire, mademoiselle Lamouche, il y a assez de *boss* ici dedans, s'emporta le commerçant, avant de se déporter dans l'arrière-boutique en agrippant deux bouteilles de boisson gazeuse au passage.

La cliente marcha derrière l'épicier et retrouva Germaine Gladu et Dora Robidoux qui s'étaient rendues dans ladite pièce pour s'informer en quoi consistait la nouvelle administration. Elles commentaient à leur tour le choix de couleur lorsque Sansoucy survint.

— V'là votre Kik à six cents, mesdames, les rembarra-t-il. Puis là, vous trois, vous allez me faire le plaisir de sortir par la ruelle. On a d'autres choses à faire aujourd'hui.

Après s'être débarrassé des clientes à l'intérieur, Théodore Sansoucy referma sans ménagement et Léandre ordonna qu'on reprenne la corvée.

Le reste de la journée jusqu'au soir du surlendemain, on s'attela à la tâche avec une telle ardeur que, le samedi matin, on procédait à une réouverture comme prévu. Pour inciter la clientèle à revenir à son épicerie-boucherie préférée, on avait placardé une autre affiche promettant une fleur coupée aux cinquante premières clientes qui franchiraient le seuil du commerce. Et afin de donner un caractère officiel à l'événement, Léandre avait mandé *La Patrie* et le représentant de monseigneur Verner sur les lieux.

Le samedi matin, un peu avant huit heures, son béret de laine bleue enfoncé jusqu'aux sourcils, le vicaire Dussault se pressait vers le magasin. Émilienne avait revêtu sa robe du dimanche et noué son tablier qu'elle avait fait nettoyer et repasser chez monsieur Sing, faute de temps. Pour l'occasion, on avait descendu l'impotente et on l'avait installée à l'entrée, avec une corbeille de fleurs sur les genoux. Alphonsine avait tenu à être présente. Elle avait fourni gracieusement une longue banderole et ses ciseaux de vendeuse de tissus pour la coupe traditionnelle. Édouard avait emmené Irène et les journalistes. Simone et Paulette avaient confiné David dans l'arrière-boutique avec les garçons. Elles étaient habillées d'atours coquets et paraissaient fébriles, tandis que Léandre et Marcel avaient fièrement accroché une boucle sous leur menton, et que l'épicier, le cou enserré par une cravate rayée du plus bel effet, arborait un air satisfait.

L'homme d'Église parut enfin. Il fendit la foule entassée à l'extérieur et s'immobilisa devant la banderole.

— Ne m'en veuillez pas trop, monsieur Sansoucy, dit-il, l'air repentant. Après la messe, j'ai dû me dépêcher pour venir.

— Ne vous en faites pas, monsieur l'abbé, l'important est que vous soyez là pour bénir notre commerce.

Le personnel s'aligna de part et d'autre du vicaire. De l'autre côté du ruban, Placide avait commencé à griffonner des notes alors que son compagnon du journal prenait quelques clichés. Dehors, les clientes semblaient s'animer. Certaines avaient leur bourse avec leur sac de provisions pendu au bras. D'autres avaient emmené un enfant tirant une voiturette en pensant profiter d'innombrables aubaines. La cérémonie pouvait débuter. Sansoucy tira nerveusement son petit laïus de circonstance de la poche de sa chemise. Léandre se détacha de la banderole et s'achemina à la porte.

Comme l'éclusier chargé de contrôler le débit d'eau, il ouvrit lentement en laissant filtrer le flot au compte-goutte. Sitôt les premiers pas ayant foulé le parquet du magasin, comme un torrent impétueux jaillissant d'une montagne, les clientes se ruèrent vers la banderole.

— Tassez-vous ! s'écria Léandre.

Le temps de le dire, le pasteur, le personnel aligné et les journalistes s'étaient écartés. Les clientes avaient envahi la place.

— Baptême! grommela l'épicier.

L'abbé Dussault ne l'avait pas entendu. Repoussé par Émilienne et Héloïse, il s'était replié derrière le comptoir-caisse et observait d'un œil étonné la faune grouillante de la clientèle.

— Vous avez le tour d'attirer les fidèles! commenta-t-il. Dommage que ce soit pas comme ça à l'église.

— On inaugure pas tous les jours, monsieur l'abbé, rétorqua Émilienne.

Les acheteuses s'étaient réparties dans tous les recoins du magasin et paraissaient tâter la marchandise en examinant les prix. Voyant qu'on avait ignoré sa sœur Alida, Alphonsine avait pris la corbeille de marguerites et s'était mise à les distribuer. Décontenancé, Sansoucy ne savait où donner de la tête. Il se fraya un chemin vers la boucherie. Germaine Gladu l'attendait, l'air mécontent.

— Coudonc, monsieur Sansoucy, c'est-tu une idée que je me fais ou ben s'il y a rien de réduit pour votre ouverture? dit-elle. On dirait que vous avez juste changé votre stock de place…

Des femmes autour d'elle semblaient approuver ses remarques. Un peu partout, la grogne s'amplifiait dans le commerce. Quelques clientes étaient sorties les mains vides en bougonnant leur insatisfaction. D'autres étaient entrées, un air de méfiance sur les lèvres. Sur ces entrefaites, des chapardeurs s'étaient faufilés entre les grandes personnes. L'un d'eux s'était approché du comptoir et repartait la bouche pleine et les poches débordantes de bonbons en fonçant sur la Robe noire qui l'agrippa d'une main.

— Eille! Où vas-tu comme ça, galopin? s'écria-t-il.

— Retenez-le, monsieur l'abbé, proféra Émilienne, c'est le petit Morasse. Ah! le chenapan.

Le gamin, se débattant dans le ventre du vicaire Dussault, réussit à s'enfuir en se glissant entre les manteaux. On entendit des cris effarouchés de consommatrices qui ne savaient où se jeter tellement il y avait de monde et qu'on se marchait sur les pieds. C'était la foire à l'épicerie-boucherie !

Au milieu du désordre, des clientes affolées cherchèrent une issue. Certaines se précipitèrent sur les vitrines, d'autres vers l'escalier privé qui montait aux étages supérieurs, et d'autres encore vers l'arrière-boutique. Léandre et Marcel étaient partis à la suite des galopins pour essayer de les rattraper. Du coin de l'œil, Irène surveillait son père qui avait dénoué sa cravate en jetant des regards éperdus, comme s'il étouffait et appelait au secours.

— Popa ! s'exclama-t-elle.

Semblable au désespéré qui s'enfonce dans les eaux de la mare funeste, le boucher disparut derrière son comptoir et s'effondra au sol.

Sensible aux cris de sa sœur, Édouard s'excusa en bousculant les clientes et parvint au pied de l'étal. Interdite, Émilienne avait vu le notaire s'élancer vers la boucherie. Dans le brouhaha des bruits et de l'affolement général, elle quitta son comptoir-caisse et s'achemina auprès du gisant. Elle s'agenouilla.

— Théo ! Réponds-moi, Théo ! exprima-t-elle d'une voix altérée.

Irène avait réussi à s'approcher de ses parents. Elle prit sa mère par les épaules et lui susurra :

— Reculez-vous, moman, l'abbé Dussault va dire une prière.

Du bout des lèvres, le prêtre commença à réciter un acte de contrition. Autour, des larmes coulaient sur les joues. À genoux, Émilienne serra la main de son mari et leva des yeux suppliants au ciel.

Soudain, Sansoucy bougea son corps affaissé.

— Lâchez-moi, je suis pas en train de mourir, taboire ! marmotta-t-il, en remuant les lèvres avec difficulté.

— Je crois que monsieur Sansoucy a eu un malaise et qu'il a besoin d'air, dit le prêtre. Reculons-nous !

Les regards de celles qui étaient massées près du présentoir réfrigéré se braquèrent en cherchant à voir à travers la vitre. Léandre avait chassé les intruses qui s'étaient engouffrées dans l'arrière-boutique où Simone se débattait encore avec Imelda Chalifoux et Rose-Anna Flibotte pour les expulser.

— Tout le monde dehors ! s'écria Léandre d'une voix tonnante.

La horde sauvage déferlait maintenant vers l'étroitesse de la sortie. Il ne restait plus que les proches qui se rassemblèrent dans la boucherie. Entre les sanglots d'Irène et ceux de sa mère, Édouard demanda le numéro pour joindre le médecin. Il délaissa sa famille et s'empressa au téléphone avant de revenir près d'eux.

— Le docteur Riopelle devrait bientôt être de retour à la maison. Il va venir dès que possible.

Chapitre 27

Théodore Sansoucy avait été foudroyé par une attaque d'apoplexie. Il avait subi une légère perte de connaissance, mais son corps était demeuré dans un état de paralysie partielle qui pourrait disparaître avec du repos et une grande tranquillité. Le médecin lui avait mentionné qu'il ne survivrait probablement pas à une autre crise. Par conséquent, il devait songer sérieusement à abandonner les affaires, du moins à déléguer à ses enfants des responsabilités qui lui incombaient jusqu'alors.

Plus d'un mois s'était écoulé. Avec le retour du beau temps, l'épicier passait le plus clair de ses matinées sur la galerie. Plutôt que de le laisser se morfondre dans la maison, on l'avait installé dans un fauteuil roulant d'où il pouvait surveiller les activités de la ruelle et ce qui se déroulait en bas dans la cour. De temps à autre, un incident le distrayait, mais quand il voyait apparaître le camion d'un fournisseur, son esprit le ramenait à son commerce.

En ce matin de la fin de mai, Héloïse était descendue dans l'arrière-cour pendant la sieste des petits. Elle avait commandé chez W.H. Perron des graines de zinnias et de roses d'Inde à collerette qu'elle s'apprêtait à planter quand l'épicier reconnut le béret de lainage bleu qui ondulait au-dessus de la palissade.

Le vicaire poussa le portillon et surprit la vieille fille courbée comme un arc, sa tête rasant le sol, offrant son postérieur au visiteur. Il se racla la gorge.

— Hum! Hum! de grâce, mademoiselle Grandbois; pour l'amour du bon Dieu!

Héloïse se redressa, le visage cramoisi de gêne.

— Excusez-moi, monsieur l'abbé, je ne vous avais pas entendu venir, exprima-t-elle, confuse.

— Votre beau-frère sur la galerie a de quoi se rincer l'œil, vous savez. Il a beau être paralysé, un homme reste un homme, mademoiselle Grandbois. À tout événement, je vais monter le voir.

Le pasteur empoigna le bas de sa soutane et enfila l'escalier.

Une épaule du marchand sautillait; il paraissait rire sous ses moustaches.

— Comment allez-vous, monsieur Sansoucy? Je suis venu prendre de vos nouvelles.

— Comme vous le voyez, mâchonna-t-il, d'ici rien ne m'échappe de ce qui se passe dehors. Mais j'ai hâte à cet après-midi, je vas retourner à mon magasin, articula-t-il avec un sourire entendu.

L'épicier s'exprimait péniblement, mais il parvenait à se faire comprendre en rapportant ce qu'on lui avait dit. En fait, sous la gouverne de Léandre, le chiffre d'affaires avait sensible-ment augmenté. Le copropriétaire s'était emparé des rênes du commerce en s'autoproclamant boucher d'expérience et patron. Émilienne avait repris son travail comme avant. Marcel avait mis son triporteur au rancart et il conduisait à présent le camion de livraison. Quant à Simone et Paulette, Léandre n'avait pas modifié leur tâche. Selon le prêtre, le Seigneur avait soumis l'épicier à un malheur pour éprouver son attachement. Et si le Très-Haut tenait vraiment à lui, Il lui permettrait de recouvrer la santé.

En après-midi, Émilienne ouvrit solennellement la porte du logis et entraîna le cortège dans l'escalier. De son pas lourd et gourd, le visage crispé, son mari la suivit en agrippant la rampe avec toutes les précautions du monde. Venaient ensuite Simone, Paulette et Marcel qui descendaient, le corps saisi par des frissons d'appréhension.

Son tablier de boucher noué à la taille, cravaté de rouge, Léandre ouvrit la porte du magasin.

— Assisez-vous, le père ! lui intima-t-il d'une voix sèche.

— Si ça te fait rien, je vas me dégourdir un peu avant de m'asseoir, rétorqua l'épicier.

— Que c'est que je vous ai dit, le père ? Assisez-vous dans votre chaise ; j'ai pas envie de vous voir tomber puis tout chambarder ici dedans.

Sansoucy leva des yeux ombragés, se retourna et se laissa choir dans le fauteuil roulant.

— Sois pas si dur avec ton père, Léandre, commenta Émilienne d'une voix étonnée.

— Que ça fait du bien de me retrouver dans mes affaires ! soupira le marchand.

— Tant mieux pour vous, le père, mais dites-vous ben que c'est pas vous qui menez ici asteure…

L'invalide abaissa un regard résigné. Puis il releva les yeux et scruta minutieusement les étalages. Ensuite, il demanda qu'on l'emmène dans les moindres recoins sur le parquet de son commerce. Des changements avaient été effectués qui ne lui plaisaient pas. À certains endroits, le plancher était embarrassé de caisses et l'arrière-boutique était devenue un foutoir innommable.

— Simone ! brama l'épicier, viens ici, que je te parle.

La commis consulta Léandre du regard. Elle se rappela les consignes qu'il lui avait données.

— Oui, p'pa !

— Il y a ben trop de marchandises, pesta-t-il. Cinq poches de farine, sept de sucre, des piles et des piles de boîtes. Que c'est que vous allez faire de tout ça ? Avant, t'étais pas capable d'endurer le désordre, tu faisais venir à mesure, puis là, on dirait que ça te fait rien pantoute. C'est ben simple, on a de la misère à passer puis à voir ton bureau.

Léandre surgit dans la pièce.

— Que c'est que vous avez à redire, le père ? Je vous entends chialer de l'autre bord. C'est pas ben bon pour attirer la clientèle, ça. Simone fait juste ce que je lui demande, un point c'est tout. Puis regardez votre jeu de dames, il y a personne qui l'a déplacé. Pour moi, ça c'est sacré. S'il y a quelqu'un qui s'avise d'y toucher, il va avoir affaire à moi.

— Marcel, arrive une minute ! grogna Sansoucy.

Le livreur se pointa à son tour. L'épicier désigna des sacs qui lui obstruaient le passage.

— Tu vas me descendre ça à la cave, puis ça presse, proféra-t-il.

Marcel envisagea muettement son père avec une défiance insultante.

— Je vas le faire moi-même, d'abord, déclara l'épicier.

— Êtes-vous après virer fou ? rétorqua Léandre. Assisez-vous sur votre *steak* ! Je viens d'entendre la porte s'ouvrir. Allez donc vous braquer de l'autre bord, il y a sûrement des clientes qui vont être contentes de vous revoir.

Léandre se réjouissait que son père ne s'aperçoive pas des changements apportés dans son coin boucherie. Pour l'heure, poussé par sa femme, Théodore venait de regagner la surface de son commerce. Depuis quelques jours, le bruit courait dans le quartier que le père Sansoucy séjournerait un après-midi dans le magasin qu'il avait quitté abruptement lors de la réouverture le mois précédent. Émilienne avait prévenu sa clientèle que son mari était «passablement amoché», qu'elle retrouverait un «homme diminué», mais qui n'avait pas perdu espoir dans sa guérison.

Germaine Gladu, Dora Robidoux, mademoiselle Lamouche, Imelda Chalifoux, Rose-Anna Flibotte, Bertha Pouliot, mesdames Grenon, Thiboutot, Mac Millan, O'Hagan – la mère de David – et même Rolande Bazinet, déménagée dans un autre secteur de la ville, entourèrent le fauteuil roulant.

Rolande Bazinet n'avait pas vu Théodore Sansoucy depuis longtemps. Une de ses rares amies du faubourg l'avait informée de l'état de santé du pauvre homme. Plus que les autres, elle se désola de surprendre sur la physionomie de son ancien boucher les traits du vieillissement sculptés dans une paralysie faciale, la peau du visage plissée vers le haut, comme si sa lèvre tordue voulait rejoindre son œil à moitié fermé.

— Vous êtes ben magané, donc, Théodore! exprima-t-elle.

— Vous, l'exilée du nord de la ville, s'emporta Émilienne, si vous êtes venue pour dire des platitudes à mon mari, retournez donc d'où vous venez!

— Elle voulait toujours des privilèges, la Bazinet, commenta Dora Robidoux. Des fois, elle faisait semblant de rien puis elle s'arrangeait pour passer devant nous autres.

— Des fois, au contraire, renchérit mademoiselle Lamouche, elle arrivait à l'heure de la fermeture avec sa liste à n'en plus finir, puis elle faisait exprès pour coller à la boucherie.

— On sait ben, vous, la vieille fille Lamouche, riposta Rolande Bazinet, avec votre appétit d'oiseau puis pas d'autres bouches à nourrir, c'est vite réglé quand vous faites votre *grocery*. À part de ça, je gage que vous avez jamais acheté pour plus qu'une piasse à la fois.

— Une chance qu'elle fait pas livrer, ajouta Germaine Gladu.

La plaisanterie avait déclenché l'hilarité générale. Entre-temps, des écoliers qui avaient décidé de faire l'école buissonnière avaient franchi le seuil de l'épicerie. Sachant que l'événement du jour se prêtait au chapardage, le grand Pitre et le petit Morasse parurent, un air coquin sur les lèvres. Pris d'une soudaine générosité et d'une certaine compassion, Sansoucy manifesta le désir de leur parler. Son fauteuil roula à leur rencontre.

Léandre les aperçut qui se dirigeaient vers le comptoir-caisse, les yeux pleins de convoitise. Il les rattrapa et leur mit la main au collet au moment où ils soulevaient le couvercle de pots de bonbons.

— Vous deux, mes garnements, vous êtes pas sortis du bois, dit-il, les dents serrées. Remettez ça tout de suite à leur place. Premièrement, vous devriez être à l'école. Deuxièmement, ce que vous vous apprêtiez à faire, c'est vraiment malhonnête. On voit ben de qui vous retenez, mes petits enfants de chienne…

Les jeunes se débattaient au bout de la main de Léandre comme des chiffons secoués par le vent.

— Lâche-les, intervint l'invalide. Paulette, donne-leur des sacs; ils vont choisir puis sacrer leur camp.

— Ah! ben, je vous reconnais plus, le père! déclara Léandre. On fait tout pour se débarrasser de la vermine dans le quartier, puis vous êtes là à l'entretenir. On aura tout vu…

Léandre desserra les poings et relâcha les galopins. La mine glorieuse, les rejetons des familles Morasse et Pitre remplirent leur sac en puisant dans la variété de friandises.

— Merci, monsieur Sansoucy, lança Morasse, la bouche barbouillée de réglisse noire, avant de repartir avec son copain.

Les garnements enfuis, les femmes continuèrent de papoter. Bertha Pouliot entendait bien profiter des largesses passagères de l'épicier même si elle bénéficiait déjà de la générosité d'Alida Grandbois.

— Vous pourriez nous servir une bonne liqueur, monsieur Sansoucy. Ça ferait pas de tort, on commence à avoir chaud ici dedans…

Un remords camouflé par la raideur de ses traits ombragea la figure de l'homme. Son mari n'avait pas donné son accord explicite, mais Émilienne comprit qu'elle pouvait procéder. Elle amorça le pas vers l'étalage des boissons gazeuses.

— Mili! l'interpella-t-il. Prends pas des petites bouteilles de Coke, on va plutôt ouvrir des grosses bouteilles de Kik. Envoye Marcel chercher des verres au logis.

À cinq grands verres pour six cents, le marchand minimisait ses dépenses. Cependant, Bertha Pouliot avait résolu de ne pas se restreindre à un simple breuvage. En lorgnant les boîtes de la compagnie Viau qui offrait un assortiment intéressant, elle proposa d'accompagner sa liqueur douce d'un léger dessert.

Le papotage s'éternisait. Le téléphone avait recommencé à sonner et des clientes attendaient Léandre à la boucherie.

Un peu plus tard, l'ambiance festive qui avait régné était disparue. Sansoucy, qui avait d'abord été attiré par l'arrière-boutique, s'avança vers le comptoir des viandes.

— Que c'est ça? aboya-t-il.

— Ben voyons, le père, alignez-vous! Vous avez déjà vu ça, un étal neuf ! Vous avez la gueule de travers, mais ça vous empêche pas de regarder comme il faut.

— Baptême! C'était pas nécessaire, il était pas si usé, puis ça coûte une fortune, ces blocs-là aujourd'hui. Veux-tu ben me dire que c'est que t'as pensé?

— Moi, travailler avec des vieilleries, ça me tentait pas. Il y a assez de mon *truck* que j'ai acheté usagé. Je voulais repartir avec un autre étal puis renouveler les couteaux de la boucherie. Va falloir vous faire à l'idée, le père, parce que c'est pas fini, les changements…

Sansoucy était sur des charbons ardents. Il se trémoussait dans son fauteuil, sa voix n'émettait que des sons inarticulés, et une écume blanchâtre bouillonnait à ses lèvres crochues.

— Léandre! s'écria Simone, les gars de la quincaillerie.

Léandre délaissa son père et parut dans l'encadrement qui donnait sur la cour.

— Wô! s'époumona-t-il.

Deux individus assez costauds descendirent du véhicule et s'amenèrent. Léandre bomba le torse en se mettant les mains sur les hanches.

— Vous êtes donc ben sans-desseins, les gars, si j'avais pas crié, vous auriez foncé dans ma bâtisse, taboire! Ça prend-tu des épais pour reculer de même…

— Eille, le blanc-bec, rétorqua le chauffeur sur un ton désinvolte.

— Si c'est pas Lucien Pitre et Maurice Morasse, ricana Léandre, l'œil méfiant. Ça fait drôle de vous revoir. Justement, vos gars sont venus pour chiper des bonbons tout à l'heure. Asteure, c'est leurs pères qui viennent livrer un coffre-fort. C'est-tu assez comique à votre goût?

— Niaise-nous pas, Sansoucy, parce que tu vas payer pour, rétorqua Maurice Morasse, en faisant rouler ses muscles. Bon, où c'est qu'on débarque ça, asteure?

Pitre ouvrit les portières du camion, et les deux livreurs soulevèrent le coffre d'acier. Puis, le visage ratatiné par l'effort, ils emboîtèrent le pas derrière Léandre.

— Mettez-le juste là, en dessous de la tablette du bas.

À la requête de son père, Simone survint en poussant le fauteuil roulant.

— Pas un coffre-fort! s'écria l'épicier. On a jamais eu besoin de ça; on a juste à cacher l'argent au logis, puis ça finit là! Encore une folle dépense pour attirer les voleurs…

— Voyons, le père, pensez-y deux secondes! riposta Léandre. Votre argent était pas en sécurité avant, puis ça vous obligeait à vous rendre souvent à la caisse populaire pour le déposer. Tandis que là…

Pendant sa convalescence, Sansoucy avait lu dans le journal qu'un épicier de l'avenue Papineau, près de Marie-Anne, avait été assailli à la pointe du révolver dans son magasin au moment où il s'apprêtait à mettre l'argent du tiroir-caisse dans son coffre-fort. L'un des deux brigands lui avait ligoté les pieds et les mains derrière le dos avec un fil de fer, pendant que l'autre lui enfonçait un mouchoir sale dans la bouche avant de s'emparer du butin. Il voulut s'exprimer, mais sa fille l'interrompit:

— Non, Léandre, coupa Simone, les livreurs vont glisser le coffre-fort sous le bureau. Ça va être moins encombrant de même.

— Bon! c'est la cocotte qui s'en mêle, asteure, répliqua Morasse. Si on le met là, tu vas l'avoir entre les jambes, c'est-tu ça que tu veux, la petite?

— En tout cas, trancha Lucien Pitre, *ostinez*-vous tant que vous voudrez, vous le placerez ben selon votre goût, votre maudit coffre-fort! Nous autres, on a d'autres livraisons à faire. Viens-t'en, Maurice…

Le coffre trônait maintenant au milieu de l'arrière-boutique, en quête d'un emplacement. Marcel était sur le point de partir pour une tournée de livraisons. De ses grands yeux implorants, Simone alla le supplier de les aider à glisser l'armoire métallique à l'endroit qu'elle avait déterminé.

L'épicier se sentait submergé par le flot d'émotions qu'il avait éprouvées. Il manifesta le désir de regagner son appartement.

De bonne heure après le souper, il se retira sur la galerie. Au cours du repas, Émilienne avait évité d'aborder l'après-midi de son mari, mais Héloïse avait insisté pour qu'on lui rapporte son passage au magasin et l'accueil qu'on lui avait réservé. Pour l'heure, la maisonnée entrevoyait une autre période d'isolement pour l'infortuné, le temps de se remettre de ses frustrations et d'accepter les changements. Mais le vieux lion se proposait de retourner à son commerce...

Chapitre 28

L'impotente éprouvait de la compassion pour le convalescent. Elle l'aidait comme elle le pouvait, en lui rendant d'appréciables services. Elle devait se mesurer dans ses déplacements pour éviter que les fauteuils roulants s'entrechoquent ou s'engluent dans un embouteillage dont elle seule pourrait se dépêtrer. À moins de recourir à Héloïse, qui s'amusait presque de voir son beau-frère aux prises avec son incapacité.

Les progrès de l'épicier étaient lents. Le plus souvent, Émilienne l'aidait à s'habiller et à manger. Engoncé dans sa chemise blanche, il avait conservé l'habitude de s'étrangler avec une cravate dont il variait quotidiennement la couleur. Les jours de travail, sitôt son déjeuner terminé, il attendait que Simone et Paulette larguent leurs petits, et demandait ensuite à ce qu'on le roule sur la galerie et qu'on lui apporte *La Patrie* et *Le Petit Journal*. Depuis le décès de son ami Philias, son intérêt pour la politique provinciale et Maurice Duplessis s'était progressivement émoussé au profit des divagations d'Hitler qui confirmait son emprise en Europe.

Mais l'homme était seul, enfermé dans un certain mutisme et remâchant ses pensées. Il ne fréquentait plus ni l'église ni la taverne. À peine récitait-il le bénédicité et les grâces, marmonnait-il ses prières du soir et se signait-il en vitesse de la main gauche avant qu'Émilienne remonte vers eux les couvertures. Et depuis l'après-midi mémorable, il n'était pas retourné à son épicerie-boucherie. Il se contentait de ce que lui rapportait sa femme. En fait, son commerce se portait plutôt bien. C'était à croire qu'un vent de fraîcheur avait déferlé à son départ, que Léandre avait les affaires bien en mains. Et au lieu de s'en réjouir, cela provoquait chez lui des sautes d'humeur. Ses joies passagères le ramenaient à des moments plus tristes où ceux qui le supportaient lui pardonnaient ses maussaderies.

C'était le troisième dimanche de juin. Émilienne attendait toute la famille pour souligner la fête des Pères. La journée même, Colombine s'était désistée : sa grossesse l'incommodait et elle refusait d'escalader l'escalier qui menait au logis de ses beaux-parents. Aussi craignait-elle que l'enfant qu'elle portait soit « contaminé » par le tuberculeux qui prendrait le lendemain le chemin du sanatorium de Trois-Rivières. Par contre, Irène, Placide et Alex ainsi que Bertha Pouliot et son fils s'entasseraient dans la Studebaker d'Édouard. Et plutôt que d'interrompre le repas par leur arrivée dérangeante, Romuald et Georgianna étaient au nombre des convives.

Au début du repas, dans un silence significatif, tous les yeux se portèrent sur le patriarche. Installé dans son fauteuil à une des extrémités de la table, comme s'il présidait à une cérémonie officielle, l'épicier attendait que Charlemagne avale sa dernière cuillérée de Pablum.

— Arrêtez de bretter, le père ! dit Léandre. Vous voyez pas qu'on attend après vous ? Asteure que Paulette a fini avec le petit, on va manger à notre tour. Tout le monde a faim.

— Approchez-vous, ça va refroidir, ajouta Émilienne.

Dans de grands gestes décomposés, Sansoucy amorça le bénédicité. Puis, debout, Héloïse s'inclina et distribua les tranches de rôti de bœuf dans les assiettes qu'Alphonsine garnissait de patates pilées et arrosait du jus de la viande. Aussitôt son mari servi, Émilienne avait commencé à découper son morceau. Afin de lui épargner l'humiliation, elle avait composé un menu sans soupe, ce qui aurait mis en péril la propreté de son habillement.

— Comme ça, madame Pouliot, dit Alida, votre Jérémie part demain matin.

Bertha Pouliot avait déjà attaqué son assiettée et elle avait la bouche pleine. La postulante chez les Sœurs de la Providence répondit à sa place :

— On va prendre le train à 5 h 30 à la gare Viger, dit Irène. Rendus aux Trois-Rivières, on va s'embarquer dans le train de Grand-Mère qui passe devant le sanatorium Cooke, à deux milles au nord de la ville. Après, je vais revenir ici une couple de jours avant de regagner l'hôpital du Sacré-Cœur.

Une lettre du surintendant médical de l'établissement se mit à circuler parmi les convives. D'un air attendri, Irène dévisagea le petit Jérémie qui s'éloignerait pendant des mois afin de parfaire sa guérison. Finis les appels téléphoniques, les visites dominicales, les congés mensuels.

— Je pourrais venir chez vous pour téléphoner et prendre les appels de Jérémie, madame Sansoucy, exprima la mère du poitrinaire.

Émilienne consulta son mari du regard. L'homme semblait irrité par la demande de la pauvresse, mais il hocha affirmativement la tête.

L'aînée des Sansoucy paraissait très heureuse. Après avoir besogné des années durant comme ouvrière sous-payée dans le fond d'une usine, elle avait trouvé sa voie dans l'apostolat auprès des tuberculeux.

— Tu vas devenir religieuse, dit Romuald. J'espère que tu défroqueras pas pour t'amouracher d'un journaliste, ricana-t-il, malicieusement.

— La vie que je mène ne vous concerne pas, rétorqua l'ancien frère. D'ailleurs, vous et ma tante Georgianna, vous n'êtes pas partis pour faire des enfants forts non plus, s'amusa-t-il.

Le taciturne se remémora alors le déplorable événement. Environ un an plus tôt, Éloi Desmarais avait sombré dans les eaux froides du lac Nominingue. Peu après, lors de son retour à la maison de ses parents, comme un mauvais présage, il avait observé le Hindenburg qui avait glissé dans les flots célestes comme une ombre sinistre dans la nuit montréalaise. Et tout récemment, les journaux rapportaient l'explosion du dirigeable qui avait entraîné la mort de trente-cinq passagers et membres d'équipage. Troublé par l'incident dramatique, il se demanda comment interpréter cette catastrophe dans son existence et que lui réservait le ciel avec Alex, même s'il possédait une relique du frère André.

L'intervention de l'oncle Romuald avait suscité un malaise autour de la table. Il tenta de se racheter en créant une diversion.

— À l'automne, je vas faire un voyage aux États-Unis, annonça-t-il, pompeusement.

— En trolleybus, je suppose ! persifla Léandre.

— Toi, mon grand tarlais, arrête donc de niaiser ; je suis ben sérieux. En octobre, il va avoir un grand rassemblement de fascistes américains, allemands, italiens, russes, ukrainiens et espagnols à l'hippodrome de New York. Mon chef Adrien Arcand a été invité pour prononcer un discours, puis il m'a demandé de l'accompagner avec une délégation de Canadiens français. Pas vrai, ma femme ?

La grasse Georgianna opina en élargissant un sourire bonasse. Romuald poursuivit en s'adressant à son frère Théodore :

— Je sais pas si ta belle-sœur Alida va vouloir me coudre un costume neuf. Je veux faire honneur au PNSC.

— T'as juste à lui demander, marmotta l'épicier. Elle est à côté de toi.

— Je regrette, monsieur Sansoucy, répondit l'impotente. C'est fini, ces affaires-là ! Il me semble vous l'avoir déjà dit ! Et c'est vrai plus que jamais. Quand vous m'avez approchée pour faire de la couture pour le parti et prendre ma carte de membre, j'étais bien intentionnée, je croyais bien faire, me rendre utile à quelque chose. Maintenant, tout a changé : je réalise que je me suis fait avoir. Si c'était rien que de moi, le PNSC disparaîtrait…

Une conversation animée s'engagea alors entre l'oncle Romuald et son neveu Édouard sur les dangers qui se tramaient en Allemagne avec Hitler et ses menées antisémites qui donnaient froid dans le dos.

— «Je marche vers mon but d'un pas aussi assuré que celui qui marche dans un songe», dit le notaire, rapportant les paroles du chancelier. Et ce qui est inquiétant, c'est que jusqu'à aujourd'hui il s'est conduit selon les grandes lignes de son fameux ouvrage *Mein Kampf*, commenta-t-il.

Mais le propos avait assombri le repas et on était à la veille d'oublier la raison de la rencontre familiale. Émilienne ramena ses invités à l'ordre.

— C'est la fête des Pères aujourd'hui, rappela-t-elle. Tout le monde devrait être de bonne humeur.

— Ça fait une drôle de fête des Pères! affirma Héloïse. Simone était grosse quand elle s'est mariée avec David, puis Léandre a eu un bâtard avec une fille de la campagne…

La physionomie de l'épicier s'altéra gravement. Les traits de son visage se contractèrent en une douloureuse amertume. Ses paupières se plissèrent, mais ne purent contenir une grosse larme qui coula sur sa joue saillante et qui disparut dans ses moustaches frémissantes.

Le maître de la maison releva la tête. À la lecture des visages qui le regardaient d'un air interloqué, il se rendit compte qu'il avait soulevé une troublante interrogation. La figure bouleversée, sa femme se pencha vers lui et lui murmura quelques mots. Puis elle posa sa main potelée sur son bras valide. Et comme si elle parlait en son nom, la voix empreinte d'une intense émotion, elle déclara :

— Il y a un autre petit bâtard dans cette maison, bredouilla-t-elle, la lèvre tremblante. Théo a jamais voulu en parler, mais je sais qu'il est ému et que ça le soulagerait de dévoiler ce qui le démange depuis longtemps.

Léandre décocha un regard accusateur vers son père et le reporta sur sa mère.

— Ben aboutissez, la mère, coupa-t-il, je brûle de savoir qui c'est, l'autre bâtard ici dedans !

— C'est Marcel ! déclara-t-elle, la voix déchirante.

Émilienne relata un épisode sombre de la vie de son mari. Un peu avant la naissance de Simone, Théodore s'était épris d'une femme de petite vertu à *La Belle au bois dormant*. Devenue enceinte, Alice vivait une belle grossesse. Théodore la visitait dans son logis, lui apportait des cadeaux, l'entretenait en cachette. Mais au moment de l'accouchement, Alice a éprouvé des complications. Elle lui a fait promettre de garder le bébé si elle mourait.

— Puis vous l'avez laissé faire, la mère ? demanda Léandre. C'était même pas sûr que votre mari était le père de cet enfant-là.

— J'ai toujours aimé mon Théo, confia Émilienne. L'amour, ça s'explique pas, puis ça pardonne aussi…

La tête reposant sur l'épaule d'Amandine, Marcel pleurait à chaudes larmes. L'espace d'un moment, il repassait toutes ces années où il avait subi des persécutions, des brimades, des humiliations de celui qu'il avait appris à appeler « papa ». Depuis quelque temps, il avait délaissé le mot et l'appelait « le père ». Comme s'il avait deviné qu'il était un étranger…

Remerciements

J'aimerais exprimer ma profonde reconnaissance à Martine, mon épouse, pour son soutien indéfectible. À Claudine Brodeur, pour ses indispensables conseils d'infirmière. Et à Réjean Charbonneau, directeur-archiviste de l'Atelier d'histoire Mercier-Hochelaga-Maisonneuve, pour sa rigueur et son dévouement.

MARQUIS

Québec, Canada